Raphaël Cardetti a trente-cinq ans et vit actuellement à Paris. Il enseigne l'histoire de l'Italie à l'université. *Le sculpteur d'âmes* est son quatrième roman.

LE SCULPTEUR D'ÂMES

Les larmes de Machiavel, Pocket, 2005
Du plomb dans les veines, Belfond, 2005
Le paradoxe de Vasalis, Fleuve Noir, 2009

RAPHAËL CARDETTI

LE SCULPTEUR D'ÂMES

Fleuve Noir

« Une œuvre d'art devrait toujours nous apprendre
que nous n'avions pas vu ce que nous voyons. »

Paul Valéry

« En dépit de ses cris, la peau lui est arrachée
sur toute la surface de son corps ;
il n'est plus qu'une plaie ;
son sang coule de toutes parts ;
ses muscles, mis à nu, apparaissent au jour ;
un mouvement convulsif fait tressaillir ses veines,
dépouillées de la peau ;
on pourrait compter ses viscères palpitants
et les fibres que la lumière
vient éclairer dans sa poitrine. »

Ovide, *Métamorphoses*, VI

Quand les câbles se tendirent, l'homme ressentit une douleur extrême, d'une intensité qu'il n'avait encore jamais expérimentée dans sa vie, comme si son corps se déchirait en mille morceaux.

Au fil des minutes, cependant, la souffrance céda progressivement la place à une agréable sensation de flottement. Il ferma les yeux et se laissa envahir par la musique apaisante que diffusaient les écouteurs de son iPod. Autour de lui, le monde extérieur disparut. Les spectateurs, dont il percevait jusqu'alors la présence silencieuse dans la pénombre, finirent de s'évanouir. Il en oublia même les six crochets fichés dans son torse et les minces câbles d'acier qui le retenaient suspendu au plafond de la pièce.

Il s'était préparé à cette épreuve pendant près de trois ans. Trois années interminables durant lesquelles il avait franchi une à une les étapes préparatoires imposées par le Maître, de son premier tatouage, un serpent enroulé autour de son mollet, aux implants de Téflon qui dessinaient deux petits renflements sur son front, à la naissance du cuir chevelu. En récompense de ce long parcours, le Maître avait enfin accepté de l'initier.

Il mesurait pleinement l'honneur qui lui était fait. Le Maître l'avait choisi parmi des dizaines de postulants.

Tous les autres avaient échoué. Les uns avaient craqué à cause de la douleur ou parce que leurs corps avaient rejeté les mutations qu'ils leur avaient imposées. Les autres parce qu'ils avaient atteint les limites de ce qu'ils pouvaient voir tous les matins dans leur miroir ou dans les yeux de leurs proches.

Lui avait tout accepté, sans broncher ni jamais reculer. Malgré la souffrance quotidienne. Malgré les transformations de plus en plus visibles. Malgré le regard tantôt surpris, tantôt dégoûté des passants dans la rue.

Il était devenu ce que le Maître avait voulu qu'il soit. Il s'était abandonné à lui en toute confiance.

Il était désormais parvenu à l'ultime étape de son cheminement. La suspension était destinée à préparer son corps, et surtout son esprit, à franchir l'ultime porte. Derrière celle-ci l'attendait un monde nouveau que peu de ses semblables avaient visité.

Cette perspective aurait pu l'effrayer, mais il n'avait pas peur. Il était prêt. Cela faisait trois ans qu'il attendait ce moment. L'impatience coulait dans ses veines comme un feu dévorant.

Il sentit soudain les doigts du Maître courir sur sa peau à la recherche du meilleur endroit. Ils se figèrent soudain sur sa hanche, un peu au-dessus du pubis, et n'en bougèrent plus.

Puis arriva la douleur, fulgurante.

Il hurla comme un damné. Indifférent aux câbles qui le maintenaient prisonnier, il se débattit violemment, tel un pantin désarticulé. L'un des crochets déchira sa poitrine. Du liquide chaud se mit à couler le long de son abdomen, mais il ne cessa pas pour autant de s'agiter.

Une fraction de seconde avant de s'évanouir, il ressentit le sentiment d'absolue plénitude pour lequel il avait enduré toutes ces souffrances. Chaque cellule de son corps parut résonner à l'unisson des autres, en parfaite harmonie avec le cosmos.

Conscient qu'il ne serait plus jamais le même, il rendit grâce par la pensée au Maître, qui lui avait ouvert la porte de cet incroyable niveau de conscience.

C'était fait. Il portait enfin la marque.

1

Une douce atonie s'était emparée de la salle numéro 9 de l'hôtel des ventes Drouot-Richelieu. Ce fut tout juste si l'adjudication d'une lithographie de Vasarely signée dans la planche pour une somme de six mille huit cents euros suscita quelques haussements de sourcils dubitatifs.

Toutes les places assises étaient occupées, et une trentaine de personnes se tenaient debout au fond de la salle. Rien ne paraissait pourtant justifier une telle affluence. Aucune œuvre d'exception n'était mise en vente ce jour-là. Pas le moindre impressionniste, pas même un Picasso de seconde catégorie. Le catalogue ne mentionnait aucun des noms magiques qui, par leur simple présence sur les luxueuses feuilles de papier glacé, avaient le don d'attirer curieux et enchérisseurs potentiels. La plupart des personnes présentes avaient d'ailleurs jusqu'alors manifesté un désintérêt ostensible pour les œuvres mises en vente. Les rares pièces à avoir trouvé preneur avaient péniblement atteint leur estimation basse.

L'intérêt du public se réveilla lorsqu'un commissionnaire vêtu de la traditionnelle veste noire au col liseré de rouge fit son apparition par une porte latérale. Il tenait des deux mains un cadre d'une quarantaine de centimètres de côtés à l'intérieur duquel se trouvait une gouache aux couleurs flamboyantes. Il le posa sur un présentoir recouvert comme les murs de tissu écarlate.

Le commissaire-priseur, un homme élégant à l'air satisfait, se rengorgea derrière son pupitre et prit la parole :

— Mesdames et messieurs, le lot 22 de notre vente d'aujourd'hui est une gouache rehaussée au pastel, signée dans son angle inférieur gauche par Marc Chagall. Il s'agit d'une esquisse préparatoire pour *les Mariés de la tour Eiffel*, une toile conservée au musée national d'Art moderne. L'œuvre n'est pas datée, mais on peut estimer sa réalisation aux années 1936-1937. Son format est de 21 cm × 28 cm, soit une taille courante pour une œuvre graphique de cet artiste.

Il désigna un individu replet en costume croisé et nœud papillon assis en contrebas de l'estrade, qui lui adressa en retour un signe de tête.

— L'authenticité de cette gouache nous a été confirmée par M. Bodinger ici présent, qui participe à l'élaboration du catalogue raisonné de l'œuvre de Marc Chagall. Son certificat d'authenticité sera remis à l'acquéreur au terme de la vente.

Il fit une courte pause puis, la voix gonflée des trémolos d'usage, il lança enfin la vente :

— La mise à prix de ce lot exceptionnel est fixée à cent-vingt-cinq mille euros. Qui dit mieux ?

Le prix initial était près de quatre fois inférieur à la valeur courante d'une telle œuvre, mais le commissaire-priseur jouait sur du velours. Il s'agissait d'un travail préparatoire très poussé, qui annonçait à maints égards un tableau exposé dans un musée majeur. En outre, bien que son propriétaire souhaitât rester anonyme, le commissaire-priseur avait largement fait circuler le bruit selon lequel la gouache était d'« origine prestigieuse ». Tous les éléments étaient donc réunis pour que le lot numéro 22 atteigne un prix important.

Les connaisseurs ne s'y étaient d'ailleurs pas trompés. Dans la salle se trouvaient des marchands réputés, ainsi que les émissaires de plusieurs musées de tout premier rang. S'y ajoutait l'habituelle cohorte des collectionneurs, acteurs de cinéma plus ou moins célèbres et badauds en quête de distraction par cette journée pluvieuse de fin d'hiver.

Il n'y eut pas de temps d'observation. Les enchères débutèrent à un rythme effréné, progressant d'abord de cinq mille, puis de dix mille euros à chaque intervention du commissaire-priseur. En une minute, la mise à prix était presque doublée.

Assis au premier rang, en face de l'estrade, le conservateur mandaté par la Direction des Musées de France blêmissait au fur et à mesure que le prix du Chagall s'envolait. De toute évidence, la somme qui lui avait été allouée se révélerait bien trop juste. Il poussa les enchères durant un petit moment mais, lorsque la gouache dépassa de cinquante mille euros son estimation basse, il jeta l'éponge et se renfonça sur sa chaise, la mine défaite.

Au fil des minutes, si les mains se levaient à un rythme toujours aussi soutenu, le nombre d'individus à qui elles appartenaient se réduisit impitoyablement. Une lutte sans merci s'engagea alors entre un enchérisseur anonyme assis au premier rang et Paul De Peretti, un courtier connu pour écumer ventes publiques et grandes foires artistiques au service de quelques collectionneurs triés sur le volet.

Les deux hommes avaient adopté des attitudes opposées. Tandis que son concurrent se contentait d'un subtil hochement du menton pour se signaler auprès du commissaire-priseur, De Peretti jouait sur un tout autre registre. Impossible à manquer dans son costume argenté, il enchérissait du fond de la salle en levant un bras orné d'une énorme montre cerclée de diamants.

À sept cent mille euros, l'atmosphère se tendit. Les enchères progressaient désormais par paliers de vingt mille euros. À ce stade de la vente, ce n'était plus une simple question d'argent, mais aussi de nerfs. Remporterait l'objet celui qui se montrerait capable de ne pas céder un pouce de terrain à son adversaire, tout en ne se laissant pas happer par l'excitation du moment.

L'homme du premier rang commença à montrer des signes de nervosité. Il prit soudain une profonde inspiration et, au lieu de son habituel signe du menton, lança son enchère d'une voix teintée d'un fort accent russe.

— Un million.

C'était quatre-vingt mille euros de mieux que l'enchère en cours, et probablement la somme maximale qu'il pouvait dépenser pour la gouache.

Le commissaire-priseur reprit l'enchère sans rien cacher de la joie que lui procurait cette somme à sept chiffres :

— Un million d'euros devant moi ! Qui dit mieux ?

Le Russe se retourna vers le courtier et le défia du regard.

De Peretti avait cependant trop l'habitude des ventes pour se laisser abuser par cette tentative désespérée. Son rival venait de commettre une erreur fatale en se dévoilant trop tôt. Son bluff visait seulement à masquer son impuissance. La crise venait de passer par là, et elle avait sans doute fait perdre au Russe une portion non négligeable de ses avoirs. Dix-huit mois plus tôt, un million d'euros auraient représenté une broutille pour lui. Désormais, les liquidités ne coulaient plus à flots dans les caniveaux moscovites.

Sans lâcher des yeux son adversaire, De Peretti prit le temps de savourer l'imminence de sa victoire. Son sourire se transforma en un rictus de pure jouissance.

Deux rangs devant lui, une autre main se leva cependant avant la sienne.

— Un million et vingt mille euros par ici, dit le commissaire-priseur en pointant son marteau vers le nouvel intervenant. Qui dit mieux ?

Tous les regards convergèrent vers celui qui venait d'entrer dans la bataille.

De Peretti blêmit lorsqu'il le reconnut. Le représentant des Musées de France se pétrifia sur sa chaise, incrédule. Quant au Russe, sa réaction fut plus spectaculaire encore. Il esquissa un geste de dépit, se leva et quitta la salle en maugréant quelques mots aux sonorités rugueuses.

Son marteau suspendu en l'air, le commissaire-priseur dut se rendre à l'évidence : la vente était terminée. Essayant de garder contenance malgré cette déconvenue, il adjugea la gouache à un million et vingt mille euros et annonça le lot suivant d'une voix faussement enjouée qui ne trompa personne.

Les spectateurs commencèrent à quitter la salle. Quelques-uns jetèrent en partant un regard furtif vers le vieil homme aux cheveux clairsemés qui avait éteint toute concurrence d'un simple geste. Beaucoup affichaient une déception visible. La grande bataille annoncée s'était terminée comme une malheureuse escarmouche d'avant-garde. Le sang n'avait même pas eu le temps de couler que les principaux antagonistes s'étaient retirés du combat en désordre, sans gloire ni panache.

De Peretti finit par prendre la mesure de sa défaite. Il se leva et, tout en se dirigeant à pas rapides vers la sortie, composa le numéro de son client sur son téléphone portable.

Le crieur s'avança vers l'acquéreur pour lui remettre le bordereau indispensable au retrait du lot. À son approche, le vieillard se releva en s'appuyant sur l'avant-bras de la jeune femme, âgée d'une trentaine d'années, qui l'accompagnait. Au lieu de saisir le ticket que lui tendait le crieur, il lui chuchota quelques mots à l'oreille.

Surpris, ce dernier le contempla longuement d'un air circonspect, puis retourna à toute vitesse vers l'estrade depuis laquelle le commissaire-priseur, dans l'indifférence générale, s'efforçait tant bien que mal de vendre le lot suivant, un vase de Gallé pourtant d'une belle finesse d'exécution.

Une fois que le commissaire-priseur eut ravalé le Gallé faute d'enchérisseurs, le crieur attira son attention. Le commissaire-priseur annonça une pause et descendit de l'estrade. Le crieur lui rapporta alors mot pour mot ce que venait de lui dire le vieillard.

Les traits du commissaire-priseur se contractèrent en une grimace de stupéfaction. Il se tourna vers Bodinger, qui contemplait la scène d'un air perdu.

— Je dois vous parler. Sortons.

La surprise de l'expert se mua en inquiétude. Comme s'il n'avait pas bien compris l'injonction du commissaire-priseur, il resta assis sur sa chaise, triturant nerveusement son nœud papillon.

— Venez, bon sang ! lui ordonna le commissaire-priseur avant de sortir.

Bodinger souleva sa lourde masse avec précipitation et traversa l'estrade pour le rejoindre.

La salle était désormais déserte, à l'exception du mystérieux acheteur et de son accompagnatrice, dont le beau visage était encadré par de longs cheveux bruns. Ils s'avancèrent lentement vers le présentoir et contemplèrent la gouache en silence.

À quelques détails près, sa composition était identique à celle du tableau conservé au musée national d'Art moderne : un couple de mariés flottait étrangement en l'air, en équilibre sur une poule géante, devant une tour Eiffel tracée à grands coups de pinceau. À l'arrière-plan étaient disséminés des éléments récurrents dans l'œuvre du peintre Litvak. Un être étrange, mi-chèvre mi-violon, se trouvait ainsi perché au sommet d'un arbre, tandis qu'une femme nue, un bouquet multicolore à la main, s'envolait vers un soleil flamboyant. L'œuvre possédait un charme certain, même si ses dimensions réduites ne rendaient guère justice aux talents de coloriste de Chagall.

La jeune femme secoua la tête d'un air peu convaincu.

— Je ne comprends pas... dit-elle. Cette gouache est intéressante, mais elle n'a rien d'exceptionnel. Vous avez vu passer des Chagall bien meilleurs au cours de votre carrière. Pourquoi tenez-vous tant à celui-ci ?

Elias Stern posa sa main sur celle de la jeune femme et la pressa légèrement.

— Mais parce que cette gouache est fausse, Valentine. Pourquoi l'aurais-je achetée, sinon ?

2

Valentine Savi resta abasourdie par la révélation de Stern. Les excentricités en vigueur dans le monde de l'art n'avaient pourtant rien d'une nouveauté pour elle. Lorsqu'elle travaillait au Louvre, elle avait entendu des dizaines d'anecdotes, toutes plus farfelues les unes que les autres. Parmi ses préférées, il y avait celle de cet acheteur compulsif qui passait ses journées à écumer les galeries de Saint-Germain-des-Prés. Capable d'acheter cinq toiles en un après-midi, il envoyait dès le lendemain sa femme supplier les galeristes de lui reprendre ses achats parce qu'il ne savait pas où les mettre dans leur appartement déjà encombré de tableaux du sol au plafond.

Valentine gardait toutefois un faible pour Samuel Burten, un artiste new-yorkais qui, en 1973, s'était fait tirer dessus à la .22 long rifle par son assistante pendant une performance et qui s'était retrouvé à l'hôpital avec une balle logée dans le poumon. Son moment de gloire avait duré exactement une minute et demie, le temps pour lui, une fois sa convalescence achevée, d'entrer dans la Factory et de serrer la main d'Andy Warhol, avant de sombrer dans un oubli mérité.

Entendre Elias Stern lui dire qu'il avait dépensé plus d'un million d'euros pour une gouache à l'authenticité

douteuse la plongea néanmoins dans une profonde perplexité.

— Comment pouvez-vous être aussi sûr de vous ? lui
demanda-t-elle.

— Je possède l'original de cette composition. Est-ce une
raison suffisante à vos yeux ?

Valentine rougit, comme chaque fois que le marchand
la prenait de court, ce qui se produisait bien plus souvent
qu'elle ne l'aurait voulu.

Face au silence mortifié de sa collaboratrice, Stern
consentit à lui donner quelques précisions :

— Je l'ai acquis un peu après la guerre auprès de sa
propriétaire. Celle-ci avait servi de modèle pour la mariée.
Chagall lui a offert la gouache pour la remercier d'avoir
posé pour lui et, d'après ce que j'ai cru comprendre, pour
lui avoir dévoilé par la même occasion certains pans
méconnus de son intimité. Chagall lui-même m'a assuré
qu'il s'agissait du seul travail préparatoire qu'il avait exé-
cuté pour *les Mariés de la tour Eiffel*. D'ailleurs, c'est moi
qui ai finalisé la transaction lorsque le musée national
d'Art moderne a acquis cette toile. Tout cela est inscrit
noir sur blanc dans le dossier qui a été rassemblé à cette
occasion. J'imagine qu'il doit traîner dans un coin du
ministère de la Culture. Si ces imbéciles avaient pris la
peine d'y jeter un œil, ils n'auraient pas perdu leur temps
à envoyer un de leurs représentants ici.

Stern vouait un mépris absolu aux instances officielles
de la culture depuis le jour où, après qu'il eut fait remarquer à André Malraux que ses écrits ne valaient guère
mieux que ses goûts pompiers en matière de peinture, ce
dernier avait fait retirer son nom de la liste des invités aux
manifestations officielles. En guise de représailles, Stern
avait alors décidé de ne plus céder aucune œuvre à l'État
français.

Il avait persisté dans sa résolution jusqu'à ce qu'un
ministre un peu moins imbu de son propre génie mette un
terme à ce malentendu. Stern avait renoncé à son boycott,
mais il en avait conservé une acrimonie persistante à

l'égard des institutions publiques. Au fond de lui, il regrettait presque que le représentant des Musées de France n'eût pas disposé des moyens suffisants pour acquérir la gouache. Si tel avait été le cas, peut-être l'aurait-il laissé faire sans intervenir.

— Je ne suis plus très au fait des prix du marché, lâcha Valentine, mais payer plus d'un million d'euros pour une copie me semble un peu excessif.

Stern ne montra aucun agacement face à sa remarque. Les commissures de ses lèvres se tordirent en un sourire froid derrière lequel perçaient son assurance et sa détermination, deux éléments de son caractère qui avaient autrefois fait de lui un marchand d'art aussi respecté que redouté. Bien qu'il n'exerçât plus cette profession depuis plusieurs années, sa nature profonde n'avait pas bougé d'un iota. Pour l'avoir vu à l'œuvre par le passé, Valentine savait que, derrière sa façade avenante et policée, se nichait un être impitoyable, capable de fouler allègrement les limites de la morale, voire de la légalité.

— Je n'ai pas l'intention de payer une telle somme. J'ai bon espoir de réussir à convaincre le commissaire-priseur de la nécessité de rester discret sur cette affaire. Il n'a sans doute aucune envie de voir étalée sur la place publique l'incompétence de l'expert qu'il a choisi. Il saura convaincre le vendeur d'accepter une transaction à un prix très raisonnable. Pour une copie de cette facture, quelques dizaines de milliers d'euros me semblent amplement suffisants.

— Et si le propriétaire refuse ?

— Je rendrai alors l'information publique et toute sa collection s'en trouvera dépréciée. Acheter un faux est la pire erreur que puisse commettre un collectionneur. Même si toutes ses autres œuvres sont authentiques, aucun amateur sérieux ne prendra le risque de les acquérir. Je doute que cette perspective l'enchantera.

Ses traits se radoucirent.

— Le propriétaire acceptera ma proposition, ne vous en faites pas.

Loin de convaincre Valentine, l'assurance de Stern ne fit qu'accroître son malaise.

— Pourquoi vous compliquez-vous ainsi la vie ? insista-t-elle. Ce serait plus simple de dénoncer la contrefaçon et de laisser le vendeur se débrouiller avec sa copie.

Le vieil homme secoua la tête.

— La situation est plus complexe. Dans son genre, cette copie est un chef-d'œuvre. Elle est l'œuvre d'un faussaire exceptionnel. La concordance avec le style de Chagall est parfaite : même palette, même coup de pinceau, même format... De nombreux experts s'y seraient fait prendre.

— Mais pas vous.

Stern haussa les épaules.

— C'est le privilège de l'âge. J'ai accompagné la plupart des artistes marquants du XXe siècle. Je les ai observés dans leurs ateliers, j'ai discuté avec eux et, surtout, j'ai vu des milliers et des milliers d'œuvres dans ma vie.

Il marqua une pause, puis reprit :

— Cela peut vous paraître présomptueux, mais je *sens* quand une œuvre n'est pas authentique.

Valentine comprenait que Stern soit agacé de voir circuler la copie d'une œuvre qu'il possédait, mais la colère sourde qu'elle percevait dans sa voix lui paraissait démesurée. Elle fixa ses yeux délavés par les décennies, d'où émanait cependant toujours une lueur d'une intensité surprenante. Des yeux capables de convaincre n'importe quel milliardaire blasé que le tableau qui se trouvait devant lui serait le plus beau de sa collection s'il se décidait à l'acquérir.

Stern laissa planer un long moment de silence avant de reprendre la parole :

— J'ai bien conscience que mon attitude a pu vous sembler étrange ces dernières semaines...

Valentine rougit, gênée qu'il ait perçu ses interrogations malgré ses efforts pour ne rien laisser paraître.

Stern avait commencé à se comporter bizarrement environ un mois et demi plus tôt. Valentine n'avait pas tout de suite remarqué le rythme inhabituel de ses déplacements. Le marchand avait toujours aimé voyager, même si sa santé déclinante ne lui permettait plus de longues tournées à l'étranger comme avant. Il partait régulièrement, le plus souvent en compagnie de Nora, son assistante. Valentine se joignait parfois à eux, lorsque son travail de restauratrice pour la Fondation Stern lui laissait quelque répit. Les déplacements du vieil homme étaient toutefois réglés avec minutie : les deux ou trois jours de voyage étaient suivis d'au moins deux semaines de repos, durant lesquelles Stern passait l'essentiel de son temps dans son hôtel particulier.

La fréquence de ses voyages s'était soudain accélérée. Contrairement à ses habitudes, Stern avait commencé à s'occuper lui-même des démarches pratiques et, malgré l'insistance de Nora, il avait refusé avec obstination que celle-ci l'accompagnât dans ses déplacements. À l'aube, il montait dans la Mercedes noire de la Fondation et se faisait conduire jusqu'à l'un des aéroports de la capitale. Il revenait le soir même, parfois au milieu de la nuit et souvent de méchante humeur.

Valentine et Nora avaient mis cette irritation sur le compte de la fatigue occasionnée par les voyages. En un sens, trouver une explication logique au comportement irrationnel d'un homme de quatre-vingts ans passés les rassurait, bien qu'elles n'y crussent guère et craignissent toutes les deux le pire.

— Quoi que Nora et vous ayez imaginé, reprit Stern, je ne suis pas encore tout à fait sénile.

Les joues de Valentine virèrent à l'écarlate.

— Nous n'en avons jamais douté… balbutia-t-elle.

Stern écarta ses réfutations d'un revers de main.

— Mes voyages avaient un but bien précis. Je voulais vérifier quelque chose avant de vous en parler.

Valentine se sentit honteuse de ne pas avoir osé s'ouvrir à lui en toute franchise de ses interrogations. Elle se tut, préférant laisser Stern poursuivre de lui-même ses explications :

— Depuis plusieurs mois, j'avais des doutes sur l'authenticité de certaines œuvres. Je voulais en avoir le cœur net.

En un demi-siècle d'activité, Elias Stern avait fait l'objet d'innombrables articles de presse et d'une dizaine de biographies non autorisées. La plupart des informations qui s'y trouvaient, depuis sa date de naissance jusqu'à l'identité de ses clients, étaient erronées. Deux d'entre elles étaient toutefois véridiques : la version des *Iris* de Van Gogh qui trônait dans son bureau était effectivement plus belle que celle du Rijksmuseum d'Amsterdam et, même s'il était capable de reconnaître un chef-d'œuvre à partir d'une mauvaise reproduction en noir et blanc, il n'appréciait toute la qualité d'une toile qu'en la touchant. Ce contact physique était essentiel pour lui. Il n'y avait donc rien d'étonnant à ce qu'il se déplaçât en personne pour vérifier l'authenticité d'une toile.

— Vous avez trouvé d'autres faux ?

— Malheureusement oui. Une étude de Bonnard à Turin, un dessin italien dans une collection particulière de Zurich et un petit Fragonard à Lisbonne. Ce faussaire est un véritable caméléon : il est capable de passer d'un style à l'autre avec une virtuosité remarquable.

— Comment ont réagi leurs propriétaires quand vous leur avez annoncé la mauvaise nouvelle ?

Un rictus de dépit tordit les lèvres du vieillard.

— Mal, bien sûr. Ils m'ont brandi leurs certificats d'authenticité et leurs attestations. Face à cela, je n'avais guère que mon intuition à leur opposer.

— Et votre réputation.

— Je suis vieux, Valentine. Ma réputation est loin derrière moi. C'est tout juste s'ils ne m'ont pas jeté dehors comme un malpropre.

Il se tut et rumina sa déception en silence.

— Je ne peux pas supporter cela, conclut-il sans préciser si sa phrase portait sur le travail du faussaire ou sur l'humiliation de ne pas être écouté. Cette gouache est la preuve que je ne me suis pas trompé. Ils vont devoir m'écouter, maintenant.

Un air déterminé s'était emparé de ses traits.

— Ce faussaire est désormais l'objectif prioritaire de la Fondation. Nous allons le trouver, Valentine, et le mettre hors jeu.

La restauratrice faillit lui demander des précisions sur ce qu'il entendait par l'expression « mettre hors jeu ». Elle prit soudain peur de ce qu'il pourrait lui dire.

Elle se contenta de hocher la tête.

3

Le retour à l'hôtel particulier de la rue des Saints-Pères fut rapide. Jacques, le chauffeur de la Fondation Stern, guida la longue Mercedes noire dans les rues étroites du Quartier latin avec une grande sûreté.

Lorsque Franck, qui occupait auparavant cette fonction, avait été tué dans l'explosion de la limousine précédente, le marchand l'avait aussitôt remplacé par Jacques. Comme son prédécesseur, celui-ci possédait un prénom banal, une conversation réduite à sa plus simple expression et des mensurations dignes d'un haltérophile. Ses muscles, difficilement contenus par le tissu de sa veste, faisaient l'objet d'un entretien quotidien dans la salle de sport installée au sous-sol de l'hôtel particulier. Jacques s'y rendait tous les soirs en compagnie de Nora et d'Éric, le concierge de la résidence. Ce dernier n'avait pas plus à voir avec un majordome à l'anglaise que Jacques avec un chauffeur de maître. Éric arborait lui aussi une musculature impressionnante sous le costume sombre qui servait d'uniforme au personnel masculin de la Fondation. Deux fois par semaine, des coups de feu résonnaient depuis le sous-sol, où était aussi installé un stand d'entraînement au tir. Nora avait déjà proposé plusieurs fois à Valentine de l'initier au maniement des armes à feu, mais celle-ci s'y

26

était jusque-là refusée. Elle connaissait les méthodes peu orthodoxes utilisées par la Fondation pour atteindre ses objectifs et avait fini, après y avoir longuement réfléchi, par en admettre la nécessité. Il y avait toutefois des limites qu'elle ne pouvait pas franchir sur le plan personnel.

Avertie par le signal sonore qui se déclenchait à l'ouverture du portail de la propriété, Nora apparut sur le perron, en haut de l'escalier monumental, à l'instant où la Mercedes pénétra dans la cour. Entourée de hauts murs, celle-ci donnait sur un petit parc arboré. Dans ce quartier de Paris, où le moindre mètre carré sous les combles se négociait à des tarifs stratosphériques, cet espace protégé était inestimable.

Jacques ouvrit la portière de la Mercedes et aida Stern à descendre. Sanglée dans un tailleur-pantalon, Nora se précipita pour soutenir le vieil homme au niveau de l'aisselle et de l'avant-bras. Valentine sortit alors à son tour de la voiture. Elle tenait à la main le cadre qui renfermait la gouache acquise par Stern à Drouot.

— Voulez-vous que je l'amène pour vous dans la bibliothèque ? lui demanda Nora.

— Ce n'est pas la peine. Je vais le faire moi-même.

Elle pénétra dans l'hôtel particulier et se dirigea vers l'escalier de réception qui menait au premier étage. Une fois parvenue devant la porte de la bibliothèque, elle composa le code sur le clavier alphanumérique du boîtier de commande et posa son index sur le lecteur biométrique. La porte en Plexiglas blindé coulissa en silence à l'intérieur de la cloison.

Quand Valentine avait commencé à travailler pour la Fondation, Stern l'avait autorisée à s'installer dans la pièce où il conservait sa collection de livres rares. Avec le temps, le provisoire s'était pérennisé et la restauratrice y avait apporté son matériel lorsqu'elle avait fermé son atelier pour se consacrer à plein temps à la Fondation.

Elle jeta sa veste sur le fauteuil en cuir installé dans un coin de la pièce, près de la porte d'entrée. C'était là que s'asseyait Stern lorsqu'il venait feuilleter l'un de ses précieux volumes. Il s'agissait d'un fauteuil usé jusqu'à la trame, dont le cuir, strié de crevasses blanchâtres, paraissait presque prêt à se déchirer par endroits. Depuis l'installation de Valentine, il servait, selon les besoins, de portemanteau, de chevalet pour les toiles qui attendaient d'être restaurées, voire de lit de fortune lorsqu'elle n'avait pas le courage de rentrer chez elle après une trop longue journée de travail. Stern avait mis à sa disposition une chambre à l'étage supérieur, mais Valentine préférait de loin le calme absolu de la bibliothèque. Dormir pliée en deux sur le vieux fauteuil inconfortable ne la dérangeait pas.

Elle décida de se mettre à l'ouvrage sans attendre. Elle posa le cadre à plat sur sa table de travail, s'assit, chaussa ses lunettes et contempla longuement la gouache, sans voir aucun signe qui pût révéler avec certitude la contrefaçon. Le faussaire avait travaillé d'une main sûre, sur un papier d'époque et avec une palette identique à celle qu'utilisait Chagall. À première vue, sa réalisation n'était pas loin d'être parfaite.

Au bout d'une demi-heure, Valentine se rendit à l'évidence : pour espérer trouver des indices lui permettant de remonter jusqu'à l'auteur de la gouache, elle devrait mener à bien un examen approfondi qui promettait d'être long et fastidieux, sans garantie préalable de succès. De la composition chimique du papier à l'étude des pigments, il ne fallait négliger aucune piste. Cela lui prendrait certainement plusieurs semaines de travail à temps complet.

Quelque peu découragée par l'ampleur de la tâche qui l'attendait, elle s'étira longuement. Puis elle retourna le cadre, se saisit d'un scalpel et entreprit de défaire le marouflage du cadre. C'était le moment qu'elle préférait dans son métier, celui où s'instaurait enfin un contact physique entre elle et l'œuvre sur laquelle elle travaillait.

Le cartonnage qui fermait l'arrière du cadre lui résista quelques minutes avant de se détacher. Valentine lâcha un grognement de satisfaction lorsque le carton de protection céda enfin. Son téléphone portable l'avertit alors par une série de vibrations que quelqu'un essayait de la joindre.

Valentine posa le carton sur la table et attrapa l'appareil. Le nom affiché sur l'écran était celui de Judith Sauvage, l'une de ses plus vieilles amies.

Depuis qu'elle avait été recrutée par la Fondation Stern, Valentine avait délaissé, faute de temps, la plupart de ses connaissances. Elle passait ses journées et une bonne partie de ses soirées cloîtrée dans l'hôtel particulier. Lorsqu'elle arrivait enfin chez elle, elle avait tout juste la force de se mettre au lit et d'allumer la télévision. Les semaines, puis les mois s'étaient ainsi écoulés sans qu'elle les voie passer, et elle ne se souvenait même pas de la dernière fois où elle avait parlé à Judith.

Elle décrocha.

— Je m'en veux de ne pas t'avoir donné de nouvelles, dit-elle sur un ton exagérément contrit. J'ai été très occupée ces dernières semaines.

— J'ai besoin de te voir, enchaîna Judith. Tu as un peu de temps ?

Valentine perçut aussitôt la tension inhabituelle qui habitait la voix de son amie. Celle-ci n'appelait pas pour lui faire des reproches. Il n'y avait aucune trace d'agressivité dans le ton qu'elle avait employé, mais plutôt une excitation mal contenue.

— Que se passe-t-il ? demanda Valentine.

— C'est au sujet de Thomas.

Le mari de Judith, Thomas, avait disparu en Tchétchénie neuf ans plus tôt. Depuis, elle vivait partagée entre espoir et abattement.

Thomas s'était volatilisé à la fin du mois de janvier 2000, alors qu'il couvrait pour un quotidien l'entrée des troupes russes dans Grozny. L'hypothèse initiale d'un enlèvement par les rebelles avait été rapidement écartée. Ceux-ci avaient en effet mieux à faire que de s'attirer les foudres des pays occidentaux, déjà peu enclins à les soutenir face aux assauts du Kremlin. Survivre était une occupation trop prenante pour se soucier des rares journalistes assez fous pour s'aventurer au cœur de cet enfer.

Thomas se trouvait tout près de la ligne de front quand son guide l'avait perdu de vue, lors d'une contre-attaque menée par les combattants rebelles. D'une extrême violence, les combats avaient fait rage dans leur zone durant près de trente-six heures. Lorsqu'il était enfin sorti de la cave dans laquelle il s'était réfugié, le guide avait passé la zone au peigne fin. Il n'avait trouvé aucune trace de Thomas parmi les corps abandonnés sur place ni dans les hôpitaux de fortune bâtis à la hâte pour accueillir les rares blessés survivants.

De leur côté, les autorités militaires russes avaient assuré n'avoir, elles non plus, aucun indice concernant cette disparition. Selon Igor Sergueïev, le ministre de la Défense de l'époque, rien ne prouvait que Thomas eût été blessé ou tué pendant l'assaut. En tout cas, avait-il déclaré d'un ton péremptoire, une chose était certaine : quoi qu'il fût arrivé à Thomas, ses hommes n'y étaient pour rien. Les résultats de l'enquête qu'il avait diligentée ne laissaient aucun doute sur ce point. Sergueïev mentait sans doute, soit sur la réalité de l'enquête, soit sur ses résultats, voire, comme c'était probable, sur les deux points. Le Kremlin n'avait toutefois aucun intérêt à attirer l'attention des médias occidentaux sur ses manœuvres militaires en Tchétchénie. La disparition de Thomas était plus ennuyeuse qu'utile pour les Russes. S'ils avaient su où était Thomas, ils l'auraient probablement renvoyé en France, même dans un cercueil.

Pour Judith, cette incertitude sur le sort de Thomas, synonyme d'espoir au début, s'était transformée au fil des années en un interminable calvaire. Elle aurait de loin préféré obtenir une preuve concrète de la mort de son mari plutôt que de vivre accompagnée par cette présence fantomatique.

Abusant des antidépresseurs, elle dépérissait. Son corps squelettique, ses traits émaciés et durcis ne laissaient aucun doute quant à l'intensité de sa souffrance. Même la naissance de sa fille Juliette, dont elle était enceinte au moment de la disparition de Thomas, ne lui avait apporté qu'un réconfort passager. Chaque fois qu'elle contemplait l'enfant, Judith pensait à celui qu'elle avait perdu.

Les premiers temps, Valentine l'avait soutenue autant qu'elle l'avait pu mais, happée par ses propres difficultés, elle avait peu à peu fini par lâcher prise. Après son licenciement du Louvre, elle avait trop de mal à gérer ses propres angoisses pour pouvoir assumer, en plus, celles des autres. Cela ne l'empêchait pas de se sentir coupable de ne pas avoir davantage accompagné son amie dans cette épreuve.

— Tu as du nouveau ? demanda-t-elle.

Judith répondit d'une voix mal assurée, comme si elle peinait à se convaincre elle-même de ce qu'elle s'apprêtait à dire :

— Je l'ai retrouvé. J'ai retrouvé Thomas !

4

Elias Stern relut l'e-mail que Nora venait de lui remettre. Il le reposa devant lui sur la table en ébène qui occupait le fond de son bureau et leva les yeux vers son assistante.

— Ils ont mis du temps à réagir.

Nora haussa les épaules.

— Sorel avait tout verrouillé. Quand il est mort, ils ont dû réorganiser l'antenne de fond en comble. Un an, c'est le délai normal pour faire un audit et nommer un nouveau responsable.

— J'espère qu'ils ont mieux choisi leur agent, cette fois.

La jeune femme lui tendit une pochette jaune dont la couverture portait un aigle aux ailes déployées sur un fond étoilé.

— Ils m'ont fait parvenir ce matin son dossier par l'intermédiaire de l'ambassade. Il s'agit sans doute d'une version expurgée, mais nous avons au moins un os à ronger en attendant de la rencontrer.

Stern ouvrit la pochette et contempla la photographie imprimée sur la première page. C'était celle d'une femme noire aux cheveux courts, âgée d'une quarantaine d'années. Sa veste de tailleur grise, d'un classicisme strict, la faisait ressembler à une femme d'affaires. D'après son dossier, elle n'avait cependant pas l'habitude d'opérer dans les tours de la Défense ou de Wall Street. Stern survola rapidement la liste de ses missions récentes : vingt-quatre mois en Afghanistan, autant à Bagdad et douze à Peshawar pour finir. Sa nomination à Paris était sans doute sa dernière mission opérationnelle. Viendrait ensuite pour elle le repos du guerrier, à savoir un poste de bureaucrate à Washington.

— Vous la connaissez ?

— Je l'ai croisée il y a trois ans et demi, répondit Nora. Elle accompagnait Sorel lors d'un de ses séjours, quand la Fondation était encore au stade de projet. Je crois qu'ils couchaient ensemble à l'époque.

Stern esquissa un sourire dépourvu de malignité.

— Vous voulez dire par là qu'elle supportait mieux sa présence que vous ?

Le rappel de sa relation conflictuelle avec l'agent du FBI laissa Nora de marbre.

— Quand arrive-t-elle ? l'interrogea Stern.

— Elle se trouve déjà à Paris. Elle a débarqué la semaine dernière.

— Vous savez où la joindre ? Toujours au George V ?

— Non, elle n'a pas les goûts luxueux de Sorel. Elle a loué un appartement. Elle a l'intention de s'installer pour quelque temps. Ses supérieurs ont compris que gérer les choses de loin comme le faisait Sorel n'était pas viable.

— Invitez-la donc pour une prise de contact.

— C'est déjà fait. Elle vient demain matin.

— Parfait.

Nora comprit au ton de Stern que la conversation était close. Elle se leva, passa la main sur sa hanche pour réajuster son holster de ceinture et se dirigea vers la porte. Situé au rez-de-chaussée de l'hôtel particulier, le bureau de Stern présentait un système de sécurité identique à celui de la bibliothèque. Nora attendit que la paroi de Plexiglas disparaisse dans le mur et quitta la pièce.

Lorsqu'il fut seul, Stern attrapa le combiné du téléphone et composa un numéro qui commençait par un préfixe international. Son interlocuteur décrocha presque aussitôt, comme s'il attendait son appel.

— Charles ! s'exclama Stern d'une voix chaleureuse. Comment vas-tu ?

— Très bien. C'est toujours un bonheur de t'entendre, Elias.

Son interlocuteur parlait un français parfait, quoique teinté d'un accent anglais très marqué.

— Tout est en ordre ?

— Presque. J'ai encore un ou deux détails à régler, mais tout sera bouclé demain.

— Parfait. Je pensais venir en fin de semaine. Est-ce que cela te convient ?

— Tout à fait.

Il fit une pause.

— Seras-tu accompagné ? reprit-il d'une voix qui vibrait d'une étrange tension.

— Je ne sais pas encore.

— La maison est grande, tu le sais.

— Ce n'est pas si simple.

— Je comprends. Je t'attends dans trois jours, alors.

— Merci, Charles.

Stern raccrocha. Il ouvrit à nouveau le dossier que lui avait donné Nora et s'y plongea, à la découverte de son nouvel interlocuteur au sein du FBI. Bien qu'elle portât son nom et que Stern fût officiellement le président de son conseil d'administration, la Fondation était en réalité une entité hybride. En échange d'un soutien financier et d'un appui logistique, Stern avait accepté qu'elle serve de tête de pont sur le continent européen à l'Art Crime Team, la branche du FBI spécialisée dans la lutte contre la fraude artistique.

L'agence américaine avait déjà des accords de coopération avec les principaux États européens, mais cela ne suffisait plus. Dans le domaine de l'art comme dans celui de la drogue ou de la délinquance financière, le crime s'était mondialisé. Il n'était pas rare de retrouver à Londres des œuvres volées en Irak au moment de l'intervention américaine, qui avaient transité par plusieurs pays d'Asie avant d'entrer sur le continent européen par les frontières poreuses d'un pays de l'Est. Ce trafic générait un chiffre d'affaires faramineux, qui transitait par des plates-formes de blanchiment de plus en plus difficiles à contrôler et à maîtriser. Les instruments de lutte traditionnels ne suffisaient plus. Il fallait inventer de nouvelles méthodes d'action pour espérer avoir une chance d'obtenir des résultats probants. La Fondation Stern pour la Diffusion des Arts était l'un de ces outils. Elle alliait la discrétion d'une structure privée à la force de frappe de l'Art Crime Team.

Officiellement, la Fondation était un organisme à but non lucratif chargé d'organiser des manifestations artistiques et de promouvoir de jeunes talents. Dans les faits, elle n'avait rien organisé ni publié depuis sa création. Personne ne semblait l'avoir remarqué – ou, plutôt, tout le monde avait compris qu'il y avait là un mystère, mais qu'il valait mieux se tenir éloigné de ces hautes grilles perpétuellement fermées et de ces employés bâtis comme des déménageurs. Même l'échec spectaculaire de la première mission d'envergure menée par la Fondation, qui s'était conclue par la mort de Sorel, l'agent de liaison envoyé par le FBI, n'avait fait l'objet d'aucune fuite dans la presse.

Treize mois étaient passés depuis ce fiasco. La vitesse à laquelle ils s'étaient écoulés ne cessait de surprendre Stern. Il s'était depuis occupé de tant de choses qu'il n'avait pas eu une seconde pour s'arrêter et regarder en arrière. De toute manière, cela n'entrait pas dans son caractère que de nourrir des regrets. Il ne l'avait jamais fait et n'entendait pas commencer à quatre-vingts ans passés.

Le vieil homme ferma les yeux et s'appuya contre le dossier de son fauteuil Louis XV. Il resta ainsi immobile durant plusieurs minutes avant de reprendre conscience.

Il grimaça de contrariété lorsqu'il s'aperçut qu'il s'était assoupi. Le temps était pour lui une denrée trop précieuse pour qu'il la gaspille. Se reposer entrait dans la longue liste des choses qui lui étaient désormais interdites.

5

— Non. Ce ne peut pas être lui.

Valentine secoua la tête et répéta :

— Ce n'est pas lui, Judith. Ce n'est pas possible.

Elle prit son amie par la main et essaya de l'entraîner hors de la pièce.

— Viens… Tu te fais du mal. Allons-nous-en.

Judith ne bougea pas. Une expression butée envahit ses traits.

— C'est lui. Je t'assure que c'est Thomas.

Bien trop forte pour l'atmosphère feutrée de la pièce, sa voix attira l'attention d'un gardien, qui se rapprocha ostensiblement et vint s'appuyer contre le mur tendu de velours sombre, lui lançant un avertissement du regard.

Judith se calma aussitôt. Elle désigna l'épaule du cadavre.

— C'est son tatouage, fit-elle à mi-voix.

Elle ouvrit son sac à main et en tira une vieille photographie froissée qu'elle tendit à Valentine. Celle-ci connaissait cette image, puisque c'était elle qui l'avait prise.

En couple avec Judith depuis moins d'un an, Thomas revenait tout juste d'un séjour éprouvant au Rwanda. Il avait besoin de faire une pause, aussi avait-il loué une tour médiévale dans les environs de Fiesole et invité Valentine à se joindre à eux.

Le dernier jour, ils avaient sillonné les routes toscanes à bord d'une voiture de location. Au déjeuner, ils s'étaient arrêtés dans une délicieuse *trattoria* nichée sur les hauteurs de San Gimignano. Valentine avait insisté pour conserver une trace de ce moment. Elle avait photographié le couple avec son vieux Minolta. Le résultat était médiocre, comme souvent avec cet appareil archaïque, mais Judith gardait une tendresse particulière pour cette image.

Pris de trois quarts devant la façade du restaurant, Thomas souriait largement, heureux de ce moment de répit volé à la violence et aux guerres. Sous son débardeur, on distinguait une grande partie du tatouage qui lui enserrait l'épaule et remontait jusqu'à la base de son cou. Thomas se l'était fait faire lors de son premier reportage, au tout début des années 1990. À sa sortie de l'école de journalisme, plutôt que de courir les stages comme ses condisciples, il s'était rendu, seul et sans contacts, dans la zone frontière entre la Birmanie et le Laos, au cœur du Triangle d'or. C'était tout à fait Thomas : il n'envisageait pas autrement son métier qu'ainsi, au plus près des événements. Après avoir passé six mois en complète immersion dans un petit village birman, il était revenu en France avec l'enquête qui avait lancé sa carrière et un tatouage représentant Rachasee, le roi lion. Thomas était très fier de cet ornement. Il le considérait comme une sorte de talisman et n'avait jamais songé à le faire effacer.

Valentine contempla la gueule grimaçante tracée à l'encre bleue sur l'épaule de Thomas. Ses souvenirs avaient atténué l'impression de puissance qui émanait de cet étrange animal aux membres recouverts de flammes. Plus qu'à un lion, Rachasee ressemblait en fait au griffon de l'iconographie médiévale occidentale, le bec et les ailes en moins. La férocité de son expression contrastait avec la sérénité affichée par Thomas.

Valentine rendit la photographie à son amie. Son regard glissa alors jusqu'au cadavre exposé au centre de la pièce, sur un piédestal d'aluminium brossé. Un faisceau lumineux tombé du plafond venait frapper le corps obliquement, accentuant l'aspect forcé de sa posture. Dans la semi-obscurité de la pièce, les rayons lumineux soulignaient l'entrelacement des muscles mis à nu. Les moindres bombements ou renfoncements étaient visibles, tout comme les points d'attache des muscles aux os et le complexe réseau de veinules.

Valentine se força à ne pas détourner le regard. Plus que le fait de savoir qu'elle contemplait un cadavre réel, c'était la position du corps qui la mettait mal à l'aise. Il y avait là quelque chose de familier, qui la troublait profondément, mais elle ne parvenait pas à identifier ce dont il s'agissait.

Le souvenir de son séjour toscan avec Judith et Thomas rétablit la connexion logique dans son esprit : la position du cadavre était une imitation parfaite de celle du *David* de Michel-Ange. Seul différait le matériau utilisé. Le procédé de conservation donnait à la matière organique un aspect cireux. Par bonheur, la transformation chimique avait également effacé toute odeur de décomposition.

Valentine essaya de se convaincre qu'elle contemplait un simple mannequin, mais sa répulsion ne s'éteignit pas pour autant. Malgré son malaise, elle s'obligea à fixer la zone où le tatouage était censé se trouver. Tout d'abord, elle ne vit rien de particulier, car le rayon lumineux descendu du plafond venait frapper de plein fouet le haut du corps et s'y reflétait comme sur une surface plastique. Après quelques secondes d'adaptation, elle finit par distinguer une sorte de tache oblongue qui, partant de l'épaule, s'étendait jusqu'au haut du torse.

Valentine se concentra pour en reconstituer les contours, sans guère de succès. Il était possible que cette ombre fût la trace résiduelle d'un ancien tatouage mais, en l'absence d'épiderme, cela relevait de la supposition et il était, en tout état de cause, parfaitement impossible de reconnaître en elle le Rachasee que Thomas s'était fait tatouer en Birmanie.

De plus en plus intrigué par l'attitude des deux jeunes femmes, le gardien commença à leur tourner autour, caressant le talkie-walkie qui pendait à sa ceinture.

Valentine passa sa main sous le bras de son amie et, cette fois, le serra assez fort pour vaincre sa résistance.

— Si c'est Thomas, dit-elle, nous n'avons rien à gagner à faire un scandale.

Elle entraîna Judith en direction du panneau de sortie. Elles traversèrent cinq autres salles, plongées dans la même atmosphère de recueillement feutré. Une douzaine de cadavres au total y étaient exposés. Certains étaient figés en action, dans des postures parfois surprenantes, comme ce joueur de basket-ball qui, en extension, écrasait un ballon dans l'arceau d'un panier.

Avant de quitter l'exposition, Valentine acheta le catalogue, dans l'espoir d'y retrouver une photographie du cadavre supposé de Thomas.

La caissière prit son billet et lui tendit en échange un sac opaque, puis elle s'adressa à Judith :

— Tout va bien, madame ? Vous êtes toute pâle.

Valentine contempla son amie. Celle-ci était effectivement livide.

— Nous avons une infirmerie derrière, reprit la caissière. Certaines personnes supportent mal de voir les œuvres que nous exposons.

— Ça va aller, merci... murmura Judith. L'air frais me fera du bien.

Juste après avoir franchi la porte de la salle où se tenait l'exposition, réservée d'habitude à des manifestations artistiques plus conventionnelles, elle s'affaissa soudain contre Valentine. Comme si toute la tension accumulée durant ces dix ans de recherches venait d'un coup de la quitter, elle poussa un cri étouffé et s'effondra sur le sol.

6

Hugo Vermeer caressa du revers de la main l'épaisse barbe mal taillée qui lui dévorait les joues. Engoncé dans une veste de velours qui peinait à contenir son imposante carcasse, il reposa son verre de vin vide et se dandina sur sa chaise pour trouver une position plus confortable. Le dossier émit un craquement inquiétant, mais tint bon.

Satisfait, Vermeer fit signe au serveur de lui apporter un autre verre et s'adressa à Valentine, qui agitait sans conviction une cuillère dans sa tasse de café :

— Comment va Judith ?

— Mieux... Elle est allée prendre Juliette à l'école. Je l'appellerai ce soir pour prendre des nouvelles.

— Tu crois qu'il s'agit vraiment de Thomas ?

Valentine ouvrit le catalogue de l'exposition à la page sur laquelle était reproduite la photographie du cadavre. Elle le posa à plat sur la table, le retourna vers son ami et posa son index sur la zone où le tatouage était censé se trouver.

— Je n'en sais rien. D'un côté, il y a bien une trace, c'est indéniable. Sa forme semble correspondre au tatouage de Thomas, mais ça peut être n'importe quoi : une tache de naissance, un problème de conservation, une réaction chimique au moment du traitement du corps...

Je ne sais même pas si l'encre d'un tatouage peut traverser la peau.

Vermeer observa la photographie.

— La reproduction est trop mauvaise pour qu'on puisse y voir quelque chose. La taille du cadavre correspond à celle de Thomas, au moins ?

Valentine hésita.

— C'est difficile à dire. Il était surélevé et dans une position bizarre. D'un autre côté, Thomas était dans la moyenne. Il devait faire un mètre soixante-quinze. Ça ne facilite pas les choses pour une comparaison.

Vermeer sortit une paire de lunettes de la poche intérieure de sa veste et souleva le catalogue pour l'observer de plus près. Il feuilleta quelques pages.

— Regarde, fit-il en s'arrêtant sur un visage photographié en gros plan, celui-ci présente des caractéristiques clairement asiatiques. Malgré l'absence de peau, on distingue très bien les yeux bridés et les pommettes un peu hautes. Celui que tu m'as montré semble plutôt caucasien, ou je me trompe ?

Valentine acquiesça.

— Ce n'était pas le seul. Plusieurs cadavres ne faisaient pas penser à des Asiatiques. D'après le catalogue, ils sont pourtant tous censés venir du Japon. Là encore, ce n'est pas significatif.

— Ouais... lâcha Vermeer, quelque peu désappointé. En somme, rien ne prouve que ce soit Thomas, mais rien ne permet d'éliminer cette hypothèse. C'est la merde, si tu veux mon avis...

Le serveur, un moustachu peu amène, posa un ballon rempli de vin blanc devant Vermeer.

Le Néerlandais le remercia d'un hochement de tête, puis il porta le verre à sa bouche et lâcha un grognement appréciateur.

— Les serveurs sont détestables dans ce troquet, mais ils servent un puligny-montrachet de toute beauté. Inutile de te proposer de te joindre à moi, j'imagine ?

Valentine regarda l'horloge accrochée au-dessus du comptoir. Celle-ci indiquait 17 h 15.

— Mon café me suffit à cette heure. Mais ne te gêne pas pour moi.

— Ne t'en fais pas, lâcha Vermeer dans un éclat de rire tonitruant, ce n'est pas mon genre ! Tu finiras bien par apprécier les bonnes choses sans que je t'y force.

Valentine fit une moue dubitative. Pour Hugo Vermeer, les « bonnes choses » se résumaient à un grand cru hors de prix, à un plat hypercalorique gorgé de sauce et à une voiture de sport, si possible ancienne, rapide et voyante. Il roulait d'ailleurs dans une Maserati 3500 GT de 1961 d'une couleur turquoise déconseillée aux amateurs d'anonymat.

Rien, en fait, n'appelait chez lui à la discrétion. Ni sa carrure de catcheur fatigué, ni sa voix puissante, teintée d'un accent batave dont le niveau était inversement proportionnel à celui de son alcoolémie, ni sa prédisposition naturelle à se faire remarquer partout où il passait.

— Comment Judith s'est-elle retrouvée là ? reprit-il.

— Que veux-tu dire ?

— Ne me dis pas qu'elle est allée voir cette exposition pour le plaisir. On fait mieux pour se remonter le moral. Des macchabées partout... C'est dégueulasse !

Malgré son français parfait, Vermeer adorait ponctuer son discours de mots aux sonorités populaires, comme pour dissimuler sous un vernis moins policé son irréprochable éducation de riche héritier.

— Ce ne sont plus vraiment des cadavres, dit Valentine. Ils ont subi une transformation chimique. Ils ont l'air...

Elle hésita avant de choisir le terme le plus approprié :

— Ils ont l'air plastifiés. C'est bizarre.

— J'ai lu le dossier de presse. D'après ce que j'ai compris, les tissus sont polymérisés, ou quelque chose comme ça.

Il entreprit de feuilleter à nouveau le catalogue, s'arrêtant de temps à autre sur une photographie.

— C'est un bon sujet. Je pensais faire une chronique dessus.

Officiellement, Vermeer tenait une petite boutique spécialisée dans l'Art nouveau située près du Louvre des Antiquaires. Les horaires d'ouverture étaient toutefois si restreints qu'on ne pouvait guère parler de travail. Ils se réduisaient en effet à quelques heures éparpillées de part et d'autre du déjeuner qui, à ses yeux, revêtait une importance bien supérieure à la vente d'un fauteuil de Marcel Breuer ou d'une commode d'Eugène Printz.

Ce manque d'assiduité s'expliquait très simplement : Vermeer n'avait nul besoin de gagner sa vie. Ses rentes lui suffisaient pour mener une existence très confortable. La boutique lui donnait surtout un prétexte pour sortir de son lit avant midi et lui apportait un semblant de vie sociale diurne. En réalité, elle lui coûtait bien plus qu'elle ne lui rapportait, mais il s'en moquait. L'argent n'était pas un problème pour lui.

Lorsqu'il ne traînait pas son ennui au milieu de ses meubles Art nouveau, Vermeer s'adonnait à sa seule véritable passion : rechercher des ragots sur le monde de l'art pour nourrir son site Internet, artistic-truth.com. Par malheur pour ses victimes, ce titre reflétait tout à fait le contenu du site. Tout ce qui était publié sur artistic-truth.com reposait sur des éléments concrets et sur des sources fiables. Vermeer ne publiait rien sans détenir des preuves de ses assertions. Or, il avait le chic pour dénicher les informations gênantes susceptibles de se transformer en scandales. La femme d'un célèbre milliardaire avait enrichi sa collection d'antiquités d'une rarissime statuette d'Horus de la vingt-sixième dynastie sortie d'Égypte grâce à un certificat de complaisance ? Elle pouvait être sûre de voir son nom sur la page d'accueil d'artistic-truth.com la semaine suivante. Et si son mari osait protester, il retrouvait aussitôt sur le site la copie du bordereau de virement grâce auquel une somme significative avait été transférée sur le compte luxembourgeois du haut fonctionnaire égyptien qui avait accordé l'autorisation de sortie de la statuette.

Non seulement Vermeer avait du nez, mais il était impitoyable et, surtout, il ne craignait rien ni personne. Il se moquait des menaces et des pressions, quelles que fussent leurs formes.

Vermeer avait évacué toutes ses réserves de peur à l'instant où, huit ans plus tôt, dans une cave de Moscou, un tueur avait appuyé le canon de son pistolet contre sa tempe. Après cela, la perspective d'un procès avait plutôt tendance à le faire sourire.

Il savoura une gorgée de puligny-montrachet et referma le catalogue. Il contempla la couverture. Le titre de l'exposition, *Ars mortis*, était inscrit en lettres gothiques argentées sur fond noir.

Vermeer secoua la tête.

— « L'art de la mort »... Difficile de faire plus putassier !

— Les foules adorent. L'exposition était noire de monde. Et, pour ton information, il n'y avait pas que des voyeurs névropathes. J'ai vu des familles bien comme il faut, avec des enfants.

— Ça ne m'étonne pas. Même la télévision ne leur suffit plus, à ces crétins. Ils veulent du cadavre certifié authentique. De l'émotion facile à peu de frais.

En bon représentant de l'élite, Vermeer éprouvait à l'égard du commun des mortels un sentiment de profond mépris, qu'il n'essayait d'ailleurs même pas de cacher.

Il fit une pause et repoussa le catalogue vers Valentine.

— Tu ne m'as pas dit ce que Judith fichait là.

— L'organisateur de l'exposition propose des organes isolés à la vente. Judith a été envoyée par le Muséum d'histoire naturelle pour voir si cela présente un intérêt pour leurs collections. Plusieurs universités de médecine s'en servent déjà pour leurs cours d'anatomie.

Au mépris du Néerlandais s'ajouta la consternation.

— Je vois le genre : plutôt que d'infliger aux étudiants des cadavres puants, on leur montre des organes bien lisses pour ne pas les choquer. On ne sait jamais... Ils pourraient vomir pendant une dissection, les pauvres, ou même arrêter leurs études de médecine. En fait, c'est une excellente métaphore de notre société, non ?

Valentine connaissait ce discours par cœur. Elle préféra changer de sujet.

— Le nom de l'organisateur est inscrit quelque part sur le catalogue. Attends...

Elle entreprit de feuilleter les premières pages. Elle trouva presque aussitôt ce qu'elle cherchait.

— Voilà, c'est ici : « Plastic Inc. ».

— Je vais voir ce que je peux trouver là-dessus, dit Vermeer en recopiant le nom de la société au dos de l'addition.

Il contempla pensivement les photographies reproduites sur le papier glacé.

— Ils précisent d'où viennent les cadavres ?

— D'après le catalogue, il s'agit de dons volontaires.

Vermeer eut un sourire cruel, comme si Valentine venait de dire une absurdité.

— Et tu crois à ces conneries ?

— Il doit y avoir des gens que la perspective de ne pas pourrir après leur dernier souffle excite.

— La vie éternelle en version lyophilisée... Mon cul, oui ! Et lorsque l'exposition a fini son tour du monde, les familles les exposent sur la cheminée ? Dans le jardin, peut-être, sur un socle ?

Il secoua la tête.

— Je ne marche pas. Plastic Inc. gagne beaucoup d'argent avec cette exposition. La justification scientifique est un prétexte. Quant à l'aspect artistique... Je ne peux que m'incliner devant tant de cynisme.

Valentine rangea le catalogue dans son sac à main.

— Tu peux faire quelques recherches là-dessus ? Je m'en occuperais bien, mais j'ai beaucoup de travail en ce moment.

Vermeer puisa dans son panel d'expressions pour en tirer un masque sarcastique. Cela se traduisit par un froncement de sourcils doublé d'une torsion dissymétrique des lèvres.

— Stern te submerge encore de travail ? Tu sais combien je suis opposé à l'exploitation des masses laborieuses. Redresse la tête, putain !

Venant d'un individu dont le compte en banque était assez bien approvisionné pour faire vivre dans l'aisance un village d'Afrique noire pendant un bon millénaire, cette incitation à la révolution marxiste avait de quoi prêter à sourire.

— Dans mon cas, rétorqua Valentine sur un ton cassant, l'expression « masses laborieuses » me semble très exagérée. La Fondation me rémunère généreusement, je te le rappelle. Elias me permet de travailler dans des conditions exceptionnelles.

— C'est bien la moindre des choses que puisse faire ce vieux salopard après ce qui s'est passé.

Vermeer avait gardé une sérieuse rancune à l'égard de Stern depuis que l'explosion de la Mercedes de la Fondation lui avait coûté une moitié de vertèbre et trois semaines de coma.

Malgré cette circonstance atténuante, Valentine le reprit sèchement :

— Ne parle pas d'Elias comme ça. Ce n'était pas sa faute.

— S'il m'avait fichu la paix, je ne me serais pas retrouvé au beau milieu de ce merdier.

— Tu n'as rien fait pour t'épargner ça, Hugo. D'une manière générale, tu ne fais jamais rien pour éviter les ennuis, d'ailleurs.

Cette allusion à l'un des traits marquants de son caractère arracha un geignement de découragement à son interlocuteur.

— Toujours ces stéréotypes ! Vermeer cherche les problèmes, Vermeer ne peut pas passer un mois sans se faire tirer dessus, Vermeer ne...

Valentine lâcha un cri de désespoir :

— Pitié !

La jeune femme savait d'expérience qu'il valait mieux interrompre la complainte de son ami avant que celui-ci devienne impossible à stopper.

Sa supplique bloqua Vermeer dans son élan, mais elle ne l'empêcha pas d'enchaîner avec un autre de ses thèmes de prédilection :

— Tu devrais tout de même sortir un peu plus, déclara-t-il. Amuse-toi, bordel ! Tu n'as pas encore trente-cinq ans ! Au mieux, tu as encore deux ou trois ans devant toi avant de devenir une vieille fille aigrie et revêche. Je peux te présenter quelques amis convenables si tu veux.

— Convenables... ?

— Hétérosexuels, riches et âgés.

Il précisa aussitôt sa pensée :

— Un ou deux coïts rapides boostés au Viagra la première semaine pour lancer la relation, ensuite mariage rapide, liberté sexuelle totale et veuvage précoce... La belle vie, quoi. Tu peux aussi prendre l'option du quarantenaire coureur. Tu seras tout aussi tranquille, mais tu devras attendre davantage pour toucher le pactole, à moins qu'un mari bafoué ne t'en débarrasse prématurément. J'ai en stock tout ce qu'il te faut. Choisis.

Valentine grimaça.

— J'ai quelques doutes quant à tes talents de marieuse, Hugo.

Vermeer laissa passer quelques secondes avant d'assener le coup de grâce :

— Tu n'as pas besoin de mon aide pour rater ta vie sentimentale, c'est indéniable. Le dernier mec avec lequel tu as eu une aventure sérieuse a ruiné ta carrière et t'a fait virer du Louvre. Tu as raison : tu te débrouilles beaucoup mieux toute seule.

Le coup toucha Valentine de plein fouet. Elle n'essaya même pas de répliquer.

Vermeer regretta aussitôt sa phrase.

— Désolé, je n'aurais pas dû dire ça... Je sais que tu as été très occupée ces derniers temps, mais ta vie a besoin de rebondissements.

Valentine faillit lui répondre que les événements des mois précédents l'avaient vaccinée à vie contre les sensations fortes. Elle n'en eut même pas la force.

— Tu as raison, reconnut-elle. Je vais faire des efforts.

Elle contempla l'air contrit du Néerlandais et comprit l'intérêt immédiat qu'elle pouvait tirer de sa gêne.

— Et pour ces recherches ? Tu vas faire quelque chose ?

Vermeer secoua la tête de droite à gauche.

— Et merde ! Je déteste quand tu me manipules comme ça. C'est bon... Je vais fouiller un peu dans les poubelles de ces salopards. Mais c'est pour toi, hein !

Valentine ne se laissa pas duper par ses réticences. Vermeer adorait fourrer son nez partout, surtout là où il reniflait un possible scandale. Même sans le numéro de petite fille outragée de son amie, il se serait lancé tête baissée dans cette enquête.

7

Certains rêves sont étonnants de réalisme, songea Paul De Peretti. Non seulement il pouvait identifier avec précision l'endroit où le canon du pistolet s'était posé, en plein milieu de son front, mais il percevait également le contact froid de l'acier sur sa peau.

À chaque fois qu'il se lâchait sur la poudre, De Peretti passait une nuit calamiteuse. Or, après son échec de la veille à Drouot, il savait qu'il ne pourrait pas dormir, en tout cas pas sans s'être au préalable changé les idées.

Le Chagall lui avait échappé, et avec lui une commission royale. Tant qu'à perdre gros, autant le faire en beauté. De Peretti avait ainsi écumé toute la nuit les bars du Marais. Il n'avait lésiné sur rien : alcool à gogo, ecstas pour décoller plein pot et coke pour redescendre en limitant les dégâts. Il avait arrêté de compter au cinquième rail. C'était déjà un miracle qu'il ait réussi à rentrer chez lui au petit matin. La bande douloureuse qui lui enserrait la tête était un moindre mal après cette nuit d'excès.

Dans un état semi-comateux, le courtier souleva à demi ses paupières et jeta un regard en coin vers son réveil. Celui-ci marquait 6 h 42. Cela faisait quelque chose comme deux heures de sommeil. Un peu moins sans doute. De Peretti n'avait pas la moindre idée de l'heure à laquelle il était rentré chez lui. Il n'avait plus aucun souvenir de sa fin de soirée, d'ailleurs.

Il était de toute manière bien trop tôt pour se réveiller. Le mieux était de se rendormir et de se lancer dans un rêve moins périlleux, peuplé si possible de jeunes éphèbes musclés. Pour pimenter la chose, De Peretti décida de les faire évoluer dans un décor exotique, quelque part en Afrique du Nord, dans un de ces luxueux palaces aux décors ruisselants de kitch. Il les gratifia de corps d'haltérophiles, les enduisit d'huile des pieds à la tête et les dota pour finir de shorts en jean aussi courts que moulants. Les stéréotypes avaient parfois du bon.

De Peretti ferma les yeux et s'abandonna à ce nouveau songe.

Malgré les efforts qu'il déploya pour donner corps à sa vision, le canon du pistolet heurta à nouveau son front, plus durement cette fois. Une étincelle de douleur se superposa à son mal de crâne et lui traversa la tête jusqu'à la nuque, comme si on lui avait enfoncé une aiguille dans le front.

Il lâcha un faible gémissement, tandis que les esclaves s'évanouissaient les uns après les autres. Déçu, il renonça définitivement à toute idée de repos. Il repoussa toutefois le moment d'ouvrir les yeux. Mieux valait attendre d'avoir auparavant atteint un niveau de conscience suffisant pour se rappeler où étaient rangés ses remèdes contre la gueule de bois. Pour être certain de ne rien oublier, il dressa une liste de ses prochaines actions. Dans l'ordre : ingurgiter une aspirine, vomir, ingurgiter une autre aspirine, tenter d'atteindre la douche. Après, il verrait.

La sensation glacée n'avait pas disparu. Elle rayonnait en plein milieu de son front, là où la douleur était la plus intense. C'en était presque agréable.

Paul De Peretti réalisa brutalement qu'il ne rêvait pas.

Un pistolet était braqué sur son front.

Un véritable pistolet, à 6 h 42 du matin. Certaines journées ne méritaient même pas de commencer.

— Réveille-toi, connard.

Cette voix cassée ne lui était pas inconnue. Trente ans d'alcoolo-tabagisme actif l'avaient transformée en un filet rauque très reconnaissable. De là à savoir à qui elle appartenait, alors que De Peretti avait un effroyable mal de tête et les idées embrouillées, il y avait cependant un monde. Cela lui reviendrait certainement lorsqu'il aurait retrouvé une perception décente.

La pression du canon s'accentua contre sa boîte crânienne.

— Putain ! Mais t'es en hibernation ou quoi ?

De Peretti était maintenant tout à fait réveillé, mais il prit soin de n'en rien montrer. Il n'eut aucune réaction. Après tout, la vie n'était pas autre chose qu'une enchère géante : il fallait savoir se faire discret pour sortir du bois au bon moment. Ces quelques secondes lui permirent de mettre un nom sur la voix.

C'était celle d'Henri Lorenz, le client pour lequel il avait essayé d'acquérir le Chagall, la veille à Drouot.

Le courtier ouvrit enfin les yeux. Son regard se fixa sur le pistolet, qui paraissait vraiment énorme vu d'aussi près, avant de glisser vers Lorenz. Celui-ci était assis sur le bord du lit. Il avait posé son pardessus à côté de lui et il le fixait avec une expression agacée.

De Peretti se rendit compte qu'il était nu et totalement découvert. Il esquissa un geste pour remonter les draps.

— Bouge pas, abruti.

Il n'y avait plus de doute possible. Ce raffinement syntaxique et cette impressionnante richesse lexicale étaient l'apanage de Lorenz.

De Peretti abaissa le bras et le laissa retomber sur ses parties intimes.

— Comment êtes-vous entré ?

— La porte était grande ouverte, avec les clés dans la serrure. J'ai pris ça pour une invitation.

Ecstas pour décoller, coke pour retomber et rien dans tout ça pour stimuler la mémoire...

— Tu as une sale gueule, reprit Lorenz.

— Trop picolé.

Avec sa main libre, Lorenz attrapa un sachet de poudre blanche à moitié rempli qui traînait sur la table de chevet et l'agita sous le nez du courtier.

— Ça ne ressemble pas vraiment à une bouteille de whisky, constata-t-il.

— OK... admit De Peretti. Trop de tout.

— J'aime mieux ça. C'est important dans la vie, la sincérité. Ta mère te l'a dit quand tu étais petit, n'est-ce pas ?

— Qu'est-ce que vous fichez là ?

— J'aimerais juste comprendre ce qui s'est passé hier à Drouot. Je t'avais demandé d'acheter ce Chagall pour moi, non ? Au lieu de ça, tu m'appelles la bouche en cœur pour me dire que tu as foiré !

— Il y avait trop de monde sur le coup. Je n'ai rien pu faire.

Lorenz retira son pistolet et le reposa à côté de lui sur le lit. Avant que De Peretti ait pu réagir, il lui assena un coup de poing sur la tempe.

Le courtier se prit la tête entre les mains et se recroquevilla en position fœtale. Il lâcha un râle sourd.

— Tu as réfléchi longtemps pour trouver une aussi mauvaise excuse ?

De Peretti répondit par un nouveau grognement.

— Qui a acheté la gouache ? poursuivit Lorenz.

— Elias Stern.

— Jamais entendu parler.

De Peretti prit sur lui pour ne pas sourire de l'ignorance de Lorenz. Provoquer un homme armé qui, de surcroît, avait le coup de poing aussi facile pouvait passer pour une forme de suicide.

— C'est un ancien marchand, expliqua-t-il. Une vraie star. Il avait le plus beau stock d'œuvres d'art au monde il y a encore cinq ans.

— J'en ai rien à foutre que ce mec soit Michael Jackson ou cette vieille peau de Mère Teresa. Je t'avais demandé ce Chagall pour ma femme. Elle le voulait vraiment. Tu es en train de foutre le bordel dans mon couple et j'ai pas besoin de ça en ce moment.

— J'allais l'avoir, se justifia De Peretti, mais Stern a surenchéri sur moi au dernier moment.

Lorenz secoua la tête d'un air exaspéré.

— Ne me baratine pas. Je ne t'avais fixé aucune limite financière.

— Vous ne comprenez pas : on ne peut pas lutter contre cet homme. Il aurait acheté la gouache à n'importe quel prix.

Lorenz réfléchit un instant à ce qu'il venait d'entendre. Un sourire énigmatique glissa sur ses lèvres, aussitôt remplacé par le masque implacable qui lui était habituel.

— C'est marrant ce que tu me dis.

— Pourquoi ?

— Parce que, justement, il n'a pas voulu payer le prix pour le Chagall.

De Peretti ne réagit pas. Il avait échoué et il s'était fait engueuler. Normal. Le coup de poing était sans doute superflu, mais Lorenz payait bien. Il avait le droit d'exprimer son mécontentement de manière un peu musclée.

— Ton Stern est allé pleurer auprès du commissaire-priseur après la vente. Il a refusé de payer le prix d'enchère. Mais tu étais déjà parti te farcir le nez à ce moment-là.

Le courtier se sentit obligé de montrer un semblant d'intérêt aux propos de son interlocuteur, ne fût-ce que pour éviter un nouveau coup :

— Comment savez-vous qu'il n'a pas payé ?

— Tu crois être le seul à me dépouiller de mon pognon ? Je donne assez d'enveloppes à ces enfoirés de commissionnaires pour savoir ce qui se passe à Drouot.

— Stern a vraiment refusé de payer ?

— C'est ça, connard. Je te l'ai déjà dit.

— Et le commissaire-priseur a accepté ?

— Sans moufter. Un coup de fil au vendeur et l'affaire était emballée.

— Comment Stern a-t-il fait pour le convaincre ?

— Je n'ai pas réussi à en savoir plus.

— Même en payant un supplément à ces enfoirés de commissionnaires ?

Lorenz ne releva pas l'ironie. Cette figure de style lui était sans doute inconnue.

— C'est le black-out total. On leur a gentiment expliqué qu'ils seraient virés en cas de fuite. Le seul truc que j'ai réussi à savoir, c'est qu'il y a un problème d'attribution.

L'intérêt du courtier crût cette fois en flèche.

— La gouache a été authentifiée. Je connais l'expert, il est sérieux.

Il se redressa en position assise et secoua la tête.

— C'est n'importe quoi...

Sans prévenir, Lorenz l'attrapa à la gorge. Son visage porcin se rapprocha à quelques centimètres de celui de son interlocuteur.

— Si je te dis qu'il y a un truc pas net, tu m'écoutes et tu enregistres, c'est clair ?

Il resserra un peu plus ses doigts autour du larynx du courtier et répéta :

— Est-ce que c'est clair, bordel ?

— Clair... susurra De Peretti en essayant de happer un peu d'air.

Lorenz relâcha sa prise.

— Bon, maintenant tu sors ton cul du lit et tu t'habilles. Tu bosses pour moi, je te le rappelle. Ton pognon ne va pas tomber du ciel. Il va falloir que tu le mérites.

— J'ai des rendez-vous ce matin...

— Alors tu prends ton foutu téléphone et tu les annules.

De Peretti sentit d'instinct qu'il avait épuisé sa marge de manœuvre. Il n'essaya pas de protester, même pour la forme.

Lorenz était tout sauf un plaisantin. Dans son large éventail d'activités figuraient le trafic de drogue, les machines à sous clandestines et la prostitution. Depuis quelques années, il arrondissait ses fins de mois en important de la chair fraîche – blonde et mineure de préférence – en provenance directe des républiques baltes. Après six mois de tournages intensifs pour sa maison de production de films pornographiques, les filles étaient recyclées dans les hôtels de luxe, où elles dispensaient leurs largesses aux Moyen-Orientaux de passage. Quand elles étaient usées, en général au bout d'un an ou deux, elles étaient revendues à des bordels bas de gamme de Dubaï ou d'Abu Dhabi. Elles y faisaient la joie des ouvriers philippins venus travailler dans les chantiers de construction. À ce point, Lorenz les avait oubliées depuis longtemps. De nouvelles putes les avaient remplacées dans ses livres de comptes.

Henri Lorenz se situait à la croisée de deux époques. Du grand banditisme à la française, il avait hérité un sens pointu de l'organisation. De la nouvelle génération des délinquants de banlieue, il possédait l'impulsivité et l'absence de scrupules. Il pouvait faire disparaître n'importe qui de la surface de la terre d'un claquement de doigts.

De Peretti savait tout cela. Il n'avait aucune intention de finir dans la Seine, la tête remplie de plomb. Il n'avait pas d'autre choix que d'obéir.

— Que voulez-vous que je fasse ?

— Rencarde-toi sur ce Chagall.

— Pourquoi ? Si c'est un faux, tant mieux pour vous. Vous n'avez rien perdu dans l'histoire.

Lorenz esquissa un nouveau sourire, à peine plus explicite que le précédent. Il attrapa la joue du courtier et la pinça entre son pouce et son index comme il l'aurait fait avec celle d'un enfant, mais en beaucoup plus fort.

De Peretti s'efforça de ne pas crier.

— Tu ne comprends rien à rien, hein ? dit Lorenz.

Il tira un mouchoir de la poche de son pantalon et essuya ostensiblement ses doigts avec, comme s'ils avaient touché une substance répugnante. Il contempla ensuite l'empreinte qu'ils avaient imprimée sur la peau du courtier et hocha la tête. Puis il se redressa, enfila son pardessus et fit disparaître son arme.

— Si ce n'est pas Chagall qui a peint cette gouache, alors je veux celui qui l'a fait à sa place. Trouve-le.

8

Valentine passa une nuit agitée, peuplée de corps écorchés parmi lesquels errait l'image fugace de Thomas, souriant devant un paysage de luxuriantes collines toscanes. Elle se réveilla à 8 heures passées, paressa au lit pendant vingt minutes, puis commença à se préparer sans hâte.

Lorsqu'elle arriva à la Fondation, un peu avant 10 heures, elle fit un petit signe à la caméra de contrôle insérée dans le mur d'enceinte près du portillon.

La voix d'Éric s'éleva depuis l'interphone :

— Monsieur Stern requiert votre présence dans son bureau.

— Très bien, j'y vais.

Valentine poussa le portillon et traversa la cour dans laquelle se trouvait la Mercedes de la Fondation. Un autre véhicule, une petite Peugeot de couleur grise, était garé à côté. Dans le cadre majestueux de l'hôtel particulier, cette image prêtait presque à sourire.

La restauratrice grimpa l'escalier monumental sans se hâter. Éric l'attendait devant la porte principale du bâtiment, mains croisées dans le dos, dans une posture d'attente. Il ne lui rendit pas son sourire, se contentant de hocher la tête à son approche.

Valentine rejoignit Nora devant le bureau de Stern.

— Que se passe-t-il ?

— Nous avons une invitée. Elias tenait à vous la présenter sans attendre.

Valentine pénétra dans la pièce à la suite de la jeune femme. Comme lors de chacune de ses visites précédentes, elle fut saisie par l'extraordinaire éclat du Van Gogh accroché sur le mur latéral, à gauche de la porte.

Elias Stern était installée dans un fauteuil, dos à la large baie vitrée qui donnait sur le jardin. Face à lui, de l'autre côté d'une table basse au piètement terminé par des pattes de lion, était installée une femme noire vêtue d'un jean et d'une veste de tailleur portée sur un col roulé moulant. Elle n'avait sans doute pas encore atteint les quarante ans et son corps était celui d'une femme rompue aux efforts physiques. À la différence de Nora, superbe exemple de beauté classique, il était difficile de dire qu'elle était belle. Elle dégageait toutefois un charme indéniable, dont les premiers responsables étaient ses yeux, d'un vert très lumineux qui tranchait avec la couleur de sa peau. Elle se leva à l'entrée de Valentine.

Stern fit les présentations :

— Valentine, je vous présente Colleen Heintz, qui est venue remplacer Sorel.

— Enchantée, dit la femme, un sourire franc sur les lèvres. Je suis ravie de vous rencontrer.

Son français était convenable, mais scolaire.

— Moi aussi, répondit Valentine.

Heintz se rassit.

Stern prit alors la parole :

— Vous nous disiez que vos supérieurs ont reconsidéré les modalités de notre collaboration avec la Fondation après...

Il laissa sa phrase en suspens avant de conclure :

— Après la catastrophe.

Le sourire de Heintz disparut.

— Autant aplanir tout de suite les ambiguïtés, monsieur Stern : Sorel est mort parce qu'il a négligé sa mission au profit d'objectifs personnels. Dans notre métier, il n'y a pas d'autre sanction. Je comprends votre irritation, mais notre relation doit se normaliser à nouveau. Je suis là pour ça.

Nora se leva et commença à verser du café dans les tasses posées sur la table basse. Elle s'adressa à l'Américaine d'une voix chargée d'ironie :

— Vous avez apporté des colifichets et des colliers en pâte de verre pour nous amadouer, j'espère ?

— Désolée, je n'y ai pas pensé, répliqua l'Américaine sans se départir de son calme.

Elle sortit de la poche intérieure de sa veste une photographie de petite dimension et la posa sur la table. Son visage retrouva son expression avenante.

— En revanche, nous sommes prêts à vous offrir ceci.

Nora s'immobilisa, la cafetière suspendue en l'air. Quelques gouttes du liquide sombre vinrent s'écraser sur le bois.

— Où avez-vous eu cette photographie ? demanda Stern.

— Certains de nos agents font des erreurs, mais il nous reste quelques atouts.

Stern se saisit de la photographie.

— Quand a-t-elle été prise ?

— Il y a neuf mois, lors d'une réception.

— Vous êtes sûre qu'il s'agit bien de la même œuvre ?

L'Américaine hocha la tête.

— Cela ne fait aucun doute. Nous avons agrandi l'image et l'avons comparée à la reproduction publiée sur le catalogue de vente. La concordance est parfaite, au pixel près.

Le vieil homme chercha des yeux ceux de Nora.

— Qu'en dites-vous ?

— Si c'est vrai, nous venons de gagner plusieurs semaines de recherches.

— Ça l'est, intervint Heintz. Cela vous convient, comme colifichet ?

Nora ne répondit pas. Elle reposa la cafetière et essuya les taches de café sur la table avec une serviette en papier.

— Comment avez-vous su ? demanda Stern.

— Vos voyages ne sont pas passés inaperçus. Nous avons retracé vos déplacements, interrogé les personnes que vous avez rencontrées et nous en avons déduit ce que vous recherchiez. Quand nous avons su ce qui s'est passé à Drouot, nous avons fait quelques recherches documentaires.

— Mais enfin... fit le marchand. La vente a eu lieu hier. Comment avez-vous pu... ?

— Vous mésestimez la logistique dont nous disposons. Nos analystes ont passé en revue nos archives. Ils ont resserré les critères de recherche jusqu'à ce que cette photo fasse surface.

— Je suis impressionné. Remerciez vos supérieurs de ma part.

— Je n'y manquerai pas.

Heintz était bien trop expérimentée pour se laisser aller à un quelconque triomphalisme.

Stern finit par reposer la photographie sur la table basse.

— Vous la reconnaissez, j'imagine ? demanda-t-il à Valentine en retournant l'image vers elle.

Il ne précisa pas s'il parlait de la fausse gouache de Chagall qu'il avait acquise la veille ou bien de la femme qui posait devant. Âgée d'une cinquantaine d'années et vêtue d'une robe de soirée, elle tenait à la main une coupe de champagne. Des deux hommes qui l'entouraient, on ne distinguait que les mains et les avant-bras.

L'image était récente, sans le moindre doute. La femme arborait en effet la coupe de cheveux qui avait suscité tant d'émoi dans la presse quelques mois plus tôt, lorsqu'elle avait décidé de rendre publique sa maladie.

L'épouse du Premier ministre souffrait d'un cancer à un stade avancé. Si, après l'abandon de la chimiothérapie, elle voulait garder les cheveux ras plutôt que de les cacher sous une perruque, c'était son problème, après tout. Ce n'était pas son mari, dont la cote de popularité avait bondi de douze points depuis la révélation de la maladie, qui allait lui jeter la pierre. Et puis cette coupe lui allait plutôt bien. Elle adoucissait quelque peu la maigreur de son visage et rendait paradoxalement les signes de la maladie moins visibles que lorsqu'elle portait les cheveux longs.

— Inutile de vous dire que nous allons devoir marcher sur des œufs, dit l'Américaine.

Stern se renfonça dans son fauteuil.

— C'est inutile, en effet.

9

Paul De Peretti était un homme pragmatique et prudent. Ce double aspect de sa personnalité lui dicta la marche à suivre : avant toute chose, montrer à Lorenz qu'il suivait ses ordres, du moins le temps qu'il se lasse.

Lorenz était un salopard, mais il n'était certainement pas idiot. Il avait un business à gérer. Il ne pouvait pas se permettre de perdre son temps avec les caprices de sa femme. Dans un jour ou deux, elle aurait trouvé une nouvelle lubie et Lorenz un autre type à ennuyer.

De Peretti devait juste survivre jusque-là. C'était tout ce qu'il avait à faire : survivre.

Deux jours... Après, il pourrait reprendre sa vie et oublier Lorenz.

C'était jouable. Pas évident, mais jouable. À condition de donner à Lorenz quelques gages de sa bonne volonté et de faire semblant de s'activer un minimum. De Peretti n'avait pas l'intention d'en faire trop. Il devait juste se faire voir un peu, poser quelques questions à droite et à gauche, si possible à des gens qui rapporteraient fidèlement le contenu de leur conversation à Lorenz, et faire son rapport. Il en connaissait d'ailleurs déjà le contenu : malgré ses efforts (sur lesquels il n'avait pas lésiné), le faussaire demeurait introuvable. Mais il ne perdait pas espoir. Un jour ou l'autre, il finirait par réapparaître. C'était une simple affaire de patience.

Par chance, la patience était une vertu que ne possédait pas Lorenz. Son cerveau passait directement de l'impatience à l'oubli.

Debout face au miroir de la salle de bains, De Peretti resserra le nœud de sa cravate et ajusta sa montre autour de son poignet. Les diamants incrustés tout autour du cadran scintillèrent étrangement à la lumière pâle du néon. Il s'aperçut que ses mains tremblaient.

Il en connaissait les causes : les effets de sa mauvaise nuit, bien sûr, mais aussi ceux de la terreur que lui inspirait Lorenz. Il étala un peu de coke sur le rebord de l'évier, traça un rail approximatif avec ses doigts et le sniffa.

De Peretti se sentit tout de suite mieux. Il n'y avait pas de quoi pavoiser mais, avec un peu de chance, quelques amphètes et beaucoup de coke, il tiendrait jusqu'au soir. Il rajouterait la note de dope sur ses honoraires. Son dealer s'approvisionnait chez Lorenz. Il n'y avait aucune raison qu'il subventionne les bonnes œuvres de cette enflure.

Il enfila sa veste, une Saint Laurent ornée de fines rayures grises, se contempla une dernière fois dans le miroir et glissa dans sa poche le sachet qui contenait le reste de poudre blanche. Avant de sortir, le courtier prit une profonde respiration. La coke finit de se frayer un chemin jusqu'à ses synapses, remplaçant la peur par une sorte de lucidité froide.

De Peretti contempla ses mains : celles-ci avaient enfin cessé de trembler. C'était la première bonne nouvelle de la journée.

10

Valentine reposa ses lunettes sur la table et se tourna vers la fenêtre. Il n'y avait rien à faire : elle avait beau essayer de se concentrer sur la gouache, ses pensées étaient ailleurs.

Judith avait instillé le doute en elle. Même si c'était peu probable, il existait une possibilité pour que le corps de l'exposition anatomique fût bien celui de Thomas. Mettre Vermeer sur le coup et attendre tranquillement qu'il trouve quelque chose était insuffisant.

Valentine décida d'en parler à Stern à la première occasion. La Fondation disposait de moyens plus importants que ceux de Vermeer. Peut-être accepterait-il de les mettre à sa disposition, ou tout au moins de lui ouvrir certaines portes.

Même si, depuis sa retraite, il ne fréquentait plus les expositions et les manifestations officielles, l'ancien marchand avait conservé des contacts dans le monde de l'art. Ses amis n'étaient pas nombreux, mais les liens qui les unissaient à Stern remontaient à plusieurs décennies, parfois même à l'avant-guerre. Depuis qu'elle travaillait pour la Fondation, Valentine avait déjà eu l'occasion d'observer l'efficacité de ce réseau comprenant aussi bien des conservateurs, des collectionneurs que des hommes politiques.

Si Vermeer échouait à trouver des informations sur l'exposition *Ars mortis*, les relations de Stern pourraient se révéler utiles.

En attendant, Valentine se sentait comme un rat en cage dans la bibliothèque. On était à peine au milieu de l'après-midi et elle venait de passer plusieurs heures sur le faux Chagall sans rien trouver de déterminant. Elle ne possédait pas le plus petit indice sur le faussaire et n'était pas plus renseignée à son sujet qu'avant de retirer la gouache de son cadre. La piste ouverte par Heintz avait bien plus de chance de mener jusqu'au faussaire que tout ce qu'elle pourrait faire de son côté. Elle aurait bien aimé savoir pourquoi, après la révélation de l'agent du FBI, Stern ne lui avait pas demandé d'abandonner ses recherches sur la gouache.

Une chose au moins était certaine : si elle restait enfermée un quart d'heure supplémentaire dans cette pièce insonorisée et coupée du monde, elle deviendrait folle. Un peu de bruit lui ferait du bien. Un contact humain ne serait pas malvenu non plus.

Valentine laissa ses instruments en plan sur la table, se leva et s'approcha de l'interphone inséré dans le boîtier de commandes de la porte. La touche de connexion établissait une liaison directe avec le bureau de Nora.

Le doigt posé sur le bouton, elle eut un instant d'hésitation. Depuis quelque temps, les relations entre les deux femmes pouvaient être qualifiées de fraîches. Après l'attentat qui avait blessé Nora en même temps que Vermeer, Stern avait imposé à son assistante deux mois de repos loin de la Fondation. Malgré ses réticences, Nora n'avait pas eu d'autre choix que de se plier à la volonté du marchand. À son retour, l'ébauche d'empathie qu'elle avait jusqu'alors montrée à l'égard de Valentine s'était dissipée. Les bons jours, Nora se comportait avec indifférence. Les mauvais, elle paraissait éviter Valentine et se cloîtrait dans son bureau ou s'arrangeait pour avoir subitement quelque chose à faire quand elle la croisait.

Dans l'immédiat, elle n'en était pas moins la seule personne susceptible de distraire Valentine.

Celle-ci pressa la touche de communication.

— Oui, Valentine ? fit la voix de Nora, aussi limpide que si elle s'était trouvée avec elle dans la pièce.

— J'ai besoin de prendre l'air.

— Rentrez chez vous si vous êtes fatiguée.

— Non, ce n'est pas ça...

— Allez faire un tour, alors. Vous reviendrez quand vous vous sentirez mieux.

— J'ai juste envie de papoter avec quelqu'un cinq minutes.

Nora ne se laissa pas attendrir.

— Je dois partir. Elias m'a demandé d'aller interroger l'expert de la vente d'hier. J'ai rendez-vous avec lui dans quarante minutes.

Pour Valentine, convaincre Nora de lui accorder un peu de temps était désormais devenu une sorte de défi. Elle n'avait aucune intention d'abdiquer. Elle commençait presque à s'amuser.

— Nora... supplia-t-elle, exagérant sa détresse. S'il vous plaît...

Elle perçut distinctement à travers l'interphone un soupir agacé, suivi d'un long silence.

— Vous voulez m'accompagner ? finit par lui demander Nora.

L'invitation était forcée, et Nora n'avait rien fait pour le cacher.

Valentine s'en contenta. L'important était de convaincre Nora, pas de la faire sauter au plafond de joie.

Cette petite victoire la fit sourire.

— Pourquoi pas ? Je descends tout de suite.

Elle ramassa sa veste en cuir sur le canapé et sortit de la bibliothèque.

Nora l'attendait au bas des marches. Comme à son habitude, l'assistante de Stern était tirée à quatre épingles. Elle avait noué ses longs cheveux blonds en un chignon strict et portait un tailleur-pantalon qui mettait en valeur sa silhouette parfaite. Valentine chercha des yeux le bombement de l'arme que Nora portait habituellement à la ceinture, au creux des reins, mais ne vit rien de particulier sous sa veste.

— Vous êtes prête ? demanda Nora.

— Allons-y.

La Mercedes les attendait dans la cour, moteur allumé. Elles s'installèrent à l'arrière et la voiture partit aussitôt, sans qu'elles aient eu besoin d'indiquer au chauffeur leur destination.

Les deux jeunes femmes ne prononcèrent pas un mot durant le court voyage qui les mena de l'autre côté de la Seine, près du Trocadéro. Valentine n'osa pas interroger Nora sur la finalité de leur déplacement et, de son côté, celle-ci ne fit aucun effort pour lancer la conversation.

En dépit des panneaux d'interdiction, Jacques gara la Mercedes en double file devant le palais de Tokyo, qui abritait les collections du musée d'Art moderne de la ville de Paris. Nora franchit les monumentales portes en cuivre du bâtiment et se dirigea droit vers la femme vêtue d'un uniforme bleu qui se tenait à l'accueil, derrière un comptoir recouvert de plans du musée.

— Bonjour, fit Nora dans un sourire poli.

L'employée, une femme d'une cinquantaine d'années aux traits ingrats, détacha à regret les yeux du magazine qu'elle était en train de lire. Elle prit une mine ennuyée, détailla Nora des pieds à la tête, soupira puis haussa les sourcils dans l'espoir que cela suffirait à la décourager.

— Nous avons rendez-vous avec M. Bodinger, déclara Nora.

Elle posa son sac à main sur le comptoir et y appuya ses coudes, sans se départir de son sourire figé.

Voyant que son impolitesse ne faisait aucun effet sur les visiteuses, l'employée capitula. Elle composa une rapide succession de touches sur son téléphone, prononça quelques mots d'une voix monocorde lorsque la communication s'établit, écouta la réponse de son interlocuteur et raccrocha. À aucun moment son visage n'avait exprimé autre chose qu'une lassitude glaciale.

— M. Bodinger vous attend. Suivez-moi.

Elle se leva précautionneusement, jeta un dernier regard à son magazine comme s'il s'agissait d'un proche qu'elle s'apprêtait à quitter pour toujours et fit le tour du comptoir avec une lenteur exaspérante. Elle guida les visiteuses à travers un dédale de couloirs jusqu'à une porte sur laquelle était fixée une vieille plaque de cuivre qui portait l'inscription :

LUCIEN BODINGER – CONSERVATEUR

Elle frappa, ouvrit aussitôt la porte sans attendre d'être invitée à le faire et s'effaça pour laisser entrer Nora et Valentine. Cette dernière se retourna pour la remercier, mais l'employée avait déjà disparu.

Lucien Bodinger posa le stylo avec lequel il était en train d'annoter un dossier et se leva pour les accueillir. Comme la veille à Drouot, il arborait un complet à la coupe vieillotte assorti d'un nœud papillon passé de mode.

— Merci de nous recevoir, déclara Nora.

— Je n'ose pas dire que tout le plaisir est pour moi, vu les circonstances...

Bodinger masquait mal sa nervosité. Il évita de croiser le regard de Nora et préféra se concentrer sur une tache d'humidité située près de la porte, entre les deux jeunes femmes.

— Ainsi M. Stern pense que la gouache est fausse...

— Il en est certain, précisa Nora.

Une goutte de sueur apparut sur la tempe du conservateur.

— J'imagine qu'il a de bonnes raisons de le penser...

— De très bonnes, en effet.

Bodinger sortit un mouchoir en tissu de la poche de son pantalon et s'essuya le front.

— De bonnes raisons... répéta-t-il. Bien sûr... Il s'agit d'Elias Stern, après tout.

Il retourna s'asseoir derrière son bureau.

Nora s'installa d'autorité sur l'une des deux chaises placées en face de lui. Valentine l'imita avec une raideur gênée.

— Comment expliquez-vous votre erreur, monsieur Bodinger ? commença Nora.

Le conservateur ne s'attendait pas à une entrée en matière aussi directe. La confiance qu'il avait montrée la veille lors de l'ouverture de la vente n'était plus qu'un lointain souvenir. Un réflexe nerveux contracta la partie gauche de son visage, de l'œil jusqu'au coin de la bouche.

Il bredouilla une vague justification :

— Je... je ne me l'explique pas, pour tout vous dire. Rien n'indiquait que cette gouache était fausse.

— Vous êtes pourtant un expert reconnu de Marc Chagall.

Bodinger acquiesça.

— On fait souvent appel à moi, en effet. Je suis en train de rédiger le catalogue raisonné de ses œuvres. Cela fait plus de quinze ans que ce travail est en cours.

— Et vous étiez prêt à insérer cette gouache dans votre volume ?

— Sans aucun doute. Je l'aurais fait si...

Il s'interrompit, laissant la fin de son hypothèse en suspens.

— Si ? insista Nora, soulignant sa question d'un haussement de sourcils.

Bodinger s'éclaircit la gorge :

— Si M. Stern n'avait pas soulevé son objection.

Le conservateur fit une nouvelle pause, comme s'il hésitait à pousser plus avant son raisonnement.

— Cela dit, reprit-il, M. Stern a cessé son activité commerciale il y a plusieurs années...

— Qu'insinuez-vous par là ?

— Votre employeur n'a peut-être plus l'œil tout à fait aussi aiguisé qu'avant.

Valentine voulut prendre la défense du vieux marchand, mais un geste discret de Nora l'en dissuada.

— Je ne vois pas ce qui vous permet de prétendre que cette gouache n'est pas de la main de Chagall, poursuivit Bodinger. À mon sens, une expertise plus complète s'impose. Je peux vous indiquer les noms de collègues compétents en la matière.

Nora secoua la tête d'un air ennuyé.

— Le problème, c'est que la Fondation Stern possède maintenant deux gouaches identiques.

— Comment cela ?

— M. Stern détient la gouache originale depuis longtemps. L'authenticité de cette œuvre lui a été certifiée par Marc Chagall lui-même. Or il s'agit du seul travail préparatoire réalisé pour *les Mariés de la tour Eiffel*.

L'air parut soudain se raréfier autour du conservateur. Il passa le doigt sous son nœud papillon pour essayer de l'élargir un peu. Il en profita pour défaire le bouton supérieur de son col de chemise.

— Chagall a très bien pu mentir à Stern. Il a peut-être réalisé plusieurs versions de la gouache.

— Pour quelle raison l'aurait-il fait ?

Les lèvres de Bodinger dessinèrent une moue suffisante.

— Pour lui vendre son exemplaire plus cher, bien sûr. Ce ne serait pas le premier artiste à déclarer unique une œuvre qui ne l'est pas pour en tirer un meilleur prix. Sur le plan technique, rien ne permet de dire que la gouache est une contrefaçon. Je suis tout à fait catégorique sur ce point.

Il contempla la jeune femme à la recherche d'un signe de doute, mais ses arguments avaient glissé sur elle sans l'affecter.

— L'honnêteté de l'artiste n'est pas en cause ici, déclara-t-elle. C'est de la vôtre dont il est question.

Un nouveau spasme traversa le visage de Bodinger.

— Qu'entendez-vous par là ?

— Vous saviez avant la vente que cette gouache était fausse, n'est-ce pas ?

Le conservateur encaissa le choc en silence, mais son corps parla pour lui, s'affaissant sur la chaise.

Nora ne lui offrit pas l'occasion de se reprendre.

— Je suis passée hier aux archives du ministère de la Culture. Vous avez consulté le dossier constitué à l'occasion de l'achat par l'État des *Mariés de la tour Eiffel*. Votre nom figure sur le registre.

— Cela fait partie du travail documentaire habituel pour une expertise.

Nora déplia une page photocopiée. Elle la posa sur le bureau, la lissa du revers de la main et la poussa vers Bodinger. Elle posa l'extrémité de son index sur la ligne qui l'intéressait.

— Regardez la date. Vous avez consulté ce dossier il y a trois ans. La gouache n'était pas à vendre, à l'époque. Pas à Drouot, en tout cas.

Le visage du conservateur parut se liquéfier d'un coup. Il laissa cette fois les gouttes couler sans même tenter de les essuyer.

— Il doit y avoir une erreur... balbutia-t-il. Je ne comprends pas...

— Ce n'est pas le seul problème. Depuis votre passage, le nombre de pages du dossier ne correspond plus à ce qui est indiqué sur la notice. Pour être exacte, il manque deux documents : le rapport dans lequel il est précisé que cette œuvre n'a donné lieu qu'à une seule étude préparatoire et la reproduction photographique de cette dernière.

Bodinger rejeta l'accusation d'un geste dédaigneux de la main.

— Ces documents ne se trouvaient pas dans le dossier quand je suis allé aux archives. Ils ont probablement été perdus avant mon passage.

— D'après le registre, vous êtes le seul à avoir consulté ce dossier depuis son archivage.

Le malaise de Bodinger était désormais tout à fait palpable. Il ôta son nœud papillon et le posa devant lui sur la table. Sous la chemise entrouverte apparut un cou si court qu'il peinait à faire la jonction entre la tête du conservateur et son torse.

— Je suis convaincue que vous avez retiré ces documents du dossier pour dissimuler une fraude, conclut Nora.

Le conservateur se releva d'un bond, heurtant au passage le bureau avec son ventre. La photocopie qu'avait apportée Nora voleta sur le sol, en même temps que le nœud papillon, qui disparut sous une armoire.

— Vous racontez n'importe quoi !

— Nous verrons cela, monsieur Bodinger.

Nora déposa sur la table une carte de visite à l'en-tête de la Fondation Stern.

— Si vous souhaitez soulager votre conscience, n'hésitez pas.

Le conservateur ignora la carte. Une expression haineuse déformait ses traits.

— Sortez d'ici, ou j'appelle la sécurité, murmura-t-il.

Nora se leva sans hâte. À aucun moment elle ne lâcha des yeux son hôte, même lorsqu'elle se pencha pour ramasser la photocopie tombée sur le sol.

— Nous vous donnons vingt-quatre heures pour nous contacter. Passé ce délai, ce ne sera plus pour votre conscience qu'il faudra vous inquiéter.

Elle fit volte-face et se dirigea vers la porte, la photocopie à la main.

Valentine hésita un instant sur la conduite à tenir. Elle finit par se redresser à son tour, salua le conservateur d'un mouvement du menton et rejoignit Nora dans le couloir.

Elle ne desserra pas les lèvres jusqu'à la sortie du musée.

— Vous auriez pu me prévenir... lâcha-t-elle en franchissant la porte. Je suis passée pour une imbécile.

— C'est vous qui avez voulu venir. Je ne vous ai pas demandé de m'accompagner.

Gagnée par une colère froide, Valentine s'engagea dans l'escalier qui débouchait sur le parvis. Le visage fermé, elle grimpa la première dans la Mercedes, qui les attendait à l'endroit exact où elle les avait laissées une demi-heure plus tôt.

Comme pour mieux souligner la distance qui la séparait de la restauratrice, Nora s'installa à l'avant, à côté du chauffeur. Pas plus que Valentine, elle ne remarqua la silhouette dissimulée dans un renfoncement d'immeuble qui les contemplait depuis l'autre côté de l'avenue du Président-Wilson, une cigarette aux lèvres.

11

Après cet entretien désastreux, Valentine avait perdu toute envie de retourner à la Fondation. Elle était encore moins d'humeur à travailler qu'avant son départ. Quant à la perspective de passer plusieurs heures dans le même bâtiment que Nora, elle était tout bonnement inimaginable. Elle se prit à regretter d'avoir refusé d'apprendre à tirer au pistolet quand Nora le lui avait proposé. Vider quelques chargeurs sur une cible dans le sous-sol de l'hôtel particulier l'aurait sans doute défoulée.

C'était un bon résumé de sa vie : elle percevait toujours l'utilité des choses un peu trop tard.

Prise d'une inspiration subite, elle demanda au chauffeur de s'arrêter alors que la limousine passait devant l'entrée principale du jardin du Luxembourg. Elle descendit de la Mercedes sans un mot de salut pour Nora et flâna un peu dans le parc. Le temps menaçant avait découragé tous les badauds, si bien que les larges allées bordées de platanes étaient vides. Même les alentours du bassin, d'ordinaire noirs de monde, avaient été désertés.

Valentine quitta le parc et se promena dans le Quartier latin sans but précis, jetant de temps à autre un regard distrait aux vitrines des boutiques.

Elle se retrouva soudain devant l'entrée de l'exposition anatomique qu'elle avait visitée la veille avec Judith. Une immense affiche, sur laquelle apparaissait le visage d'un écorché pris en gros plan, était accrochée sur la façade du bâtiment, au-dessus de la porte d'entrée. L'image était choquante en soi mais, à voir le moment d'arrêt de tous les passants, elle était efficace sur le plan du marketing.

Comme attirée à l'intérieur par une force inconsciente, Valentine poussa la double porte battante. Après avoir acheté son billet, elle décida de ne pas aller revoir tout de suite le corps supposé de Thomas, mais de visiter le reste de l'exposition, puisque Judith ne lui avait pas laissé le temps de le faire le jour précédent. Elle déambula ainsi dans les allées, prenant le temps de lire les affichettes accrochées sur les cloisons. Elle y apprit que les cadavres étaient soumis à un procédé chimique complexe qui bloquait la dégradation cellulaire et rendait les tissus imputrescibles. Les corps étaient manipulables à volonté jusqu'à l'ultime phase de fixation, qui leur donnait l'aspect du plastique dur.

Chaque « sculpture corporelle » avait été conçue comme une métaphore illustrant, par son positionnement ou par les éléments de mise en scène qui l'accompagnaient, un aspect particulier du caractère humain. Pour faciliter la tâche aux visiteurs, une petite plaque rectangulaire portant le titre de la composition était fixée sur chaque socle d'aluminium, comme dans les musées.

Le corps dont la position rappelait celle du *David* de Michel-Ange se trouvait dans la cinquième salle. Valentine remarqua cette fois le titre qu'on lui avait attribué : « Arrogance virile ». Elle passa un long moment à l'observer. Elle en fit plusieurs fois le tour, attentive à tous les indices qui pourraient lui rappeler Thomas. La tache sur l'épaule était bien présente, de la taille et de la forme générale du tatouage de Rachasee. À cette exception près, rien cependant ne permettait de reconnaître Thomas dans le corps dépecé. Valentine essaya sans succès de rapprocher ce visage aux muscles apparents du souvenir qu'elle avait conservé des traits de son ami. Au bout de quelques minutes, elle quitta la salle, un peu découragée de ne rien avoir découvert de plus, et poursuivit sa visite.

Elle conclut sa promenade par le clou de l'exposition : il s'agissait d'un corps dépouillé non seulement de sa peau, mais aussi de ses muscles, de ses organes internes et de l'intégralité de son squelette. On lui avait laissé seulement son système sanguin. Veines, veinules et vaisseaux formaient une arborescence écarlate qui paraissait flotter dans un parallélépipède de verre. Valentine ne put s'empêcher de trouver une réelle beauté à cette étonnante image. Bien plus que les corps figés dans des postures ridicules, cette prouesse technique justifiait à elle seule le titre *Ars mortis*.

— « Satan s'envola, et sur l'arbre de vie il se posa », récita une voix derrière elle.

Valentine sursauta. Elle se retourna et se retrouva face à un homme aux cheveux grisonnants. La trentaine bien entamée, il portait une veste de treillis sous laquelle apparaissait un vieux tee-shirt des Pixies.

Devant son regard surpris, il lui montra la couverture du livre qu'il tenait à la main. Il s'agissait d'une édition ancienne du *Paradis perdu* de Milton dans sa traduction de Chateaubriand.

— Inaltérable Milton, commenta-t-il.

— L'arbre de vie... répéta Valentine en contemplant les ramifications rouges. Bien vu.

— Merci. Je vous offre un café ?

— Vous êtes plutôt direct.

— Plutôt, oui.

Son audace et la sympathie spontanée qu'il dégageait incitèrent Valentine à ne pas l'éconduire de façon aussi expéditive qu'elle l'aurait fait en d'autres circonstances.

Il profita aussitôt de cette ouverture :

— Vous fréquentez aussi les morgues et les cimetières la nuit, ou bien vous vous contentez de faire la voyeuse dans les expositions scandaleuses ?

— Et vous, vous draguez toujours avec un livre de poésie ?

— Milton est mon meilleur atout. Normalement, les femmes défaillent en entendant son nom. C'est presque trop facile.

— Excusez-moi de ne pas me jeter dans vos bras, alors.

L'homme haussa les épaules.

— Bah… Il faut bien que quelqu'un me remette à ma place de temps en temps. La victoire n'a aucune saveur si le parfum de la défaite ne flotte pas au-dessus d'elle.

— Milton ?

— Don King. Vous ne m'avez pas répondu pour le café.

Valentine sourit à son tour.

Elle s'apprêtait à accepter l'invitation quand elle se souvint qu'elle avait promis à Judith d'aller prendre Juliette à l'école. Elle regarda sa montre et constata qu'elle n'avait plus que trois quarts d'heure devant elle.

— Désolée, mais je n'ai pas le temps. Ce sera pour une autre fois.

L'homme sortit un stylo de sa poche et griffonna quelque chose sur la page de garde de son livre, puis il le tendit à Valentine.

— Tenez. Vous n'aurez plus aucune excuse pour ne pas vous laisser séduire par le prochain garçon qui vous citera du Milton.

Il lui lança un dernier regard de braise et quitta la salle.

Valentine attendit qu'il ait disparu pour ouvrir le livre. Sur la page de garde, il avait simplement inscrit un numéro de téléphone portable et un prénom, Matthias.

Valentine ne savait pas si les intenses battements de son cœur provenaient de l'atmosphère étouffante de l'exposition ou bien du fait qu'un homme ne lui avait pas fait un tel effet depuis longtemps.

Trois quarts d'heure… De là où elle se trouvait, il lui fallait dix minutes à peine pour atteindre l'école de Juliette. Elle regretta sa précipitation à refuser l'invitation.

— Trop bête, ma fille… murmura-t-elle en se précipitant dans la direction que l'homme venait de prendre.

Elle courut vers la sortie mais, quand elle fut sur le trottoir, il avait disparu. Vermeer avait raison : sa gestion des relations avec les hommes oscillait entre le néant et le désastre.

Furieuse contre elle-même, elle se mit en route vers l'école de Juliette. Elle passa devant la bibliothèque Sainte-Geneviève et longea le Panthéon, dont la coupole grise paraissait plus terne que jamais sous le ciel envahi de nuages sombres. Elle descendit ensuite la rue Mouffetard et s'arrêta devant les étals du marché installé sur la placette qui faisait la jonction entre le cinquième arrondissement et le treizième.

Valentine aimait bien ce Paris faussement immuable. Tout était fait pour laisser croire aux touristes que rien, depuis l'aspect des rues jusqu'à l'ambiance générale du quartier, n'avait changé depuis le Moyen Âge. Elle ressentait le même plaisir coupable quand elle se promenait aux alentours de la butte Montmartre : elle savait que tout y était factice, mais elle adorait se laisser prendre par cette ambiance surannée.

Elle arriva devant l'école au moment où un flot de gamins s'échappaient en désordre du bâtiment. Valentine chercha Juliette des yeux. Comme à son habitude, celle-ci avait attendu le départ de la meute pour quitter l'intérieur de l'école. Elle s'avançait vers la sortie d'un pas tranquille, les mains serrées sur les lanières de l'énorme cartable qui dépassait de chaque côté de ses épaules. Elle bavardait avec une fillette brune, dont le visage poupon était encadré par deux couettes qui se dressaient presque à l'horizontale. La brunette dit quelque chose qui fit rougir Juliette, puis les deux fillettes éclatèrent d'un rire sonore.

Un large sourire s'étira sur les joues de Juliette lorsqu'elle aperçut Valentine. Elle posa un rapide baiser sur la joue de sa camarade et courut vers le portail. Elle se jeta dans ses bras en poussant un petit cri de joie.

Valentine attrapa le cartable par la poignée et l'ôta des frêles épaules de la petite fille.

— Comment va ma princesse ?

— Plutôt bien. Est-ce que tu sais que les ours polaires peuvent vivre trois mois sans manger sur la banquise ?

— Ça doit leur faire de sacrées économies à la fin de l'année.

Elle tendit à Juliette le sachet en papier dans lequel se trouvaient quelques viennoiseries qu'elle avait achetées en chemin.

— J'espère que tu es plus gourmande que les ours polaires.

La fillette lui lança un regard reconnaissant.

— Merci.

Elle tira un croissant du sachet, mordit dedans de bon cœur et se mit à mâcher avec application.

— C'est bon ?

Pour toute réponse, Juliette se contenta de hocher la tête.

— Qu'est-ce que tu lis ? demanda-t-elle en désignant le livre que Valentine tenait à la main.

— Oh, ça... On vient de me l'offrir. Je ne l'ai pas encore lu.

— C'est un roman d'amour ?

— Je ne sais pas encore.

Les traits de Juliette s'assombrirent soudain, comme si une idée lugubre venait de lui traverser l'esprit. Elle avala à la hâte sa bouchée et lança un regard inquiet à Valentine.

— Pourquoi es-tu là ? l'interrogea-t-elle. Il est arrivé quelque chose à maman ?

Toute trace d'insouciance avait disparu de son visage.

Valentine connaissait trop bien cette expression. Juliette portait depuis sa petite enfance ce masque propre à tous ceux qui découvrent trop tôt que l'existence est faite de drames tout autant que de joies. L'absence de son père avait marqué son caractère en profondeur. Tout bébé, déjà, Juliette arborait une mine sérieuse, qui contrastait avec ses joues rebondies et son corps potelé de nouveau-né, comme si, percevant la douleur de sa mère, elle se sentait obligée d'assumer elle aussi sa part de souffrance.

Jusqu'à son entrée à l'école primaire, Juliette s'enfermait à la moindre contrariété dans un mutisme farouche, dont il était difficile de la faire sortir.

Par la suite, les choses s'étaient quelque peu améliorées. Juliette répugnait encore à jouer avec les enfants de son âge, préférant lire et s'inventer des histoires de familles heureuses et de pères perdus qui reviennent un beau matin, mais sa sauvagerie s'était adoucie au fil des années. La distorsion entre ce corps d'enfant et cette conscience d'adulte n'en demeurait pas moins frappante et, parfois, terrifiante.

Valentine s'accroupit, posa le cartable de Juliette par terre et serra la fillette contre elle pour la rassurer.

— Ta maman va bien, ne t'inquiète pas. J'avais juste envie de passer un peu de temps avec toi. On ne s'est pas beaucoup vues toutes les deux ces derniers temps.

Cette explication ne parvint pas à effacer du visage de Juliette son air soucieux.

— Maman dit que tu travailles beaucoup. C'est pour ça que tu ne viens plus nous voir à la maison ?

Sa question atteignit Valentine droit au cœur. Elle remit en place une mèche de cheveux blonds qui s'était échappée de la barrette de Juliette.

— J'ai beaucoup de travail, mais j'arrive quand même à me libérer pour toi, tu vois.

— Tu t'occupes d'un vieux monsieur, c'est ça ?

Sa remarque arracha un éclat de rire à Valentine.

— Si tu veux... Je ne suis pas sûre que ça lui ferait plaisir qu'on parle de lui de cette manière.

— Il est malade ?

— Non, il a juste besoin qu'on fasse attention à lui. Comme toi. On va chercher ta mère ?

Juliette arracha d'un coup de dents un bon quart du croissant.

— Super, articula-t-elle, la bouche pleine. Tu crois qu'elle me laissera toucher les dinosaures ?

— Si tu promets de ne rien emporter chez toi, pourquoi pas ?

Juliette retrouva le sourire. Deux minces fossettes dessinèrent des virgules parfaites de part et d'autre de sa bouche.
Juliette les tenait de son père, Thomas, chez qui elles
étaient plus prononcées encore.

Le cœur de Valentine se déchira à nouveau.

12

Après le départ de Nora et Valentine, Lucien Bodinger s'enferma à clé dans son bureau du palais de Tokyo. Il fit dire qu'il ne voulait pas être dérangé, ne répondit pas au téléphone et n'honora aucun de ses rendez-vous. Il passa le reste de l'après-midi immobile sur sa chaise, la tête entre les mains.

À 19 heures passées, n'y tenant plus, il décrocha son téléphone. Il faisait preuve d'imprudence en appelant depuis son bureau mais, au point où en étaient les choses, cela ne devait plus avoir aucune importance.

La sonnerie retentit longuement dans le combiné. Bodinger s'apprêtait à raccrocher lorsqu'elle s'interrompit enfin.

— Ils savent ! s'écria-t-il dès que la ligne fut établie.

Sa voix fiévreuse s'était élevée bien trop fort dans la pièce. Le conservateur s'aperçut que quelqu'un avait très bien pu l'entendre depuis l'autre côté de la porte.

Il reprit, plus bas :

— Elias Stern sait que la gouache est fausse ! Il a fait un scandale hier à Drouot.

— Calmez-vous... fit son interlocuteur sur un ton qui se voulait apaisant. Mon travail est irréprochable. Le papier provient d'un vieux stock que j'ai racheté au fournisseur de Chagall. Les pigments sont identiques à ceux qu'il utilisait. Il est techniquement impossible de distinguer cette gouache de l'original.

À l'autre bout du fil, la respiration du conservateur se fit plus difficile.

— Stern possède la preuve qu'il s'agit d'une copie.

— Expliquez-vous.

— La photographie dont vous vous êtes servi pour la réaliser...

— Oui ?

— Je suis tombé dessus par hasard dans les archives du ministère de la Culture. Elle se trouvait dans le dossier qui avait été rassemblé au moment de l'acquisition des *Mariés de la tour Eiffel* dans les collections publiques.

— Vous ne m'en avez jamais parlé...

— Je ne voulais pas vous ennuyer. Je pensais que cela n'aurait aucune répercussion. Personne ne connaissait ce dossier. Il était complètement oublié.

— Et que contenait-il ?

— Les pièces habituelles pour l'acquisition par l'État d'une œuvre importante : un descriptif du tableau, la liste de ses propriétaires successifs, le fac-similé des titres de propriété et un rapport sur son intérêt artistique et patrimonial.

— Je ne vois là rien de menaçant.

— C'est Stern qui a rédigé le rapport. La photographie de la gouache préparatoire était agrafée à la dernière page. Je ne pouvais pas me douter qu'elle lui appartenait. Ce n'était écrit nulle part.

— Comment avez-vous pu être aussi stupide ?

— Vous m'aviez demandé de trouver une œuvre de Chagall que vous pourriez copier facilement, se justifia Bodinger sans conviction. Il n'y avait pas mieux que celle-ci. Cette gouache n'est jamais apparue en vente publique. Il n'y avait aucun risque.

— La preuve !

— C'est un hasard malheureux. Nous pouvons peut-être essayer de négocier avec Stern.

— Stern n'est pas notre problème principal. Votre garantie ne vaut maintenant plus rien. Vous croyez que tous ceux que vous avez roulés vont rester les bras croisés ?

— Que me conseillez-vous ?

Son interlocuteur eut un petit rire forcé.

— Je vous conseille de courir le plus loin possible, sans vous retourner.

— Vous savez que c'est impossible. J'ai un emploi, une famille… Je ne peux pas tout abandonner !

— Vous m'avez demandé mon avis. Je vous l'ai donné.

Son flegme provoqua chez Bodinger un sursaut d'énervement.

— Nous sommes tous les deux compromis dans cette histoire. Vous êtes l'auteur de ces faux. Je n'ai fait que les vendre.

— Justement. Ceux qui les ont achetés se sont fiés à votre réputation. Ils ne savent même pas que j'existe. Ils vont vouloir récupérer leur investissement et c'est vers vous qu'ils se tourneront.

— J'ai dépensé cet argent… gémit Bodinger. Je ne pourrai même pas en rembourser le dixième !

Un silence accueillit son aveu.

— Dites-moi ce que je dois faire !

— Vous êtes responsable de ce merdier. Débrouillez-vous pour vous en sortir tout seul.

— Qu'est-ce que vous racontez ? C'était votre idée ! C'est vous qui êtes venu me chercher, espèce de…

Son interlocuteur raccrocha avant que Bodinger eût pu terminer sa phrase.

— Salaud ! hurla-t-il dans le combiné.

Sa voix traversa le bois de la porte et résonna dans le couloir, mais Bodinger était dans un état de tension trop intense pour s'en apercevoir.

Il raccrocha, enfila à la va-vite son imperméable et attrapa machinalement sa sacoche avant de quitter la pièce. Il claqua la porte et traversa le palais de Tokyo au pas de charge.

Dehors, la nuit venait de tomber. Une fine pluie, entraînée par un vent glacial, avait commencé à tomber. Bodinger demeura un instant sur le seuil du musée, le temps de fermer son imperméable et d'en remonter le col. Un mouvement furtif, de l'autre côté de l'avenue du Président-Wilson, attira son attention tandis qu'il entreprenait de descendre les quelques marches menant au parvis.

Une silhouette masculine, engoncée dans un long pardessus de cuir noir, venait de s'élancer au milieu du flux intense de véhicules, à la hauteur du musée Galliera. L'homme zigzagua avec agilité entre les voitures qui arrivaient à pleine vitesse. Au moment où il parvint sur la contre-allée centrale qui coupait l'avenue en deux, il releva la tête et fixa le conservateur.

Bodinger se figea. Il scruta la semi-obscurité, à peine atténuée par la lumière trop faible des lampadaires. La seule chose qu'il parvint à distinguer fut la visière de la casquette qui masquait la partie supérieure du visage de l'homme.

Celui-ci s'élança sur la chaussée. Il fit un écart pour éviter un 4 × 4 qui arrivait à toute allure du Trocadéro, parcourut en courant les derniers mètres et alla se réfugier sous un Abribus. Là, il consulta le panneau des horaires.

Soulagé, Bodinger prit une profonde inspiration pour essayer de se calmer et repartit sur le parvis en direction de la Seine. Malgré les conditions climatiques, il avait besoin de marcher un peu pour rassembler ses esprits. La montée d'angoisse irraisonnée qui l'avait gagné lorsqu'il avait croisé le regard de l'homme ne l'avait pas encore tout à fait quitté.

Côté Seine, le palais de Tokyo se développait en une succession de terrasses en espalier parmi lesquelles étaient disposées plusieurs fontaines. Au fil du temps, ce lieu était devenu le territoire des bandes de skateurs qui avaient trouvé là un terrain d'entraînement exceptionnel, doté d'une vue imprenable sur la tour Eiffel. Toute la journée, depuis son bureau, Bodinger entendait les cris d'encouragement et les chocs sourds des planches contre le rebord des fontaines. Il avait plusieurs fois tenté de faire déloger ces vandales, mais la direction du musée avait d'autres chats à fouetter que d'empêcher des gamins de s'abîmer les coudes en faisant des figures acrobatiques. Et puis il suffisait de les chasser pour qu'ils reviennent le lendemain, encore plus nombreux et excités.

Bodinger secoua la tête de dépit en apercevant les graffitis sur les murs et les cannettes de bière abandonnées un peu partout. Il hâta encore le pas, tant cette vision de désolation le rendait malade. Ce qui avait été l'un des fleurons culturels de Paris devenait, lentement, mais sûrement, un terrain vague de luxe.

Traverser le grand carrefour qui rayonnait sur toute la rive droite de la capitale lui prit plusieurs minutes, tant le trafic était dense à cette heure de sortie des bureaux. Il passa devant la Flamme de la Liberté, sur laquelle quelques nostalgiques s'obstinaient à afficher des hommages à lady Di, et s'engagea sur le pont de l'Alma.

Quelqu'un prononça alors son nom derrière lui. Le conservateur se retourna. Un homme lui faisait de grands signes depuis l'autre côté du carrefour.

— Monsieur Bodinger ! répéta-t-il en agitant à nouveau le bras.

Lorsque le feu passa au vert pour les piétons, il se lança dans la traversée du carrefour. Vingt secondes plus tard, il atteignait la flamme de bronze.

Bodinger put alors distinguer ses traits.

Il se figea, stupéfait. Il connaissait cet individu. Il l'avait vu la veille à Drouot.

Bodinger songea tout à coup à l'avertissement de son associé. Son cœur se mit à battre à tout rompre dans sa poitrine, tandis qu'une angoisse incontrôlable s'emparait de lui.

Il pensait avoir encore un peu de temps devant lui avant que leur escroquerie ne soit dévoilée. Il n'avait pas la moindre idée de la manière dont il pourrait se tirer de ce mauvais pas et il comptait sur ces quelques jours de réflexion pour trouver une solution. Tout cela arrivait trop vite.

Il perdit soudain tout contrôle de lui-même. Il laissa tomber sa sacoche sur le sol et se mit à courir en direction de la rive gauche de la Seine. Derrière lui, le rythme des pas de son poursuivant s'accéléra lui aussi. Bodinger résista à l'envie de se retourner et se concentra sur l'extrémité du pont, son seul salut possible.

Lorsqu'il posa enfin le pied sur le trottoir, l'homme n'était plus qu'à vingt mètres derrière lui. Malgré l'heure, les environs étaient presque déserts. Les rares passants étaient bien trop occupés à se protéger de la pluie et du froid pour accorder une attention quelconque au petit homme haletant qui jetait des regards apeurés autour de lui.

Le seul abri que vit Bodinger était l'entrée de la station de RER, juste devant lui. Il s'y engouffra.

Sans cesser de courir, il sortit de sa poche sa carte d'abonnement, la glissa au-dessus du lecteur magnétique et franchit aussitôt les barrières. Par bonheur, le quai se trouvait juste derrière. Bodinger constata avec soulagement qu'il était bondé. Il leva les yeux vers le panneau indicateur. Le prochain train était annoncé à l'approche.

Bodinger s'enfonça dans la masse des voyageurs et se mit à avancer. Parvenu au milieu du quai, il joua des coudes pour se rapprocher du bord de la voie. Il bouscula au passage une fillette aux cheveux roux dont la mère lui lança un regard désapprobateur.

Concentré sur le train qui pénétrait dans la station, Bodinger l'ignora et franchit le dernier rideau de voyageurs. Il fit le décompte des secondes qui le séparaient du salut. Une quinzaine avant que le train stoppe. Trente de plus pour que les voyageurs descendent. Dix pour qu'il monte à son tour sur la plate-forme. Une minute en tout et il serait sauvé. Cette pensée lui apporta un peu de réconfort.

Il se hissa sur la pointe des pieds et jeta un regard vers l'entrée de la station. Il aperçut au loin son poursuivant qui franchissait à son tour les portillons. Bodinger se sentit définitivement rasséréné : jamais l'homme n'aurait le temps de le rejoindre au milieu de cette foule.

La voiture de tête n'était plus qu'à dix mètres de lui lorsqu'il sentit une pression dans son dos, au niveau des reins. Il fit un mouvement agacé pour signifier aux voyageurs qui se trouvaient derrière lui de patienter. La poussée ne cessa pas pour autant.

Par réflexe, le conservateur esquissa un mouvement de tête vers l'arrière. Un morceau de casquette noire traversa son champ de vision, tout près de lui, avant de se noyer dans la marée humaine.

Bodinger n'eut pas le temps d'en voir davantage. Un dernier coup sec le propulsa vers l'avant, achevant de lui faire perdre l'équilibre. Son pied glissa sur le rebord du quai, tandis que ses bras battaient l'air à la recherche de quelque chose à quoi se retenir.

La fillette rousse poussa un cri strident lorsqu'il s'écroula sur la voie.

13

Hugo Vermeer poussa un geignement rauque. Il déglutit bruyamment et laissa tomber sa tête en arrière contre le dossier de son fauteuil. Un râle s'échappa de ses lèvres presque closes.

— Décide-toi ! grogna l'homme assis en face de lui. On ne va pas y passer la soirée !

Vermeer se redressa sur son siège. Il baissa les yeux vers ses chaussures, des mocassins Berluti qu'il avait choisis parce que leur teinte crème se fondait harmonieusement avec le vert anglais de la moquette.

— Petrus... dit-il après un long moment de réflexion.

Imperturbable, l'homme lui fit signe de poursuivre.

Vermeer s'éclaircit la gorge pour gagner quelques dixièmes de seconde supplémentaires.

— 1981, finit-il par lâcher d'une voix mal assurée.

L'homme poussa une exclamation de plaisir. Il ôta le cache de carton qui masquait l'étiquette de la bouteille posée sur la petite table ronde autour de laquelle ils étaient installés. Il tourna la bouteille pour que Vermeer puisse lire l'étiquette.

Le Néerlandais étouffa un juron.

— 1982 ! Et merde ! J'ai hésité... Tu l'as bien vu !

— C'est trop tard. Tu m'en dois une caisse.

D'un geste affiné par une pratique quotidienne, Vermeer agita délicatement son verre en le tenant par le pied. Il huma le liquide vermillon, le fit à nouveau tournoyer au fond du ballon et en but une gorgée, qu'il garda longuement en bouche avant de l'avaler.

Il secoua la tête.

— Comment ai-je pu me tromper ? 1982... C'est évident.

Son ami regarda sa montre et se leva.

— Je dois y aller.

— Déjà ? Tu ne m'accordes pas une revanche ?

— Désolé, on m'attend. La prochaine fois.

Vermeer le menaça de l'index.

— Tu vas connaître l'enfer ! Je vais te dénicher un truc incroyable.

— Depuis le temps que tu me promets le pire... ricana l'homme en s'éloignant.

Vermeer se resservit une large rasade de petrus.

— À voir votre expression, j'en déduis que vous avez perdu.

Plus raide qu'un majordome victorien, le maître d'hôtel qui venait d'entrer arborait une livrée sombre sur laquelle tranchaient ses gants immaculés. Sa moustache grisonnante était taillée au millimètre, tout comme le cordon de cheveux qui partait des tempes et lui enserrait l'arrière du crâne.

— Vous auriez pu me dire que vous aviez rentré du 82 ! lui reprocha Vermeer.

— Notre sommelier a effectué quelques achats le mois dernier. Votre partenaire de dégustation nous a recommandé la plus grande discrétion quant à ces acquisitions. Vous connaissez notre souci de satisfaire les désirs de nos membres...

Tout en finissant sa phrase, le maître d'hôtel attrapa entre deux doigts une particule de poussière qui s'était invitée sur la nappe et la glissa dans la poche de son gilet. Son élocution était aussi guindée que son port de tête. Sa manière de s'exprimer, tout autant que son costume faisaient de lui un anachronisme vivant. Plus personne ne parlait de cette manière, mais les membres du Club Dumas venaient justement y chercher cette sensation d'entrer dans un univers qui n'avait pas changé depuis le XIXᵉ siècle, à l'image du plafond stuqué et des fauteuils au vieux cuir patiné.

Devant la mine agacée du Néerlandais, le maître d'hôtel précisa :

— La beauté du sport, monsieur Vermeer. C'est là l'une des valeurs cardinales du Club. N'oubliez pas que nous avons autrefois compté Pierre de Coubertin parmi nos plus fidèles clients.

— La beauté du sport... médita Vermeer en buvant une nouvelle gorgée de vin. Vous êtes d'un snob, vous, les Français ! C'est quand même mieux quand on gagne à la fin, non ?

— Cela dépend de l'enjeu, j'imagine.

Le maître d'hôtel ouvrit une boîte en acajou verni.

— Ceci devrait vous aider à vous remettre de vos émotions.

Vermeer hésita un bref instant, la main suspendue au-dessus de la boîte à cigares. Il opta finalement pour un Vegas Robaína, un Unicos d'un diamètre imposant. Le maître d'hôtel tira un coupe-cigare en argent de la poche de son gilet et le posa sur la table.

Vermeer ôta la bague ornée d'un R doré, sous lequel trônait la date : 1845, année où les ancêtres de *don* Alejandro Robaína avaient commencé à cultiver le tabac sur leurs divines terres rouges de la Vuelta Abajo. Avec une concentration et une ferveur dignes d'un communiant, il coupa la tête du cigare, l'alluma et tira une longue bouffée.

C'était là le privilège des clubs huppés : on pouvait y faire tout ce qu'on ne pouvait pas se permettre ailleurs, comme fumer à l'intérieur, déguster des bouteilles à deux mille euros pièce et converser, l'air de rien, avec un maître d'hôtel sorti tout droit d'un film de James Ivory. Les pauvres ne savaient pas ce qu'ils perdaient.

Vermeer exhala lentement la fumée de son Unicos. Une expression quasi extatique prit possession de son visage. À le voir ainsi, un cigare dans une main et un verre de grand cru dans l'autre, on aurait pu le croire tout droit sorti d'un tableau de Rembrandt. Vermeer n'aurait pas déparé entre un bœuf écorché et un solide paysan au visage rougeaud, dans une pièce enfumée aux lourdes tentures sombres. Cette comparaison n'était toutefois guère du goût du Néerlandais, qui préférait rappeler sa parentèle avec l'auteur de *la Jeune Fille à la perle*. Outre le fait que ni son caractère ni son physique massif ne s'accordaient avec ces délicates compositions à l'ambiance raffinée, Hugo Vermeer n'avait cependant jamais apporté à quiconque la preuve que son lien avec le maître de Delft allait au-delà de leur patronyme commun.

— Ah, Georges... dit-il en levant son verre vers son interlocuteur. Mon cher Georges... Comment assouvirais-je mes vices sans vous ?

Le maître d'hôtel haussa les épaules.

— Vos vices sont très communs comparés à ceux de certains membres du Club, monsieur Vermeer.

— C'est bien pour cela que nous payons une cotisation aussi exorbitante : pour que vous exauciez tous nos désirs, même les plus ennuyeux.

Une lueur amusée brilla dans les pupilles du maître d'hôtel. Elle s'effaça aussitôt, pour céder la place à une expression placide qui seyait davantage à sa fonction.

Il sortit une enveloppe kraft de format moyen de la poche intérieure de sa veste et la posa sur la table.

— Un coursier a déposé ceci à votre attention.

Vermeer le remercia d'un hochement de tête.

Georges contempla successivement le cigare et le ballon rempli de petrus. Une ridule de réprobation s'imprima sur son front.

— Puis-je vous suggérer d'accompagner votre Vegas Robaína d'autre chose que d'un vin rouge ? Un Grande Champagne ou un rhum Plantation Old Reserve s'accorderont autrement mieux.

91

— Je vous remercie, Georges. Je viens de perdre bêtement une caisse de petrus. Je ferai pénitence en me contentant de ce qui reste dans cette bouteille.

Le maître d'hôtel ne protesta pas, malgré ce qui était pour lui une évidente faute de goût.

— N'hésitez pas à me sonner si un vice de dernière minute vous venait à l'esprit. Je n'ai rien contre l'imprévu.

— C'est promis.

Vermeer décacheta l'enveloppe. Il en tira une photographie, sur laquelle on distinguait un individu de type asiatique, pris de loin au téléobjectif, qui s'extrayait de la banquette arrière d'une voiture, un modèle allemand de luxe très répandu parmi les gens fortunés. Âgé d'une cinquantaine d'années, il portait des lunettes à fine monture dorée et les cheveux courts.

Deux gardes du corps aux silhouettes floues l'entouraient. L'un d'eux semblait avoir aperçu le photographe et esquissait un geste dans sa direction. Le cadrage serré ne donnait aucune indication quant à l'endroit où se trouvaient les trois hommes lorsque l'image avait été réalisée.

Vermeer retourna la photographie. Au dos, quelqu'un avait écrit au feutre rouge :

PLASTIC INC. = TAKESHI ONO

Un petit dessin, esquissé en quelques rapides coups de crayon, suivait l'inscription. Il s'agissait d'une sorte de lézard stylisé. Vermeer fixa le reptile durant quelques secondes et opta finalement pour une salamandre.

Il rangea la photographie dans l'enveloppe et la glissa dans sa poche. Mettre un nom sur l'exposition *Ars mortis* lui avait coûté une petite fortune, mais Vermeer ne lésinait jamais sur la dépense lorsqu'il s'agissait de faire ce qu'il préférait dans la vie après boire des grands crus en quantités industrielles : fouiner dans l'existence d'autrui et faire surgir au grand jour ce qui aurait dû rester enfoui.

Takeshi Ono l'ignorait encore, mais il était en train de vivre ses dernières heures de tranquillité.

Rendu joyeux par cette perspective, le Néerlandais but une gorgée de petrus, qu'il conserva longuement en bouche avant de porter l'Unicos à ses lèvres.

Georges se trompait. L'association du vin et du cigare était loin d'être aussi mauvaise que cela.

14

Les années agissent comme une caresse bienveillante sur certains tempéraments, patinant les aspérités, transformant l'impulsivité en impatience et la hargne en obstination. Sur d'autres, au contraire, cet effet apaisant se révèle plus limité, voire tout à fait absent. Tel était le cas du commissaire Lopez. Cela faisait près de trente-cinq ans qu'il s'illustrait par ses éclats et ce n'était pas parce qu'il n'était plus très loin de la retraite qu'il était disposé à changer quoi que ce soit à son caractère.

Lopez se fichait comme d'une guigne d'avoir une réputation de mauvais coucheur. Il ne manquait jamais l'occasion de passer un savon à ses subordonnés, surtout quand ils avaient fait une boulette plus grosse qu'eux. Les murs de son bureau du quai des Orfèvres se mettaient alors à trembler, et il n'était pas rare de voir des gars avec dix ou quinze ans de boîte derrière eux en ressortir les larmes aux yeux et un « Enfoiré ! » silencieux au bord des lèvres.

Cela, c'était dans ses bons moments, quand aucun élément extérieur ne venait assombrir davantage encore son humeur.

Lorsque la météo était à ce point calamiteuse, les dispositions naturelles du commissaire Lopez atteignaient des pics d'intensité. Si, en plus, un appel téléphonique l'avait réveillé au beau milieu de la nuit, mieux valait ne pas l'approcher. Tout le monde le savait, y compris le planton qui, trempé jusqu'aux os malgré sa casquette et son imperméable, avait reçu pour mission de bloquer l'accès à la station de RER.

Averti de l'arrivée imminente de Lopez, le malheureux se préparait au pire. Il eut une première idée de ce qui l'attendait quand, dans un crissement de pneus déchirant, la voiture de fonction du commissaire, une Citroën pas vraiment conçue pour être mise entre de telles mains, se bloqua net en double file au beau milieu du carrefour, à côté d'une camionnette de pompiers. Prudent, le planton écarta la barrière de sécurité et fit un pas en arrière doublé d'un garde-à-vous d'école.

Lopez passa devant lui sans le voir. Il marcha jusqu'au quai, où se trouvaient une vingtaine d'individus, presque tous en uniforme. Quelques blouses blanches faisaient tache parmi la dominante de bleu et de rouge.

L'ambiance était étrangement calme au regard des circonstances. Un petit groupe de pompiers et de policiers rassemblés au niveau de la tête du train discutaient à voix basse. L'atmosphère frénétique qu'on rencontrait d'habitude sur les lieux d'un accident était absente. Seuls témoignages visibles du drame qui s'était déroulé plus tôt dans la soirée, deux puissants projecteurs installés sur le bord du quai inondaient d'une lumière crue une petite zone circonscrite entre l'avant de la motrice et le parapet.

Lopez repéra le jeune inspecteur qui lui avait téléphoné pour le prévenir. Sorti de l'École de police depuis moins d'un an, celui-ci se tenait un peu à l'écart des secouristes et mettait une grande application à ne pas regarder en direction du train.

— Qu'est-ce que c'est que ce bordel ? gronda Lopez en arrivant à sa hauteur.

L'inspecteur sortit de sa torpeur. Il salua mollement le commissaire et fit un geste en direction des secouristes amassés au bord du quai.

— Ça fait cinq heures qu'ils essaient de sortir la victime de là-dessous.

— Ce n'est pas une raison pour me faire chier à une heure du matin, putain ! Des types qui passent sous le métro, il y en a tous les jours !

L'inspecteur était livide, mais les reproches de son supérieur n'y étaient pour rien.

— Nous vous attendions pour le désincarcérer. J'ai pensé que vous voudriez lui parler avant.

— Parler à qui ?

L'inspecteur désigna l'endroit où convergeaient les faisceaux des deux projecteurs.

Lopez distingua d'abord une masse sombre coincée entre le muret et l'essieu de la motrice. Lorsqu'elle se précisa, elle prit la forme d'un tronc humain autour duquel étaient agenouillés deux pompiers et un médecin. Depuis sa position surélevée, Lopez ne voyait pas le visage de la victime, caché par le rebord du quai. Il avait en revanche une vue imprenable sur ses cuisses, écrasées à mi-hauteur par les roues du train.

— Comment ça ? Il est encore vivant ?

— Plus pour longtemps. Dès qu'ils soulèveront le wagon pour le sortir de là, l'hémorragie le tuera presque instantanément. Pour l'instant, la pression des roues empêche les artères de se vider.

— Les secouristes ne peuvent rien faire ?

— À part le bourrer de calmants, non.

Lopez jeta sa cigarette sur le sol et l'écrasa du bout de la semelle. Son regard se posa sur le matériel de désincarcération installé à côté du train. Cisailles hydrauliques, écarteurs, vérins à pompe, tronçonneuses à disque et coussins de levage étaient alignés sur le quai, prêts à l'emploi. Ces outils, d'ordinaire synonymes de survie, signifieraient cette fois la mort pour le blessé. Cela expliquait l'ambiance pesante. Un second drame, plus terrible encore que celui qui avait réuni là tous ses hommes, était en train de se jouer devant eux, et ils étaient impuissants face à cette agonie inéluctable.

Sur la seconde voie de circulation, l'atmosphère était différente. Plusieurs cheminots s'affairaient en effet autour d'une grue automotrice. Celui qui paraissait être leur responsable, un individu maigre à la démarche trop décontractée en regard des circonstances, traversa les voies et s'approcha des deux policiers.

— On ne peut plus attendre pour dégager ce merdier, dit-il d'entrée.

— Donnez-nous encore un peu de temps, répondit l'inspecteur.

— On en a pour au moins trois heures de boulot. Si on veut que le trafic reprenne normalement demain matin, on doit s'y mettre tout de suite.

— Nous sommes en pleine enquête criminelle. Soyez patient.

— J'ai des ordres. C'est moi qui vais prendre si on finit en retard.

— *Je* vous dirai quand vous pourrez soulever le wagon, fit le policier en insistant sur le pronom initial. D'ici là, retournez à votre grue et fichez-nous la paix.

En réponse, le cheminot se campa sur ses jambes, bras croisés. Son attitude ne laissait aucun doute sur ses intentions belliqueuses.

Il prit une mine stupéfaite lorsque le policier le saisit par le col de sa chemise et le souleva presque du sol.

— Un mec est en train de crever ici, putain ! murmura l'inspecteur entre ses dents. J'en ai rien à battre de vos foutus délais ! Maintenant vous allez attendre gentiment là-bas qu'on ait fini, OK ?

Il relâcha le morceau de tissu.

Le cheminot le contempla d'un air incrédule. Il se passa la main sur le cou, là où l'étreinte de l'inspecteur avait laissé une trace rougeâtre.

Lopez jugea qu'il était temps d'intervenir. Il s'interposa entre les deux hommes.

— Écoutez… fit-il au cheminot d'une voix conciliante, mais ferme. Je dois parler à la victime. J'en ai pour quelques minutes. Après, vous pourrez intervenir. Vous aurez fini dans les délais. Ne vous inquiétez pas.

Le cheminot marmonna quelque chose que Lopez interpréta comme un assentiment. Il lança un dernier regard de défi au jeune inspecteur avant de retourner s'installer devant le panneau de commandes de la grue.

— La victime connaît la situation ? demanda Lopez quand il se fut éloigné.

L'inspecteur tritura nerveusement son brassard jaune marqué « Police ».

— Il a demandé à écrire une lettre d'adieu à sa femme.

— Il ne manquait plus que ça...

Lopez s'approcha du rebord du quai et observa la scène en silence durant quelques instants.

L'inspecteur le rejoignit, mais il évita pour sa part de regarder le blessé.

— Il a déclaré avoir été poussé. C'est pour ça que je vous ai appelé.

La colère de Lopez retomba.

— Tu as bien fait. Je vais aller voir ça.

Sa voix prit des accents paternels :

— Va boire un café. Il doit bien y avoir un distributeur quelque part dans la station.

L'inspecteur le remercia d'un sourire crispé. Maintenant que l'adrénaline avait reflué, il paraissait harassé. Il arracha son brassard et le glissa dans sa poche, puis s'éloigna, la tête basse.

Lopez le regarda disparaître en direction de la station. L'expression bienveillante disparut de son visage. À la place, il se composa un masque impassible.

Il avait vu trop d'horreurs dans sa carrière pour se laisser impressionner par une scène de crime. Cela ne signifiait pas qu'il était insensible à ce qu'il voyait mais, dans de telles situations, ses hommes se trouvaient eux-mêmes à la limite de leurs capacités de résistance. Chaque nouvelle atrocité les rapprochait un peu plus de leur point de rupture. Le rôle du commissaire était de les empêcher de craquer pour qu'ils puissent faire leur boulot correctement. C'était à cela que servait son numéro de sale con, même si la plupart de ses subordonnés ne le comprenaient pas : à déporter sur lui la colère qu'engendrait leur métier, à leur permettre d'expulser leur rage plutôt que de la garder en eux.

Lopez faisait sciemment office d'exutoire à cet excès d'émotions. Son service avait d'ailleurs un taux de dépressions nerveuses largement inférieur à la moyenne et n'avait encore déploré aucun suicide, ce qui, compte tenu de ce que ses hommes vivaient au quotidien, tenait du miracle. En contrepartie, le niveau de haine à son encontre était très au-dessus des normes communes.

Le commissaire s'accroupit au bord du quai, prit appui de ses mains sur le parapet et se laissa basculer en contrebas. Une vive douleur lui déchira le genou lorsqu'il atterrit sur le quai. Il attendit quelques secondes qu'elle s'atténue un peu, puis boitilla jusqu'au petit groupe entourant la victime. Les pompiers s'écartèrent spontanément pour lui laisser la place. Les mots étaient inutiles. Ils n'en prononcèrent aucun.

Les secouristes avaient découpé le pantalon de la victime en lanières grossières, qu'ils avaient écartées pour dégager ses cuisses. Lopez fut surpris par la faible quantité de sang qui avait coulé de la blessure, mais aussi par la netteté de celle-ci. Seuls quelques minuscules fragments de tissus dépassaient de l'endroit où les roues d'acier s'étaient incrustées dans la chair.

Il s'agissait d'un homme d'une cinquantaine d'années au crâne largement dégarni et au buste épais. Près de sa tête, sur le ballast en béton, se trouvait un portefeuille en cuir marron, d'où dépassait une feuille de papier recouverte d'une écriture tremblante.

Malgré son genou douloureux, Lopez s'accroupit à côté de la motrice. Machinalement, son regard glissa sur les premières lignes de la lettre. Le peu qu'il lut lui ôta l'envie d'aller plus loin. Il tira la lettre du portefeuille et la fit glisser, pour la maintenir en place, sous le coin de la mallette que les secouristes avaient abandonnée près du blessé.

Il ouvrit le portefeuille. D'après la carte d'identité de la victime, il s'agissait de Lucien Bodinger, né à Paris, dans le quatorzième arrondissement, le 3 mai 1951. Sa carte professionnelle lui attribuait la fonction de conservateur au musée d'Art moderne tout proche. Bodinger rentrait chez lui lorsque l'accident s'était produit. Cela coïncidait avec ce qu'avait dit l'inspecteur à Lopez au téléphone : le drame avait eu lieu peu après 19 h 30, à l'heure de pointe, quand les nombreux bureaux alentour se vidaient de leurs occupants.

Le commissaire poursuivit sa fouille du portefeuille. Dans un soufflet fermé par un rabat, il trouva plusieurs photographies de la même femme blonde au visage ingrat. La plus ancienne avait des couleurs passées et la montrait dans les bras d'un Bodinger délesté de quarante ans et d'autant de kilos.

Un morceau de carton, glissé par-dessus la carte bancaire de Bodinger, attira soudain l'attention du commissaire. Il retira la carte de visite et constata qu'elle provenait de la Fondation Stern. Il la glissa dans la poche intérieure de sa poche. Avec les années, Lopez avait appris à faire confiance à son intuition, et celle-ci lui disait que la présence de la carte était tout sauf une coïncidence.

Il avait rencontré une seule fois Elias Stern, un an plus tôt, dans les locaux de la morgue. À l'époque, le vieillard l'avait impressionné par son sang-froid. Il avait à peine blêmi lorsque le légiste avait retiré le drap qui recouvrait le cadavre mutilé de l'homme qui se faisait appeler Julien Sorel.

Lopez se posait déjà à l'époque de sérieuses questions sur les activités du marchand, et celles-ci n'avaient pas encore trouvé de réponse, bien au contraire. Stern aurait pu passer une retraite dorée dans une île des Caraïbes pour milliardaires défraîchis. Au lieu de cela, il vivait reclus dans son palais fortifié, entouré d'une véritable armée, et ne paraissait pas outre mesure surpris qu'un de ses employés puisse être torturé à mort et jeté dans la Seine. Soit il possédait une force de caractère stupéfiante, soit ses activités portaient en elles l'éventualité du décès violent de ses proches collaborateurs.

Tandis que Lopez était plongé dans ses pensées, Bodinger émit un faible gémissement. Le policier hésita un instant. D'habitude, quand il arrivait sur une scène de crime, tout était plus simple : le corps était déjà froid et le commissaire avait seulement à coordonner le travail des enquêteurs. Face à cette situation inédite, il se sentait démuni.

Bodinger lui facilita la tâche. Sa main agrippa le poignet du commissaire et le serra avec force. Ses paupières se soulevèrent avec difficulté.

— Comment vous sentez-vous, monsieur Bodinger ? demanda Lopez.

— Mal... J'ai mal...

Sa voix était pâteuse. Son teint grisâtre était déjà celui d'un cadavre.

— Vous savez ce qui va se passer quand nous allons soulever le wagon, n'est-ce pas ?

Bodinger cligna des yeux.

— Que vous est-il arrivé ? Vous vous en souvenez ?

— Pou... Poussé...

— Nous verrons cela sur les enregistrements des caméras de surveillance, fit Lopez. Est-ce que vous savez pourquoi on vous a poussé ?

— Drouot... les tableaux... fit Bodinger dans un souffle.

Une vague de douleur lui arracha un nouveau gémissement. Sa bouche se tordit de manière horrible.

— De quels tableaux parlez-vous ? insista Lopez.

La bouche de Bodinger prononça un nom silencieux. Lopez essaya de lire sur ses lèvres, mais il n'était pas certain d'avoir bien compris ce qu'avait essayé de lui dire le blessé.

— Delacroix ? répéta-t-il. C'est bien ce que vous avez dit ?

Bodinger confirma son hypothèse d'un nouveau clignement de paupières. Sa main se resserra autour du poignet
du commissaire, tandis que ses yeux brillaient d'une supplique muette.

Voyant que Lopez ne réagissait pas, il rassembla ses
dernières forces et articula avec difficulté :

— Il est... temps... S'il... vous plaît.

Lopez hocha la tête.

Il se leva, se tourna vers les cheminots et leur fit signe
qu'ils pouvaient se mettre au travail.

15

Avec l'arrivée de l'aube, la pluie avait cédé la place à un soleil presque printanier aussi timide qu'inespéré. Valentine ferma les yeux et appuya son front contre la vitre de l'autobus. Malgré sa déception et la fatigue de sa nuit difficile, elle savoura la douce chaleur, amplifiée par la large surface vitrée. Elle se félicita d'avoir choisi de prendre l'autobus plutôt que le métro. Les longues façades haussmanniennes du quartier de l'Opéra défilaient lentement de l'autre côté de la vitre. De subtiles variations venaient à peine troubler l'uniformité générale des immeubles, si bien que, ballotté d'un détail architectural à l'autre, l'œil ne s'ennuyait jamais de cette uniformité de surface.

Valentine voulait profiter à plein de ce trajet jusqu'à la Fondation. Si tout se passait selon ses prévisions, ce serait son dernier voyage. La perspective de cesser, dès le lendemain matin, ses allers-retours quotidiens entre son appartement et l'hôtel particulier lui procurait un réel soulagement, mais elle lui laissait aussi un goût amer dans la bouche.

La veille, elle était restée dîner chez Judith et était rentrée chez elle un peu après minuit. Elle s'était couchée tout de suite, mais les derniers mots de son amie avaient longtemps résonné en elle :

— Je veux récupérer le corps de Thomas, lui avait dit Judith au moment où Valentine quittait son appartement.

Elle n'avait pas encore abordé la question de la soirée, même après que Juliette était allée au lit. Valentine avait espéré qu'elle ne le ferait plus. Elle ne pouvait toutefois ignorer la remarque de son amie.

— Tu devrais essayer d'oublier cette histoire, avait-elle répondu. Ce n'est probablement pas son corps.

— Tu oublies la tache sur l'épaule.

— Tu t'es mis en tête qu'il s'agissait de son tatouage, mais ça peut être n'importe quoi.

Judith avait secoué la tête, les yeux brillant sous le triple effet de l'excitation, de la tristesse et du vin, un carménère chilien apporté par Valentine.

Une larme avait perlé au coin de sa paupière, aussitôt essuyée et remplacée par une lueur porteuse d'espoir.

— Je ne me trompe pas. C'est Thomas.

Valentine avait ressenti un certain agacement devant cet entêtement. Sans doute son irritation était-elle également due à ses propres remords. La possible réapparition du corps de Thomas faisait surgir des éventualités qu'elle ne se sentait pas la force d'affronter. Elle en voulait presque à Judith de vouloir braver cet abîme, alors qu'elle préférait, pour sa part, se voiler obstinément la face.

— Pense à Juliette. Tu ne crois pas qu'elle a assez souffert ? Elle n'a pas besoin de ça. Et toi non plus.

Sa remarque s'adressait moins à Judith qu'à elle-même. Cette piètre tentative de se convaincre s'était soldée par un résultat prévisible : Valentine s'était sentie piteuse, tandis qu'un sursaut d'énergie avait parcouru le corps maigre de son amie.

— Je sais que c'est lui, Valentine. Je ne peux pas le laisser là-bas.

Judith avait secoué la tête, puis elle avait lâché, d'une voix déchirée par la fatigue et la tension nerveuse :

— Je ne peux pas l'abandonner...

Son visage ne montrait plus aucun signe de colère ou de révolte. Elle paraissait au contraire presque sereine.

Valentine ne pouvait pas en dire autant. Incapable de trouver le sommeil, elle avait tourné en rond dans son appartement durant une bonne partie de la nuit, ruminant la détresse de son amie en même temps que sa propre colère contre Nora. Elle avait fini par s'endormir, épuisée, alors que la pénombre commençait déjà à prendre des tonalités grisâtres derrière les rideaux.

Lorsqu'elle s'était réveillée, après deux maigres heures d'un sommeil peu réparateur, son choix était fait.

Elle n'avait pas eu besoin d'y réfléchir davantage. Elle avait installé son ordinateur portable dans le minuscule coin cuisine aménagé dans ce qui devait à l'origine être un placard avant qu'un promoteur sans scrupule décide de découper l'appartement qui occupait tout l'étage en plusieurs studios. Elle s'était ensuite préparé un café et avait rédigé d'un trait sa lettre de démission. Les mots s'étaient imposés à elle avec une netteté et une justesse qui la surprirent. Ils étaient déjà là, en elle, et elle n'avait eu aucun effort à faire pour les libérer.

Cette décision n'avait pourtant rien d'une évidence. Valentine avait songé à appeler Vermeer pour lui demander conseil. Deux choses l'en avaient dissuadée : d'abord, la probabilité que son ami fût debout à cette heure matinale était infinitésimale. Ensuite, Valentine connaissait par avance les arguments qu'il soulèverait pour la convaincre de ne pas démissionner. L'affaire du Louvre avait irrémédiablement entaché sa réputation, même si elle n'était pas responsable de la destruction du dessin de Léonard de Vinci qui avait causé son licenciement. Pendant des semaines, son nom était apparu dans tous les journaux, accolé à de terribles accusations d'incompétence. Bien que la direction du musée, sous la pression de Stern, ait par la suite discrètement levé les soupçons qui pesaient sur elle, le mal était fait. Aucune institution importante ne prendrait le risque de la recruter.

Vermeer aborderait par ailleurs, à juste titre, la question financière : Valentine n'avait jamais aussi bien gagné sa vie que depuis qu'elle travaillait pour la Fondation Stern.

Recommencer à restaurer des croûtes dans le petit atelier situé sous son appartement lui rapporterait en revanche tout juste de quoi survivre, et même ce minimum vital n'était pas assuré. Si tout cela ne suffisait pas à la faire reculer, il pourrait toujours aborder l'aspect esthétique. Un jour, Vermeer avait manqué vomir en voyant le tableau sur lequel travaillait Valentine, une nature morte composée d'un faisan posé sur un plateau d'argent entre un cruchon de vin et un objet impossible à reconnaître tant il était maladroitement dessiné. Si un classement des pires œuvres d'art produites par une main humaine avait existé, celle-ci y figurerait sans nul doute en bonne place, comme la plupart des objets dont Valentine avait assuré la pérennité dans son atelier. Sauver de la destruction de telles horreurs n'avait rien de glorieux, surtout lorsqu'on avait comme elle fréquenté d'aussi près le génie.

Valentine avait recherché des arguments susceptibles de contrer ces objections, et n'en avait pas trouvé beaucoup. Pas assez en tout cas pour avoir une chance de faire comprendre à Vermeer pourquoi elle voulait démissionner. Elle-même devait déjà faire des efforts pour se convaincre qu'elle n'était pas tout à fait sur le point de gâcher sa vie.

Comme souvent quand la réalité lui était désagréable, elle avait opté pour la fuite. L'explication avec son ami aurait lieu plus tard. Vermeer serait mis devant le fait accompli. Il s'en remettrait. Elle, ce n'était pas certain.

Valentine avait imprimé la lettre, l'avait rapidement relue, l'avait pliée en trois et l'avait glissée dans son sac à main. Elle s'était ensuite réfugiée dans la salle de bains. Debout dans la cabine sous le jet brûlant, elle n'avait pas essayé de retenir ses larmes. Elle les avait au contraire longuement laissées couler, dans l'espoir que sa frustration des derniers mois s'écoulerait en même temps. Elle aurait bien aimé que ses pleurs évacuent par la même occasion la peur que lui inspirait sa vie future, mais elle ne se faisait guère d'illusions à ce propos. Le poids qu'elle avait sur l'estomac n'était pas près de se défaire. Elle n'avait pas vraiment le choix : elle devait continuer à vivre avec, comme elle le faisait depuis maintenant plusieurs années.

Elle consacra les dernières minutes du trajet en autobus à feuilleter le recueil de Milton qu'elle avait emporté avec elle sans trop savoir pourquoi et qui occupait une bonne moitié de son sac à main. Elle retrouva le passage consacré à l'arbre de vie que l'inconnu lui avait récité devant l'étrange arborescence veineuse et le relut. L'émotion qui l'avait saisie quand l'homme s'était éloigné la gagna à nouveau, tout aussi forte que la veille.

Matthias. Il s'appelait Matthias. Il lui avait semblé un peu plus âgé qu'elle, de quatre ou cinq ans, mais ce n'était pas un problème. Elle se souvint que, derrière son air narquois, il paraissait gentil. C'était cela que Valentine regardait toujours en premier chez un homme, bien avant son aspect physique ou la manière dont il était habillé. Tout le reste pouvait être amélioré. Mais la gentillesse était là ou pas, et il n'y avait rien à y faire. Plus encore que la veille, elle regrettait de ne pas avoir essayé de l'arrêter.

Machinalement, elle revint en arrière jusqu'à la page de garde. Son regard se fixa sur le numéro de téléphone que Matthias avait inscrit sous son prénom. Sans réfléchir, elle ouvrit le répertoire de son téléphone portable, cliqua sur la section « Nouveau contact », entra le numéro et, face à l'entrée « Nom » tapa « Matthias ?? ».

Son pouce resta un instant suspendu au-dessus de la touche d'enregistrement. Se comporter à son âge comme une midinette amoureuse du premier inconnu venu n'avait rien de glorieux. Elle n'avait pas besoin d'une nouvelle déception sentimentale. Pas maintenant. Elle se sentait encore trop fragile. Elle préférait presque subir les sarcasmes de Vermeer. Le plus sage était d'oublier Matthias, de faire comme s'ils ne s'étaient jamais rencontrés.

L'autobus s'arrêta. Une personne descendit, trois autres montèrent. Valentine réalisa brutalement qu'elle était arrivée à son arrêt. Elle enregistra la fiche de Matthias sur son téléphone, se releva d'un bond, courut jusqu'à la sortie en hurlant au conducteur de ne pas démarrer, se faufila entre les deux portes coulissantes qui avaient déjà commencé à se refermer et sauta sur le trottoir. Une fois à l'extérieur, elle rangea le livre dans son sac et s'efforça de chasser Matthias de ses pensées pour ne pas attiser davantage ses regrets. Les quelques minutes de marche jusqu'à la Fondation ne furent pas de trop pour cela.

Elle arriva à l'hôtel particulier bien avant l'heure habituelle. Elle n'y croisa personne, pas plus dans le hall que dans les bureaux. Elle put ainsi monter en toute quiétude jusqu'à la bibliothèque et consacra la demi-heure suivante à rassembler ses affaires. Tout en rangeant ses instruments de travail dans la volumineuse sacoche de médecin qu'elle avait achetée aux Puces au tout début de sa carrière, elle ne put s'empêcher de repenser à l'année qu'elle venait de passer à la Fondation. Celle-ci avait été riche, aussi bien sur le plan professionnel qu'au point de vue personnel. Elias Stern lui avait offert un cadre de travail inégalable et, surtout, il avait placé en elle sa confiance au moment où elle était au fond du gouffre. Valentine s'en voulait de l'abandonner, d'autant que les bons restaurateurs ne couraient pas les rues. Elle avait toutefois atteint son seuil de tolérance. Elle se sentait incapable de supporter plus longtemps l'ambiance pesante de la Fondation.

Stern la comprendrait sûrement. Valentine l'espérait de tout cœur, parce qu'elle n'avait aucune envie de justifier sa décision auprès de lui. Elle avait longuement réfléchi à la meilleure manière de lui faire parvenir sa lettre de démission. Le mieux était de la déposer sur le bureau de Nora avant que Stern ne descende de ses appartements, situés au dernier étage du bâtiment, juste au-dessus de la bibliothèque. Lorsque Stern prendrait connaissance du contenu de la lettre, Valentine serait loin et son téléphone serait éteint. La fuite, encore et toujours... Comme avec Matthias. Comme à chaque instant crucial de sa vie.

C'était vraiment trop bête.

Valentine décida pour une fois de ne pas se défiler. Elle sortit son téléphone, rechercha la fiche de « Matthias ?? », prit une profonde inspiration et appuya sur la touche d'appel.

Elle avait agi sous le coup d'une impulsion et n'avait aucune idée de ce qu'elle lui dirait quand il décrocherait.

Le déclenchement du répondeur la prit de court.

« Salut, je suis probablement très occupé, ou alors je n'ai aucune envie de vous répondre. Retentez votre chance plus tard, on ne sait jamais. »

Valentine raccrocha sans laisser de message. Un clic sec. Fin de l'histoire. Elle avait tenté sa chance et n'avait pas obtenu le succès escompté. Certains signes ne trompaient pas.

C'était décidément la journée des rendez-vous manqués.

Elle rangea le livre dans la vieille sacoche remplie de ses instruments de travail. La sacoche des occasions perdues et des regrets éternels. Valentine ne l'ouvrirait pas avant de longues semaines, peut-être même plus jamais, vu la tournure que prenaient les événements. Ce n'était peut-être pas plus mal, à tous points de vue.

Elle décida de rester encore quelques minutes dans la bibliothèque avant de la quitter pour toujours. Elle s'assit sur sa chaise, à la place où elle avait passé l'essentiel de son temps depuis son embauche. Face à elle, la gouache contrefaite, de nouveau enfermée dans son cadre, reposait sur le grand lutrin matelassé qui occupait tout un angle de la table.

Valentine fit glisser son regard sur les rangées de livres qui encombraient les interminables linéaires de la bibliothèque. Pas un centimètre carré des murs n'était épargné par cette succession de reliures dont les teintes couvraient tout l'éventail des couleurs de l'ivoire au carmin passé. Valentine se prit à regretter de ne pas avoir davantage profité de ce trésor. Si elle avait soupçonné qu'elle quitterait si vite son emploi, nul doute qu'elle aurait fait un meilleur usage de ses moments de pause. Encore une bonne résolution qui arrivait trop tard.

Elle sursauta en entendant le bruissement discret de la porte qui s'enfonçait dans la cloison. Elle se retourna, juste à temps pour voir Elias Stern franchir le seuil de la bibliothèque.

Valentine se précipita vers le fauteuil situé près de la porte et ôta à la hâte ce qui l'encombrait pour que le vieil homme puisse s'asseoir. Elle posa le tout par terre, au pied du fauteuil.

Stern lui adressa un signe de tête reconnaissant. Il se plia sur le siège en grimaçant et appuya sa canne contre le rebord extérieur de l'accoudoir.

— Fichues hanches... Qui aurait cru qu'elles refuseraient de m'obéir un jour ?

Valentine rapprocha sa chaise et s'installa face à lui.

— Nora m'a raconté votre visite d'hier, commença Stern.

— Hum... fit Valentine, embarrassée.

— J'ai cru comprendre qu'elle ne s'était pas très bien comportée à votre égard.

Valentine n'avait pas prévu la visite du marchand, et encore moins qu'il aborderait sans ambages la question de ses rapports difficiles avec Nora. Elle tenta désespérément de faire bonne figure. Ses lèvres se courbèrent en un sourire dépourvu de conviction.

Stern n'insista pas. Il posa sa main tavelée d'une multitude de petites taches sombres sur l'accoudoir de son siège et la fit glisser sur le cuir strié de craquelures qui s'entremêlaient en une trame complexe, semblable à la surface d'un tableau qu'on aurait oublié trop longtemps au soleil. Un voile opaque, mélange subtil de nostalgie et d'émotion, se posa sur les pupilles du marchand.

— Vous ai-je déjà raconté l'histoire de ce fauteuil ? demanda-t-il soudain.

Valentine lui confirma d'un clignement de paupières que, non, cette histoire-là, il ne la lui avait pas encore racontée.

Stern adorait raconter des anecdotes, et il possédait d'ailleurs un réel talent dans cet exercice. Il était loin de se douter que ce serait la dernière occasion de l'exercer en présence de Valentine.

— Mon père a récupéré ce fauteuil à l'occasion de la succession Degas, commença-t-il. Il a dépensé une somme faramineuse pour l'obtenir, l'équivalent de plusieurs toiles, mais cela ne lui importait guère. Il le voulait à tout prix.

Il attrapa sa canne par le pommeau orné d'une tête de lion en argent et la souleva, désignant un point placé à peu près à la hauteur du visage de Valentine.

— Degas a passé sur ce fauteuil les cinq dernières années de sa vie, quand il était trop faible pour se tenir debout. Il posait son chevalet devant lui, à environ un mètre, et dessinait avec des morceaux de pastel fixés au bout d'un long roseau.

Il mima le vieux peintre, paralytique et presque aveugle, occupé à esquisser, avec des mouvements amples, mais d'une précision rigoureuse, ses graciles danseuses. L'extrémité de sa canne dansa en l'air durant quelques secondes.

— Si ce fauteuil vaut bien plus que n'importe quelle œuvre de Degas, poursuivit Stern après avoir reposé sa canne contre le siège, c'est parce qu'en un sens il les contient toutes.

Valentine connaissait trop bien le marchand pour le croire dénué d'arrière-pensées. Ses anecdotes contenaient toujours des messages cachés.

— Qu'essayez-vous de me dire, Elias ?

— Eh bien… Tout comme ce siège est bien plus qu'un simple assemblage de cuir et de bois, la Fondation a besoin d'éléments dissemblables, comme Nora et vous.

— Elle me déteste.

Stern parut sincèrement désolé par ses propos.

— Nora est désorientée. Avant votre arrivée, elle avait l'habitude de gérer un certain nombre de choses sur lesquelles elle a maintenant l'impression de ne plus avoir la mainmise. Elle a besoin de s'adapter à la nouvelle situation.

— À quoi doit-elle s'adapter ? Nous ne faisons pas le même travail. Je ne lui vole aucune de ses prérogatives.

— C'est un peu plus compliqué que cela.

— Ah oui ?

Valentine regretta aussitôt l'ironie dont sa voix était chargée. Stern ne méritait pas un tel traitement. Ce n'était pas à lui que Valentine en voulait, ou alors indirectement, parce qu'il n'avait pas su empêcher Nora de la mettre dans une situation embarrassante.

— Nora a accompagné la naissance de la Fondation, expliqua Stern. Si j'en suis le père, elle en est en quelque sorte la grande sœur. Or, depuis votre arrivée, ma confiance et mon affection ne sont plus exclusivement portées vers elle. Elle finira par l'accepter et un nouvel équilibre s'instaurera entre vous. Cela prendra un peu de temps, mais Nora est sur la bonne voie. De votre côté, faites preuve de patience.

— Vous mesurez ce que vous êtes en train de me demander ?

Le corps du vieillard fit un léger mouvement de l'arrière vers l'avant. Son dos se décolla du dossier du fauteuil, tandis que son visage se rapprochait à peine de celui de Valentine. Ces quelques millimètres suffirent à créer une intimité entre eux, comme s'ils étaient soudain immergés dans une bulle isolée du reste du monde.

— Vous pouvez apporter beaucoup à Nora, et elle aussi a des choses à vous apprendre. Cela prendra des mois, des années peut-être, et je ne serai probablement pas là pour le voir, mais vous finirez toutes les deux par le comprendre.

— Ne me faites pas le coup de la grande famille... C'est n'importe quoi !

Valentine accompagna sa phrase d'un geste de dépit. Stern manœuvrait avec habileté, l'enveloppant dans un réseau inextricable d'affectivité et d'arguments rationnels. Valentine s'en rendait compte, mais ce n'était pas pour autant qu'elle savait comment s'en extraire. Pour s'en sortir, elle n'avait pas d'autre choix que de refuser la discussion. Mettre un terme brutal à la conversation, prendre ses affaires et quitter immédiatement l'hôtel particulier.

Plus elle s'attardait dans la bibliothèque et plus il lui serait difficile de se dépêtrer de la toile qui se resserrait sur elle au fil des minutes.

Le vieillard fit planer un long silence, comme pour lui laisser une ultime chance de s'échapper. Quand il eut la certitude que Valentine ne la saisirait pas, il dégaina son argument final :

— Écoutez… Ne nous voilons pas la face : mon corps me lâche peu à peu, pièce après pièce, comme une vieille machine mal entretenue. J'ai créé la Fondation parce que je voulais que certaines valeurs me survivent. Nora et vous les incarnez, chacune à votre manière. Avant que vous ne preniez de décision hâtive, je voudrais que vous vous accordiez le temps de la réflexion.

Valentine visualisa dans son esprit sa lettre de démission qui attendait, soigneusement pliée en quatre, dans son sac à main. C'était le moment ou jamais de la sortir pour la donner à Stern. Si elle ne le faisait pas maintenant, elle n'aurait plus le courage de quitter la Fondation.

Elle avait presque trouvé en elle la force d'agir lorsque Stern entreprit de se lever. Par réflexe, Valentine se redressa elle aussi et aida le marchand à déplier son long corps décharné.

Ce simple contact suffit à faire plier sa résolution. L'expression reconnaissante que lui lança le vieillard acheva d'enfouir ses velléités de démission sous un tombereau de remords.

— Aimez-vous Londres, Valentine ? lui demanda-t-il en achevant de se redresser.

— Oui, pourquoi ?

— Je dois rendre visite à un vieil ami qui habite là-bas. Cela vous ferait-il plaisir de m'y accompagner ?

Prise de court, Valentine hésita.

— Oui, bien sûr… finit-elle par répondre. Ce sera avec joie.

Stern hocha la tête, comme si, en définitive, tout cela tenait de l'évidence.

— Bien… dit-il simplement.

Il se dirigea d'un pas lent vers la porte.

— Quand partons-nous ? intervint Valentine alors qu'il s'apprêtait à presser le bouton de déverrouillage.

— Demain matin.

L'imminence du départ fit sursauter Valentine, mais elle ne marqua aucune réticence.

— Je passerai chez vous à 8 heures. Prenez quelques affaires de rechange. Je doute que nous restions là-bas plus de deux jours, mais on ne sait jamais. Cela vous convient-il ?

Valentine acquiesça d'un signe de tête, que lui rendit Stern avant de sortir. Il y ajouta l'ébauche d'un sourire, qu'il eut le bon goût de ne pas teinter de triomphe malgré l'évidence de sa victoire.

Valentine regarda la porte opaque se refermer derrière le vieux marchand. Elle s'aperçut que son envie de démissionner avait disparu et qu'elle avait au contraire hâte de connaître les raisons de ce mystérieux voyage en Angleterre.

Elias Stern était un négociateur redoutable. Valentine ne faisait pas le poids face à lui.

16

Henri Lorenz n'eut aucun mal à repérer la voiture que lui avait signalée son service de sécurité. Il s'agissait d'une Renault Mégane beige aux pare-chocs défoncés et à la carrosserie constellée d'éraflures. Garée devant une boutique de vêtements haute couture, elle faisait tache entre une Bentley Continental et une Audi A8 porteuse d'une plaque diplomatique. Dans ce quartier, seuls des flics ou des junkies pouvaient traîner à bord d'une telle épave.

À voir l'allure des deux jeunes types assis à l'intérieur, on pouvait raisonnablement hésiter entre les deux possibilités. Malgré la masse nuageuse grisâtre qui couvrait le ciel au-dessus de l'avenue Montaigne, l'un d'eux portait de mauvaises copies des Ray-Ban Aviator. Il ne fallait pas chercher bien loin sa source d'inspiration : il avait poussé l'identification avec Serpico jusqu'à lui emprunter son bonnet miteux et sa morgue. Sauf qu'Al Pacino avait plus de classe dans ses semelles boueuses que ce naze n'en aurait jamais, même endimanché en Armani.

L'autre flic, celui qui se tenait derrière le volant, avait relevé le col de sa veste en jeans et semblait avoir perdu de vue son rasoir depuis plusieurs jours.

Ils étaient déjà là la veille au soir, quand Lorenz avait quitté son bureau pour rentrer chez lui. Ils se trouvaient au même endroit lorsqu'il était arrivé au bureau, un peu avant 10 heures. Ils devaient en être à leur vingt-deuxième ou vingt-troisième heure de surveillance. Ces types étaient payés pour s'habiller comme des clodos et passer leurs journées assis dans leur voiture pourrie. Il ne fallait pas venir se plaindre de la déliquescence des finances publiques, après ça.

Lorenz contempla de loin le véhicule banalisé et ses occupants. Il eut un vague relent de nostalgie, comme une envie diffuse de revenir trente ans plus tôt, quand il n'était qu'un jeune truand débutant, soucieux d'apprendre son métier. À l'époque, les flics partageaient avec les figures du milieu un certain sens de l'honneur. Cela n'empêchait pas les effusions de sang et les coups bas mais, au moins, on se respectait. On se croisait, on buvait un coup ensemble à l'occasion et le reste du temps, selon le camp dans lequel on se trouvait, on essayait de gagner sa croûte sans se faire alpaguer ou, au contraire, de remplir les prisons.

Tout cela était terminé. Ces petits cons refusaient tout arrangement. Ils ne faisaient même plus semblant de se cacher quand ils venaient planquer. Où qu'aille Lorenz, une équipe lui collait aux basques et ne le lâchait plus. C'était tout juste s'ils n'allumaient pas leur gyrophare pour bien lui montrer qu'ils étaient là. Qu'ils savaient tout de ses allées et venues. Qu'il ne pouvait rien leur cacher.

Baratin de merde.

Cela ne leur suffisait pas de le suivre partout. Ils avaient mis sur écoute ses téléphones, ceux de ses sociétés et même celui de sa femme. Ils lisaient ses mails avant même qu'il les ouvre lui-même. Quant à son courrier, il y avait longtemps que Lorenz avait perdu toute confiance en sa confidentialité.

Si ces branleurs pensaient le piéger de cette manière, ils se fichaient l'avant-bras dans l'œil, coude compris. Ce cirque durait depuis trois ans et jamais ils n'avaient pu prouver quoi que ce soit à son sujet. Ils perdaient leur temps.

Lorenz était beaucoup plus malin que ça. Qu'ils le pensent assez stupide pour leur offrir sur un plateau des preuves de ses activités illicites le tuait.

Il n'y avait plus de respect. Tout était foutu.

Les deux flics sortirent brutalement de leur torpeur quand Lorenz franchit la porte de l'immeuble cossu dans lequel se trouvaient les bureaux de la société de nettoyage qui lui servait de façade. Dès qu'ils l'aperçurent, Serpico et son acolyte se redressèrent d'un bond sur leurs sièges et firent mine de s'intéresser aux robes en vitrine à côté de leur voiture.

Pathétiques... On lui avait envoyé deux bouffons pathétiques.

Tandis qu'il s'avançait vers son Hummer blindé, Lorenz éprouva l'envie de s'amuser un peu, pour une fois. Il murmura quelque chose au garde du corps en costume sombre qui tenait ouverte la portière arrière de l'énorme 4 × 4.

L'homme prit une mine contrariée, mais n'osa pas discuter son ordre. Il referma la portière et répercuta les consignes d'un simple mouvement du menton aux deux colosses qui se tenaient à un mètre derrière Lorenz. Ceux-ci se figèrent devant l'entrée de l'immeuble. Ils glissèrent la main sous le pan de leur veste, prêts à sortir leurs armes en cas de besoin.

Lorenz traversa l'avenue Montaigne et s'avança vers la voiture banalisée. Les deux flics se renfoncèrent comme ils purent sur leurs sièges.

Lorenz sourit de cette pitoyable tentative. Les pontes du commissariat devaient vraiment le croire fini pour lui envoyer les pires branquignols qu'ils avaient sous la main.

Quand il parvint à la hauteur de la voiture, il fit signe au passager de baisser sa vitre. De près, ce dernier devait avoir vingt-cinq ou vingt-six ans. L'autre avait dépassé de peu la trentaine. Tous les deux portaient sur leur visage des signes visibles d'épuisement et de tension nerveuse. L'irruption de celui qu'ils étaient censés surveiller fit grimper leur malaise de plusieurs degrés.

Lorenz fit le geste de tourner une manivelle pour montrer au passager ce qu'il attendait de lui.

Sans réfléchir, celui-ci s'exécuta, avant de prendre conscience de l'incongruité de la situation. Il s'interrompit. Un espace de quelques centimètres s'était toutefois dégagé entre lui et Lorenz.

— Salut les tapettes ! lança joyeusement ce dernier par l'interstice.

Le passager resta muet. Il se liquéfia sur son siège. Derrière ses Aviator teintées, son regard se perdit quelque part devant lui, de l'autre côté du pare-brise.

Son collègue avait davantage d'expérience et les nerfs plus solides. Il salua le visiteur d'un hochement de tête, l'air dégagé.

— Vous allez m'emmerder encore longtemps ?

— Tant qu'on nous dira de le faire.

Lorenz contempla l'intérieur de la voiture. Des cartons de hamburgers traînaient par terre au milieu de serviettes en papier tachées de graisse, de cannettes de soda vides et de mégots de cigarettes. Ce n'était pas une épave, mais un dépotoir roulant.

Lorenz eut une moue dégoûtée. Il tira de son portefeuille un billet de cent euros qu'il glissa à l'intérieur de la voiture par la vitre entrebâillée.

— Tenez, dit-il. Pour rester propres.

À l'intérieur de la voiture, les policiers se décomposèrent. Aucun des deux hommes n'osa toucher le billet qui, après avoir voleté sur le tableau de bord, finit sa course contre l'une des bouches d'aération. Ils étaient à peu près aussi à l'aise que si Lorenz leur avait balancé un python sur les genoux.

Le chauffeur finit par attraper le billet du bout des doigts. Il ouvrit sa portière et le laissa tomber dans le caniveau.

Lorenz le regarda faire avec un sourire en coin.

— À la prochaine, les gars... Vous savez où me trouver. Et douchez-vous avant de revenir. Vous sentez la mort !

Les policiers ne répondirent pas, au grand regret de Lorenz. Ces petits cons l'énervaient, surtout la réplique bon marché de Serpico. Il aurait adoré avoir une excuse pour envoyer ses gardes du corps leur parler du pays.

Tabasser des flics était une activité plaisante, que Lorenz avait déjà pratiquée à plusieurs reprises lorsqu'il était plus jeune et moins connu de toutes les polices du pays. Un caprice de ce genre pouvait cependant coûter cher. L'État tolérait mal qu'on s'en prenne à ses représentants, surtout si l'auteur de ce sacrilège était un criminel notoire.

Malgré son envie de donner à ces abrutis la leçon qu'ils méritaient, Lorenz fit son possible pour se calmer. Il pourrait toujours passer ses nerfs sur une pute, une fois de retour chez lui. Il en prendrait une au bout du rouleau, choisie pour embarquer dans le prochain charter à destination du Golfe. Les pertes financières seraient minimes, au cas où il taperait trop fort. Les ouvriers philippins n'étaient pas très regardants sur la marchandise. À ce tarif, c'était la moindre des choses.

Une pute, oui, c'était plus raisonnable. Mais aussi beaucoup moins amusant.

Lorenz contempla une dernière fois les occupants de la Mégane. Après tout, qui aurait dit qu'il s'agissait de policiers en civil ? Ils étaient habillés comme des pouilleux et circulaient dans une épave digne de la casse. Ils ressemblaient comme deux gouttes d'eau à des voyous occupés à préparer un mauvais coup.

Lorenz passa rapidement en revue les différentes hypothèses. Il écarta d'emblée les conclusions trop pessimistes et en échafauda une bien plus réjouissante, à charge au bataillon d'avocats qu'il appointait à prix d'or de la réaliser : une garde à vue de trente-six heures, un interrogatoire serré mené par quelques vieux routiers qui n'hésiteraient pas à le tabasser un peu pour obtenir des aveux et l'arrivée miraculeuse de deux ou trois témoins prêts à écrire sur un procès-verbal qu'ils avaient eux aussi confondu les deux policiers avec de dangereux délinquants.

C'était fou ce qu'on pouvait faire avec de l'argent et de la force de conviction. Les gens voyaient soudain la mémoire leur revenir même s'ils se trouvaient à deux mille kilomètres de là où ils prétendaient être.

Dans ces conditions, jamais un juge n'oserait envisager un procès. Le procureur ruerait bien sûr un peu dans les brancards pour le principe et finirait par lâcher l'affaire. Lorenz s'en tirerait avec un non-lieu ou, au pire, avec du sursis et une mise à l'épreuve. Rien de bien méchant.

C'était tentant.

Il se pencha soudain vers la portière et fit mine d'avoir entendu quelque chose.

— Qu'est-ce que t'as dit, connard ? demanda-t-il au clone de Serpico d'une voix chargée d'agressivité.

Le flic sursauta. Il fixa Lorenz, ne sachant pas si ce dernier plaisantait ou non.

— Mais rien… bredouilla-t-il. Je ne vous ai rien dit.

Lorenz haussa le ton.

— Quoi ? Tu m'as traité de fils de pute ?

— Pas du tout, répondit le jeune policier. Vous faites erreur. Je n'ai pas ouvert la bouche.

— Et tu recommences, sale enfoiré ? hurla Lorenz à pleins poumons.

Tous les passants s'arrêtèrent pour contempler la scène. C'était exactement ce qu'il souhaitait. Il voulait des spectateurs, plein de spectateurs.

Il les prit bruyamment à partie :

— Ces types préparent un braquage ! Où sont les flics, bordel ? Jamais là quand on a besoin d'eux !

Un murmure enfla parmi les passants. Quelques cris d'approbation indignés s'élevèrent. C'était ça, la beauté des masses : toujours prêtes à se laisser manipuler. Deux mille ans d'humanité et ces cons n'avaient rien appris…

Lorenz commençait à s'amuser comme un petit fou. Le meilleur restait toutefois à venir.

Comprenant que les choses tournaient mal, Serpico verrouilla la portière.

Sans préavis, Lorenz donna un violent coup de coude dans la vitre. Comme il l'escomptait, celle-ci ne répondait pas aux dernières normes de sécurité. Au lieu de s'étoiler, elle explosa en un déluge de débris.

Les deux policiers se protégèrent comme ils purent des fragments de verre. Dans son affolement, Serpico fit tomber son bonnet, révélant une masse de cheveux blonds mi-longs. Lorenz profita de la diversion pour le saisir par la tignasse.

Il tira violemment sa tête hors de la voiture. Un gros morceau de verre, encore fixé sur les montants de la vitre, dessina un profond sillon dans le cuir chevelu du flic. Le torse hors de la voiture et le reste du corps à l'intérieur, celui-ci tenta en vain de lui faire lâcher prise, agitant les bras de manière désordonnée.

Lorenz souleva alors la tête de sa victime d'une vingtaine de centimètres et la rabattit violemment contre la portière.

Il y eut un second choc sourd quand Lorenz recommença l'opération pour être certain que Serpico était bien hors service.

De fait, le policier resta inerte, à demi suspendu dans le vide. Son nez ressemblait à un fruit trop mûr tombé du troisième étage sur une dalle de ciment. Un flot de sang s'écoulait de la plaie sur son crâne, transformant sa chevelure en un magma poisseux.

Le second policier retrouva alors une partie de ses esprits. Il ouvrit sa portière et contourna la voiture en courant. Son manque de lucidité lui coûta cher. Tout entier focalisé sur Lorenz, il en oublia l'existence des gardes du corps. Or ceux-ci étaient accourus dès les premiers signes de l'altercation.

Ils interceptèrent le flic devant la voiture. Deux d'entre eux le saisirent par les aisselles, le rabattirent dans le même mouvement contre le capot et l'immobilisèrent, le dos appuyé contre la carrosserie. Le troisième le frappa à la mâchoire avec un coup-de-poing américain.

Ses deux collègues relâchèrent leur victime, qui roula sur le capot et s'effondra à genoux devant le pare-chocs de la voiture. Un liquide grumeleux s'écoula de sa bouche. Plusieurs éclats de dents et d'os tombèrent sur le trottoir. Sa mâchoire fracassée l'empêchait d'émettre autre chose que d'affreux borborygmes. Manger risquait d'être pénible pour lui pendant quelque temps.

L'homme qui l'avait frappé se retourna vers Lorenz, dans l'attente d'un ordre.

— Finissez-le, déclara ce dernier. Et amusez-vous un peu aussi avec l'autre. Cette pédale s'est évanouie au deuxième coup. Il ne va pas s'en tirer à si bon compte.

Pendant que ses hommes s'acharnaient à coups de pied sur le policier à terre, Lorenz s'aida des coudes pour traverser le rideau de badauds qui ne perdaient pas une miette du spectacle. Plusieurs d'entre eux avaient sorti leurs téléphones portables et filmaient la scène.

L'écho lointain d'une sirène se fit entendre. Les collègues de Serpico arriveraient dans quelques minutes. Lorenz avait le temps de s'en griller une et d'appeler ses avocats pour leur expliquer ce qu'il attendait d'eux. Tout en se dirigeant vers l'immeuble contigu au magasin de vêtements, il tira de sa poche un étui en argent gravé à ses initiales, en sortit une cigarette et l'alluma.

Il tira dessus, les yeux fermés. Il n'y avait rien de mieux qu'une dose de nicotine pour faire retomber l'excitation. C'était comme après l'amour. Lorenz adorait sa cigarette postcoïtale. Sa femme ne supportait pas qu'il fume au lit, alors il allait le faire dans le jardin, nu. Cette cigarette était presque meilleure que l'acte sexuel en lui-même. Pour rien au monde il n'y aurait renoncé.

Il souffla la fumée en essayant d'apercevoir quelque chose à travers la triple rangée de spectateurs. Ce passage à tabac l'avait détendu. Cela valait bien quelques ennuis mineurs avec la justice. Il porta à nouveau la cigarette à sa bouche.

Il cessa tout à coup de respirer.

La pointe d'un couteau venait de traverser le tissu de sa chemise. Elle s'enfonça de quelques millimètres dans le gras de son ventre.

Lorenz grimaça.

— Désolé pour le procédé, fit une voix à côté de lui. J'avais besoin de toute votre attention.

Lorenz tourna la tête sur le côté.

Il reconnut Paul De Peretti. Le courtier avait le visage livide. Des cernes épais dessinaient des auréoles sombres sous ses yeux. Il semblait ne pas avoir dormi depuis plusieurs jours. Ses yeux injectés de sang ne laissaient guère de doute quant à ce qu'il avait consommé au cours des heures précédentes : il était camé jusqu'à la moelle.

Cette donnée modifia l'attitude de Lorenz. En temps normal, il aurait écrasé cette petite merde contre le mur d'un revers de main. Là, la coke risquait de lui avoir donné le courage qui lui faisait naturellement défaut. Le problème, avec les junkies, c'est qu'ils devenaient capables de tout quand ils planaient aussi haut. Avec eux, on ne savait jamais. C'est pour cela que Lorenz avait intercalé plusieurs niveaux de grossistes et de dealers entre ces déchets et lui. En temps normal, il n'était jamais confronté à leur présence, sauf lorsqu'il voulait lui-même faire un exemple avec un mauvais payeur.

Il murmura, les lèvres toujours serrées sur sa cigarette :

— Tu fais une grossière erreur. Une putain d'erreur.

Un spasme nerveux tordit brièvement la paupière droite de Paul De Peretti. Malgré les multiples drogues qui couraient dans ses veines, il répondit d'une voix presque posée :

— J'ai besoin de vous parler, monsieur Lorenz. Allons nous promener. Vos hommes ont l'air de très bien s'en sortir tout seuls.

Comme Lorenz n'obtempérait pas assez vite à son goût, De Peretti pressa la pointe du couteau contre son abdomen. Une minuscule tache de sang se dessina sur la chemise du truand.

— C'est bon... concéda Lorenz. Je t'accompagne.

De Peretti lui montra une petite rue qui s'avançait, entre deux rangées d'immeubles de bureaux, en direction des Champs-Élysées.

— Nous serons au calme, par là.

Ils commencèrent à marcher. De Peretti suivait Lorenz et maintenait fermement son couteau appuyé contre son dos, au niveau du rein gauche. Il l'attrapa soudain par le bras, l'entraîna sous le porche d'un immeuble et posa son couteau contre sa gorge.

— Pourquoi l'avez-vous fait tuer ?

Lorenz parut tomber des nues.

— De quoi tu parles, bordel ?

Malgré la tension qui l'habitait, cette dénégation fit sourire De Peretti.

— Bodinger. Votre homme l'a poussé. Je l'ai vu.

— Tu délires, bordel ! Je n'ai fait buter personne !

Il paraissait sincère. L'étonnement qui s'était imprimé sur son visage ébranla un instant les certitudes du courtier.

Lorenz le regarda droit dans les yeux.

— Raconte-moi.

Ces deux mots agirent sur De Peretti comme un catalyseur. Il comprit que Lorenz ne bluffait pas et sembla prendre brutalement conscience de la gravité de la situation. Il avait déjà entendu Lorenz se vanter d'avoir brisé à coups de batte de base-ball les genoux et les coudes d'un type qui lui devait de l'argent, avant de le balancer dans un étang. Avant de sombrer, l'homme s'était débattu pendant plusieurs minutes « comme un cafard dans un verre d'eau ». C'était l'expression exacte qu'avait utilisée Lorenz. Il avait souri en la prononçant.

Les pupilles dilatées de De Peretti se posèrent sur le couteau.

Il ne savait plus quoi faire. Son bras se mit à trembler. Il posa son autre main sur la première pour mieux assurer sa prise autour du manche de l'arme.

— Bodinger... articula-t-il avec peine. L'expert qui a authentifié le Chagall. Je voulais l'interroger hier soir. Je l'ai attendu devant le musée d'Art moderne, mais je n'ai pas réussi à le rattraper. Il est entré dans la station de RER, au bout du pont de l'Alma...

Sa voix se brisa. Il attendit quelques secondes avant de poursuivre son récit :

— Quelqu'un l'a balancé sous le métro avant que je puisse lui parler. Je l'ai bien vu. J'étais dans l'escalier quand c'est arrivé. Je vous croyais responsable.

— Je ne suis pas débile. Si j'avais eu des soupçons sur ce type, je lui aurais envoyé mes hommes. Je ne t'aurais pas demandé d'enquêter sur le Chagall. Et vire ce couteau, merde !

Son ton autoritaire acheva de convaincre De Peretti. Il ne réagit pas quand Lorenz écarta l'arme du bout des doigts.

Celui-ci se frotta le cou juste au-dessus de la carotide, là où la pression de la lame avait laissé un sillon clair sur son épiderme.

De Peretti lâcha le couteau. Il se laissa tomber sur le sol, se prit la tête entre les mains et se mit à sangloter.

Lorenz contempla sa chemise tachée de sang. Il secoua la tête d'un air dépité.

— Du Boss, putain... C'est bien la peine.

Il referma la veste de son costume pour cacher l'accroc.

— Bon... Ce type, là, celui qui a buté l'expert, il ressemblait à quoi ?

— Je l'ai juste aperçu de loin. Il avait un manteau de cuir et une casquette. C'est tout ce que j'ai vu.

— Aucun de mes hommes ne s'habille aussi mal. Chez moi, c'est costard obligatoire pour tout le monde.

— J'ai cru... tenta de se justifier De Peretti.

Lorenz le fit taire :

— Je vais essayer de me renseigner. De ton côté, continue tes recherches. Si ce type a été tué, c'est qu'il savait quelque chose sur le Chagall. Tout ça m'a donné encore plus envie de rencontrer le mec qui a peint ce tableau.

Il pointa un index menaçant vers De Peretti.

— Et si tu t'avises de me menacer à nouveau, je te tue. Tu m'as bien compris, connard ? Je te bute.

Ce n'étaient pas des paroles en l'air. De Peretti n'avait pas le moindre doute à ce sujet.

Il leva la tête vers Lorenz et bredouilla quelques mots. Le vacarme des sirènes de police couvrit ses excuses.

17

La Mercedes de la Fondation se gara devant l'immeuble de Valentine à 8 heures précises, comme le marchand l'avait annoncé la veille. Jacques, le chauffeur, ne coupa pas le moteur. Il quitta sa place et vint ouvrir la portière arrière de l'imposante limousine noire.

Il salua Valentine d'un simple hochement de tête, attrapa d'un mouvement autoritaire le sac de voyage qu'elle tenait à la main et le glissa dans le coffre à côté du bagage de Stern, une valisette estampillée Louis Vuitton qui, d'après l'usure de ses angles et de la patine de son cuir, avait beaucoup voyagé.

— Bonjour, Valentine, dit le marchand d'une voix chaleureuse lorsqu'elle s'installa près de lui sur la banquette. Avez-vous bien dormi ? Vous aviez l'air en petite forme, hier.

— Comme un bébé.

Valentine ne mentait pas. La veille au soir, à son retour de la Fondation, elle s'était effondrée sur son lit et s'était immédiatement assoupie, pour se réveiller fraîche et reposée comme après une cure de sommeil.

La nuit de Stern, en revanche, semblait avoir été moins paisible. Fidèle à lui-même malgré l'heure matinale, il était vêtu d'un complet en lin clair coupé par une main experte dans l'art de dissimuler, sous les savants replis du tissu, les particularités physiques de ses clients – en l'occurrence l'extrême maigreur du vieillard. Cette allure impeccable masquait mal, toutefois, sa fatigue : il paraissait soucieux et avait les traits tirés, comme s'il n'avait pas fermé l'œil de la nuit, ce qui était sans doute le cas.

Il fit un signe au chauffeur, qui démarra aussitôt.

— Avez-vous écouté les informations ce matin ? demanda-t-il à Valentine.

Elle secoua la tête.

— Je n'ai pas eu le temps.

Stern lui tendit un journal plié en deux.

Valentine l'ouvrit. Un seul titre occupait la une : « La mort d'une icône ».

Une photographie récente de l'épouse du Premier ministre, souriante malgré sa décrépitude physique, ornait la première page. Elle apparaissait telle qu'elle s'était montrée depuis la révélation du mal qui la rongeait, sans artifice ni mensonge.

L'image était dure. Voir cette femme élégante réduite à une ombre émaciée au crâne lisse, avait quelque chose de poignant. Mais c'était ce qu'elle avait voulu, depuis le début, pour montrer que beaucoup d'autres femmes se battaient comme elle, et pour les inciter à ne pas en avoir honte.

Valentine parcourut les quelques lignes de résumé placées sous le portrait. La femme du Premier ministre s'était éteinte la veille au soir, au terme de son « combat héroïque », selon les mots du journal, contre le cancer. Son mari était présent à ses côtés lors de ses derniers instants, et le Président lui-même avait retardé son voyage en Afrique pour venir lui rendre hommage au milieu de la nuit.

La France pleurait une icône, le Premier ministre l'amour de sa vie. En page 2, on le voyait devant l'hôpital du Val-de-Grâce, le visage tordu de douleur. Les sentiments que portait à sa femme le politicien, pourtant réputé pour sa fermeté, étaient connus de tous. Sa peine n'était pas feinte. Un garde du corps le soutenait par l'aisselle au moment où il franchissait la porte de l'hôpital.

— Quelle tristesse... commenta Valentine. Je croyais vraiment qu'elle allait s'en tirer.

Elle replia le journal et le tendit à Stern.

— Cela ne va pas faciliter nos affaires avec le Chagall, conclut ce dernier avant de se renfoncer sur son siège.

Jacques les conduisit en moins de vingt minutes jusqu'à la gare du Nord, en prenant les voies réservées aux autobus pour éviter les embouteillages, innombrables à cette heure de la matinée.

Une fois à la gare, Valentine et Stern franchirent les contrôles douaniers sans encombre et s'installèrent à leurs places.

Malgré sa faiblesse, le vieux marchand était d'humeur joyeuse. Il abreuva d'anecdotes sa compagne durant la majeure partie du voyage. La conversation prit un tour plus intime lorsque l'Eurostar quitta le tunnel sous la Manche et s'engagea sur le sol anglais. Stern raconta alors à Valentine comment il avait passé la majeure partie de la guerre à Londres. Elle savait qu'il y avait vécu, pour l'avoir autrefois lu dans un article consacré au marchand, mais elle ignorait jusqu'alors les détails de son séjour.

Jacob, le père d'Elias, l'y avait envoyé en août 1942, avec plusieurs conteneurs remplis de meubles, de sculptures et de tableaux. Les Stern possédaient une succursale à Londres et Jacob avait jugé prudent d'y transférer leurs pièces les plus précieuses. Son intuition s'était malheureusement révélée exacte. Moins d'une semaine après le départ d'Elias, une brigade de SS avait fait irruption dans l'hôtel particulier de la rue des Saints-Pères et avait raflé tous ceux qui s'y trouvaient encore. Après un bref transit par Drancy, Jacob, son épouse et les deux sœurs d'Elias, âgées de quinze et dix-sept ans, avaient été envoyés à Dachau, où ils avaient disparu corps et biens.

Sans nouvelles de sa famille, Elias était revenu en France à la fin d'août 1944, quelques jours seulement après la libération de Paris. Il avait retrouvé l'hôtel particulier déserté et dans un état déplorable. Malgré leur départ précipité, les Allemands avaient pris le temps d'emporter tout ce qu'Elias n'avait pu sauver lors de sa fuite en Angleterre, des casseroles aux parquets anciens en points de Hongrie. Il ne restait plus rien dans le bâtiment, à l'exception de murs nus, constellés de traces de baïonnettes et d'inscriptions antisémites.

Elias avait appris par la suite que Joseph Goebbels avait personnellement ordonné l'extermination de sa famille puis, lorsque l'évolution du conflit avait contraint les troupes allemandes au départ, la dévastation de l'hôtel particulier, comme si l'élimination physique des Stern devait se doubler de celle du symbole le plus visible de leur réussite. Derrière cet acharnement se dissimulait en réalité la rancune d'un autre hiérarque nazi, Hermann Goering, le grand ordonnateur de la politique de pillage systématique des trésors artistiques européens.

Goering n'avait pas pardonné à Jacob d'avoir toujours refusé, avant même le début du conflit, de lui céder la moindre œuvre pour sa collection personnelle. La philosophie commerciale des Stern avait en effet toujours été claire, et elle ne tolérait aucune exception : c'étaient eux qui choisissaient leurs clients, et non l'inverse. Ils traitaient seulement avec ceux qu'ils jugeaient dignes de posséder un chef-d'œuvre sorti de leurs réserves. Goering aurait pu proposer tout l'or du Troisième Reich que Jacob aurait refusé d'accéder à ses demandes.

La raison pour laquelle Goering voulait se débarrasser des Stern allait toutefois au-delà de la rancœur personnelle. Il désirait en réalité s'approprier les archives de la famille, et il était prêt à tout pour cela, y compris à devenir le débiteur de Goebbels.

Très tôt, Gabriel Stern, le fondateur de la lignée, avait pris l'habitude de recenser toutes les œuvres intéressantes qu'il rencontrait au cours de ses pérégrinations. Il notait ainsi sur des fiches leur localisation et en traçait une description sommaire. Ainsi, lorsqu'un nobliau de province venait à mourir, il lui suffisait de compulser ses fiches pour savoir si une visite à sa veuve s'imposait ou non avant la liquidation de l'héritage. Quand arrivait la vente publique, ses concurrents n'avaient plus que leurs yeux pour pleurer en constatant que les plus belles pièces avaient déjà rejoint les réserves de ses boutiques de Paris, Londres ou New York. Jacob et Elias avaient poursuivi cette entreprise de recensement systématique. Goering savait tout l'intérêt qu'il pourrait en tirer : il y avait là de quoi vider l'Europe de ses merveilles artistiques sans se fatiguer.

Jacob connaissait lui aussi la valeur de ces archives. Quelques heures à peine avant d'être arrêté, pressentant l'imminence de la catastrophe, il avait demandé à quelques employés de confiance de les conserver en attendant son retour ou celui d'Elias. Dissimulées sous des lits ou dans des caves, les fiches avaient ainsi passé le reste de la guerre sans être découvertes par l'occupant. Grâce à ces précautions, de nombreuses œuvres avaient échappé à la rapacité de Goering.

À son arrivée de Londres, Elias avait tenu à s'installer dans l'hôtel particulier, malgré l'étendue des ravages infligés au bâtiment. Il avait posé un lit de camp dans un coin de la bibliothèque, la seule pièce à peu près préservée de la furie dévastatrice des occupants, et avait commencé à remettre peu à peu les lieux en état.

Environ trois semaines après son retour, il avait eu la surprise de voir pénétrer dans la cour une Traction Avant ornée de l'étoile cerclée de blanc de l'US Army. Avant même l'arrêt complet du véhicule, Pablo Picasso avait sauté du siège passager et lui était tombé dans les bras, comme s'il revoyait un vieil ami. Elias et lui ne s'étaient pourtant guère croisés plus de quatre ou cinq fois. Leur dernière rencontre datait de l'été 1939, alors qu'Elias sortait tout juste de l'adolescence, et ils avaient échangé quelques banalités. Rien ne justifiait ces effusions.

Sans préambule, Picasso avait demandé à Elias quand il comptait reprendre son commerce.

Elias n'y songeait alors même pas. Non que la guerre eût réduit à néant la réserve d'œuvres des Stern : la majeure partie du stock se trouvait à l'abri dans leurs succursales de Londres et de New York. Les pertes concernaient tout au plus la cinquantaine d'œuvres qui se trouvaient en transit lorsque la guerre s'était déclenchée et que Jacob n'avait pas réussi à rapatrier à temps. Toutes les autres se trouvaient en sécurité, d'un côté ou de l'autre de l'Atlantique. Elias était cependant confronté à d'énormes problèmes administratifs pour faire revenir en France les centaines de toiles, de dessins et de sculptures qui lui appartenaient. Il estimait, dans le meilleur des cas, à une année entière le temps nécessaire pour pouvoir relancer son activité. D'ici là, il n'y avait rien d'autre à faire que de prendre son mal en patience.

Picasso avait écouté ses explications avec un demi-sourire. Il avait ensuite pris Elias par l'épaule et avait ouvert le coffre de la Traction. Celui-ci était rempli de toiles, roulées et empilées en vrac les unes contre les autres.

Elias avait failli s'évanouir en découvrant ce trésor.

— J'ai du mal à écouler ces toiles, lui avait lancé le Catalan de sa voix de matamore. Tu crois pouvoir faire ça pour moi ?

Il n'avait bien sûr aucune difficulté à vendre ses tableaux, même en ces temps troublés. Il se souvenait simplement que, près de quarante ans plus tôt, quand il mourait de faim dans son atelier du Bateau-Lavoir, Gabriel Stern, le grand-père d'Elias, lui avait offert cinq cents francs, soit près de dix fois la somme maximale qu'on lui eût jamais proposée pour une de ses œuvres, contre une *Femme à la corneille*, un pastel rehaussé à l'aquarelle.

Pendant cinq ans, Gabriel avait continué à acquérir ses œuvres à des prix bien supérieurs à ceux du marché, tout en ayant tout à fait conscience que le public n'était pas encore prêt à accepter ces corps à la peau bleutée, et encore moins ces compositions déstructurées auxquelles personne ne comprenait rien.

132

À l'époque, Gabriel était le seul, avec Ambroise Vollard, à soutenir Picasso. L'un et l'autre n'avaient pas compté leurs efforts ni leur argent pour modifier le regard des gens. Quand le succès était enfin venu, Gabriel possédait près de deux cents œuvres, toutes exceptionnelles, de Picasso.

Ce dernier n'avait rien oublié de ce qu'il devait aux Stern. Les tableaux qui se trouvaient dans le coffre de la Traction aux armes de l'US Army avaient permis à Elias de relancer son commerce jusqu'au rapatriement de son stock.

Cette anecdote résumait parfaitement ce qui avait fait le succès des Stern, depuis ce jour de 1882 où Gabriel avait vendu un petit portrait attribué au Caravage – la seule chose qu'il avait emportée lorsqu'il avait fui, avec les siens, la Russie tsariste et ses pogroms – pour acquérir son premier Cézanne : leur capacité de voir avant les autres où se nichait le génie.

Comme Jacob, Elias avait hérité ce talent de son aïeul. Il possédait l'œil absolu, comme certains musiciens ont l'oreille absolue. Il voyait le chef-d'œuvre là où les autres distinguaient une simple accumulation disharmonieuse de couleurs ou de formes. Il savait avant tout le monde ce qui serait à la mode une décennie plus tard. Conscient de posséder là un don inestimable, il en avait tiré un parfait profit, chaque jour de son existence.

Captivée par son récit, Valentine fut presque déçue de voir le train entrer en gare de Saint Pancras. Elle se chargea des bagages et aida Stern à descendre.

Au pied du wagon les attendait un individu vêtu d'un complet trois-pièces d'une coupe très classique. Bien que très âgé lui aussi, il paraissait en meilleure forme physique que Stern. Un léger embonpoint lui dessinait une silhouette moins austère que celle du marchand, et ses cheveux, quoique parsemés de mèches grisonnantes, avaient en grande partie conservé leur blond originel.

Lorsque Stern l'aperçut, il abandonna le bras de Valentine et l'enlaça avec chaleur.

Peu habituée à le voir se livrer à de telles manifestations de familiarité, Valentine le regarda faire avec une curiosité amusée.

— Charles, quelle joie de te revoir !

— Elias, vieux brigand... Tu ne peux pas t'empêcher d'amener avec toi des jolies femmes, où que tu ailles ?

— Allons, Charles... N'effraie pas Valentine. J'ai eu du mal à la convaincre de m'accompagner. Elle va reprendre le train dans l'autre sens si tu lui joues ton numéro de vieil excentrique !

Il se tourna vers Valentine et désigna son ami :

— Valentine, je vous présente Charles Finaly. Charles m'a accueilli chez lui durant la guerre.

— Et je l'ai bien regretté ! Elias a fait plus de dégâts à Londres que les V1 de von Braun ! Il était connu dans tous les repaires mal famés de la ville.

— Nous étions jeunes... Sans toi, je ne sais pas comment j'aurais survécu à ces années difficiles.

— Tais-toi. Ne me force pas à sangloter devant une femme aussi ravissante.

Il tendit la main à Valentine. Celle-ci eut un mouvement de surprise lorsque Finaly s'en saisit pour la porter à ses lèvres.

L'Anglais s'amusa de la réaction de la jeune femme. Il rapprocha son visage de celui de Valentine et lui glissa à l'oreille :

— Je double votre salaire si vous acceptez de travailler pour moi.

Il fit un geste théâtral en direction de Stern.

— Tu ne mérites pas une telle femme, Elias. Réflexion faite, ma chère, je triple votre salaire.

Valentine secoua la tête en riant, amusée par le petit jeu des deux vieillards.

— Votre proposition est tentante, mais Elias ne le supporterait pas. Il a besoin qu'on s'occupe de lui.

— Ne vous fiez pas à son apparence, souffla Finaly sur le ton de la confidence. Elias n'aime rien tant que tromper son monde, mais vous l'avez sans doute déjà compris.

Trêve de badinage, mes amis. Un déjeuner copieux nous attend chez moi. Il ne sera pas dit que je vous aurai laissés dépérir.

Il montra la direction de la sortie.

— Ma voiture est garée dehors.

Ils traversèrent la gare et rejoignirent le parking. La Jaguar XJ6 rouge carmin de Finaly, un exemplaire de la première série lancée en 1968, montra quelques signes de mauvaise volonté au démarrage, mais se comporta ensuite parfaitement.

Finaly quitta King's Road et gara la Jaguar devant une maison située sur une petite place. Au centre de celle-ci, quelques arbres étiraient leurs branches centenaires sur un délicieux jardin fleuri entouré d'une grille en fer forgé. Le lieu respirait la tranquillité, loin de l'agitation commerçante qui sévissait à quelques centaines de mètres de là, près de Sloane Square. De chaque côté de la placette s'étendait une file de maisons en brique à deux étages, accolées les unes aux autres.

— Nous y voilà, dit Finaly en sortant de la voiture.

Il contourna la Jaguar, ouvrit le coffre et en tira les bagages de ses passagers.

— Je vous ai préparé des chambres à l'étage. Il y a un petit hôtel agréable pas très loin si vous préférez.

— C'est très aimable de nous accueillir chez toi, Charles, fit Stern.

Finaly déverrouilla la porte d'entrée et déposa les valises dans le vestibule.

Stern s'arrêta sur le seuil. Le visage songeur, il contempla l'intérieur de la maison.

— Rien n'a changé depuis…

Il laissa la suite de sa phrase en suspens.

Finaly l'invita à entrer dans le salon, plongé dans une semi-pénombre à cause des épais rideaux.

— Rien n'a changé, mais tout est différent. La maison est devenue bien trop grande depuis qu'elle n'est plus là.

Il désigna le grand portrait à l'huile, presque à l'échelle, accroché sur le mur principal de la pièce. Celui-ci représentait une femme d'une trentaine d'années aux linéaments slaves, coiffée de deux tresses blondes enroulées de chaque côté de son crâne. Vêtue d'une élégante robe de soirée couleur pistache et d'une capeline de fourrure grise, elle était assise sur une chauffeuse tendue d'un tissu Tiffany.

— Mon épouse Marta, expliqua Finaly à Valentine. Je lui ai offert ce portrait à l'occasion de notre mariage. Il reflète bien son caractère. Elle était farouche et indépendante.

Il se tut durant quelques secondes, avant de préciser :

— Elle est décédée l'année dernière. Alzheimer.

— Je suis désolée... fit Valentine, que de telles confidences mettaient toujours mal à l'aise.

Finaly se laissa tomber sur un siège et invita ses hôtes à faire de même.

— Tu t'en sors, Charles ? lui demanda Stern d'une voix affectueuse.

— Comme je peux... Disons que les repas sont moins bons depuis la mort de Marta. Bah... Il faut bien continuer à vivre, n'est-ce pas ? J'ai la malchance d'avoir le cœur solide.

Il chassa d'un clignement de paupières le voile nostalgique qui s'était emparé de ses traits et esquissa un sourire qui se voulait enjoué, mais qui masquait mal la profonde tristesse dans laquelle était plongé son quotidien depuis son veuvage.

Devant lui, sur une table basse rectangulaire, étaient posés un ordinateur portable et une grande enveloppe blanche.

Finaly repoussa l'enveloppe au bord de la table, ouvrit l'ordinateur et pressa la touche d'allumage.

— Par bonheur, dit-il, certains vieux amis ne m'ont pas oublié et m'envoient un peu de travail pour me distraire.

Il navigua brièvement dans le répertoire de l'ordinateur et cliqua sur une icône. L'image d'un dessin à la plume s'afficha. Il s'agissait d'un paysage montagnard, esquissé à traits rapides, devant lequel plusieurs animaux étaient disposés en une file indienne approximative. Parmi eux, on reconnaissait un chameau, un buffle et même, venant en tête, un lion occupé à gravir une rampe constituée de planches sommairement accolées les unes aux autres. Au premier plan, dos aux spectateurs, un personnage paraissait surveiller le mouvement des animaux, nonchalamment appuyé contre le fût d'une colonne antique.

— Tu l'as trouvé à Zurich, c'est bien cela ? demanda Finaly à son ami en parlant du dessin.

Stern acquiesça.

— Dans une collection particulière. Son propriétaire actuel l'a acquis l'année dernière auprès d'un marchand italien. Tous les certificats semblent en règle, et le marchand m'est apparu de bonne foi. Il est tombé des nues quand je lui ai fait part de mes soupçons.

Il précisa, à l'intention de Valentine :

— Charles a enseigné l'histoire de l'art à Oxford, puis au King's College. C'est l'un des meilleurs spécialistes du XVIᵉ siècle italien.

Finaly secoua la tête d'un air gêné pour montrer combien ces compliments étaient, à son avis, exagérés.

— J'ai envoyé à Charles les reproductions des œuvres que je soupçonnais être de la main du faussaire, reprit Stern. Comme je n'avais aucune preuve pour conforter mes intuitions, je voulais son avis.

— Tu as bien fait, confirma Finaly. Je t'ai dit au téléphone que j'avais quelque chose à te montrer. Jette donc un œil à cela.

Il tira de l'enveloppe une photographie de grandes dimensions qu'il posa contre l'écran, de sorte que les deux images fussent visibles l'une à côté de l'autre.

Il s'agissait de la reproduction d'un tableau dont la moitié gauche reprenait, à l'identique, la composition du dessin affiché sur l'écran de l'ordinateur. Les similitudes entre les deux images étaient frappantes, jusqu'à la position du personnage au premier plan. La rampe, qui sur le dessin était interrompue par le bord de la page, se poursuivait en revanche sur le tableau jusqu'à un navire, dont la coque était percée de sabords par lesquels s'échappaient diverses têtes d'animaux.

— Voici deux ans, expliqua Finaly, une femme m'a apporté cette reproduction. Elle était en train de régler la succession de son mari, un membre éminent de la Chambre des lords, et elle voulait que j'expertise sa collection. Parmi les acquisitions récentes du défunt, il y avait cette toile, qu'il avait achetée comme une *Arche de Noé* peinte par Jacopo Bassani. Quelque chose me troublait dans ce tableau mais, jusqu'à ce qu'Elias m'envoie le dessin, je n'avais pas réussi à mettre le doigt sur ce qui n'allait pas.

— Qu'est-ce qui vous gêne dans ce tableau ? l'interrogea Valentine.

Finaly contempla la photographie. Son doigt coupa l'image en deux dans son milieu, dans le sens de la hauteur.

— Il n'y a aucune unité dans la composition. La structure est déséquilibrée, comme si les deux moitiés avaient été juxtaposées l'une à l'autre. Ce n'était bien sûr qu'une impression d'ensemble, car je n'ai pas eu l'occasion de travailler sur l'œuvre elle-même. J'ai dû me contenter de cette photographie.

Il désigna l'écran de l'ordinateur.

— Vous pouvez imaginer ma surprise quand j'ai ouvert le message d'Elias.

— Le dessin a tout l'air d'être une étude préparatoire pour la partie gauche du tableau, remarqua Stern.

— Tout à fait, confirma Finaly. Ils sont de la même main, cela ne fait aucun doute. Et si toi et moi sommes parvenus, chacun de notre côté, à la conclusion qu'il ne s'agit pas de celle de Jacopo Bassani, il y a fort à parier que nous soyons dans le vrai.

— Nous devons jeter un œil à ce tableau. Tu sais où il se trouve ?

— Sans mon certificat, la veuve n'est pas parvenue à le vendre. Elle l'a toujours chez elle. Vous imaginez bien qu'elle ne veut plus entendre parler de moi.

Stern grimaça.

— Mais... ajouta Finaly dans un large sourire, ton nom fait des miracles. Quand je lui ai dit que tu m'accompagnerais, elle a accepté de nous recevoir.

— Quand ?

— Cet après-midi.

— Tu es toujours le même vieux renard, Charles.

Finaly accepta le compliment d'un hochement de tête. Il désigna la porte qui menait à la salle à manger.

— Et maintenant, je suggère que nous allions déjeuner. Je meurs de faim... Pas vous ?

Au moment de quitter le salon, Valentine s'arrêta devant un petit cadre posé sur un guéridon près de la porte. À l'intérieur se trouvait une photographie aux couleurs un peu passées.

Sur l'image apparaissaient Marta et Finaly. À voir leur aspect physique et, surtout, leur jovialité apparente, la photographie avait sans doute été prise une dizaine d'années plus tôt, avant que la maladie de Marta ne se déclare. Bien que déjà âgée, celle-ci ressemblait encore à la femme qu'elle avait été à l'époque de son mariage. Son visage était toujours encadré par deux tresses enroulées en spirale, à la différence près que celles-ci étaient devenues blanches.

Au lieu de fixer l'objectif, Finaly et Marta couvaient tous les deux du regard l'adolescente gracile qui se trouvait entre eux.

Valentine l'avait immédiatement reconnue. Celle-ci n'avait pas beaucoup changé en une décennie. La seule modification notable concernait ce que son visage disait d'elle : indéniablement, ses traits s'étaient durcis, comme si l'adolescente insouciante de la photographie avait depuis perdu toutes ses illusions.

Valentine repensa à ce que Finaly lui avait dit plus tôt au sujet du caractère de Marta. Farouche. C'était l'adjectif qui caractérisait le mieux la femme qu'était devenue la jeune fille qui se tenait à ses côtés sur la photo. Farouche au point de refuser toute relation qui pourrait ouvrir des brèches dans le rempart qu'elle avait mis dix ans à construire autour de ses sentiments.

Valentine sut à cet instant précis pourquoi Stern lui avait demandé de l'accompagner. Elle comprit beaucoup d'autres choses par la même occasion.

La question s'échappa de sa bouche, bien qu'elle en sût déjà la réponse :

— Vous connaissez Nora ?

Finaly posa la main sur la photographie.

— Elias ne vous a rien dit ? Nora est ma petite-fille.

Il caressa délicatement le visage de l'assistante de Stern.

— Elle est la seule famille qui me reste, en fait.

18

Hugo Vermeer n'avait pas eu besoin de se creuser la cervelle pour trouver le titre de son article. Celui-ci lui était apparu comme une évidence à l'instant même où il s'était installé devant son ordinateur et avait ouvert le dossier qui contenait ses recherches en cours. Il y avait là une douzaine de fichiers relatifs à des affaires sur lesquelles il était en train d'enquêter et qu'il destinait à une publication ultérieure sur artistic-truth.com.

Il ouvrit une page vierge, joignit les doigts de ses deux mains et fit quelques exercices d'assouplissement pour se dégourdir les articulations avant de se mettre au travail. Il tapa ensuite sur le clavier, en caractères majuscules et en corps 18 :

PLASTIC ONO BAND

Cela ne ferait sans doute rire que lui, mais il s'en moquait. Artistic-truth.com était son bébé, le jouet qu'il s'était offert pour fêter son retour dans la vie civile après des années de flirt poussé avec l'illégalité. Il en faisait ce qu'il voulait.

Lorsqu'il avait renoncé à vivre du trafic d'art, Vermeer avait passé des semaines dans une profonde dépression, qui s'était traduite par une sorte de brouillard vaporeux sous lequel s'étaient volatilisés tous ses souvenirs. Il ne se rappelait plus rien, comme s'il s'était endormi un soir pour se réveiller trois mois plus tard.

Du point de vue de la stricte nécessité, Hugo Vermeer n'avait aucun besoin de voler des œuvres d'art ou de servir d'intermédiaire pour des transactions louches. Ses ancêtres avaient bien œuvré pour la prospérité de leur lignée. En outre, ses parents avaient eu le bon goût de n'avoir que lui pour enfant et, comble d'élégance, de mourir jeunes. Cet heureux concours de circonstances avait fait de lui un rentier immensément riche.

C'était bien là le problème : Vermeer savait depuis toujours que rien ne pourrait jamais l'atteindre. Sept ou huit décennies de sécurité totale l'attendaient quand il avait poussé son premier cri.

Vers ses seize ans, il avait réalisé combien cette situation lui était insupportable. Il étouffait dans ce cocon trop confortable. Il ne supportait plus de savoir son avenir réglé comme du papier à musique : éducation impeccable dans des institutions pour gosses de riches, poste de direction dans la banque familiale, épouse choisie parmi les douze ou quinze lignées hollandaises qui pouvaient rivaliser avec la sienne, nuée d'enfants et de petits-enfants à Noël, retraite dorée aux Bahamas jusqu'à une mort médicalisée, veillé par de jolies infirmières compatissantes et dévouées. L'enfer devait ressembler à quelque chose de ce type.

En réaction à ce futur désespérant, Vermeer s'était consciencieusement fait exclure de tous les pensionnats suisses dans lesquels ses parents l'avaient envoyé pour parfaire son éducation. En parallèle, son besoin d'excitation n'avait cessé de croître. Il avait d'abord pris la forme d'un tourbillon d'excès en tout genre. Voitures rapides, filles faciles, garçons moins farouches encore et breuvages enivrants : toutes choses exaltantes pour un esprit jusque-là contraint de refréner ses pulsions.

Vermeer avait toutefois très vite remplacé la vitesse, le sexe effréné et l'alcool par le frisson du danger permanent. Pour l'obtenir, il n'avait rien trouvé de mieux que de s'aventurer du côté sombre de la barrière. La joie de marcher au bord d'un gouffre l'avait accompagné durant l'essentiel de sa vie d'adulte.

L'arrêt avait été brutal, et c'était peut-être mieux ainsi. Il y avait d'abord eu ce premier avertissement, quand il exerçait ses talents dans les pays de l'Est, juste après la chute du mur de Berlin. Vermeer avait pris avec une certaine légèreté la disparition soudaine de son intermédiaire favori. Après tout, c'était la loi des affaires : les gens allaient et venaient, un jour ici à trafiquer des icônes, le lendemain au Tadjikistan à négocier de vieux missiles Stinger datant de la guerre d'Afghanistan ou un lot de filles enlevées dans un village reculé de Valachie. Lorsque, cinq mois plus tard, le tronc de son comparse avait été retrouvé dans une décharge moscovite, Vermeer avait compris que les choses commençaient à mal tourner. Il en avait eu la confirmation quand il avait reçu la visite d'un tueur envoyé par un concurrent jaloux de son succès.

Vermeer se demandait encore comment il s'en était sorti. Ce dont il se souvenait ressemblait à un film de John Woo : un parking, le canon du pistolet sur sa nuque, une scène de ménage au bout de la rue, le tueur déconcentré durant une fraction de seconde, la course effrénée, les balles qui le frôlent et ricochent partout autour de lui sans le toucher, une voiture de police stationnée devant lui, deux flics assez saouls pour sortir leur arme de service et répliquer contre le tueur. Une sorte de miracle global, incompréhensible par un cerveau normalement constitué.

Un tel enchaînement de circonstances favorables se reproduisant en moyenne une fois tous les cinq siècles, Vermeer avait décidé de ne pas mettre outrageusement à l'épreuve sa bonne étoile. Il était revenu en France, mais n'avait pas pour autant cessé ses malversations. Peu lui importait le terrain de chasse, tant que les proies ne manquaient pas.

Le second miracle s'était produit quelques années plus tard. Vermeer avait été arrêté à la veille d'un cambriolage par la police française, qui avait trouvé chez lui des preuves irréfutables de ses activités délictueuses. Le Néerlandais se préparait à une longue peine de prison quand il avait été tout à coup libéré par les enquêteurs, sans un mot d'explication. Cinq ans plus tard, il n'en revenait toujours pas. Le vent du boulet était cependant passé trop près de sa tête pour qu'il fasse comme si de rien n'était. Il avait soudain ressenti une profonde fatigue, comme si cette dernière péripétie avait à jamais brisé quelque chose en lui. Il avait tout arrêté du jour au lendemain.

La descente avait été difficile. Il avait plané à de telles hauteurs que le retour à une vie rangée ressemblait pour lui à une désintoxication forcée. Pimenter ses journées était vite devenu pour Vermeer une nécessité vitale. La solution lui était soudainement apparue dans toute son évidence : il lui suffisait d'inverser les rôles.

Son raisonnement était simple : il était autrefois le meilleur dans son domaine. Il réussissait des larcins impossibles dans des résidences ultra-sécurisées. Faire traverser frontières et océans à des œuvres d'art était un jeu d'enfant pour lui. Ajouter un poinçon célèbre à un meuble anonyme ne présentait pas davantage de difficulté. Il connaissait tous les trucs et les ficelles du métier. Qui mieux que lui pouvait révéler au grand public ce qui se passait sous la ligne de flottaison du marché de l'art ?

Artistic-truth.com était son caisson de décompression. Sans lui, il serait mort d'ennui dans sa nouvelle existence.

Vermeer finançait le site Internet de sa poche et, en conséquence, décidait seul de ce qu'il y mettait. Parmi les attributions qu'il s'était concédées, celle de faire des jeux de mots misérables venait juste après le droit d'enquêter sur tous ceux qui lui tapaient sur les nerfs – et Dieu seul savait à quel point ils étaient nombreux.

Il relut le titre affiché en lettres majuscules sur l'écran :

PLASTIC ONO BAND

Le jeu de mots était déplorable, du moins à l'aune du jugement commun. Une raison de plus pour le garder.

Hugo Vermeer n'était pas réputé pour son bon goût et ne tenait pas à l'être. Son image de rustre mal dégrossi le servait bien. Elle le faisait paraître inoffensif au premier abord. Ceux qui ne le connaissaient pas et ignoraient son passé de trafiquant ne le prenaient pas au sérieux.

Ils avaient grand tort.

Vermeer avait trouvé le titre de son article, mais il n'avait encore rien à mettre au-dessous. Ou plutôt, il avait bien découvert quelques éléments intéressants, mais il lui manquait encore l'essentiel.

Ce qu'il avait appris sur l'homme de la photographie tenait sur la moitié d'un timbre poste, car Takeshi Ono appréciait visiblement l'anonymat. Vermeer avait lancé une recherche automatique dans le millier de bases de données disponibles depuis chez lui – celles, libres d'accès, des plus importants quotidiens de chaque pays et des principales institutions universitaires et scientifiques mondiales, ainsi que certaines bases faciles à pirater, comme la sécurité sociale française, le service des permis américain ou les fichiers clients des grandes compagnies aériennes et ferroviaires – à partir des mots clés « Takeshi » + « Ono » + « polymérisation » + « cadavres » + « exposition ». Après plusieurs heures de travail, son ordinateur avait recensé sept cent soixante-neuf documents où au moins deux de ces mots clés étaient associés. Vermeer les avait passés en revue en partant des plus anciens. Il avait éliminé tous ceux sans aucun lien avec son centre d'intérêt ou rédigés dans des langues qu'il ne maîtrisait pas. Il restait quarante-deux documents, dont un seul mentionnait le nom de Takeshi Ono.

Il s'agissait d'une brève publiée le 26 mai 1995 par le *New England Journal of Medicine*, accessible sur la version online de la revue. L'article s'étendait sur à peine une demi-page et n'était illustré d'aucune photographie. Il informait sobrement les lecteurs qu'une technique révolutionnaire de polymérisation des tissus biologiques venait d'être breveté pour l'ensemble du monde par un dénommé Takeshi Ono.

Suivait une maigre biographie de ce dernier. Contacté par le journaliste, Ono avait déclaré être né au Japon en 1958, avoir exercé la médecine dans plusieurs hôpitaux publics de la région de Kyoto (un élément dont Vermeer n'avait nulle part trouvé confirmation), pour ensuite bifurquer vers la recherche fondamentale. Après avoir effectué un doctorat en anatomopathologie à l'université d'Osaka, il avait été recruté en tant que chercheur associé par un centre de recherche du même établissement. Il y avait travaillé pendant près de cinq ans, avant d'en démissionner en décembre 1993.

L'article se concluait sur la mention d'une plainte déposée par l'université d'Osaka à l'encontre de Takeshi Ono auprès de la juridiction japonaise compétente en la matière. Le chercheur était accusé par son ancien employeur de vouloir tirer un profit personnel de travaux dont les droits ne lui appartenaient pas, puisqu'ils avaient été réalisés dans le cadre des recherches pour lesquelles il était rémunéré. La plainte, concluait l'auteur de l'article, s'était soldée par un accord amiable, au sujet duquel ni Takeshi Ono ni les instances dirigeantes de l'université n'avaient souhaité s'étendre.

Quelle que fût la somme qu'Ono avait versée pour se débarrasser de cette plainte, il s'agissait d'un excellent investissement, tant l'exploitation du brevet s'était révélée juteuse. Les autres articles que Vermeer avait isolés étaient consacrés à l'exposition anatomique itinérante de cadavres conservés selon la technique brevetée par Ono en 1995. D'après ces sources, l'exposition *Ars mortis* rencontrait un succès phénoménal. Partout où elle avait été montrée, c'est-à-dire dans une trentaine de villes sur les cinq continents, elle avait attiré des foules immenses. Seules huit ou dix grandes institutions muséales dans le monde pouvaient se vanter d'un taux de fréquentation comparable pour les expositions qu'elles organisaient. En douze ans d'activité, le nombre total de visiteurs avait dépassé le million, pour un chiffre d'affaires qui atteignait probablement le milliard de dollars.

Outre l'aspect financier, presque tous les articles se faisaient l'écho du déluge de protestations et de commentaires critiques qui accompagnaient l'arrivée d'*Ars mortis* chaque fois que l'exposition s'installait quelque part. Les arguments de ses détracteurs se répétaient d'un endroit à l'autre, indépendamment des particularismes religieux ou culturels, et pouvaient se résumer ainsi : payer des sommes délirantes pour aller voir des cadavres humains relevait du voyeurisme, voire d'une forme de perversion comparable aux pires dérives de la société de consommation. Des familles entières y avaient notamment été aperçues, déambulant au milieu des corps tranchés, dépecés et exhibés tels des trophées macabres. Qui pouvait prévoir les effets futurs de cette terrible vision sur la psychologie des enfants ? Comment cette vision concrète de la mort était-elle intégrée par ces jeunes cerveaux ? Près d'un quart des documents se terminaient par des appels à une résurgence des valeurs morales, fondements d'une société saine et équilibrée. Vermeer referma ceux-là aussi.

Il créa un dossier intitulé « Ono » et enregistra les autres, puis rédigea sous le titre *Plastic Ono Band* une brève synthèse des éléments les plus significatifs qu'il avait découverts.

Il était plutôt satisfait. Pour un début, ce n'était pas mal. Une pièce du puzzle, cependant, lui faisait encore défaut : rien ne reliait le nom de Takeshi Ono à l'exposition *Ars mortis*.

La seule mention présente sur le catalogue de l'exposition était celle de la société Plastic Inc., qui jouait officiellement le rôle d'organisateur de l'événement. Après quelques recherches, Vermeer avait découvert qu'il s'agissait d'une société par actions créée en octobre 1995 et domiciliée à Taiwan. Aucune autre information n'était accessible sur Internet. La composition de son actionnariat ou de son conseil d'administration était un mystère très bien gardé. Plastic Inc. était aussi invisible que Takeshi Ono. La date de sa création suivait toutefois de peu celle du dépôt du brevet sur lequel se fondaient ses activités. Il ne fallait pas avoir beaucoup d'imagination pour deviner qui se cachait derrière cette structure. Mais tant qu'il n'aurait pas la preuve formelle que Plastic Inc. était liée à Takeshi Ono, Vermeer ne pouvait rien publier à son sujet.

Accepter cet état de fait entrait en contradiction profonde avec son caractère, aussi rédigea-t-il un e-mail au directeur général de la Mitsui Bank of Investment, un établissement de taille moyenne spécialisé dans les prêts aux entreprises dont la zone d'activité s'étendait sur la partie orientale du continent asiatique, dans lequel il lui demandait de se renseigner sur les actionnaires de la société Plastic Inc. et de le contacter aussitôt qu'il aurait découvert quelque chose. Quoique policé, le ton du message ne laissait aucune ambiguïté quant au fait que Vermeer voulait des résultats, et qu'il les attendait dans les plus brefs délais.

Il se trouvait que la Mitsui Bank of Investment était une filiale de la banque dont Vermeer avait hérité à la mort de ses parents. Dans un cas comme celui-ci, être le patron présentait d'indéniables avantages, comme celui d'exiger le meilleur de ses employés sans avoir besoin de se justifier. C'était bien la seule jouissance qu'on pouvait tirer d'un bureau situé au sommet d'une tour de direction. Vermeer avait depuis longtemps confié le sien à des individus plus compétents et plus acharnés à la tâche que lui. Il n'avait jamais eu à regretter cette décision. La machine tournait sans lui, et il n'avait qu'à se baisser pour ramasser les dividendes. Le monde était bien fait. Il suffisait de savoir choisir le meilleur point de vue pour le contempler.

Vermeer s'étira longuement sur sa chaise pour essayer de chasser le picotement désagréable qui avait envahi la moitié inférieure de son dos. Après l'attentat contre la Mercedes de la Fondation Stern, près de laquelle il se trouvait lorsque la bombe avait explosé, les médecins avaient retiré de son corps seize éclats de métal, disséminés majoritairement sur sa poitrine et ses bras. Ils n'avaient pas réussi à ôter celui qui s'était fiché dans son rachis lombaire.

Malgré ses étirements, le picotement se transforma en douleur diffuse. Vermeer contempla d'un œil plein de désir la coiffeuse en argentan conçue par Eckart Muthesius au début des années 1930 qu'il avait détournée de sa fonction première et transformée en une armoire à pharmacie encombrante et peu pratique, certes, mais d'une beauté incomparable.

Il résista quelques minutes. La souffrance finit cependant par annihiler sa capacité de concentration. Il se leva, trottina jusqu'au meuble comme un vieillard perclus de rhumatismes, ouvrit la porte coulissante en verre teinté et contempla la boîte remplie de gélules d'un beau rose pastel qui trônait sur l'étagère centrale.

À son retour de l'hôpital, ces gélules magiques avaient transformé sa convalescence en un délicieux mirage peuplé de tranquillité, de paix et d'amour.

Tranquillité. Paix. Amour.

Vermeer vomissait chacune de ces idées, sans même parler de leur association, mais il détestait plus encore avoir mal au dos.

Derrière lui, une sonnerie stridente en provenance de l'ordinateur lui annonça l'arrivée d'un e-mail. La main sur la boîte de Skenan, Vermeer hésita. La curiosité finit par l'emporter sur son désir d'endormir la douleur sous un flot d'analgésiques. Il referma la porte vitrée de la coiffeuse et retourna devant son écran. Quand il lut le nom de l'expéditeur, il oublia d'un coup son envie de morphine.

Il double-cliqua sur l'icône qui clignotait en grand sur l'écran. Le message ne contenait rien d'autre qu'un lien

Internet, sans autre forme de commentaire ou d'explication.

Vermeer l'ouvrit.

Un rictus carnassier envahit la partie basse de son visage. Les choses s'annonçaient beaucoup plus amusantes qu'il ne l'avait imaginé.

Il nota sur un bout de papier l'adresse inscrite sur l'écran. Sa douleur dorsale définitivement oubliée, il se leva d'un bond et quitta sa pièce de travail après l'avoir verrouillée. Il grimpa ensuite d'un pas rapide les marches qui menaient au rez-de-chaussée de la maison, attrapa son pardessus au passage et claqua la porte derrière lui.

L'excitation que ressentit Vermeer lorsqu'il s'élança dans le jardin en direction de sa voiture lui rappela le meilleur de ses jeunes années. Quand, pour lui, vivre était encore une activité risquée.

19

Lady Welcott ne ressemblait en rien à l'idée que Valentine se faisait d'une respectable représentante de l'aristocratie britannique. En lieu et place de la vieille femme distinguée aux cheveux permanentés qu'elle avait imaginée en venant, elle se trouva face à une cinquantenaire à la luxuriante chevelure platine, vêtue d'une robe noire qui s'arrêtait très au-dessus des genoux, dévoilant généreusement des courbes d'adolescente. Lady Welcott semblait de toute évidence plus attirée par les salons d'esthétique, les salles de sport et les boutiques de vêtements griffés que par les galas de charité.

Malgré ses efforts, elle n'était pas belle à proprement parler. Son menton était trop massif et son nez, dont la finesse trahissait le recours à la chirurgie, détonnait dans l'équilibre général de ses traits. Elle possédait toutefois ce soupçon de vulgarité innée susceptible de faire grimper le taux de testostérone de tous les mâles dans un rayon de dix mètres.

En chemin, Finaly avait dressé à l'intention de Stern et Valentine un rapide portrait de leur hôtesse. Née roturière, lady Welcott avait rencontré son mari alors qu'il se trouvait en villégiature en Suisse. Lui-même veuf et plusieurs fois grand-père, lord Welcott avait à l'époque déjà

151

largement dépassé l'âge des passions torrides. Entre le vieil homme et sa future épouse s'était produit un coup de foudre immédiat et ravageur. Les circonstances de la rencontre divergeaient selon les différentes versions. D'aucuns la situaient dans un casino, autour d'une table de black-jack, un soir où lord Welcott noyait dans un somptueux whisky de quinze ans d'âge la déception d'une perte phénoménale. D'autres récits faisaient cas d'un dîner mondain à Gstaad, après une harassante journée de ski, suivie d'une généreuse dégustation de grands crus importés de la proche Bourgogne.

Seuls paraissaient certains le lieu – quelque part en Suisse, dans une station chic – et l'alcoolémie – élevée, voire parfaitement excessive – de l'aristocrate.

Juste avant de quitter l'habitacle de la Jaguar, Finaly avait néanmoins glissé sur un ton innocent que des versions divergentes, nettement moins avouables, couraient sur lady Welcott. Elle aurait en effet offert ce soir-là à son futur époux, à titre d'investissement, ce qu'elle faisait d'habitude chèrement payer aux autres. Un film explicite datant du début des années 1980, mettant en scène une jeune actrice française ou belge qui lui ressemblait fortement, aurait même fait le tour de la Chambre des lords, murmurait-on, au moment même où les deux tourtereaux convolaient en justes noces sur une île paradisiaque perdue quelque part dans le Pacifique.

Bien sûr, avait ajouté Finaly avec un sourire qui en disait long sur le fond de sa pensée, il ne pouvait s'agir de la même personne. Lord Welcott avait dépassé les soixante-quinze ans lorsqu'il avait rencontré sa dulcinée, mais il avait encore la tête solidement vissée sur les épaules. N'avait-il pas été ministre à huit reprises sous les gouvernements de Macmillan, Douglas-Home et Wilson, et réputé, toute sa carrière durant, pour son conservatisme en matière de mœurs ?

Ce passé illustre n'avait pas empêché les colporteurs de ragots de s'adonner sans scrupule à leur activité préférée. Lord Welcott n'en avait heureusement pas souffert longtemps, puisqu'il s'était éteint moins de trente-six mois après son mariage. Sa veuve éplorée avait ainsi hérité de leur résidence conjugale, une maison de quatorze pièces donnant sur l'un des squares situés au nord de Hyde Park, ainsi que de tout ce que celle-ci contenait, y compris la collection d'œuvres d'art réunie par son regretté époux. Les enfants de lord Welcott avaient pour leur part dû se contenter des dettes abyssales de leur géniteur et des maigres souvenirs que leur belle-mère avait consenti à leur laisser.

— Ce ne sont là, bien entendu, que d'affreux commérages, conclut Finaly en claquant la portière de la Jaguar.

Un domestique en livrée bleu pétrole leur ouvrit la porte et les invita à entrer dans un hall gigantesque, revêtu de marbre du sol au plafond, qu'on avait doté, pour éviter tout risque d'austérité, d'une double rangée de colonnes polychromes.

Lady Welcott fit alors une entrée spectaculaire par l'escalier monumental qui occupait tout le fond du hall.

— Ragots et commérages... murmura Finaly pendant que la propriétaire des lieux descendait les marches avec le naturel d'une diva en représentation, suivie par un jack-russel au pelage immaculé et au port altier, visiblement entraîné à cet exercice.

La propriétaire des lieux avait porté un soin particulier à sa tenue de scène. Sa robe ne cachait pas grand-chose de ses jambes, gainées dans un collant ivoire, pas plus que de sa poitrine, d'une étonnante fermeté pour une femme de son âge.

Arborant un sourire figé, comme si on avait sculpté son visage au Botox, elle tendit une main molle à Stern.

— Monsieur Stern, quel plaisir ! minauda-t-elle dans un français teinté d'inflexions anglaises.

Son accent ressemblait à son visage : trop travaillé pour être authentique. Malgré ses efforts pour le cacher, lady Welcott était née de parents francophones. L'hypothèse d'une identification avec l'actrice pornographique soulevée par Finaly quelques minutes plus tôt n'était donc pas à exclure d'office.

— Je suis si heureuse de vous rencontrer ! reprit lady Welcott, abandonnant sa main dans celle du marchand.

— Le plaisir est partagé, répondit poliment Stern.

Son expression dénuée de toute chaleur disait tout le contraire. Il retira sa main avec douceur, mais fermeté. Stern n'avait jamais abordé avec Valentine la question de son passé sentimental. Il était cependant clair que rien chez lady Welcott ne trouvait grâce à ses yeux.

En femme rompue à la fréquentation des vieux messieurs, la veuve ne s'en formalisa pas. Elle avait fait de ce type de combat sa spécialité et ne semblait pas prête à abdiquer facilement, d'autant qu'Elias Stern était une cible de choix. Une telle occasion ne se représenterait sans doute pas de sitôt.

Assis à ses pieds, le jack-russel faisait le beau, comme si lui aussi sentait l'importance de paraître à son avantage à cet instant.

Lady Welcott se pencha et lui gratouilla l'arrière de la tête. Le chien lui répondit par un jappement bien élevé, ni trop fort ni trop rauque.

— Allez donc jouer, Monsieur Grey, lui fit sa maîtresse en lui assenant une petite tape affectueuse sur le museau.

Le jack-russel ne se le fit pas dire deux fois. Il décampa en aboyant à tue-tête, ses bonnes manières soudain oubliées.

Une expression indulgente sur le visage, lady Welcott le regarda disparaître au fond du hall.

— Monsieur Grey est un véritable garnement, se justifia-t-elle. Il a un bon fond, mais il n'en ferait qu'à sa tête si on n'y prenait pas garde.

Elle ajouta d'une voix basse, à l'intention de Stern :

— Son psychologue m'a conseillé de ne pas être trop sévère avec lui. Qu'en dites-vous ? Pensez-vous que je devrais me montrer plus souple ?

Stern haussa les épaules. Son manque d'intérêt pour l'éducation canine était total.

Lady Welcott enchaîna aussitôt sur un nouveau sujet de conversation qui, pensait-elle, subirait un meilleur sort :

— Je vois que vous êtes venu accompagné ?

— Vous connaissez déjà mon vieil ami Charles Finaly, je crois.

Lady Welcott acquiesça. Elle fusilla Finaly du regard avant de se détourner ostensiblement de lui.

— Je vous présente Valentine Savi, compléta Stern. Valentine travaille pour ma Fondation. C'est notre restauratrice d'art.

La veuve fixa Valentine. Ses yeux parcoururent la jeune femme des pieds à la tête avec une précision chirurgicale. Le résultat de son examen parut la contrarier. Sans qu'elle fît le moindre mouvement apparent dans ce but, sa robe remonta d'un bon centimètre sur ses cuisses.

— Soyez la bienvenue chez moi, mademoiselle, lâcha-t-elle du bout des lèvres.

Elle se tourna vers Stern, glissa son bras sous le sien et, serrant le coude du vieillard beaucoup plus près de son sein que ne l'autorisaient les convenances, elle l'entraîna à sa suite à travers le hall. Dans un mouvement outré, Finaly l'imita et attrapa le bras de Valentine.

Tout entière concentrée sur sa stratégie de séduction, lady Welcott ne perçut pas ces moqueries. Tout sourire, elle se lança dans un discours qui, loin d'être spontané, paraissait au contraire avoir été soigneusement préparé à l'avance.

— Mon regretté mari me parlait de vous avec un tel respect ! Il était intarissable sur votre famille. Votre grand-père, surtout, le fascinait. Jacob, c'est bien cela ?

— Gabriel, la corrigea Stern.

— Gabriel, oui, bien sûr. Il a commencé avec les impressionnistes, n'est-ce pas ? Mon mari était un véritable collectionneur, savez-vous. D'ailleurs, il ne manquait pas une occasion de dire sa fierté d'avoir acquis sa première pièce auprès de votre père. Il s'agissait d'un merveilleux petit Gauguin auquel il était plus attaché qu'à la prunelle de ses yeux... Et je ne vous parle pas des miens !

Elle éclata d'un rire sonore.

Stern n'essaya même pas d'interrompre ce tourbillon logorrhéique. Ses traits figés disaient néanmoins sa détresse.

— J'ai là quelques petites choses qui vous intéresseront sûrement, ajouta la veuve en pénétrant dans un immense salon de réception surchargé de meubles et de bibelots.

Elle montra le pan de mur situé au-dessus de la cheminée. Deux défenses d'éléphant jaunies encadraient la peau d'un tigre du Bengale, dont le regard vide contemplait le plafond. Au-dessous, un ancien fusil de chasse à canons juxtaposés trônait sur le linteau.

— Mon mari était un chasseur impénitent, expliqua la veuve. Il était capable de traverser le monde pour un safari ! Il tenait à son Lepage Moutier plus qu'à tout au monde.

— Il fonctionne encore ? l'interrogea Finaly.

— Et comment ! Feu lord Welcott passait ses soirées à s'en occuper. Il le gardait toujours chargé. Il allait même tirer de temps à autre un coup de feu en forêt. Croyez-moi, c'est cette arme qui l'a maintenu en vie si longtemps, malgré ses intolérables souffrances.

Elle baissa les yeux.

— Le pauvre... Il est mort à temps. Il n'aurait pas supporté toutes ces interdictions. On ne peut plus rien faire, de nos jours. Le moindre mammifère africain est protégé par quinze gardes-chasse...

Elle se détourna de la cheminée et fit faire à Stern quelques pas de côté.

Les murs de la pièce étaient recouverts d'un papier peint pourpré sur lequel se développaient de grandes fleurs roses. La répétition des motifs végétaux, ajoutée au tissu ciselé assorti dans lequel avaient été taillés les rideaux et les assises des sièges, créait un effet hypnotisant ou, selon les goûts, répulsif. Censée évoquer l'époque victorienne, la décoration rappelait surtout un restaurant indien bas de gamme. On ne pouvait nier, en revanche, que lady Welcott se fondait parfaitement dans ce décor.

Elle désigna les tableaux pendus sur les murs.

— La seconde passion de mon mari était l'art. Mais je vous l'ai déjà dit. Je me répète ! Ne m'en veuillez pas. Je suis si émue...

Stern fixait les nombreux espaces vides laissés par les tableaux manquants, matérialisés sur le papier peint par des rectangles sombres.

Lady Welcott se justifia d'une voix gênée :

— J'ai dû, à mon grand regret, me séparer de quelques œuvres pour payer l'entretien de la maison. Vous comprenez... C'est un tel gouffre !

À deux pas derrière, Finaly lança un regard complice à Valentine. La vente des tableaux réunis par lord Welcott avait probablement servi à financer les travaux de ravalement de sa veuve et non ceux de sa demeure. Voir ses œuvres d'art se transformer en liftings, lipoaspirations, peelings et cours de stretching aurait sans nul doute mis à mal le flegme naturel de l'aristocrate.

— Possédez-vous encore le Gauguin que votre mari a acheté à mon père ? demanda Stern à sa veuve sans la moindre pitié. Je serais curieux d'y jeter un œil.

Les joues de lady Welcott s'empourprèrent.

— Je l'ai vendu parmi les premiers... admit-elle d'un air contrit.

Stern ne commenta pas sa réponse. Il s'approcha du mur et parcourut du regard la dizaine de tableaux qui s'y trouvaient. Il n'y avait là rien de remarquable ni même d'intéressant. Quelques toiles de facture moyenne alternaient avec des copies d'atelier d'œuvres célèbres. Lady Welcott s'était débarrassée de tout ce qui était vendable. Les tableaux « survivants » avaient une valeur marchande modeste. Leur piètre qualité les rendait de surcroît difficiles à écouler. Nul doute, néanmoins, que la veuve se pencherait sérieusement sur la question lorsque viendrait l'heure du prochain lifting.

Lady Welcott ne s'attarda pas sur l'absence du Gauguin. Elle tenta de retrouver un peu de sa superbe en abordant un sujet plus plaisant :

— Monsieur Finaly m'a laissé entendre au téléphone que mon Bassani vous intéressait.

— Tout à fait. J'ignore ce que Charles vous en a dit, mais je ne...

Elle le coupa avec un petit cri enthousiaste.

— Venez ! Il est là-bas. Vous allez voir : il est en tout point magnifique ! Mais je ne vous en dis pas davantage... Vous jugerez par vous-même.

Elle s'avança vers l'angle le plus sombre de la pièce, dans un recoin où seuls de rares rayons lumineux arrivaient, et fit un geste majestueux du revers de la main.

— Le voici. Merveilleux, n'est-ce pas ?

Stern ne répondit pas. Il se figea face au tableau et le contempla durant un long moment, les deux mains appuyées sur le pommeau de sa canne. Son expression d'intense concentration convainquit lady Welcott d'interrompre son bavardage. Ne sachant que faire, elle se posta en retrait, les mains sur les hanches.

Finaly et Valentine prirent sa place et se mirent eux aussi en devoir d'inspecter le tableau. La photographie sur laquelle ils avaient travaillé le matin même était flatteuse par rapport à l'original. De toute évidence, les couleurs avaient été poussées sur l'image, car elles apparaissaient en réalité beaucoup plus ternes. Le chromatisme général tendait d'ailleurs au verdâtre. Quant au vernis, sombre au point d'en être devenu presque opaque, il rendait difficile la lecture de la toile. Ce n'étaient pas là les seuls défauts que lady Welcott avait tenté de dissimuler en noyant l'œuvre dans l'obscurité. Le cadre, bien trop imposant par rapport au format du tableau et orné par ailleurs d'exubérants motifs dorés, écrasait la composition qui, par contraste, semblait perdre toute vigueur.

Deux choses apparaissaient toutefois clairement : ce tableau n'était pas un chef-d'œuvre, et lady Welcott, malgré son peu d'attrait pour l'art, en avait pleine et entière conscience, puisqu'elle avait demandé au photographe recruté pour l'occasion de ne pas lésiner sur l'utilisation de Photoshop avant d'en envoyer le cliché à Finaly.

— Charles a émis des doutes sur cette toile, finit par déclarer Stern. J'aimerais l'étudier plus attentivement pour savoir ce qu'il en est.

— Vous pouvez rester aussi longtemps que vous le souhaitez, répondit lady Welcott. Et revenir quand vous voudrez, cela va de soi.

Stern secoua la tête.

— Je souhaite ramener cette toile à Paris avec moi. Si vous en êtes d'accord, bien entendu.

Lady Welcott parut déconcertée par sa demande.

— Mais pourquoi ?

— Valentine doit examiner le tableau dans son atelier. Elle ne peut pas travailler ici. Elle doit radiographier la toile, procéder à des études chromatographiques et pigmentaires poussées. Nous avons tout ce qu'il faut à Paris. Nous pourrons ainsi vous dire avec certitude s'il s'agit ou non d'un faux.

— Vous me prenez de court. Je ne sais que dire...

Stern prit une mine agacée.

— Nous sommes pressés.

— Je ne peux pas vous confier la toile comme cela, protesta lady Welcott. Je dois d'abord en parler à mes avocats.

Stern désigna le tableau accroché à côté du Bassani, une *Léda* copiée sur celle de Rubens. La toile était loin de posséder la beauté et la finesse de sa source d'inspiration. C'était le travail d'un peintre de seconde, voire de troisième catégorie, dont aucun musée de province n'aurait voulu. Là où le talent et l'audace visuelle de Rubens exacerbaient l'érotisme de cette femme nue serrée contre son cygne, la médiocrité de son copieur la rendait juste obscène. Lord Welcott avait sans doute acheté le tableau dans un moment d'égarement ou, comme cela semblait être son habitude, d'excès éthylique.

— Je pense pouvoir trouver un acquéreur pour cette œuvre, fit Stern. Seriez-vous vendeuse, par hasard ?

La veuve retrouva aussitôt le sourire.

— Cela mérite au moins réflexion.

— Je pourrais peut-être emporter les deux tableaux, proposa Stern, le Bassani et celui-ci. Si votre *Arche de Noé* est authentique, mon client vous en offrira sans doute une grosse somme, en plus de la *Léda*. C'est le genre d'œuvre qu'il apprécie.

— Vous êtes sûr de vous ?

— Tout à fait.

Lady Welcott réfléchit un bref instant.

— Mon mari aimait beaucoup ces deux tableaux.

— La somme que vous recevrez sera conséquente.

La veuve se mordit les lèvres.

— Peut-être pourriez-vous vous porter garant de la transaction ? Je me sentirais ainsi plus en confiance.

Stern hocha la tête.

— Vous recevrez dans la semaine un mandat de la Fondation Stern correspondant à dix pour cent du montant estimé de la vente. Si mon client ne voulait pas de la *Léda* ou si le Bassani se révélait être un faux, cette somme vous serait définitivement acquise à titre de dédommagement.

Cette perspective mit lady Welcott en joie.

— C'est parfait. Comment comptez-vous procéder ?

— Je possédais autrefois une succursale à Londres. J'ai gardé contact avec certains de mes anciens employés. Ils passeront dans la semaine emporter les tableaux pour me les expédier. Je fais mon affaire de toutes les questions douanières. Ces formalités sont un peu longues, mais on finit toujours par s'en sortir.

Il se tourna vers Finaly :

— Charles, combien de temps faut-il chez vous pour obtenir une autorisation de sortie du territoire pour de telles pièces ? C'est long, j'imagine ?

Ravi de l'aubaine, Finaly s'engouffra dans le boulevard offert par son vieil ami :

— En moyenne, je dirais cinq à six mois si rien ne bloque. On dépasse parfois l'année, mais c'est rare. J'ai quelques connaissances bien placées. Je pense pouvoir obtenir l'autorisation en trois mois. Disons quatre, pour être sûrs.

Les joues de lady Welcott se vidèrent de leur sang.

— Ne pourrait-on pas hâter quelque peu les choses ? J'ai...

Elle hésita un instant, puis ajouta :

— J'ai des échéances financières importantes à régler le mois prochain.

Stern soupira.

— Il y aurait bien une autre manière de procéder...

— Laquelle ?

— Nous pouvons rédiger ensemble un certificat attestant que les toiles sont provisoirement en ma possession pour une expertise. Vous me les remettez et je les amène en France sans rien dire à ces paresseux de bureaucrates. J'appellerai mon client à mon arrivée et il pourra vous faire une proposition d'achat, au moins pour la *Léda*, dès la fin de la semaine. C'est à la limite de la légalité, mais je veux bien faire quelques entorses à la règle pour vous. Cela vous conviendrait-il davantage ?

Le visage de lady Welcott retrouva quelques couleurs.

— Dans ce cas, peut-être pouvez-vous les prendre dès ce soir ?

— C'est que... Je n'avais pas prévu...

— Ils ne sont pas très grands, insista la veuve. Vous pourrez les glisser dans une valise.

— C'est possible, mais j'ai besoin de vérifier certains documents auparavant.

— Que vous faut-il ?

— Les actes de propriété. Pour être certain que vous en êtes la propriétaire légale. Où les conservez-vous ? À la banque, sans doute ?

Lady Welcott fit un signe de dénégation.

— Tout est dans ma chambre, dans un coffre. Je peux aller les chercher, si vous le souhaitez.

— Faites donc.

— Merci. Je reviens tout de suite.

La veuve se précipita vers la porte du salon. Ses talons résonnèrent sur le marbre du hall, puis sur les marches de l'escalier.

Lorsqu'ils furent seuls dans la pièce, Finaly tapa dans le dos de Stern.

— Quel numéro d'anthologie ! Un véritable baratineur de foire !

— Tu n'étais pas mal non plus, Charles.

— Et le coup de l'acheteur pour la *Léda* ! Un pur chef-d'œuvre ! Qui voudrait d'une croûte pareille ?

Pour avoir, après son licenciement du Louvre, long-temps restauré des toiles d'un niveau bien plus faible, Valentine connaissait plusieurs personnes à qui cette *Léda* maladroite n'aurait sans doute pas déplu. Elle préféra ne pas songer à ce qui se serait produit si elle avait vraiment quitté la Fondation Stern. Elle se promit intérieurement d'exclure à jamais toute idée de démission.

Elle sentit à cet instant des vibrations au fond de son sac à main. Quelqu'un essayait de la joindre sur son téléphone portable.

Elle n'eut cependant pas le temps de répondre, car lady Welcott refit son apparition, une liasse de documents à la main. Elle ne s'était pas absentée plus de trois minutes, mais son rouge à lèvres avait miraculeusement retrouvé tout son éclat et ses cheveux montraient des signes de brossage.

La langue pendante, Monsieur Grey tournait autour d'elle en courant tandis qu'elle s'avançait vers ses invités. Lady Welcott se prit les pieds dans son jack-russel et se rattrapa de justesse à l'épaule du majordome. Elle eut un geste d'agacement en direction de Monsieur Grey, lequel fit un dernier tour joyeux autour d'elle, puis fila en direction de l'escalier. Après un dérapage savamment contrôlé sur le carrelage de marbre, il s'élança sur la première marche et mena à bien son ascension quatre à quatre. Il poussa un cri de plaisir en atteignant le palier supérieur.

La propriétaire des lieux leva les yeux au ciel. Le psychologue de Monsieur Grey n'avait pas intérêt à s'approcher d'elle avant quelques jours.

— Voici les papiers, dit-elle en tendant la liasse de documents à Stern.

Elle se tourna vers son majordome. Sur un signe du menton de son employeuse, celui-ci décrocha l'*Arche de Noé* et la *Léda*. Deux nouvelles taches sombres firent leur apparition sur le mur.

Stern parcourut en diagonale l'acte de propriété du tableau attribué à Jacopo Bassani.

— Votre mari l'a acheté en 2004... fit-il observer.

— C'était sa dernière acquisition.

Ses pupilles s'humidifièrent.

Derrière elle, Finaly leva les yeux au ciel. Valentine traduisit aussitôt sa pensée : la veuve était parvenue à dilapider l'essentiel de la collection de son défunt époux en un temps record. À ce rythme, un nouveau coup de foudre lui serait bientôt indispensable pour éviter la banqueroute.

— Ce document n'indique pas le nom du vendeur, s'étonna Stern. C'est tout à fait inhabituel.

Lady Welcott confirma cette remarque d'un hochement de tête.

— Il a préféré rester anonyme.

— Pourquoi ?

— Il souhaitait se débarrasser discrètement du Bassani pour éponger des dettes de jeu. Il voulait à tout prix éviter que courent des bruits sur lui ou sur sa famille. Les ragots sont si vite arrivés, vous savez !

— Et il ne vous a pas dit son nom ? s'étonna Finaly.

— Il l'a sans doute dit à mon mari, mais je ne m'occupais pas de cela. En tout cas, il avait beaucoup de prestance. Il n'y avait qu'à le voir pour savoir qu'il était issu d'une lignée illustre.

— Et votre mari a accepté ces conditions ?

— Il était déjà souffrant à l'époque. Il avait envie de ce tableau et le prix demandé lui convenait. Il n'avait aucune raison de se montrer curieux.

Stern s'intéressa à un document agrafé au dos de l'acte de vente.

— C'est le bordereau du virement qu'a fait votre mari en paiement du tableau ?

— Je n'en sais rien. Si vous le dites.

— La transaction portait sur une somme de douze mille livres, lut Stern. Cela me semble bien peu pour un Bassani.

Lady Welcott haussa les épaules.

— Le vendeur était pressé. Je vous l'ai dit : il voulait s'en débarrasser.

— Je peux emporter cette pièce ?

— Je vous en prie.

Stern détacha le bordereau, le replia en quatre et le glissa dans la poche intérieure de sa veste. Il survola rapidement les autres feuillets.

— Puis-je vous proposer un drink ? demanda lady Welcott à la cantonade.

Stern jeta un regard à sa montre.

— Je suis désolé, mais nous ne pouvons nous attarder davantage.

La veuve ne cacha pas sa déception.

— Vous partez déjà ?

— Oui, nous sommes attendus pour dîner et j'aimerais me reposer un peu auparavant.

— Vous êtes certain ? J'ai donné congé à mon major-dome, ce soir.

Elle accompagna ce dernier détail d'un haussement de sourcils évocateur. Cette ultime tentative laissa Stern de marbre.

— Le voyage m'a épuisé. Il est plus raisonnable que nous rentrions. J'en profiterai pour appeler mon client dès ce soir au sujet des tableaux. Le plus tôt sera le mieux.

L'argument pécuniaire eut raison de l'acharnement de lady Welcott.

— Je comprends, admit-elle. Je vais vous raccompagner. Les tableaux vous attendent dans le hall.

Elle précéda ses invités jusqu'au vestibule, où le major-dome tendit à Finaly deux paquets rectangulaires entourés de papier-bulle. Celui-ci se saisit des tableaux et quitta les lieux avec Valentine.

Au moment où Stern s'apprêtait à franchir à son tour la porte de la maison, lady Welcott le retint par le bras.

— Comment pourrai-je vous joindre en cas de besoin ?

Stern lui tendit une carte de la Fondation.

Lady Welcott prit une mine pincée.

— Vous n'avez pas de ligne personnelle ?

Stern sortit un stylo de sa poche et griffonna un numéro sur la carte.

— C'est le numéro du téléphone portable de Valentine, précisa-t-il en rendant la carte à son hôtesse. Elle me préviendra immédiatement de votre appel.

La veuve prit la carte et la serra dans sa main. L'inaltérable confiance en ses charmes dont elle avait jusque-là fait preuve s'effaça d'un coup. Ses traits prirent une expression peu assurée, révélant une esquisse floue et ridée de la fillette qu'elle avait été un demi-siècle plus tôt.

— Vous n'oublierez pas mon mandat, n'est-ce pas ? fit-elle d'une voix tendue.

Une autre personne serait peut-être apparue touchante aux yeux de Stern. Les minauderies de lady Welcott glissèrent au contraire sur lui sans l'émouvoir.

— N'ayez aucune inquiétude, lança-t-il en franchissant le seuil. La somme sera à la mesure de l'amour de votre mari pour ces tableaux.

Il ajouta, avec un demi-sourire d'une parfaite innocence :

— Et du vôtre pour le regretté lord Welcott, naturellement.

20

À peine installé dans la Jaguar, Finaly s'abandonna à une franche hilarité. Il secoua la tête d'un air incrédule.

— Le fils de bonne famille honteux qui vend en douce les tableaux de papa pour rembourser ses books... Je n'arrive pas à croire que ce vieux coup fonctionne encore !

— Lord Welcott était au bout du rouleau, fit Stern. Sa femme ne pensait qu'aux yeux de braise du vendeur. Ce n'était pas bien difficile de les rouler. Au moins nous avons un nouvel élément en faveur de ton hypothèse.

— Après cela, s'il s'agit d'un authentique Bassani, je veux bien épouser cette rombière en secondes noces !

— Je ne te le souhaite pas. Elle te viderait les poches avant que tu aies pu t'en rendre compte.

— Quelle horrible femme ! compléta Valentine. Je comprends mieux tous ces bruits qui courent sur elle.

— Et elle ressemble vraiment à la fille de la vidéo... renchérit Finaly.

— Charles ! réagit Stern. Ne me dis pas que...

Finaly sourit d'un air entendu.

— Allons, Elias... Je ne voulais pas laisser courir ces affreuses rumeurs sans vérifier leur fondement par moi-même. C'est une question d'honnêteté intellectuelle. Et puis tout le monde l'a vu, ce film...

Il adressa un coup de klaxon au taxi qui précédait la Jaguar, autant pour s'indigner de son train de sénateur que pour mettre un terme à la discussion.

Stern profita de la diversion pour glisser la main dans la poche de sa veste et en sortir le bordereau de virement que lui avait confié lady Welcott, ainsi qu'un petit calepin relié de cuir rouge. Il passa les pages en revue, en commençant par la fin, et trouva très vite celle qu'il cherchait.

Il tendit le carnet à Valentine.

— Auriez-vous l'amabilité de composer ce numéro avec votre téléphone portable, s'il vous plaît ? Je suis rétif à cette technologie. Elle me le rend bien, d'ailleurs.

Valentine s'exécuta et lui passa le combiné.

— Madame Heintz ? fit le marchand lorsque la sonnerie l'interrompit. Elias Stern à l'appareil. Pardonnez-moi de vous importuner. J'ai un service à vous demander. Vous est-il possible de retrouver le titulaire d'un compte en banque ?

Il écouta la réponse de son interlocutrice et hocha la tête d'un air satisfait.

— C'est parfait... Voici le numéro du compte. J'ignore s'il est encore en activité. Je sais juste qu'il doit s'agir d'une banque anglaise.

Il dicta la complexe succession de chiffres et de lettres qui figurait sur le bordereau.

— Je vous remercie, conclut-il en raccrochant.

Il rendit l'appareil à Valentine.

— Puisque le FBI tient absolument à collaborer avec nous, donnons-lui un peu de grain à moudre. Il ne serait pas convenable d'abandonner un agent si charmant aux affres du désœuvrement.

Valentine se souvint alors de l'appel manqué chez lady Welcott. Elle consulta la mémoire de son téléphone. Le numéro appelant était celui de Judith. Une icône dans le coin supérieur de l'écran lui indiqua que son amie lui avait laissé un message.

Valentine appuya sur le bouton de rappel automatique de sa messagerie. Elle se raidit au fond du siège de la Jaguar en reconnaissant le timbre fluet de Juliette.

— Valentine, c'est Juliette. Maman a des ennuis. Est-ce que tu peux me rappeler ?

Il y eut un bref silence, comblé par un sanglot étouffé, puis la voix de Juliette s'éleva à nouveau dans le combiné :

— Rappelle-moi vite, s'il te plaît.

21

Parmi les nombreuses prestations offertes par le Club Dumas à ses membres figurait un service de conciergerie, qu'ils pouvaient appeler sept jours sur sept, à n'importe quelle heure du jour et de la nuit et pour n'importe quelle raison.

En tant que maître d'hôtel, Georges supervisait cet office. Il était secondé par deux adjoints, auxquels il abandonnait les requêtes basiques, comme par exemple trouver une place à l'Opéra Garnier pour une représentation complète ou réserver une table pour le soir même dans un restaurant étoilé. Tout le monde pouvait résoudre ce genre de problèmes, à condition de posséder un peu de jugeote, un sens minimal des relations humaines et un bon téléphone. C'était le b.a.-ba du métier. Georges ne voulait même pas en entendre parler.

Il s'occupait en revanche personnellement des questions complexes. Dans la plupart des autres lieux, les adjectifs « insolubles », voire « incroyables » ou « stupides » auraient été utilisés pour qualifier des requêtes dépassant de loin le niveau acceptable d'exigence. Au sein du Club Dumas, la satisfaction des membres, en tous moments et en toutes circonstances, était toutefois la règle. Elle justifiait la réputation d'exclusivité de l'établissement, ainsi que les frais faramineux facturés chaque mois à ses membres.

À la manière du concierge d'un grand hôtel, Georges maîtrisait à la perfection l'art d'accueillir avec flegme toutes les excentricités. Ainsi, lorsque l'un de ses adjoints lui passait un appel, Georges écoutait la demande en silence, lissant sa moustache d'un geste mécanique, puis lâchait un « Bien, monsieur, je vais voir ce que je peux faire » qui se traduisait invariablement, quelques heures plus tard, par une solution concrète.

Après plus de trente ans passés au sein de cette vénérable institution, dans laquelle son propre père avait fait toute sa carrière, plus rien ne l'étonnait. Une pointe d'intérêt, soulignée par un haussement de sourcils, illuminait même son regard lorsqu'une requête inédite lui était présentée. Georges n'appréciait rien tant que de devoir mettre son savoir-faire à l'épreuve. Malheureusement, plus les années s'écoulaient et moins cela se produisait souvent.

Pour résoudre les problèmes délicats, Georges disposait dans son bureau de deux instruments d'une valeur inestimable. Il y avait d'abord le vieux Rolodex légué par son père. Sur les centaines de fiches cartonnées, vieilles pour certaines d'un demi-siècle, figuraient les noms et les coordonnées privées de trois générations d'hommes politiques, de restaurateurs et de personnalités du Tout-Paris.

Lorsque le Rolodex se révélait inopérant, Georges ouvrait son coffre-fort, un vieux modèle Decayeux à triple combinaison scellé dans un mur de la pièce, et en sortait l'un des huit carnets aux couvertures usées jusqu'à la corde qu'il y conservait jalousement. Lui-même avait dû attendre la retraite de son père pour découvrir enfin ces précieux carnets, au sujet desquels les plus folles spéculations couraient parmi le personnel du Club Dumas. Chacun avait son hypothèse et assurait la tenir d'une source sûre. Bien sûr, toutes étaient plus fausses que le saint suaire et le géant de Cardiff réunis. Personne, en réalité, n'avait la moindre idée de ce que contenaient ces carnets.

Dans la gradation établie par le maître d'hôtel, comprendre la signification d'une salamandre esquissée au dos d'une photographie était indéniablement un problème intéressant, pour lequel il devrait donner la pleine mesure de son talent. Il lui avait fallu une heure quarante et la consultation de trois carnets différents pour résoudre cette énigme.

Dire que Georges n'était pas mécontent de lui était un euphémisme. Il n'avait bien sûr rien laissé transparaître de sa satisfaction dans l'e-mail qu'il avait envoyé à Vermeer. Tout en retenue et en sobriété, à l'image de ce que le Club Dumas attendait de son personnel comme de ses membres, le message se réduisait à un lien Internet. L'absence de commentaire valait plus que toute forme de vantardise.

Empli d'une profonde perplexité, Hugo Vermeer relut plusieurs fois l'adresse indiquée sur la page qu'il avait imprimée avant de quitter son appartement. Il n'y avait aucun doute possible : il se trouvait devant le bon immeuble, un bâtiment à la façade décrépie coincé entre une supérette et un réparateur de matériel informatique, à deux pas de la gare de l'Est. Rien pourtant n'y indiquait la moindre activité. La porte d'entrée était dépourvue d'interphone. Seul un bouton de sonnette anonyme dépassait du mur.

Ne sachant que faire d'autre, Vermeer pressa la sonnette. Aucun son ne retentit à l'intérieur du bâtiment. Un déclic discret accompagna toutefois le déblocage de la porte.

Vermeer entra sous un porche qui ouvrait sur une petite cour pavée. Au fond de celle-ci se trouvaient deux nouvelles portes, toutes les deux fermées. Il marcha vers elles. Celle de droite se déverrouilla d'elle-même lorsqu'il parvint devant.

Surpris, Vermeer regarda tout autour de lui. Il comprit ce prodige quand il aperçut la caméra fixée dans un coin de la cour. Il repoussa la porte et s'engagea dans un couloir mal éclairé, fermé à son extrémité par un rideau de velours sombre. Une mélodie New Age s'élevait depuis le fond du passage. Il s'avança vers la musique. Arrivé au bout du couloir, il souleva le lourd rideau.

Devant lui s'ouvrait une pièce d'une vingtaine de mètres carrés. En elle-même, celle-ci n'avait rien de particulier. Il s'agissait à première vue d'une boutique quelconque aux peintures murales écaillées et au linoléum fatigué. Des rayonnages, sur lesquels étaient présentés des livres et des DVD cellophanés, occupaient les deux parois latérales. Le mobilier se réduisait à un comptoir surmonté d'une caisse enregistreuse préhistorique.

Si la pièce présentait un aspect tout à fait commun, on ne pouvait pas en dire autant du vendeur. Celui-ci se tenait appuyé contre le rebord du comptoir, occupé à lire une revue, lorsque Vermeer fit son apparition. Il se redressa aussitôt et referma son magazine.

Très maigre, il paraissait immense, probablement pas très loin du double mètre. Son crâne rasé était surmonté d'une succession de trois ronds tatoués à l'encre rouge, dont la signification symbolique échappait à Vermeer. Deux petites proéminences, semblables à des ébauches de cornes, ornaient ses tempes.

Le regard de Vermeer glissa instinctivement sur ses oreilles, dont la partie supérieure avait été retravaillée, formant une pointe. À moins qu'il n'ait voulu ressembler à un loup neurasthénique, le vendeur avait regardé trop d'épisodes de Star Trek quand il était gosse. Ses lobes, en revanche, ne devaient rien à l'imagination délirante des créateurs de Spock. Ils étaient traversés par des cercles de jade gros comme des pièces de deux euros.

Le tout était orné d'une profusion de piercings, des sourcils au menton, dont au moins vingt grammes d'acier, sous forme de tiges, de boules et d'anneaux, insérés sur ses narines et sa cloison nasale. Il y avait là de quoi affoler tous les portiques d'un aéroport international.

Par bonheur, l'essentiel de son torse était caché par une tunique sombre. D'énormes tatouages aux couleurs vives remontaient cependant jusqu'à la base du cou et dépassaient de l'extrémité des manches.

— Monsieur ? demanda le vendeur d'une voix douce qui contrastait avec son apparence inquiétante. Je peux vous renseigner ?

Les yeux rivés sur les deux embryons de cornes, Vermeer fut incapable de prononcer la moindre parole.

Visiblement habitué aux réactions gênées des visiteurs, le vendeur reprit, sur le même ton affable :

— Vous vous intéressez aux modifications corporelles ?

Bien qu'ayant une idée très vague de ce que signifiait cette expression, Vermeer s'entendit marmonner :

— Oui, c'est ça.

Le vendeur hocha la tête et quitta son comptoir. Vermeer réprima un hoquet de surprise quand il aperçut ses platform boots, dont les talons compensés dépassaient allègrement les dix centimètres. Quant à son pantalon de cuir moulant, il ne cachait rien des contours de son corps. Entre la ceinture et le milieu des mollets, où se terminaient les tiges de ses bottes, chaque détail de sa morphologie était visible, y compris sa cicatrice d'appendicite.

Cette ouverture sur son intimité ne semblait pas le gêner, bien au contraire.

— Nous avons là un large choix de matériel concernant les modifications corporelles, dit-il en s'approchant. Tout est classé par thèmes.

Il désigna les rayonnages.

— À gauche, nous avons ce qui a trait aux tatouages. Ici, les piercings. Un peu plus loin, les implants. Je vous laisse regarder ?

Vermeer secoua la tête.

— En fait, je cherche quelque chose d'un peu spécial. On m'a dit que vous pouviez m'aider. Vous voyez ce que je veux dire ?

Comme le vendeur ne réagissait pas, il improvisa une explication à sa présence :

— Je suis sociologue. Je fais des recherches sur les pratiques extrêmes liées au corps pour un livre.

Le vendeur ne parut guère convaincu par cette explication ni, d'ailleurs, par la possibilité qu'un individu comme Vermeer puisse être universitaire.

Il croisa les bras et, les lèvres pincées, détailla la silhouette lourde du Néerlandais, s'attardant sur sa barbe d'au moins cinq jours et sur ses cheveux poivre et sel frisottants. Il glissa ensuite sur son pardessus siglé Ermenegildo Zegna et sur ses mocassins au cuir imprimé d'une multitude de G entrelacés.

La conclusion de ses observations ne laissa aucune place à l'ambiguïté : le vendeur grimaça comme s'il se trouvait face à un monstre de foire.

À sa décharge, Vermeer n'était pas exactement le client type de la boutique. Les seules modifications corporelles dont il pouvait se targuer étaient un plombage dans une molaire et les lacérations laissées par les éclats de bombe sur son abdomen. Pour le reste, il était tel que sa mère l'avait fait naître, à un quintal et des poussières près.

Mesurant pleinement la relativité des stéréotypes, Vermeer tenta de justifier son apparence exotique au regard des critères propres à l'endroit où il se trouvait.

Il tira sur les bords de son pardessus, sourit de toutes ses dents et déclara :

— Je suis sympathisant non pratiquant.

Cet humour de pilier de bar laissa le vendeur insensible. Tout à fait impassible, il ne bougea pas d'un millimètre et continua à toiser Vermeer. Vu d'aussi près, en contreplongée, il ressemblait à un mutant de film de sciencefiction. Sans les effets spéciaux numériques, c'était encore plus impressionnant.

— Soyez sympa, le supplia Vermeer en désespoir de cause. Ces recherches sont toute ma vie.

Il regretta aussitôt sa phrase. Jouer sur le registre de l'émotion face à ce monstre venu d'ailleurs avait quelque chose de pathétique. Il se prépara à essuyer un ultime refus, voire à se faire jeter hors de la boutique à grands coups de platform boots dans le derrière.

À sa grande surprise, le vendeur décroisa les bras et retourna derrière le comptoir d'une démarche chaloupée. Vermeer put ainsi vérifier que le degré d'adhésion du cuir à l'arrière valait celui de l'avant. Il constata aussi que ce qu'il avait pris pour une banale tunique, certes plus moulante et déchirée que la normale, se composait dans le dos d'un filet de résille à larges mailles.

Une fois arrivé derrière son comptoir, le vendeur glissa deux doigts dans un interstice de son pantalon, au niveau de la taille, et fit apparaître une clé. Il la glissa dans la serrure de la caisse enregistreuse, débloqua le tiroir et en sortit un DVD qu'il posa devant lui sur le comptoir.

— Dans ce cas, dit-il, ceci devrait vous intéresser davantage.

Le boîtier ne portait aucune indication de titre ou d'origine, mais une simple salamandre imprimée à l'encre rouge.

Vermeer l'ouvrit. À l'intérieur se trouvait un disque, lui aussi vierge de toute information.

Il referma le boîtier.

— C'est exactement ce que je cherche. Combien ?

— Vous comprendrez que les tarifs sont à la mesure de la rareté de ce produit.

Le vendeur inscrivit trois chiffres sur un Post-it, qu'il tendit à Vermeer.

Ce dernier lâcha un sifflement.

— Vous ne prenez pas non plus la carte bleue pour ce genre de produits, j'imagine ?

— Vous imaginez bien.

— J'en aurai pour mon argent ?

— On ne fait pas mieux en la matière. Vos recherches vont progresser à grands pas.

Il accompagna sa dernière remarque d'un sourire ironique.

— C'est l'essentiel, répondit Vermeer.

Il sortit de son portefeuille une liasse de billets de cent euros et en compta cinq.

— Heureusement, j'ai toujours un peu de monnaie sur moi pour les imprévus, plaisanta-t-il. Que ne ferait-on pas pour la science, hein !

Le vendeur déposa les billets dans le tiroir-caisse et fit disparaître la clé là où il l'avait prise.

Vermeer s'approcha, les pupilles rivées sur la fente creusée dans le pantalon. Il ne comprenait pas ce mystère : il parvenait à distinguer chaque grain de beauté du mutant sous le cuir, sans même parler des reliefs plus marqués, mais la clé restait, elle, invisible. Il se demanda s'il y avait d'autres cachettes du même type et, le cas échéant, ce qu'elles pouvaient bien cacher. Son cerveau émit quelques hypothèses qu'il préféra rejeter en bloc.

Le vendeur le tira des dangereux versants vers lesquels l'attiraient ses pensées :

— Je vous l'emballe ? lui demanda-t-il en désignant le boîtier.

— Ça ira, merci.

Le mutant jaugea Vermeer du regard, l'air hésitant.

Après quelques secondes de silence, il finit par se lancer :

— Si le film vous plaît, nous organisons une soirée privée après-demain. Pour vos recherches, cela pourrait se révéler utile.

— Quel genre de soirée ? demanda Vermeer d'une voix neutre, malgré son excitation.

— Le genre exceptionnel.

— Et cher, bien sûr ?

— Très cher.

— Combien ?

— Dix mille. Payables à l'avance et non remboursables en cas de désistement.

Il jugea bon de préciser :

— Ni en cas d'annulation de notre part.

Vermeer accueillit ces informations avec flegme. La somme demandée correspondait à son argent de poche hebdomadaire. Ne pas avoir de problème d'argent pouvait aussi avoir des avantages.

— Vous avez des pratiques commerciales douteuses, protesta-t-il néanmoins pour la forme.

— Nos clients sont satisfaits de nos prestations, si c'est ce que vous voulez savoir.

— Vous n'avez pas de livre d'or, j'imagine ?

Le regard du vendeur se posa ostensiblement sur le rideau qui menait à la sortie.

— Rien ne vous oblige à consommer.

Vermeer appuya son coude sur le comptoir et caressa les poils drus qui recouvraient le haut de son menton, juste sous les coins de sa bouche.

— Dites-moi tout.

Le vendeur griffonna quelque chose sur un nouveau Post-it et le colla devant Vermeer.

— L'argent doit être viré sur ce compte avant demain à midi. Dès que nous aurons confirmation du transfert des fonds, nous vous contacterons pour vous indiquer le lieu et l'heure. Décidez-vous vite. Il ne nous reste plus que quelques places.

Vermeer prit le Post-it.

— Je vais y réfléchir.

Il soupesa le boîtier du DVD.

Une passionnante soirée de cinéma l'attendait.

22

Valentine s'enferma dans la chambre que Finaly avait mise à sa disposition et passa la fin de l'après-midi à essayer de rappeler Juliette. La fillette ne répondit pas, ni sur le téléphone de l'appartement ni sur le portable de Judith. Folle d'inquiétude, Valentine tenta également de joindre Vermeer pour qu'il aille voir ce qui se passait, mais elle tomba à chaque fois sur son répondeur.

Finaly vint frapper à sa porte à 19 heures tapantes.

— Valentine ? Un bon dîner vous intéresse-t-il ?

— J'arrive.

Elle rejoignit les deux vieillards dans le salon.

Stern vit tout de suite qu'elle était troublée.

— Que se passe-t-il ? lui demanda-t-il d'une voix inquiète. Vous n'avez pas l'air bien.

— Ce n'est rien.

— Charles, reprit Stern, je crois que Valentine aurait besoin d'un petit remontant avant de partir pour le restaurant. Tu as quelque chose pour elle ?

Finaly marqua son indignation d'un rugissement.

— Comment peux-tu me demander cela, Elias ? Après toutes ces années, tu doutes encore du contenu de mon bar ?

Stern apaisa son indignation feinte d'un geste de la main. Il entraîna Valentine vers le canapé.

— Venez, allons nous asseoir.

Ils reprirent leurs positions respectives du matin. Finaly ouvrit un meuble en acajou placé face au portrait de sa défunte épouse.

— Tes goûts n'ont pas changé avec l'âge, Elias ?

— Mon processus de fossilisation est bien avancé. Plus rien n'évolue, si ce n'est en mal.

— Et vous, que voulez-vous boire, Valentine ?

— La même chose qu'Elias.

Finaly se frotta les mains d'un air réjoui.

— Parfait ! J'aime les femmes de caractère. N'oubliez pas ma proposition, Valentine : je triple votre salaire si vous abandonnez ce vieux grincheux.

Il tira du meuble trois verres, ainsi qu'une bouteille aux trois quarts remplie d'un liquide sombre.

— Glen Moray. Vingt-six ans d'âge. En provenance directe des Highlands. Rien dans toute la Grande-Bretagne n'a plus de classe que cette merveille, à part peut-être Kate Moss.

Valentine trempa ses lèvres dans le liquide. Elle les retira aussitôt, une expression mi-surprise mi-dégoûtée sur le visage.

Finaly leva son verre dans sa direction.

— Cette merveille se mérite. Attendez un peu, humez le parfum unique de ce chef-d'œuvre et retentez à nouveau l'expérience.

Lui-même mit ses conseils à exécution. Il ingurgita une solide rasade de whisky et, les paupières à demi closes, laissa l'alcool s'écouler lentement dans son gosier.

— Dites-nous tout, ma jolie, déclara-t-il enfin en s'enfonçant contre l'épais dossier de son fauteuil.

Valentine hésita. Elle détestait que les autres l'ennuient avec leurs problèmes. En toute logique, elle ne leur parlait pas des siens. Cela lui causait souvent du tort, en particulier dans ses relations sentimentales. Expliquer à un petit ami tout frais qu'il ne saurait rien d'elle dans l'immédiat et probablement pas grand-chose de plus durant les décennies suivantes n'était pas évident. Plusieurs de ses amants s'étaient enfuis dès qu'ils avaient compris qu'ils ne parviendraient pas à percer son intimité. Les plus persévérants avaient jeté l'éponge au bout de quelques mois.

Valentine était consciente du problème. Elle avait d'ailleurs commencé une thérapie pour essayer de le résoudre. Deux séances l'avaient convaincue que cet aspect faisait partie intégrante de son caractère. Si un homme ne s'y adaptait pas, c'était tant pis pour lui. Elle se sentait comme le Glen Moray de Finaly : il fallait la mériter et s'y reprendre à plusieurs fois pour en goûter pleinement la saveur.

Jusqu'à présent, cette belle théorie s'était surtout soldée par des échecs sentimentaux à répétition.

— Une de mes amies a des soucis, commença-t-elle. Son mari était journaliste. Il a disparu il y a presque dix ans, en Tchétchénie. Il s'appelait Thomas Sauvage.

— J'en ai entendu parler, commenta Stern. On ne sait pas ce qu'il est devenu, c'est bien cela ?

Valentine acquiesça.

— On a perdu sa trace à Grozny lors de l'offensive russe. Son corps n'a jamais été retrouvé. Jusqu'à présent, du moins.

— J'en déduis que votre amie sait enfin où est passé son mari, conclut Finaly.

— C'est ce qu'elle croit.

— Vous semblez en douter. Pourquoi donc ?

Valentine réajusta l'élastique qui maintenait attachés ses cheveux. Elle haussa les épaules.

— C'est compliqué. Et pas très gai, d'ailleurs...

Finaly consulta sa montre.

— Le restaurant nous gardera bien la réservation pendant une petite demi-heure supplémentaire. Si on ne se débarrasse pas des histoires tristes à l'apéritif, cela gâche ensuite tout le repas. Allez-y, nous vous écoutons.

Valentine leur raconta comment Judith était tombée nez à nez avec ce qu'elle pensait être le cadavre de Thomas à l'exposition anatomique. Elle leur parla du tatouage, des certitudes de Judith et de ses propres doutes. Elle conclut sur le message de Juliette et son incapacité à joindre la fillette.

— Votre récit est très étonnant... commenta Stern quand elle eut terminé. Je comprends mieux votre perplexité. Qu'en penses-tu, Charles ?

— Il faut faire quelque chose pour cette petite fille. Si cela est de nature à vous rassurer, je peux demander à Nora de passer voir ce qui se passe chez votre amie.

L'idée d'impliquer Nora ne sembla pas réjouir Valentine.

— Appelons-la, intervint Stern. Au moins nous serons fixés.

Finaly se saisit du téléphone et composa le numéro de sa petite-fille. Lorsque celle-ci décrocha, il échangea avec elle quelques propos légers.

— Je suis avec Elias et Valentine, précisa-t-il au bout d'un moment. Attends... Je branche le haut-parleur.

— Bonsoir, fit la voix assourdie de Nora.

— Bonsoir, Nora, répondit Stern. Nous sommes désolés de vous déranger si tard.

— Ne vous inquiétez pas. J'étais en train de bouquiner. Que se passe-t-il ?

— Valentine a un souci. J'aimerais que vous vous en occupiez.

Aucun son ne s'échappa du haut-parleur pendant une vingtaine de secondes. Puis vint un soupir agacé.

— Je vous écoute... concéda finalement Nora.

Stern lui expliqua quel était le problème et ce qu'elle devait faire. Valentine lui dicta ensuite l'adresse de Judith.

— C'est bon... fit Nora. Je pars tout de suite. Je vous rappelle dès que j'ai appris quelque chose.

— Merci beaucoup, dit Valentine. Je suis très touchée.

Ses remerciements ne suffirent pas à donner une touche de chaleur au ton glacial de Nora :

— Pas de problème. À tout à l'heure.

Elle raccrocha.

Finaly éteignit le haut-parleur. Il vida le reste de whisky, reposa son verre sur la table basse et se frotta les mains.

— Et si nous allions dîner, maintenant que nous avons évacué votre triste histoire ? Ce Glen Moray m'a sérieusement ouvert l'appétit.

23

Pour qui connaissait Hugo Vermeer, son domicile était d'une simplicité indigne de la flamboyance du personnage. Cela ne manquait pas de surprendre ceux qui pénétraient pour la première fois dans ce pavillon de banlieue sans étage ni charme, à peu près aussi approprié au Néerlandais qu'une maison de Barbie à un hamster hyperactif. À la différence près que, dans son cas, Vermeer avait lui-même choisi sa pénitence et qu'il n'avait même pas de roue pour passer ses nerfs.

L'explication de ce paradoxe était simple : lorsque les menaces s'étaient faites pressantes autour de lui, Vermeer s'était résolu, pour des questions de sécurité, à abandonner tous ses signes extérieurs de richesse, à l'exception de sa vieille Maserati de collection dont il n'avait pu se résoudre à se séparer. Il avait ainsi échangé son luxueux duplex de l'avenue Hoche contre une maison de plain-pied située au Plessis-Robinson, à peine plus vaste que le salon de son ancien appartement.

Le calme absolu qui régnait dans cette bourgade de la proche banlieue de Paris, essentiellement peuplée de familles nombreuses, de monospaces allemands et d'îlots de verdure bien tondus, se trouvait résumé par les seules sonorités de son nom. Le Plessis-Robinson était un havre de quiétude. Il n'y avait rien de spécial à y faire, à part y couler des jours heureux et tranquilles, ce dont Hugo Vermeer était incapable.

Au moins, personne ne pouvait le soupçonner de mener des activités illicites depuis cette paisible cité champêtre. Le seul trafic qu'on faisait au Plessis-Robinson était celui des cakes au chocolat les veilles de kermesses scolaires. Et puis Vermeer disposait d'assez de résidences luxueuses sur tous les continents pour s'accommoder, six mois par an, de cette façade de respectabilité. C'était le prix à payer pour qu'on l'oublie un peu et qu'on le laisse mener ses affaires en paix.

Aux yeux du voisinage, Vermeer passait pour un élément atypique de la communauté. Il faisait figure d'un homme bien élevé, quoique peu enclin aux conversations sur la santé des enfants ou l'évolution du prix de l'essence. Il parlait peu, rentrait souvent au milieu de la nuit et faisait un vacarme de tous les diables en sortant sa voiture de sport du garage attenant au pavillon mais, à part ces menus détails, personne n'avait à se plaindre de lui.

Les voisins auraient cependant eu une tout autre image de lui s'ils avaient visité les aménagements intérieurs qu'il avait fait réaliser dans le sous-sol de sa maison. Quelques-uns s'étaient étonnés, lorsque Vermeer avait débarqué, de la durée des travaux de rénovation, sans pour autant imaginer une seule seconde que l'essentiel des interventions avait consisté à remplacer la cave par une chambre de sécurité. Il s'agissait d'une pièce d'apparence anodine, à ceci près qu'elle était en réalité isolée du monde par des brouilleurs de communications, cinquante centimètres de béton armé et une porte blindée dotée des dernières technologies anti-intrusion.

Vermeer n'avait pas fait construire cet abri pour survivre à une éventuelle attaque atomique ni même pour s'y réfugier en cas de cambriolage ou de menace policière. En adepte convaincu de la théorie du complot, il était persuadé qu'il s'agissait du seul endroit au monde où il se trouvait à l'abri des ennemis déclarés de la démocratie, catégorie dans laquelle il incluait notamment la CIA et les autres services secrets occidentaux, les fonctionnaires des impôts et d'Interpol, Al-Qaïda et ses organisations satellites, les leaders spirituels des principales religions monothéistes ainsi que les représentants des cent plus grosses multinationales industrialo-financières mondiales.

Vermeer s'y installait quand il voulait communiquer avec ses contacts les plus sensibles ou quand il désirait simplement passer quelques heures sans être dérangé. Dans cette pièce, personne ne pouvait l'atteindre s'il ne le souhaitait pas. Lui, par contre, pouvait se faufiler où il le désirait à partir de là.

Outre un matériel informatique de pointe, grâce auquel il pouvait surfer sur Internet sans risquer d'être identifié, localisé ou suivi à la trace, il y avait installé un fauteuil de relaxation réalisé spécialement pour ses mensurations hors normes. S'y ajoutaient un vidéoprojecteur haute définition et une installation sonore digne d'un multiplex de cinéma. Par ailleurs, afin de se garantir des conditions de survie décentes pour le cas où surviendrait malgré tout une attaque nucléaire, il y entreposait également plusieurs caisses de ses grands crus favoris, ainsi que des provisions de base. Celles-ci étaient constituées pour l'essentiel de bocaux d'un foie gras d'une incroyable onctuosité qu'il allait lui-même chercher au fin fond du Périgord chez un producteur dont l'adresse était gardée avec un soin jaloux par quelques rares privilégiés.

Tout pouvait arriver. Vermeer était paré.

Il s'isola dans sa chambre de sécurité dès son retour de la boutique tenue par son nouvel ami, le mutant gothique. Il se prépara quelques toasts de foie gras, déboucha une bouteille de sainte-croix-du-mont 1959 à la robe dorée comme un champ de maïs la semaine précédant les moissons et s'en servit un verre. Il posa le tout sur un plateau, qu'il plaça à portée de main. Il glissa ensuite le DVD dans le lecteur branché sur le vidéoprojecteur, s'installa confortablement dans le fauteuil, abaissa celui-ci en position intermédiaire, autant pour ménager ses vertèbres que pour avoir un accès facile au plateau supportant les toasts et lança la lecture du film tout en sirotant une gorgée de sainte-croix-du-mont.

Il manqua recracher sa gorgée de vin dès les premières images. La définition de l'expression « modifications corporelles » lui apparut d'un coup évidente. Il sut par la même occasion qu'il ne serait jamais sympathisant de cette activité, et encore moins pratiquant, contrairement à ce qu'il avait affirmé au vendeur deux heures plus tôt.

Celui-ci était d'ailleurs le principal protagoniste de la vidéo. Sa silhouette longiligne, aisément reconnaissable, apparut sur l'écran. Il était nu, ce qui n'ajoutait pas grand-chose à ce que Vermeer connaissait déjà de sa morphologie. Le Néerlandais eut tout de même confirmation que chaque centimètre de son torse et de ses bras était tatoué. Ses tétons étaient en outre traversés par des tiges terminées par d'étonnantes petites boules hérissées de pointes, y compris côté chair.

Allongé sur un fauteuil de dentiste, le mutant était filmé de face, en plan fixe. Le cadrage était assez large pour montrer toute la longueur de son corps. En arrière-plan, on distinguait un mur recouvert d'un carrelage uniformément blanc, et rien d'autre. Une lumière crue, chirurgicale, descendait du plafond, éclairant la partie centrale de la pièce. Le fond et les côtés étaient en revanche plongés dans une pénombre difficile à percer.

Concentré sur la musique qui s'échappait des oreillettes de son iPod, le mutant fermait les yeux. Il n'eut aucune réaction lorsque deux femmes, vêtues de combinaisons de latex – noire pour l'une, rouge pour l'autre – qui soulignaient leurs silhouettes filiformes, firent leur apparition. Chaussées de talons aiguilles assortis à leurs secondes peaux, elles affichaient une ressemblance frappante. Toutes les deux avaient le crâne rasé et orné du même tatouage, un dragon multicolore d'inspiration japonisante dont la queue partait de la base de leur nuque. De la gueule de la bête, dessinée sur le sommet de leurs crânes, s'échappaient d'impressionnantes volutes enflammées descendant jusqu'à la naissance du front.

Elles s'approchèrent du fauteuil et se placèrent de chaque côté du mutant. La femme en rouge tenait à la main un boîtier sombre de la taille d'une télécommande. Elle pressa une touche. Plusieurs câbles métalliques se déroulèrent lentement à partir du plafond.

Vermeer fit un arrêt sur image pour être certain que ses yeux ne le trompaient pas : c'étaient bien des crochets qui se balançaient au bout des câbles. Des hameçons en métal d'une dizaine de centimètres de long, terminés par des pointes effilées.

Il frissonna quand son cerveau prit conscience de ce que les deux dominatrices en latex comptaient pêcher. Incapable d'avaler quoi que ce soit après cette vision, Vermeer reposa son verre de vin et le reste de son toast de foie gras, se renfonça dans son siège et relança la lecture.

Pendant que la femme en rouge lui donnait du mou, sa camarade de jeu se saisit d'un crochet et, pinçant la peau du mutant, l'enfonça au niveau du pectoral gauche. Le vendeur eut un petit sursaut, mais il ne cria pas ni ne montra le moindre signe apparent de douleur, même quand la pointe du crochet passa sous le muscle pour ressortir cinq centimètres plus loin, la pointe luisante de sang.

L'exécutrice essuya le liquide à l'aide d'une compresse et renouvela l'opération avec l'autre pectoral, puis enfonça deux nouvelles rangées de crochets au niveau du plexus et au-dessus des côtes flottantes.

Une fois tous les crochets en place, elle recula d'un pas et laissa à sa partenaire le soin d'exécuter la manœuvre suivante. Celle-ci pressa un nouveau bouton sur le boîtier. Un moteur se mit à ronronner, entraînant vers le plafond les câbles d'acier et avec eux les crochets enfoncés dans le corps du mutant.

Ce dernier grimaça quand le point de tension maximale fut atteint. Les crochets paraissaient prêts à lui sectionner les muscles. Le mutant serra les dents pour ne pas crier.

187

Ses efforts pour maîtriser la douleur étaient désormais visibles sur son visage. Des larmes glissèrent de ses paupières closes et coulèrent le long de ses joues. La femme en rouge les essuya avec une compresse, comme elle l'avait fait pour le sang. Ce geste presque tendre tranchait avec la violence insoutenable de la scène.

Les câbles poursuivirent leur lente remontée. Le corps du mutant se décolla de la surface du fauteuil et commença à se soulever, millimètre après millimètre. Quand plus aucune partie de sa peau ne fut en contact avec le fauteuil, la femme en rouge stoppa le moteur et repoussa le siège contre le mur.

Le mutant flottait en l'air, les bras pendant de chaque côté de son torse. L'objectif de la caméra se resserra sur son visage et se fixa sur lui. Il devint clair que quelque chose de crucial se jouait à cet instant précis.

D'abord contractés, les traits du mutant se détendirent peu à peu. Au bout d'une ou deux minutes, un masque extatique prit possession de son visage.

La caméra fit ensuite un gros plan sur les crochets enfoncés dans ses pectoraux, puis descendit le long de son torse. Le cadrage s'élargit progressivement jusqu'à englober presque toute la pièce.

Sur le côté, on distinguait désormais plusieurs silhouettes dissimulées dans l'obscurité. Vermeer en compta une dizaine. Assis sur une sorte d'estrade surélevée, les spectateurs ne bougeaient pas, comme hypnotisés par ce qu'ils voyaient. Ils se tenaient silencieux, bras croisés pour certains, menton appuyé sur les mains pour d'autres, dans une attitude de concentration extrême.

Des souvenirs surgirent dans la mémoire de Vermeer. Il devait avoir six ou sept ans. À Noël, il avait trouvé sous le sapin un petit livre sur l'histoire de la conquête du Far West. Il n'avait aucune idée de ce qui avait pu pousser ses parents à lui acheter un tel cadeau. Une erreur, sans doute, ou bien la volonté de lui offrir autre chose que les habituels vélos, patins à roulettes et autres châteaux forts dont ils le submergeaient chaque année. Quelle que fût la raison de cet achat, Vermeer en avait fait son livre de chevet pendant plusieurs mois. Il le lisait et le relisait, soir après soir, sans jamais s'en lasser. Une image, en particulier, le fascinait : il s'agissait d'un dessin en noir et blanc sur lequel des guerriers indiens étaient attachés à un mât surmonté d'une tête de bison. Des cordelettes reliées à des os plantés dans leur torse les maintenaient en l'air pendant qu'ils contemplaient fixement le soleil. Le texte de légende précisait que ce rituel s'appelait la danse du soleil et que les guerriers devaient rester suspendus jusqu'à ce que leurs chairs se déchirent, les libérant ainsi symboliquement des contraintes corporelles. Cela pouvait prendre jusqu'à trois ou quatre jours, disait le commentaire. Une vingtaine d'heures si les guerriers y mettaient du leur.

Cette image était restée gravée dans sa mémoire, même si, au fond, il n'y avait jamais vraiment cru. Il s'agissait là, pensait-il, d'une sorte de légende urbaine inventée pour effrayer à bon compte les gamins en mal d'émotion.

Il y croyait, désormais.

Une porte s'ouvrit soudain sur le côté de l'image. Un homme vêtu d'un costume blanc apparut dans le champ de la caméra. La partie supérieure de son visage, depuis le sommet du front jusqu'au nez, était cachée par un loup de la même teinte.

Sa morphologie générale et ses cheveux coupés en une brosse sévère rappelèrent à Vermeer l'homme présent sur la photographie qu'on lui avait fait parvenir la veille. Bien qu'il ne pût distinguer ses traits, il n'avait guère de doute : il s'agissait de Takeshi Ono.

Ono se plaça de manière à être parfaitement visible de la caméra. Il posa ensuite sa main gauche sur la hanche du mutant, quinze centimètres sous le dernier crochet. Ses doigts s'enfoncèrent dans les chairs, effectuèrent une sorte de palpé-roulé, glissèrent sur la peau de quelques millimètres pour s'y enfoncer à nouveau et répétèrent la même manœuvre un peu plus loin, comme s'ils cherchaient un point précis.

Sa main s'immobilisa deux centimètres au-dessus de l'aine, juste sous la proéminence de l'os iliaque. Takeshi Ono fit alors un signe de tête en direction des deux femmes. Elles sortirent brièvement du champ avant de réapparaître. Celle en rouge tenait dans une main un gant ignifugé et dans l'autre une sorte de longue tige de métal aplatie à son extrémité. Sa compagne tirait une bombonne de gaz reliée à un chalumeau.

Vermeer fit une nouvelle pause. Scrutant chaque détail de l'image, il mit quelques secondes à associer ces instruments et à comprendre à quoi ils allaient servir.

Même alors, cette perspective lui parut abstraite tant elle était impensable.

— Mon Dieu... eut-il seulement la force d'articuler avant d'être gagné par un terrible réflexe vomitif.

La suspension du mutant n'était pas l'élément central du spectacle, ou du rituel – Vermeer hésitait sur le qualificatif à donner à ce qu'il voyait. Le pire devait encore arriver.

Vermeer prit une profonde inspiration pour tenter de contrôler sa nausée. Il attrapa le verre de sainte-croix-du-mont sur le plateau à côté de lui et le vida d'un trait. Quand il se sentit un peu mieux, il appuya sur la touche de lecture.

Malgré son écœurement, une part de lui ne voulait rien perdre de ce qui allait se produire. Sans doute les spectateurs présents dans la salle avaient-ils ressenti ce même sentiment ambivalent, car aucun d'eux ne se leva pour sortir.

La femme en noir alluma le chalumeau. Elle régla le débit de gaz de sorte qu'une petite flamme aux reflets bleutés s'en échappe. Ono enfila le gant ignifugé et s'en servit pour attraper la tige, dont il plaça l'extrémité sous la pointe de la flamme. Le métal rougeoya presque immédiatement. D'un geste précis et sûr, il l'appliqua à l'endroit qu'il avait choisi quelques instants plus tôt.

Lorsque le fer chauffé à blanc entra en contact avec son épiderme, le mutant parut d'abord interloqué par la violence de la douleur. Les yeux écarquillés et la bouche grande ouverte, il donna d'abord l'impression d'écouter, par-dessus la musique de son iPod, le grésillement de sa chair en train de se consumer, puis il se mit à hurler.

Même déformé par le micro de la caméra, son cri avait de quoi glacer les sangs. C'était un hurlement animal, puissant et primitif, qui n'en finissait plus.

Tous ses muscles se contractèrent simultanément. Tendue en un arc de cercle parfait, sa colonne vertébrale semblait prête à se briser en son milieu à tout instant. Le mutant se mit alors à gigoter en l'air, indifférent aux liens qui le retenaient au plafond.

Sous la pression, l'un des crochets fixés au milieu de son abdomen déchira les chairs, libérant un filet de sang qui coula le long de ses côtes avant de goutter sur le carrelage. Le mutant ne s'en aperçut même pas.

Lorsque Takeshi Ono retira le métal chauffé à blanc, au bout de trente ou quarante secondes, le mutant cessa de se débattre d'un coup. Au bord de l'état de choc, il eut encore la force de soulever la tête pour observer l'endroit brûlé par le fer. La caméra se concentra à nouveau sur son visage au moment où il perdait conscience.

Il contempla la marque laissée par le métal brûlant. Juste avant de s'évanouir, il eut un étrange sourire apaisé.

La caméra descendit alors le long de son corps et s'arrêta sur la plaie, dont les bords, écarlates, avaient déjà commencé à gonfler. Le dessin laissé par le fer sur la hanche du mutant était parfaitement reconnaissable.

Il s'agissait d'une salamandre.

Vermeer stoppa la lecture. Il regarda sa montre. L'ensemble de la scène avait duré trois quarts d'heure. Il avait l'impression qu'à peine cinq minutes s'étaient écoulées depuis le début de la projection.

Il eut juste le temps de sauter du fauteuil et de s'agenouiller sur le sol. Pris d'un violent haut-le-cœur, il vomit le contenu de son estomac. Il se sentait honteux d'avoir été capable d'observer cette ignominie jusqu'à son terme.

191

Il ne valait pas beaucoup mieux que ceux qui avaient payé pour assister au spectacle.

Il s'essuya la bouche avec la manche de sa chemise. Il savait déjà, malgré tout, quels seraient les premiers gestes qu'il ferait en se relevant : il allumerait son ordinateur et virerait les dix mille euros sur le compte dont le mutant lui avait donné le numéro.

Vermeer ignorait de quoi serait faite cette soirée spéciale. Deux choses étaient cependant certaines : il n'aurait pas de meilleure occasion d'approcher Takeshi Ono, et ce qu'il y verrait le marquerait à jamais.

24

Il fallut tout l'acharnement de Finaly et plusieurs verres de vin pour convaincre Valentine d'oublier ses soucis le temps du dîner. Le repas fut moins lugubre que ce que les circonstances auraient pu laisser présager. Poussé par Stern, Finaly régala notamment la jeune femme du récit de ses pérégrinations, durant la guerre, pour le compte du *Monuments, Fine Arts and Archives Program.*

Créé en 1943, le MFAA s'était vu chargé par les autorités militaires alliées de préserver le patrimoine artistique européen pendant le conflit. Ce groupe était constitué d'historiens de l'art, d'architectes et de directeurs de musées, pour l'essentiel américains, intégrés aux unités combattantes. Parmi eux, Finaly faisait figure d'exception, tant par sa jeunesse que par sa nationalité. Pour ces deux raisons, il avait rongé son frein pendant près d'un an après le débarquement en Normandie dans le centre de commandement du MFAA, où il était chargé de centraliser les informations qui lui parvenaient au fur et à mesure de l'avancée des troupes alliées à travers la France, puis l'Allemagne. Aux premiers jours d'avril 1945, le capitaine Walter Johan Huchthausen, détaché auprès de la IIIᵉ armée du général Patton, avait été tué au cours d'une opération en Allemagne. Faute d'un autre candidat doté à ce moment-là des compétences requises, Finaly l'avait remplacé au pied levé, juste à temps pour être l'un des premiers à pénétrer dans les mines de sel de Merkers.

Là, dans un dédale de cavernes et de couloirs, était conservée une incroyable profusion de sacs de jute et de caisses, tous étiquetés et soigneusement rangés, avec le sens de l'ordre propre aux fonctionnaires nazis. La majeure partie du trésor de guerre du Reich se trouvait entreposée dans ces mines. Elle se composait de tonnes de lingots d'or, mais surtout de milliers de tableaux de maîtres, de dessins et de gravures provenant des musées et des collections particulières de toute l'Europe. Pris de court par la rapidité de la percée alliée après la bataille de Bastogne, Hitler et ses conseillers, dans la débâcle, n'avaient pas eu le temps de les déplacer.

Seul membre du MFAA présent sur place, Finaly avait sécurisé les lieux et prévenu ses supérieurs hiérarchiques de cette incroyable découverte. Son efficacité lui avait valu d'être nommé responsable de la sécurisation des lieux, puis de l'identification et du rapatriement de toutes les œuvres d'art trouvées à Merkers.

Confronté à cette tâche titanesque, Finaly avait bénéficié d'un coup de pouce du destin en la personne d'Elias Stern. En retour de son hospitalité durant la guerre, ce dernier lui avait en effet permis d'utiliser les archives dont il avait hérité, en plus du stock et de l'hôtel particulier de la rue des Saints-Pères. Celles-ci avaient grandement aidé Finaly. Après deux années d'intense labeur, il avait identifié la plupart des chefs-d'œuvre trouvés à Merkers. Lorsque cela s'était révélé possible, ceux-ci avaient été rendus à leurs légitimes propriétaires ou à leurs ayants droit.

À son retour en Angleterre, Finaly avait continué à rechercher les œuvres volées par les nazis, tout en menant une florissante carrière d'historien de l'art. Certains, comme Serge et Beate Klarsfeld, traquaient les criminels de guerre d'un continent à l'autre. Finaly accumulait comme eux les indices et les témoignages, mais lui courait

194

l'Europe pour faire resurgir de la nuit les œuvres d'art disparues. C'était sa contribution personnelle à l'édification du nouveau monde.

Cette quête avait duré près de dix ans. Finaly pouvait se montrer satisfait de ses résultats. Un tableau majeur manquait cependant à son tableau de chasse : le magnifique *Portrait d'un jeune homme* peint par Raphaël, qui appartenait aux collections de la famille Czartoryski. Finaly et ses collègues du MFAA avaient identifié la plupart des toiles volées aux Czartoryski dans leur musée de Cracovie par Hans Frank, le gouverneur général de la Pologne. *La Dame à l'hermine* de Léonard de Vinci avait ainsi été retrouvée chez un paysan polonais. Le *Portrait d'un jeune homme* n'avait en revanche jamais refait surface.

Le téléphone de Valentine se mit à sonner alors que Finaly s'apprêtait à évoquer les raisons pour lesquelles ce Raphaël lui tenait tant à cœur. Il s'interrompit aux premières notes et engagea Valentine à répondre.

Pleine d'espoir, celle-ci décrocha, pensant qu'il s'agissait de Nora.

— Mademoiselle Savi ? chuchota une voix féminine qui n'était pas celle de l'assistante de Stern.

Valentine eut un instant de déception. Malgré le brouhaha du restaurant, elle reconnut sans peine son interlocutrice.

— Lady Welcott ?

— Elias Stern m'a donné votre numéro avant de partir, cet après-midi, se justifia l'aristocrate.

— Que puis-je faire pour vous, lady Welcott ?

— Je crois que quelqu'un s'est introduit chez moi.

Sa voix vibrait d'une angoisse sincère. Même son accent factice s'était évanoui sous l'effet de la terreur.

Elle reprit aussitôt, toujours à voix basse :

— J'ai entendu du bruit au rez-de-chaussée. J'ai envoyé Monsieur Grey, mais il n'est pas revenu.

— Appelez votre majordome, lui conseilla Valentine.

— Je lui ai donné sa soirée.

Lady Welcott ne s'appesantit pas sur les raisons pour lesquelles elle avait donné congé à son employé.

Valentine tenta de la rassurer :

— Il est normal qu'une maison comme la vôtre craque de partout. Votre chien a dû s'endormir dans un coin.

— Monsieur Grey dort toujours avec moi, sur mon lit. Il lui est arrivé quelque chose. Il n'y a pas d'autre explication possible !

— Calmez-vous.

— J'ai si peur ! Pouvez-vous passer chez moi ?

— Maintenant ?

— Cela me rassurerait. Je n'arriverai pas à dormir, autrement. S'il vous plaît...

Malgré la répulsion que lui inspirait lady Welcott, Valentine fut touchée par son ton suppliant.

— Nous avons fini de manger, concéda-t-elle. Charles acceptera sans doute de faire un détour par chez vous. En attendant, prévenez la police.

— Je le fais tout de suite.

— Bien. Nous arrivons le plus vite possible.

— Merci, je ne...

La communication s'interrompit brutalement, laissant en suspens la phrase de lady Welcott. Valentine reposa le téléphone près de son assiette à dessert.

Finaly lui lança un air interrogateur par-dessus la table.

— C'était lady Welcott, expliqua-t-elle. Elle a entendu du bruit et pense qu'il y a un intrus chez elle. Elle semblait terrorisée.

— Foutaises, trancha sèchement Finaly. Elle fait une dernière tentative pour emprisonner notre bon Elias entre ses serres acérées.

Il gratifia son ami d'un clin d'œil complice.

— Ne t'en fais pas. Nous te défendrons bec et ongles contre ses assauts.

— Merci, riposta Stern, mais je sais me défendre tout seul.

Il fit signe au maître d'hôtel de lui apporter l'addition.

— Passer chez lady Welcott représente un long détour ? demanda-t-il à Finaly en tendant sa carte de crédit.

— À cette heure ? Une dizaine de minutes. Ne me dis pas que tu crois cette furie ?

Stern signa le reçu de carte bleue que lui présentait le maître d'hôtel et glissa un généreux pourboire à l'intérieur de la note.

— Cela ne nous coûte guère et elle en sera soulagée. Offrons-lui une bonne nuit, à défaut d'un acheteur pour son affreuse *Léda*. Nous lui devons bien cela.

Finaly crut s'étrangler. Il poussa une exclamation indignée.

— C'est du cinéma et rien d'autre ! Je vous rappelle que cette femme a été actrice... Je peux vous garantir qu'elle simule à merveille.

Il jeta sa serviette sur la table, à côté de son assiette à dessert, et se laissa retomber mollement contre le dossier de sa chaise, bras croisés, bien décidé à ne pas céder le moindre pouce de terrain.

— Nous te croyons sur parole, plaisanta Stern pour essayer de calmer son ami.

Cette tentative de conciliation n'apaisa en rien l'humeur de Finaly. Il se redressa sur son siège et tendit la main vers Valentine par-dessus la table.

— Passez-moi votre téléphone. Je vais vous prouver que tout cela est faux.

Il lui arracha presque l'appareil des mains, dans un geste si brusque qu'elle en sursauta. Il pressa ensuite la touche de rappel automatique et porta le combiné à son oreille.

Il le retira aussitôt et contempla l'écran.

— C'est étrange...

— Que se passe-t-il ? demanda Valentine.

— Ça ne sonne pas.

— Essaie à nouveau, lui conseilla Stern. Elle doit être en communication avec le commissariat.

Finaly s'exécuta, avec un résultat aussi peu concluant.

— La ligne n'est pas occupée, constata-t-il. C'est plutôt comme si elle était en dérangement.

— Alors je pense qu'un petit détour s'impose vraiment, conclut Stern en se levant.

Finaly l'imita. Il sortit les clés de la Jaguar de sa poche, les soupesa et se plongea dans la contemplation du porte-clés à l'effigie de la tête de fauve.

— Cette femme est futée, marmonna-t-il pour lui-même alors que Stern et Valentine avaient déjà commencé à s'éloigner vers la sortie. Diablement futée...

25

Recevoir la marque était un honneur rare. Peu de personnes dans le monde portaient la salamandre gravée dans leur chair. Toutes avaient accepté de sacrifier au Maître une large part d'elles-mêmes. Abandonner toute vie sociale et sentimentale pour se consacrer pleinement à son enseignement était cependant un don aisé, tant il avait à apporter à ceux qui acceptaient de le suivre.

Maître Ono était une lueur dans la longue nuit du déclin. Il donnait un sens à ce qui n'en avait plus. Il ouvrait de nouveaux horizons, bien au-delà de ce que pouvaient concevoir les zélateurs de l'insupportable vanité matérialiste qui avait envahi chaque anfractuosité du monde occidental. Il comblait les vides que même les religions ne savaient plus remplir. Il incarnait le nouvel espoir spirituel de l'homme.

S'offrir à lui était une bénédiction. L'homme autrefois enregistré à l'état civil sous le nom de Patrice Letribot l'avait compris dès leur première rencontre. Ce jour avait radicalement changé son existence. Il ne parlait pas encore japonais, à l'époque, mais le message du Maître portait en lui une telle puissance qu'il ne pouvait être arrêté par la simple barrière linguistique. Ce qu'il avait à dire au monde allait bien au-delà des mots. Letribot avait senti cette force l'envahir, portée par la voix de celui qui, à cet instant précis, était devenu son guide.

Ses études, sa famille, sa fiancée... Il avait tout abandonné pour entrer au service du Maître. Il avait accepté d'être un serviteur anonyme, prêt à suivre aveuglément le parcours que celui-ci avait tracé pour lui. Bien sûr, il avait parfois été traversé par le doute. La transformation progressive de son apparence n'avait pas toujours été facile à accepter, surtout quand elle était devenue visible aux yeux de tous.

Le Maître exigeait de ses disciples le sacrifice de leur individualité pour qu'ils puissent mieux se fondre dans son ambitieux projet d'une nouvelle humanité. Les modifications corporelles étaient une étape indispensable à ce long cheminement. Accepter de quitter volontairement la société pour se façonner hors d'elle : la reconstruction du nouvel individu passait par l'élimination complète de l'être originel, tel que la nature ou une quelconque transcendance l'avaient conçu.

Maintenant qu'il avait franchi l'ultime étape de son initiation, Letribot – même ce patronyme lui devenait de plus en plus étranger – était convaincu d'avoir fait le bon choix. Il ne regrettait rien.

Intimidé, il s'arrêta devant la porte qui le séparait de la chambre du Maître. Seuls les porteurs du signe de la salamandre jouissaient du privilège de pouvoir pénétrer dans son intimité. Letribot se sentit empli d'un mélange complexe d'angoisse et d'excitation. La dernière porte de son parcours était sur le point de s'ouvrir. Il lui avait fallu trois ans pour en arriver là. Trois années d'efforts, d'apprentissage intense et de souffrances.

Il relut l'inscription gravée sur le linteau, qui l'avait tant intrigué lorsqu'il était passé devant pour la première fois : *Gnothi seauton*. Dans l'Antiquité, c'était l'une des sept sentences inscrites en lettres d'or au fronton du temple d'Apollon à Delphes. Les anatomistes de la Renaissance l'avaient ensuite adoptée pour devise.

« Connais-toi toi-même »… Letribot comprenait enfin la signification profonde de ces mots si banals. Sans le violent afflux de douleur qui l'avait submergé lors de l'imposition de la marque, jamais il n'aurait pu aller aussi loin dans l'exploration de sa propre intériorité. Il avait découvert en lui un univers dont il ne soupçonnait pas l'existence.

Le moment était arrivé. Il frappa.

Les deux compagnes du Maître apparurent derrière la porte. Sans prononcer la moindre parole, elles l'invitèrent à entrer.

En trois ans, Letribot n'avait jamais entendu le son de leur voix. Il ne connaissait pas leurs prénoms et ignorait jusqu'à leur nationalité. Il savait seulement d'elles qu'elles partageaient déjà la couche du Maître lorsqu'il l'avait rencontré. À l'époque, Letribot ne leur donnait pas plus de dix-huit ans. Elles avaient pourtant déjà subi tout le parcours initiatique. La salamandre imprimée au bas de leurs dos en était la preuve.

Elles lui indiquèrent un petit tapis matelassé posé au centre de la pièce et le laissèrent seul. Dans l'attente de l'arrivée du Maître, Letribot en profita pour observer l'endroit où il se trouvait. D'une grande sobriété, l'ameublement se limitait à un futon rangé dans un coin et à une étagère sur laquelle reposaient des vieux livres. De loin, Letribot réussit à déchiffrer quelques titres inscrits sur les tranches. Il y reconnut notamment l'*Institutiones anatomicae* de Caspar Bartholin, le *De humani corporis fabrica* signé par Vésale et le *De dissectione partium corporis humani* publié par Charles Estienne. La date de 1517 ornait l'exemplaire du *Feldbuch der Wundtartzney* de Hans von Gersdorf. Tous les principaux ouvrages des anatomistes de la Renaissance se trouvaient réunis, dans leurs éditions originales, sur cette simple planche de bois. Letribot résista à l'envie de se lever pour aller feuilleter ces volumes rarissimes.

Les gravures anciennes fixées aux murs témoignaient elles aussi de la passion du Maître pour l'anatomie. La plus saisissante montrait un écorché tenant à bout de bras la dépouille de sa propre peau. Une autre représentait le ventre d'une femme enceinte, ouvert du plexus au pubis, dont les pans de peau avaient été repoussés de chaque côté pour dégager le placenta.

Letribot fut tiré de sa contemplation par un bruit de pas de l'autre côté de la porte. Le Maître fit son entrée, suivi de ses compagnes. Celles-ci installèrent un second tapis au centre de la pièce, puis allèrent s'agenouiller en retrait. Ono s'assit en face de son disciple et le fixa en silence.

Letribot eut l'impression que le regard du Maître le pénétrait jusqu'au plus profond de son âme.

C'était sans doute le cas.

26

Finaly gara la Jaguar contre le trottoir, juste devant la demeure que feu lord Welcott avait léguée à sa seconde épouse, dans un ultime élan de générosité face à l'amour parfaitement désintéressé de cette dernière.

L'historien de l'art coupa le contact et renversa la tête en arrière contre l'appui-tête de son siège.

— Tout a l'air calme, constata-t-il en lançant un regard oblique à la façade éteinte.

Il y avait une large part de mauvaise foi dans sa remarque. L'absence d'éclairage intérieur n'était pas significative, car les épaisses tentures du rez-de-chaussée, qui étaient ouvertes lors de leur visite de l'après-midi, fermaient désormais hermétiquement les fenêtres du salon. Quoi qu'il se passât derrière, il y avait peu de chance qu'on puisse en percevoir les signes depuis la rue.

— Allons tout de même jeter un œil, décréta Stern. Maintenant que nous sommes là, il serait dommage de partir sans avoir vérifié que tout va bien.

Finaly lâcha un long râle de désespoir.

— Elias, tu ne crois pas que...

Il s'interrompit avant la fin de sa phrase : aidé par Valentine, Stern s'extirpait de la voiture et ne l'écoutait déjà plus.

Finaly n'eut pas la force de protester davantage. Il retira la clé du démarreur, abandonna son siège de mauvaise grâce et contourna la voiture pour rejoindre son ami. Bien qu'ils fussent du même âge, à quelques années près, il tenait une forme olympique par rapport à Stern, pour qui la moindre activité physique était devenue un calvaire. Finaly parvint à sa hauteur alors que le marchand posait tout juste la main sur la rambarde en fer forgé du petit escalier qui menait au perron.

Valentine les avait devancés devant la porte d'entrée.

— Vous croyez que je peux sonner ?

— Ne vous gênez pas, répondit Finaly. Si lady Welcott s'est finalement endormie, le moins que nous puissions faire pour compenser notre dérangement est de la réveiller.

Valentine s'exécuta. Le carillon retentit à l'intérieur de la demeure. Rien ne se produisit.

Finaly se saisit alors du heurtoir, un lourd poids de bronze cylindrique d'où émergeaient en relief les armoiries des Welcott – deux tours crénelées au milieu desquelles se trouvait un chêne stylisé, grossier pastiche de l'héraldique médiévale probablement conçu pour grimer un ennoblissement récent sous une patine plus respectable. Il abattit vigoureusement l'engin à trois reprises, là encore en vain.

— Que voulez-vous que nous fassions ? demanda Valentine à Stern.

— Essayez de lui téléphoner à nouveau.

Valentine composa le numéro de la résidence de lady Welcott.

— Toujours pas de tonalité, fit-elle observer. Voulez-vous que je prévienne la police ?

— Je crois que nous n'avons pas d'autre choix.

— C'est n'importe quoi... intervint Finaly, de plus en plus irrité par la tournure que prenaient les événements. Cette vieille peau doit être noyée sous les calmants. Elle a dû finir par s'endormir. Rentrons. J'ai besoin de mon compte de sommeil, moi aussi.

Il fit une moue dépitée lorsque Valentine posa la main sur la poignée de la porte.

— Je vous déconseille de faire cela. Vous aurez l'air malin si elle s'ouvre vraiment.

Valentine haussa les épaules. Elle pesa sur la poignée d'un coup sec.

La porte s'ouvrit largement sur l'immense vestibule plongé dans la pénombre.

— Bon... soupira Finaly. J'imagine qu'à ce point il ne nous reste plus qu'à entrer.

Il pénétra le premier dans le hall. À tâtons, il chercha l'interrupteur, qu'il trouva à un mètre de l'entrée. Il l'actionna à plusieurs reprises sans obtenir de résultat.

— Rien ne marche dans cette maison, grogna-t-il. Voilà pourquoi le téléphone ne fonctionne plus : l'électricité est coupée. Lady Welcott a dû oublier de payer sa facture.

Stern et Valentine passèrent à leur tour le seuil de la demeure. Ils s'immobilisèrent quelques instants et attendirent que leurs yeux s'habituent à l'obscurité, aidés par les quelques rais de lumière qui parvenaient de la rue à travers la porte ouverte. Des ténèbres émergèrent peu à peu les contours lisses et réguliers des colonnes plantées dans le vestibule.

— Allons rassurer lady Welcott, proposa Stern lorsqu'il fut enfin en mesure d'apercevoir l'escalier. Sa chambre est à l'étage, d'après ce qu'elle nous a dit tout à l'heure.

— Ne comptez pas sur moi pour voir cette affreuse rombière en chemise de nuit, déclara Finaly. Je vais plutôt essayer de trouver le disjoncteur.

— Comme tu voudras.

— Bon courage ! le railla son ami tandis que Stern s'engageait dans l'escalier, soutenu par Valentine. N'hésite pas à hurler si elle s'approche trop près de toi.

Il disparut dans le salon.

Valentine et Stern firent une halte au sommet de l'escalier. Devant eux partaient deux couloirs. La luminosité provenant de la rue n'atteignait pas cette partie de la maison, aussi ne voyaient-ils rien au-delà de leurs mains.

De chaque côté, les couloirs ressemblaient à deux tubes noirs sans fin.

— Où est la chambre de lady Welcott, selon vous ? demanda Valentine.

— Il n'y a qu'un moyen de le savoir.

Il appela, sans se soucier de la moindre discrétion :

— Lady Welcott ! C'est Elias Stern ! Où êtes-vous ?

Il n'obtint aucune réponse.

— Nous voilà peu avancés, constata-t-il.

— Nous devrions partir et appeler la police.

— Vous avez raison. Allons-nous-en.

À cet instant, un faible gémissement, qui tenait davantage du souffle rauque, s'éleva tout près d'eux, quelque part dans le couloir qui partait sur leur droite.

Valentine s'accroupit ct, les mains posées à plat sur le parquet, elle se mit à explorer le sol autour d'elle. Elle sentit soudain contre ses doigts un obstacle à la consistance souple et soyeuse. Au contact de sa main, l'objet fut parcouru par un frémissement.

— Monsieur Grey ! s'exclama Valentine en flattant l'échine du jack-russel d'un mouvement plus assuré.

Le chien réagit faiblement à ses caresses.

Les ampoules du vestibule s'illuminèrent soudain, signe que Finaly avait trouvé le disjoncteur. Un halo diffus enveloppa Stern et Valentine, ainsi que le couloir autour d'eux.

Après un bref moment de désorientation, Valentine posa son regard d'abord sur le chien, puis sur sa propre main. Celle-ci était rouge, comme la tache qui maculait la majeure partie du flanc du jack-russel.

Elle se releva d'un bond en poussant un cri étouffé.

Une lueur traversa brièvement l'œil du Monsieur Grey. Elle disparut aussitôt, tandis que l'animal retombait dans sa torpeur. Il respirait encore, mais sa poitrine se gonflait et s'abaissait à un rythme si lent que l'issue ne laissait guère de doute.

Valentine se releva et, dans un geste horrifié, frotta sa main ensanglantée contre la manche de sa tunique. Instinctivement, elle se rapprocha de Stern.

Celui-ci ne fit aucun geste pour la rassurer. Impassible, il fixait le couloir, à trois mètres d'eux, là où une porte entrebâillée laissait échapper un rai de lumière.

— Je pense savoir où se trouve la chambre de lady Welcott.

Il s'avança vers la pièce en question d'un pas lent, mais déterminé. Il avait cessé de s'appuyer sur sa canne et la tenait par son milieu, comme s'il venait de retrouver une réserve insoupçonnée d'énergie dans un recoin de son corps.

— Elias, ce n'est pas raisonnable.

L'avertissement de Valentine résonna dans le vide. Tout comme elle, Stern pressentait le pire. Il avait toutefois connu trop de catastrophes dans sa vie pour reculer devant le danger. S'il n'avait plus l'âge du temps perdu, il avait également passé depuis longtemps celui des hésitations. Il poursuivit sa progression vers la pièce illuminée.

Parvenu devant la porte entrouverte, il saisit sa canne par le pommeau, la souleva à l'horizontale et s'en servit pour repousser la porte.

À l'image de la propriétaire des lieux, la mise en scène de la chambre à coucher de lady Welcott avait fait l'objet d'une attention maniaque. L'essentiel de la pièce était occupé par un immense lit à baldaquin tendu d'un tissu rose et mauve, et recouvert d'une mer de coussins brodés d'ornementations végétales dans les mêmes tons. Un épais tapis, dont les motifs reprenaient ceux des coussins, recouvrait le sol. Au pied du lit, une console rococo était surmontée d'un bouquet de fleurs exotiques aux couleurs éclatantes. L'ensemble était une parfaite illustration des préférences esthétiques de lady Welcott, dont les visiteurs avaient eu un aperçu durant l'après-midi : la pièce ressemblait à un plat composé de bons ingrédients pris un à un, et pourtant écœurants une fois mélangés.

La veuve reposait sur son lit, noyée sous les coussins bariolés. Seules dépassaient quelques mèches de cheveux blonds, une main aux longs ongles manucurés et une cheville terminée par une mule en satin rose.

Stern retira les coussins qui cachaient son visage. Lady Welcott avait rejoint son époux regretté, et son départ vers l'au-delà s'était apparemment fait dans la douleur. Sa mâchoire tordue dans un rictus crispé témoignait de la violence de son agonie. Elle ne ressemblait plus guère à la femme apprêtée qui les avait accueillis quelques heures plus tôt, mais paraissait plus vieille de vingt ans. Les stigmates de la mort lui avaient en définitive rendu l'âge qu'elle avait essayé d'atténuer grâce aux miracles de la chirurgie esthétique. Malgré l'aspect dramatique de cette vision, Stern ne put s'empêcher d'y voir un juste retour des choses.

La cause du décès n'était pas difficile à identifier : le déshabillé en soie de la morte, plus largement décolleté que la décence ne l'autorisait, portait une large tache sombre juste sous son sein gauche. D'après l'étendue de l'hémorragie, Stern opta pour l'arme blanche plutôt que pour la blessure par balle.

Valentine s'avança à son tour vers le lit. Quand elle aperçut les traits grimaçants du cadavre, elle eut un mouvement de recul.

— Elle est morte ?

— J'en ai bien peur.

— Assassinée ?

— Si j'en crois la plaie dans sa poitrine et l'absence d'arme dans les abords immédiats du lit, je pense que le suicide peut être exclu.

— Vous croyez que cela remonte à longtemps ?

Stern consulta sa montre.

— Moins d'une demi-heure s'est écoulée depuis son appel.

Il toucha la main de la morte.

— Elle n'a pas eu le temps de se refroidir, constata-t-il.

Valentine le saisit par le bras et l'attira en arrière.

— Partons, Elias. L'assassin est peut-être encore ici.

Elle se retourna et se figea sur place, le visage contracté par une surprise mêlée de terreur.

Face à elle, un homme barrait toute la largeur de la porte. Sa main enserrait un couteau de combat dont l'épaisse lame à dos cranté ruisselait encore de sang. Il était vêtu d'une longue veste en cuir noir qui descendait jusqu'au milieu de ses mollets et avait le crâne recouvert d'une casquette sombre, dont la visière était rabattue jusqu'aux sourcils. Pour le reste, sa mâchoire carrée et ses pommettes marquées étaient en accord avec sa carrure de déménageur.

Valentine regretta l'absence de Nora. Elle, au moins, aurait su quoi faire. Elle aurait attaqué l'homme par surprise et l'aurait immobilisé grâce à l'une de ces techniques de combat qu'elle pratiquait plusieurs soirs par semaine avec Jacques dans le sous-sol de l'hôtel particulier. Ou peut-être, simplement, ne se serait-elle pas jetée tête baissée dans un piège aussi grossier.

À défaut de pouvoir faire appel aux talents multiformes de Nora, Valentine se retourna vers Stern. Le vieil homme fit un pas en direction de leur agresseur. Il se plaça aux côtés de Valentine et toisa l'homme, les deux mains appuyées sur le pommeau de sa canne.

— Pourquoi l'avez-vous tuée ?

L'homme porta son index devant sa bouche.

— Chut... fit-il.

Stern montra une certaine irritation devant son mutisme. Il répéta d'une voix autoritaire, sans même se demander si l'homme comprenait sa question :

— Répondez-moi : pourquoi avez-vous assassiné cette pauvre femme ?

L'homme eut un mouvement d'épaules nonchalant, comme pour dire que ce genre de choses arrivait et qu'il n'y voyait somme toute rien de dramatique.

— Pour être franc avec vous, finit-il par répondre, lui aussi en français, je l'ai tuée par plaisir. Elle me fatiguait, avec ses minauderies incessantes. Ce genre de femme ne mérite pas de vivre.

Stern ne sembla pas déconcerté par sa franchise, et encore moins effrayé. Il n'était pas loin de penser la même

209

chose de lady Welcott, la sentence capitale en moins. Une fin solitaire dans une demeure abandonnée de tout visiteur lui aurait paru une punition plus appropriée pour un tel être. Il ne ressentait pas la moindre empathie à son égard. Lui aussi savait que les circonstances imposaient parfois de sacrifier une vie humaine. Le meurtre de la veuve n'entrait cependant pas dans ce cadre. C'était un acte gratuit et, de ce fait, absolument injustifiable.

— J'en déduis que vous n'êtes pas un simple cambrioleur.

— Non, en effet.

— Juste un assassin.

L'homme hocha la tête.

— C'est un assez bon résumé de mes activités. Un peu réducteur, peut-être…

— Vous allez vraiment nous tuer de sang-froid ?

— Sans le moindre doute. On m'a demandé de le faire et on me paie grassement pour obéir aux ordres.

Ainsi le tueur était-il informé de leur voyage à Londres. Or Stern n'en avait averti personne à l'exception de Finaly, bien sûr, et de Nora, qui s'était chargée de l'achat des billets d'Eurostar.

Une goutte de sang glissa lentement le long de la lame et vint s'écraser sur le tapis, où elle se fondit dans les motifs floraux.

Stern suivit des yeux le parcours de la goutte écarlate. Le sang était trop frais pour être celui de Monsieur Grey ou de lady Welcott. Cette prise de conscience le frappa avec la brutalité d'un uppercut au menton.

— Qu'avez-vous fait à Charles ?

— Charles ? Vous voulez parler de votre ami anglais ? Nous nous sommes croisés il y a quelques minutes dans le salon. Je doute qu'il soit en état de se joindre à nous.

— Salopard ! gronda Stern, les dents serrées.

— Je vous conseille de vous montrer coopératif. Si vous essayez de résister, je serai obligé de m'en prendre aussi à votre collaboratrice. Mon employeur ne m'a donné aucune consigne à son sujet. Si vous tenez à elle, comportez-vous dignement. Laissez-lui une chance d'atteindre votre âge.

Valentine était trop choquée pour saisir que c'était d'elle dont il parlait. Cela valait sans doute mieux, car elle se serait mise à hurler ou se serait jetée sur le tueur pour forcer le passage si elle avait assimilé cette donnée.

Dans un mouvement discret, Stern vint se placer entre elle et le tueur. Pour dérisoire qu'elle fût, cette protection lui apporta un certain réconfort. Elle sentit un peu de courage revenir en elle.

— Il bluffe, Elias. Il n'osera pas.

Le tueur lui lança un regard ironique, puis il se détourna d'elle et s'adressa à Stern :

— Vous étiez trop bien protégé à Paris. Quand j'ai su que vous veniez à Londres, j'ai compris que je n'aurais pas une occasion aussi belle de vous voir en tête à tête avant longtemps.

Ses doigts se resserrèrent autour du manche de son couteau. Il plongea ses yeux glacés dans ceux de Valentine.

— J'ai pris des risques considérables pour pouvoir être ici, face à vous. Alors croyez-moi : je ne bluffe pas.

Il désigna le cadavre de lady Welcott.

— Notre délicieuse hôtesse m'a tout de même facilité la tâche en vous faisant venir à moi. J'avais prévu de l'obliger à vous appeler. Elle m'a devancé. Je n'en attendais pas tant de sa part.

Il fit un pas vers Stern et Valentine. Sa décontraction de façade avait disparu. À la place, ses traits affichaient une détermination nouvelle. Sous son lourd manteau de cuir, son corps était tendu, prêt à passer à l'action.

— Mon temps est malheureusement compté. Je dois rentrer à Paris demain par le premier train et je n'ai pas l'intention de...

Une détonation mit un point final à sa phrase. La déflagration résonna avec une incroyable puissance dans l'atmosphère confinée de la chambre à coucher.

Le tueur posa sa main libre sur sa poitrine.

Ses doigts ne rencontrèrent qu'un trou béant. Il eut une moue déconcertée en découvrant une bonne partie de son thorax étalée sur le tapis devant lui, mais n'eut pas le temps de prendre conscience de l'atrocité de ce spectacle. Il était déjà mort quand sa tête vint heurter le sol aux pieds de Stern.

L'impact dans son dos était étonnamment petit comparé aux dégâts infligés par la balle au niveau du torse : seul un petit trou sombre dans le cuir de son manteau, pas plus large qu'une pièce de monnaie, marquait le point d'impact, au milieu de la colonne vertébrale.

La silhouette longiligne de Finaly apparut dans l'encadrement de la porte. Il tenait le fusil de chasse de lord Welcott, dont l'un des canons, encore fumant, était pointé vers l'intérieur de la chambre. Il soupesa l'arme d'un air appréciateur.

— Pas mal du tout... Dommage que la chasse à l'éléphant soit interdite.

Il vacilla et dut s'appuyer contre le chambranle pour ne pas s'effondrer.

— Charles ! s'écria Valentine en se précipitant vers lui.

Elle lui ôta le fusil des mains et l'appuya contre le mur, puis le saisit sous l'aisselle et le soutint jusqu'au lit, sur le bord duquel elle le fit asseoir. Une tache rouge, large comme le poing, maculait l'arrière et le côté de sa chemise au niveau du rein droit.

— Vous êtes blessé !

— Ce n'est rien, grimaça Finaly. Une simple égratignure... J'ai la peau plus dure que ne le croyait ce bâtard.

— Je vais regarder ça, fit Stern, debout à côté du lit.

— Ça va aller, Elias. Je t'assure.

Stern n'écouta pas ses protestations. Il souleva délicatement l'arrière de la chemise. Ce qu'il vit n'avait rien de réjouissant. Le dos cranté du couteau avait tracé un sillon irrégulier dans le dos de Finaly, déchiquetant les chairs sur sept ou huit centimètres de hauteur et sur une profondeur difficile à déterminer, mais importante.

Tandis que Stern maintenait relevé le pan de la chemise de son ami, Valentine tenta de faire pression sur la plaie avec sa main. De l'autre, elle fouilla son sac à main à la recherche de son téléphone portable.

— Ne bougez pas, Charles, nous allons appeler les secours.

Finaly essaya de lui dire quelque chose, mais ses forces l'abandonnèrent. Il retomba inanimé sur le lit, tout contre le cadavre encore tiède de lady Welcott.

27

Vermeer se réveilla en sursaut. Une succession de sons disharmonieux venait de s'élever tout près de lui, avec une soudaineté qui le laissa pantois.

La veille, il avait viré les dix mille euros nécessaires pour assister à la performance organisée par le mutant puis, encore abasourdi par les images du film qu'il venait de visionner, il avait quitté son bunker pour se traîner jusqu'au canapé du salon, sur lequel il s'était tout de suite abandonné à un sommeil catatonique. Deux comprimés de Nembutal dilués dans le reste de la bouteille de sainte-croix-du-mont l'avaient aidé à écarter tout risque de croiser dans ses rêves Takeshi Ono et ses étranges créatures.

Le bruit de fond crût en intensité, jusqu'à devenir strident. Vermeer souleva péniblement une paupière et regarda sa montre. Il n'était pas encore 7 heures.

Il grogna de dépit. Il n'avait pas souvenir de s'être réveillé aussi tôt depuis sa puberté. Au bout de quelques instants, il reconnut en l'insupportable vacarme qui avait envahi la pièce la version de *My Way* interprétée par Nina Hagen. Il mit plusieurs secondes supplémentaires à se rappeler qu'il avait lui-même enregistré cette chanson dans la mémoire de son téléphone portable pour annoncer la réception de SMS.

Malgré une éducation raffinée, gorgée d'opéras et de musique classique, Vermeer nourrissait depuis son adolescence une passion coupable et irrationnelle pour le punk germanique du milieu des années 1980. Ainsi, chaque fois que quelqu'un pressait la sonnette de sa boutique d'antiquités, la voix nasillarde de Klaus Nomi entonnait l'*Air du froid* de Purcell. Non sans cohérence, Vermeer avait choisi un autre exemple représentatif de ce courant musical comme alerte sur son téléphone. Scandé en allemand, *My Way* s'était transformé en un chant martial assez terrifiant. Au moins Vermeer était-il certain de ne passer à côté d'aucun message.

Bien qu'ayant encore l'esprit embrumé par le mélange d'alcool et de barbiturique, il réalisa combien son choix était stupide. Ces insupportables braillements étaient tout juste bons à torturer les dissidents pris en train de se glisser sous le mur de Berlin pour essayer de gagner la partie occidentale de la ville.

Vermeer attrapa l'un des coussins du canapé et enfouit sa tête dessous, sans parvenir à étouffer les atroces modulations vocales qui lui arrivaient par vagues de plus en plus puissantes. Au bout d'une minute de ce calvaire, il comprit qu'il risquait la démence s'il ne mettait pas fin à cette cacophonie. Il s'assit sur le bord du canapé et buta contre la bouteille de vin vide. Il s'aperçut qu'un de ses pieds seulement portait une chaussure. Il n'y prêta guère attention. Le plus urgent, dans l'immédiat, était de faire taire Nina Hagen.

Il parcourut la pièce du regard, à la recherche de la source sonore. Il n'avait aucun souvenir de l'endroit où il avait mis son téléphone lorsqu'il l'avait rallumé, après être remonté de son bureau sécurisé. Il fut très surpris de le retrouver sous la table basse en verre fumé, entre la boîte de Nembutal et le mocassin manquant.

Il s'agenouilla sur le sol pour récupérer le téléphone, soupirant de soulagement quand Nina Hagen cessa enfin ses vocalises.

Il s'intéressa alors aux différentes informations inscrites sur l'écran. Outre le SMS, quatre appels en absence étaient indiqués, tous reçus pendant qu'il visionnait la vidéo du mutant en train de se faire suspendre au plafond et issus du même numéro, celui de Valentine. Il décida de rappeler son amie à un horaire plus conforme à ses habitudes et ouvrit le message. Celui-ci était arrivé à minuit trente-sept, soit moins d'un quart d'heure après qu'il avait fait le virement sur le compte du mutant.

Le texte était concis, mais limpide :

Dimanche. 22 heures. Même adresse, porte verte.

Vermeer réalisa soudain que l'événement pour lequel il s'était inscrit à prix d'or se déroulerait le lendemain soir. Il ne s'était pas préparé à cette perspective. Il n'était pas certain de pouvoir affronter si tôt une seconde soirée d'horreur à un intervalle si rapproché.

Il se frotta le visage et parvint très vite à une conclusion définitive : commencer une nouvelle journée dans cet état était tout bonnement inenvisageable. Il n'en avait tout simplement ni la force ni l'envie.

Il laissa tomber le téléphone par terre et se rallongea sur le canapé, bien décidé à dormir le reste de la matinée malgré l'inconfort de ce couchage et la lumière du jour qui s'infiltrait insidieusement par les interstices des rideaux. Pour oublier ces désagréments, il glissa la main sous la table basse, en retira la boîte déjà bien entamée de Nembutal et détacha un comprimé, qu'il glissa sous sa langue. Il se saisit ensuite de la bouteille vide de sainte-croix-du-mont et l'agita pour voir si un fond de vin avait survécu à ses libations de la nuit. C'était heureusement le cas. Quelques millilitres de liquide doré restaient au fond de la bouteille.

Vermeer utilisa ces dernières gouttes pour faire descendre le comprimé. Un goût atroce de poussière tiède envahit son palais. Il déglutit tant bien que mal les dernières traces du mélange, puis il ôta son mocassin restant, l'envoya valser de l'autre côté de la pièce, retira ses chaussettes et se rallongea. Il croisa ensuite les bras sous sa tête, referma les yeux et poussa un grognement de contentement.

Les effets hypnotiques du barbiturique ne se firent pas attendre. Une douce somnolence l'envahit au bout de quelques minutes seulement.

Vermeer aimait se sentir ainsi, à la limite de l'état de conscience. Durant ces instants de glissement, son esprit se libérait enfin de ce corps qu'il détestait. En public, il arborait cette masse imposante avec une fierté ostentatoire, l'emplissant d'alcool, de sucres et de graisses à s'en faire exploser les artères. Quand il se retrouvait seul chez lui, il ne pensait plus qu'à s'en échapper et, pour cela, le Nembutal était son meilleur allié.

Sa respiration se fit de plus en plus lente et apaisée. Les derniers échos de la voix de Nina Hagen s'éteignirent dans sa tête.

Alors qu'il s'abandonnait tout entier à ce bien-être, des pneus crissèrent sur le gravier devant la maison. Un bruit de freins s'éleva peu après. Le moteur du véhicule tourna encore durant quelques secondes, puis le ronronnement cessa. Il n'y avait aucun doute possible : quelqu'un venait de se garer devant chez lui.

Vermeer fit un effort démesuré pour ouvrir les yeux. Il parvint à soulever assez les paupières pour laisser passer un rayon lumineux. Il tenta alors de se redresser, mais ses muscles refusèrent de lui obéir. C'était peine perdue. Les molécules du barbiturique avaient déjà envahi son système nerveux. Il ne pouvait plus stopper le processus. La seule chose à faire était d'attendre que l'étau chimique relâche son étreinte.

Il ne s'affola pas. Ses déboires russes lui avaient servi de leçon. Le bunker souterrain était un refuge de dernier ressort mais, en réalité, la maison elle-même avait été conçue pour éviter toute intrusion. Invisible depuis l'extérieur, le système de sécurité était ce qui se faisait de mieux en la matière. Tous les six mois, il était remis à jour avec les dernières nouveautés. À moins d'avoir deux bonnes heures devant soi, les outils adéquats et, surtout, une totale tranquillité, personne ne pouvait forcer la porte d'entrée ou celle du garage. D'ailleurs, si quelqu'un s'y essayait à cette heure, les voisins se feraient un plaisir d'appeler la police. C'était l'un des avantages des banlieues bourgeoises : tout ce qui sortait de la routine était aussitôt remarqué.

En dépit de sa vulnérabilité physique, il ne risquait donc rien. Il décida d'attendre patiemment que le Nembutal lui rende le contrôle de son corps.

Un claquement de portière précéda de peu la sonnette de la porte d'entrée.

Vermeer profita de son immobilité forcée pour réfléchir. Il essaya de se rappeler s'il attendait quelqu'un ce matin-là. Aucune de ses connaissances ne se serait risquée à lui rendre visite si tôt. Tout le monde savait qu'il n'acceptait aucun rendez-vous avant le déjeuner. Une livraison, peut-être ? Il ne se souvenait pas d'avoir commandé quoi que ce soit. De toute manière, il indiquait toujours l'adresse de la boutique pour ce genre de choses.

Il fouilla sa mémoire pour faire resurgir des détails qui auraient pu lui échapper. Il se revit, la veille au soir, garer sa Maserati dans le garage et quitter l'habitacle, le boîtier du DVD à la main. Il était ensuite entré dans la maison, était directement descendu à son bunker, trop impatient de visionner la vidéo que lui avait vendue le mutant pour faire quoi que ce soit d'autre.

Une alerte se déclencha dans son cerveau.

Quelque chose n'allait pas. Il y avait une incohérence dans le déroulement de la scène. Il se la repassa à l'envers et comprit alors ce qui clochait.

Une pensée sinistre envahit alors son cerveau, chassant tout le reste : à aucun moment il ne se voyait rabattre derrière lui la porte basculante du garage.

La vague de panique qui s'empara de lui fit frémir son corps paralysé par la drogue.

28

En dépit du carnet à spirale posé devant elle sur la table, l'inspectrice de Scotland Yard, une femme rousse d'une quarantaine d'années au visage agréable, quoiqu'un peu trop rond pour être vraiment beau, ne prit aucune note, laissant au dictaphone numérique le soin d'immortaliser la déposition de Valentine. Les mains croisées sous le menton, elle écouta patiemment la restauratrice finir son récit avant de la remercier d'une voix douce.

— Il y a cependant encore des zones d'ombres, déclarat-elle alors que Valentine pensait en avoir enfin fini avec l'interrogatoire. Nous allons reprendre ensemble le déroulement des faits.

— À partir de quel moment ?

— Du début, si vous le voulez bien.

Valentine ne cacha pas son irritation. C'était la cinquième fois qu'elle racontait ce qui s'était passé depuis son arrivée, la veille, à la gare Saint Pancras, jusqu'au moment où elle s'était retrouvée dans la chambre à coucher de lady Welcott avec deux cadavres sur les bras et Finaly qui ne valait guère mieux. Le premier policier qui l'avait interrogée, un Écossais dont l'ouverture d'esprit et la maîtrise des langues étrangères n'étaient pas les qualités premières, ne comprenait pas grand-chose à son anglais approximatif et ne faisait d'ailleurs guère d'efforts pour y parvenir. Au bout d'une heure, à court de patience, il avait cédé la place à sa collègue rousse. La policière à la peau laiteuse et tavelée de taches de rousseur parlait assez bien français pour saisir ce que disait Valentine. D'emblée, elle l'avait mise à l'aise en lui proposant une cigarette, que Valentine avait acceptée de bon cœur. Les deux ou trois minutes passées à fumer en compagnie de la policière devant la maison de lady Welcott l'avaient revigorée, aussi bien mentalement que physiquement.

À leur retour dans la cuisine, l'inspectrice s'était cependant montrée sous un jour moins agréable. Elle lui avait fait répéter inlassablement son récit, l'interrompant sans cesse pour lui faire préciser un point de détail ou clarifier la chronologie factuelle.

— C'est la dernière fois que je vous ennuie avec tout cela, concéda-t-elle. Vous pourrez vous reposer ensuite.

Valentine laissa échapper un bâillement. L'horloge murale suspendue au-dessus du réfrigérateur marquait 8 h 12. Elle s'était levée à l'aube, la veille, pour prendre l'Eurostar, n'avait pas dormi depuis et savait par avance que le souvenir du torse mutilé du tueur et de ses boyaux répandus sur le tapis de la chambre à coucher de lady Welcott viendrait troubler son sommeil pendant de nombreuses nuits encore. Elle en avait par-dessus la tête de raconter dans tous les sens son arrivée à Londres en compagnie de Stern, leur visite de l'après-midi à lady Welcott, puis leur dîner en compagnie de Finaly, l'appel au secours de la veuve, la découverte de son cadavre et enfin la mort de l'assassin alors que celui-ci s'apprêtait à tuer Stern.

Elle-même avait conscience de l'incongruité de son récit. Elle ne distinguait aucune logique derrière l'enchaînement de ces événements. Que les policiers se montrent sceptiques ne l'étonnait donc pas. Cela ne l'empêchait pas d'éprouver une profonde lassitude, maintenant que la tension nerveuse était retombée et qu'un sentiment de soulagement mêlé de stupeur l'avait remplacée.

L'inspectrice était toutefois aimable et compréhensive. Il y avait une petite chance pour qu'elle lui fiche la paix.

Portée par cet espoir, Valentine fit une nouvelle tentative pour la convaincre de la laisser tranquille :

— Vous ne trouvez pas que cela peut suffire pour le moment ? Je vous ai dit tout ce que je savais. Je suis épuisée...

L'inspectrice secoua la tête, l'air sincèrement désolé. Elle appuya sur le bouton d'arrêt de l'enregistreur numérique.

— C'est une affaire compliquée, mademoiselle Savi. Nous ne pouvons pas nous permettre d'omettre quoi que ce soit. Tout n'est pas encore clair dans votre déposition.

— Je vous ai dit exactement comment les choses se sont passées. Elias doit être en train de raconter tout cela à votre collègue. Vous verrez qu'il n'y a aucune divergence entre nos versions. Nous étions ensemble tout le temps.

Valentine et Stern avaient été séparés dès l'arrivée de l'équipe de Scotland Yard, moins d'une demi-heure après que Finaly avait été emporté vers l'hôpital. Le vieil homme avait été entraîné vers le salon, plus confortable, pour y être interrogé, tandis que Valentine avait eu droit à la cuisine.

— Nous n'avons aucun doute sur le fait que lady Welcott a bien été assassinée avant votre arrivée, reprit la policière. Nous devons toutefois nous assurer que votre ami a bien agi en état de légitime défense.

— Mais le tueur nous menaçait ! s'emporta Valentine. Il s'apprêtait à nous poignarder ! Vous avez vu son couteau : on ne l'a pas inventé !

La policière eut un geste d'apaisement.

— Si vous le souhaitez, nous pouvons faire une pause de quelques minutes. Nous reprendrons quand vous serez un peu plus en forme.

Elle tendit à Valentine l'un des gobelets de café que venait d'apporter un agent en uniforme sur un plateau en plastique. Elle rapprocha d'elle le second gobelet, y versa deux sachets de sucre et chercha des yeux un mélangeur.

N'en trouvant pas, elle se leva, ouvrit plusieurs tiroirs au hasard, finit par trouver le bon et en tira une cuillère. Elle interrogea Valentine du regard. Celle-ci secoua la tête.

— Je dois pouvoir trouver du lait, si vous en voulez.

— Rien, merci.

La policière haussa les épaules, se rassit, mélangea son café et en but une gorgée. Valentine fit une grimace de dégoût après avoir porté le sien à ses lèvres. En cherchant bien, le liquide tiédasse avait un lointain arrière-goût de café, noyé sous des relents d'eau savonneuse et de chlore.

— Ils viennent du fast-food du coin, s'excusa l'inspectrice. Nous n'avons rien de mieux à vous proposer pour le moment.

— Ça ira, merci.

Valentine porta à nouveau le gobelet à ses lèvres. La simple odeur qui se dégageait du liquide la dissuada d'aller plus loin. Elle reposa le gobelet sur le plateau, bien décidée à ne plus y toucher.

— Vous avez des nouvelles de Charles ?

— Il est encore en salle d'opération. Nous en saurons davantage sur son état d'ici deux ou trois heures. Nous vous tiendrons informée, ne vous inquiétez pas.

Valentine repensa aux interminables minutes qui s'étaient écoulées entre son appel téléphonique et l'arrivée des premiers secours. Dans leur affolement, elle et Stern avaient cru un instant que Finaly était mort lui aussi, tant la pâleur de son visage était impressionnante. Sa proximité physique avec le cadavre de lady Welcott renforçait encore cette impression macabre.

Elle se demanda si les policiers avaient prévenu Nora comme elle l'avait réclamé à l'inspecteur écossais. Elle l'aurait bien appelée elle-même pour l'avertir de la blessure de son grand-père si son téléphone ne lui avait pas été confisqué dès le début de l'interrogatoire.

Par association d'idées, Valentine se souvint brutalement qu'elle ignorait toujours la raison de l'appel de Juliette. Elle devait à tout prix se reprendre si elle voulait aider la fillette.

Elle fit un effort pour chasser sa fatigue.

— J'ai besoin de passer un coup de fil. C'est très important.

L'inspectrice secoua la tête.

— Je ne peux pas vous y autoriser tant que nous n'en avons pas terminé. Je regrette.

— Je peux récupérer mon téléphone, au moins ?

— Nous vous le rendrons quand nous aurons fini d'étudier le journal d'appels.

Elle but le reste de son café d'un trait, puis posa le gobelet vide sur le plateau à côté de celui de Valentine.

— C'est moins pire avec beaucoup de sucre. On y retourne ?

Valentine donna son approbation d'un clignement de paupières.

— Alors allons-y, fit la policière avec un entrain factice.

Elle ralluma le dictaphone et vérifia que le témoin de fonctionnement était bien allumé.

— Il est… commença-t-elle en anglais.

Elle regarda sa montre

— Il est 8 h 22. Nous reprenons l'interrogatoire de Valentine Savi.

Elle s'éclaircit la voix.

— Si vous préférez, proposa-t-elle, pour changer, je vais vous poser quelques questions.

Valentine acquiesça.

L'inspectrice posa sur la table une photographie.

— Avez-vous déjà vu cet homme avant-hier soir ?

Le cliché représentait le visage du tueur tel que la mort l'avait figé. Une expression stupéfaite était imprimée sur ses traits.

Valentine secoua la tête.

— Jamais vu.

— Vous n'avez vraiment aucune idée de qui il s'agit ?

— Il s'est présenté comme un assassin professionnel. Il devait tuer Elias, d'après ce qu'il nous a dit.

— Vous vous souvenez des mots exacts qu'il a prononcés ?

223

— Il a déclaré qu'on l'avait payé pour assassiner Elias. Qu'il était venu à Londres exprès pour cela.

— Est-ce qu'il a parlé de son commanditaire ?

— Non, à aucun moment.

— De la raison pour laquelle il devait éliminer M. Stern, alors ?

Valentine faillit lui parler de la gouache de Chagall et du faussaire. Elle jugea finalement que se lancer dans de telles explications ne ferait que prolonger son interrogatoire. Elle préféra se taire.

— Il n'a rien dit à ce sujet.

Peu convaincue par cette dénégation, l'inspectrice griffonna quelques mots sur son carnet, reposa son stylo et fixa Valentine.

— Vous êtes vraiment certaine ? Il n'a donné aucune indication.

— Absolument.

Toute trace de bienveillance disparut du visage de la policière. Elle s'exprima avec une brusquerie à laquelle elle n'avait pas habitué Valentine depuis le début de leur entretien :

— Je sais que vous mentez. Je vais être franche avec vous : vous ne sortirez pas de cette pièce tant que vous ne m'aurez pas dit la vérité. J'ai toute la journée devant moi. Si ça ne suffit pas, nous continuerons cette conversation dans mon bureau. C'est à vous de décider.

Valentine se sentit rougir comme une gamine prise en flagrant délit de vol de sucettes. Elle se prit à regretter le premier policier qui l'avait interrogée, l'Écossais obtus. Il se serait sans doute lassé avant qu'elle ait besoin de lui mentir. Elle chercha désespérément une échappatoire.

— Écoutez, balbutia-t-elle, ce n'est pas ce que...

Un sexagénaire vêtu d'un costume croisé à rayures fit alors irruption dans la cuisine. Grand et mince, arborant cheveux coupés court et moustache, il lança à la policière un signe autoritaire, puis il fit volte-face avec une rigidité toute militaire et alla l'attendre hors de la pièce. D'abord surprise par sa présence, l'inspectrice éteignit le dictaphone, se leva précipitamment et le rejoignit dans le couloir.

De sa place, Valentine vit l'homme lui parler à voix basse. Elle eut beau tendre l'oreille, seules quelques syllabes incompréhensibles parvinrent jusqu'à elle. La gestuelle des deux personnages, en revanche, était limpide : l'inspectrice rousse avait adopté une attitude soumise face à celui qui apparaissait comme son supérieur hiérarchique. Ce dernier lui remit un sac en plastique transparent dans lequel se trouvait un objet que Valentine reconnut de loin comme étant son téléphone portable.

L'inspectrice sortit alors de sa passivité. Elle secoua violemment la tête pour marquer sa désapprobation et ouvrit la bouche pour répliquer. D'un geste sec, l'homme coupa court à ses protestations. La policière se tut aussitôt. Son supérieur se retourna et s'éloigna d'un pas rapide dans le couloir, la laissant à sa colère rentrée.

Le visage fermé, l'inspectrice revint s'asseoir. Elle rempocha le dictaphone, referma son carnet et glissa son stylo dans l'espace vide formé par la spirale. Elle rendit à Valentine son téléphone ou, plutôt, elle le laissa tomber devant elle.

L'appareil fit un bruit sourd en heurtant la table.

— Que faites-vous ? demanda Valentine.

— L'interrogatoire est terminé. Je vais vous faire raccompagner à la gare.

— Pardon ?

— Vous rentrez à Paris par le prochain Eurostar.

Elle haussa les épaules.

— M. Stern doit être une personnalité très importante. Nous avons reçu l'ordre de mettre un terme immédiat à son interrogatoire et au vôtre par la même occasion. Vous êtes libre de rentrer chez vous.

Elle se saisit du gobelet vide et le broya dans la paume de sa main. Cela ne suffit pas à la calmer. Elle eut un nouveau mouvement d'irritation en voyant que Valentine n'avait toujours pas bougé de son siège.

— Dépêchez-vous. Je dois rentrer taper mon rapport.

Elle lui montra la porte.

— Vous connaissez le chemin, n'est-ce pas ? Je vous rejoins dehors. Laissez-moi juste le temps de ramasser mes affaires.

Valentine obéit à son injonction. Elle s'engagea dans le couloir désert et marcha jusqu'au salon. Un photographe était occupé à prendre des clichés de la cheminée. Son objectif était rivé sur le linteau de calcaire sculpté, là où deux supports métalliques en forme de U soutenaient quelques heures auparavant le Lepage Moutier que lord Welcott avait eu l'excellente idée de laisser chargé à sa mort. Quand Valentine entra, il cessa de mitrailler la cheminée et la regarda passer sans rien dire.

Deux autres agents de la police scientifique, les mains recouvertes de gants en latex, étaient agenouillés à quelques mètres, sous une fenêtre donnant sur la rue. De petits triangles de plastique jaunes étaient disséminés par terre tout autour d'eux. Les deux hommes interrompirent eux aussi leur activité dès qu'ils aperçurent Valentine. Celle-ci mit plusieurs secondes à comprendre que chaque repère signalait la présence de sang sur le parquet. Au centre de ce périmètre, un cercle tracé à la craie blanche enserrait une tache sombre de plus large dimension : c'était là que le tueur avait blessé Finaly. Une ligne discontinue de triangles jaunes partait de cet endroit, rejoignait la cheminée et serpentait ensuite vers la porte.

Pressée de quitter les lieux, Valentine ne s'attarda pas dans le salon. Elle se dirigea vers le vestibule en prenant soin d'éviter de piétiner les repères de plastique.

Elle tomba nez à nez avec Stern au pied de l'escalier. Le vieil homme paraissait épuisé. Des poils blancs épars dépassaient de ses joues creusées par la fatigue. Ses cheveux, d'ordinaire plaqués sur le côté de son crâne en une raie impeccable, se dressaient de-ci de-là en une série de petites touffes désordonnées. Ses vêtements avaient eux aussi beaucoup perdu de leur superbe originelle.

Stern esquissa un maigre sourire à la vue de Valentine.

— Vous allez bien ?

— Ça pourrait aller mieux. Et vous, Elias ?

— Je ne refuserais pas une bonne nuit de sommeil.

Sa tranquillité contrastait avec l'expression exaspérée des enquêteurs que Valentine venait de croiser dans le salon.

— Comment avez-vous fait ça ? Un coup de baguette magique ?

— La Fondation a la réputation de savoir régler les questions délicates, expliqua le marchand. Quelqu'un dans les hautes sphères a sans doute pensé qu'il pourrait avoir un jour besoin de recourir à nos services.

Valentine n'insista pas. Elle avait déjà eu l'occasion de constater combien les connexions de Stern étaient puissantes, y compris au plus haut niveau de certaines instances gouvernementales. Un détail, cependant, la troublait :

— Et comment ce mystérieux bienfaiteur a-t-il été prévenu ?

— Le policier qui m'interrogeait a eu l'amabilité de me laisser appeler Nora. C'est elle qui a tout réglé.

— Vous lui avez dit, pour Charles ?

Stern fit « oui » de la tête.

— Nora doit prendre un train pour Londres en fin de matinée. Je vais l'attendre ici. Nous irons voir Charles à l'hôpital dès son arrivée.

Sa main parcheminée glissa sur le revers de sa veste, dans une vaine tentative pour effacer le réticule de fins plis qui tramaient la surface du tissu.

— Vous allez rentrer seule, dit-il. Je vous confie la Fondation jusqu'à mon retour.

— Nora vous a donné des nouvelles de Juliette ?

— Je n'ai pas songé à lui en demander. Pardonnez-moi.

— Pas de problème. Je vais l'appeler quand je serai dans le train.

— J'espère qu'il n'y a rien de grave, conclut Stern.

Ses yeux, alourdis par les poches sombres dessinées par la fatigue, se plissèrent en une expression affectueuse. Il lui fit signe de déguerpir.

— Enfuyez-vous vite avant qu'ils changent d'avis. Je m'occuperai des affaires que vous avez laissées chez Charles.

Valentine quitta sans regret la demeure de lady Welcott. Une matinée ensoleillée l'attendait au-dehors, ainsi que l'inspectrice rousse. Celle-ci était appuyée contre le flanc de la Jaguar. Le coffre de la voiture était grand ouvert.

Lorsque Valentine parvint à sa hauteur, la policière lui tendit les deux tableaux appartenant à lady Welcott, toujours emballés dans du papier-bulle.

— On m'a aussi demandé de vous laisser ça. J'imagine que, dans d'autres circonstances, on appellerait ça des pièces à conviction.

Valentine comprenait sa colère, même si elle était, pour sa part, heureuse de ce dénouement. Malgré la faible valeur des tableaux, elle s'en saisit délicatement par le bord des cadres.

L'inspectrice désigna une voiture de patrouille garée de l'autre côté de la rue. Deux agents en uniforme étaient installés à l'avant.

— Votre carrosse vous attend.

— Merci.

Valentine sentit que quelque chose continuait de tarauder la policière. Elle se campa devant celle-ci et déclara :

— Je vous écoute.

Face au silence de son interlocutrice, une franche irritation commença à la gagner.

— Allez... reprit-elle. Lâchez-vous, bordel ! Faites-vous plaisir. Vous n'aurez pas d'autre occasion.

L'inspectrice finit par s'exprimer d'une voix teintée d'aigreur :

— Je finirai bien par comprendre ce qui s'est vraiment passé dans cette maison. Je vous promets que, si vous êtes responsable de quoi que ce soit dans la mort de ces deux personnes, je vous le ferai payer.

Sa menace laissa Valentine indifférente. Elle n'avait rien à se reprocher. Si la policière ne voulait pas croire à sa version des faits et se pourrir la vie pendant des mois, c'était son problème. Pour sa part, elle désirait seulement partir le plus loin possible de cet endroit et essayer d'oublier ce qu'elle avait vécu durant cette nuit d'horreur.

Elle s'apprêta à traverser la rue, mais se ravisa soudain. Elle se retourna vers l'inspectrice et lui rendit le paquet qui enfermait l'affreuse *Léda* enlacée contre son cygne libidineux.

— Tenez... Votre pièce à conviction. Accrochez-la dans votre bureau le temps de votre enquête. Vous aurez tout loisir d'en profiter.

À travers l'épaisse couche de plastique semi-opaque, la plantureuse créature paraissait presque gracieuse.

29

Comme à chaque fois qu'il s'abrutissait de Nembutal, Vermeer émergea nauséeux et de mauvaise humeur. Quand il se redressa, un violent élancement partit du bas de son dos et rayonna tout autour de son bassin jusqu'à son pubis.

Il s'assit sur le bord du canapé, aussi endolori que s'il s'était fait piétiner par un troupeau de mustangs sauvages. La bouche pâteuse, il grimaça, conscient d'avoir une haleine à faire fuir une prostituée en fin de carrière, sans même parler de l'odeur que dégageaient ses vêtements maculés de vomi.

Il regarda sa montre : il était presque midi. C'était toujours ça de gagné. Cinq heures de sommeil supplémentaires valaient amplement la perspective d'un après-midi entier de gueule de bois. De toute manière, il n'avait aucune intention d'aller ouvrir la boutique avant 16 heures. Cela lui laissait le temps de vider la boîte d'Alka Seltzer, de se laver et d'aller déjeuner dans un restaurant convenable pour finir de débarrasser son organisme des molécules de barbiturique.

Il chercha des yeux la boîte de Nembutal. Il ne la vit pas à ses pieds, là où il pensait l'avoir laissée tomber juste avant de s'enfoncer dans un sommeil catatonique. En revanche, le cadavre de la bouteille de sainte-croix-du-mont et son téléphone portable étaient bien là où ils étaient censés se trouver, par terre entre le canapé et la table basse. Un peu plus loin se trouvaient ses chaussettes et un mocassin. Le second traînait de l'autre côté de la pièce sous une fenêtre, au pied du rideau.

Vermeer chercha au fond de lui des raisons de se lever plutôt que de traîner encore quelques minutes sur le canapé. La première qui lui traversa l'esprit le fit bondir sur ses pieds.

Il était encore vivant.

Au moment de sombrer dans l'inconscience, dix minutes après avoir avalé le barbiturique et moins de trois après avoir entendu la voiture s'arrêter devant chez lui, jamais il n'aurait misé un centime sur cette éventualité.

Il se traita silencieusement de tous les noms. Il s'était comporté comme le pire des imbéciles en oubliant de refermer la porte du garage. C'étaient des erreurs comme celle-ci qui vous envoyaient au Père-Lachaise avec une balle dans la tête ou, pire, qui vous condamnaient à finir votre vie dans un fauteuil à parler avec une voix synthétique et à ingurgiter de la purée à la paille. C'était bien la peine d'avoir investi des fortunes dans des systèmes de sécurité high-tech pour se montrer aussi stupide...

Il décida d'aller remédier tout de suite à son oubli, même si cette précaution tardive tenait désormais surtout de la superstition, puisque son ineptie de la veille s'était heureusement révélée sans conséquence.

Il ôta sa chemise, en fit une boule qu'il laissa tomber sur le sol à côté de ses chaussettes, défit la boucle de sa ceinture et détacha le bouton de son pantalon pour se mettre tout à fait à l'aise.

Séparé de la cuisine par une simple porte, le garage se trouvait à l'extrémité opposée de la maison. Avant d'aller jusque-là, Vermeer fit une halte devant la machine à café. Il ouvrit la boîte en fer-blanc posée sur le plan de travail, en tira une dosette qu'il déposa dans l'orifice situé au sommet de l'appareil, plaça une tasse sous le tuyau d'écoulement du liquide et appuya sur la touche de mise en marche.

Pendant que le café s'écoulait, il parcourut les derniers mètres qui le séparaient du garage, la tête prête à exploser. Ce n'était pas un espresso qu'il lui fallait, mais de la caféine pure en intraveineuse. Il n'avait plus vingt ans. Ses neurones supportaient de plus en plus mal le traitement qu'il leur infligeait. Chaque retour de trip était un peu plus douloureux que le précédent. Pas beaucoup. Juste assez pour qu'il ait envie de continuer tout en regrettant amèrement de s'être laissé aller.

Vermeer évita de penser au moment où le rapport entre les bienfaits du Nembutal et ses effets négatifs s'inverserait. Il était arrivé à une sorte de point d'équilibre. Quinze minutes d'extase pour trois ou quatre heures de torture. C'était encore supportable, mais le moment du choix se rapprochait à grands pas, et il s'annonçait douloureux, moins par l'arrêt brutal du barbiturique que parce qu'il marquerait un pas définitif vers la normalité.

Il ouvrit la porte qui menait au garage et inspecta du regard celui-ci. La Maserati occupait la moitié du local. Le reste était encombré de cartons d'archives, d'étagères poussiéreuses et de caisses qu'il avait rangées là au moment de son déménagement et qu'il n'avait toujours pas ouvertes depuis. Il n'avait d'ailleurs plus le moindre souvenir de ce qu'elles pouvaient bien contenir. Quoi qu'il y eût à l'intérieur, s'il avait réussi à s'en passer jusque-là, il parviendrait à survivre sans pendant encore une ou deux décennies.

À l'autre extrémité du garage, la porte battante était complètement relevée. Pas de surprise de ce côté-là.

Il traversa le garage jusqu'à la porte. Avant de la refermer, il jeta un coup d'œil à l'extérieur. Il n'y avait aucune trace de la voiture qui s'était garée au petit matin sur la petite allée gravillonneuse devant la maison.

Il vérifia à deux reprises que la porte du garage était bien verrouillée, puis il parcourut le local dans l'autre sens. À mi-chemin, il heurta un objet qui traînait par terre. Il n'essaya même pas de savoir ce dont il s'agissait. Il lâcha une nouvelle bordée de jurons, cette fois à voix haute et dans sa langue maternelle, qui s'interrompit seulement lorsque ses pieds nus se posèrent sur le carrelage lisse et inoffensif de la cuisine.

Son café était prêt. Il le but tel quel, sans sucre ni lait, et retira une nouvelle dosette de la boîte métallique. Au moment où il s'apprêtait à l'insérer dans la machine, un bruit s'éleva à l'intérieur de la maison.

La main en suspens au-dessus de l'appareil, Vermeer se figea. Tous les sens en alerte, il cessa de respirer. Au bout d'une trentaine de secondes, le bruit se répéta, plus clair que la fois précédente. Il ne provenait pas du rez-de-chaussée. Du sous-sol, plutôt. Vermeer aurait juré avoir reconnu un éclat de rire.

Il reposa la dosette de café sur le plan de travail, ouvrit le placard situé sous l'évier, se pencha et glissa sa main entre la poubelle et le tuyau d'arrivée d'eau. Ses doigts rencontrèrent tout de suite le pistolet fixé au-dessous de la cuve par deux morceaux d'un épais scotch noir. Il sortit l'arme de sa cachette et vérifia qu'une balle était insérée dans la chambre avant de retirer la sécurité.

Avec toute l'agilité que lui permettaient ses cent dix kilos imprégnés de Nembutal, il s'engagea dans l'escalier qui menait à son bunker souterrain.

En bas des marches, la porte blindée était grande ouverte, exactement comme il l'avait laissée en partant. Vermeer pénétra dans la chambre forte, le pistolet pointé devant lui. Sur l'écran de projection, un coyote dégingandé poursuivait un volatile qui courait à toute allure sur une route perdue au milieu d'un canyon. Un éclat de rire cristallin accompagna la chute d'un énorme rocher sur le crâne du coyote.

Allongée sur le fauteuil de relaxation, une petite fille contemplait les images qui défilaient sur l'écran. Tout ce que Vermeer distinguait d'elle depuis l'endroit où il se trouvait était un pan de robe rose, deux jambes fines terminées par des baskets à scratch et des couettes brunes

233

retenues par des élastiques colorés. À vue de nez, pour le peu qu'il s'y connaissait en enfants, la fillette devait avoir dans les huit ou neuf ans, peut-être un peu plus.

— Baissez ce flingue. Vous allez finir par lui faire peur.

Vermeer se retourna à toute vitesse.

Une femme noire était assise à même le sol derrière la porte, le dos appuyé contre le mur. Elle ne parut pas particulièrement impressionnée par le pistolet braqué sur elle.

— J'ai essayé de vous réveiller, mais vous dormiez comme un loir.

Elle se releva sans hâte. Après avoir épousseté l'arrière de son jean, elle sortit de sa poche la boîte de Nembutal et la jeta aux pieds de Vermeer.

— Vous devriez arrêter ça. On s'en sert pour euthanasier les chevaux, vous savez.

— Je suis au courant, merci.

La Noire haussa les épaules, comme pour dire que ce n'était pas son problème, après tout, s'il se gavait de saloperies potentiellement mortelles.

— Qui êtes-vous ? l'interrogea Vermeer.

— Je m'appelle Colleen Heintz. Je travaille pour la Fondation Stern.

— Jamais entendu parler de vous...

— J'ai commencé seulement la semaine dernière.

Elle enchaîna :

— Nora m'a déposée ce matin. Vous ne répondiez pas à la sonnette mais, comme la porte du garage était ouverte, je suis entrée. Vous devriez faire un peu plus attention. D'autres pourraient prendre ça pour une invitation.

— Vous donnez toujours autant de conseils ?

— En général, on me paie même pour ça. Je suis plutôt bonne dans ce domaine.

— Vous êtes consultante ?

— Quelque chose comme ça.

— Et elle ? fit Vermeer en désignant la fillette. Qui est-ce ?

Heintz ignora sa question.

— Fichons-lui la paix quelques minutes. D'après ce que j'ai compris, elle a eu une nuit difficile.

Son regard remonta des pieds nus de Vermeer à sa braguette à demi descendue, puis à son poitrail offert à tous vents.

— Vous aussi, d'ailleurs, à ce que je vois.

Elle franchit la porte du bunker, laissant derrière elle un Vermeer interloqué. Il lui fallut quelques secondes pour réagir. Il laissa la fillette à son dessin animé et remonta à son tour.

Debout face à la porte-fenêtre du salon, dont elle avait ouvert largement les rideaux, Heintz contemplait les maisons de l'autre côté de la rue. Elle n'esquissa aucun mouvement lorsqu'il pénétra à son tour dans la pièce.

Vermeer n'engagea pas tout de suite la conversation. Il commença par observer la silhouette de l'intruse qui se découpait à contre-jour sur l'encadrement de la fenêtre. Heintz ne correspondait à aucun des canons de recrutement de la Fondation. Le vieux Stern aimait plutôt les filles discrètes et bien élevées. Or Heintz ne semblait appartenir à aucune de ces deux catégories. Elle portait sur ses traits et dans chacun de ses gestes une sensualité déconcertante, même pour qui, comme lui, n'était pas particulièrement porté sur le sexe, et encore moins sur le sexe opposé. Il se demanda ce qu'elle pouvait bien faire pour la Fondation. Il écarta d'emblée les fonctions de restauratrice, de secrétaire, de conservatrice ou de bibliothécaire, trop paisibles pour une telle créature. Pour le reste, rien ne l'étonnait vraiment de la part de Stern. Vu les activités de la Fondation, le marchand pouvait très bien avoir recruté une tueuse professionnelle ou une cambrioleuse de haute volée. Au fond de lui, Vermeer sentait que, derrière son relâchement apparent, cette femme pouvait se montrer dangereuse.

L'intruse était toujours plongée dans la contemplation d'une fin de matinée paisible au Plessis-Robinson, comme il s'en produisait environ trois cent soixante-cinq par an. Vermeer se sentit soudain stupide avec son pistolet inutile.

Il réengagea le cran de sûreté et posa l'arme sur la table basse.

Heintz se retourna. Elle sortit une cigarette et l'interrogea silencieusement. Celui-ci lui montra le cendrier rempli de mégots posé près du pistolet. Elle alla s'asseoir sur le canapé, alluma sa cigarette et se mit à fumer en silence, les yeux rivés sur Vermeer, qui se tenait debout face à elle, de l'autre côté de la table basse.

— Je peux savoir ce que vous foutez là ? finit-il par demander.

— Je joue les baby-sitters. Nora a dû partir précipitamment. Elle ne pouvait pas s'occuper de la gamine. Pour être franche, je déteste ça. Enfin... je dois bien faire preuve de complaisance si je veux m'intégrer à la Fondation.

Sa franchise la rendit presque sympathique à Vermeer.

Elle aspira une dernière bouffée de cigarette avant de l'écraser dans le cendrier.

— Cela dit, reprit Heintz, la petite est discrète. Elle n'a pas dit trois mots depuis que Nora me l'a confiée. C'est déjà ça.

— Qui est-ce ?

— C'est la fille d'une amie de Valentine Savi, si j'ai bien compris.

Vermeer ressentit soudain le besoin impérieux de s'asseoir lui aussi. Il rapprocha un fauteuil appuyé dans un angle de la pièce et s'installa dessus.

— Qu'est-ce que Juliette fichait avec Nora ? Où est sa mère ?

Il reçut en retour un nouveau haussement d'épaules. La dynamique gestuelle de Heintz se réduisait à quelques mouvements basiques, mais suffisamment expressifs pour lui éviter toute déblatération inutile.

Vermeer lui attribua un second bon point.

— Je peux savoir ce que vous faites pour la Fondation ?

— Je vous l'ai dit : je conseille M. Stern.

— Dans quel domaine ?

— Sécurité, relations internationales, finances... Un peu de tout.

— Et qu'est-ce qui vous a amenée à travailler pour la Fondation ?

— Je remplace Sorel, répondit-elle sans détour.

À peine le nom de l'agent résonna-t-il dans le salon que Vermeer se releva en envoyant valser le fauteuil sur le sol derrière lui.

— Le FBI ? Vous bossez pour cette saloperie de Bureau !

Pas l'ombre d'une émotion ne traversa le visage de Heintz. Elle se contenta d'allumer une seconde cigarette.

Le cerveau ralenti par le Nembutal, Vermeer avait ignoré tous les indices de son appartenance au FBI, comme son accent anglo-saxon, cette assurance à toute épreuve et son corps en état de perpétuelle tension, prêt à réagir à la moindre sollicitation. Maintenant que Heintz lui avait avoué qui elle était, ces signes lui sautaient aux yeux comme autant d'évidences.

— Foutez le camp de chez moi ! éructa-t-il. Dégagez tout de suite !

— Calmez-vous. Je suis payée pour défendre le monde libre contre la barbarie, ne l'oubliez pas. Je ne mérite pas tant d'agressivité.

Sa manière de pratiquer le sarcasme sans avoir l'air d'y toucher aurait pu amuser Vermeer si les agents du FBI, sans distinction de sexe, de grade ou de fonction, ne figuraient pas dans son panthéon personnel des fumiers qu'il aurait volontiers envoyés *ad patres* sans raison particulière. Il haïssait viscéralement le Bureau, moins d'ailleurs pour ce qu'il découvrait jour après jour en se connectant aux sites consacrés à ses diverses opérations que pour l'ensemble de son œuvre depuis sa création. Jamais il ne comprendrait que Stern puisse collaborer avec ces connards manipulateurs. Il avait bien essayé d'en parler à Valentine, et plus d'une fois même, mais elle avait toujours attribué ses soupçons à sa manie de voir partout des complots internationaux. Si elle avait eu la moindre idée

237

de ce que trafiquaient ces salopards quand les caméras de CNN étaient tournées ailleurs, elle aurait réagi différemment.

Qu'un agent du FBI ait réussi à pénétrer chez lui rendait Vermeer plus furieux encore que s'il s'était retrouvé à son réveil devant un fusil à pompe braqué sur son ventre. En un sens, c'était bien pire. Il s'agissait d'une question de crédibilité. Si l'un de ses contacts sur Internet venait à savoir qu'il avait eu une conversation, chez lui qui plus est, avec un élément opérationnel du Bureau, il serait grillé à jamais. Plus personne ne prendrait le risque de correspondre avec lui. La Toile se refermerait sur lui et sur son imbécillité crasse.

— Mon cul ! Vous êtes venue pour m'espionner ! Qu'est-ce que vous avez fait dans mon bureau pendant que je roupillais, hein ? Vous avez piraté mon ordinateur, c'est ça ? Vous avez fouillé dans mes dossiers ?

Heintz ne put s'empêcher de sourire face à cette déferlante d'accusations.

— D'accord, j'avoue : j'ai sauté sur l'occasion quand Nora m'a demandé d'accompagner Juliette chez vous. J'avais envie de vous rencontrer.

Elle précisa :

— À titre personnel. Je ne suis pas en mission. Personne ne m'a envoyée.

— Pourquoi vouliez-vous me rencontrer, alors ?

— Parce que j'étais curieuse de voir à quoi vous ressembliez. Autrement qu'en photo, je veux dire…

Elle eut une expression difficile à décrypter.

— Je ne vous imaginais pas comme ça. Plus menaçant, peut-être.

Vermeer ne releva pas le commentaire. Il avait conscience de ne pas entrer exactement dans les critères de la menace selon les standards traditionnels du FBI, surtout quand il était défoncé et à moitié nu. Cela dit, quand on voyait à quoi était parvenu Madoff avec sa tête de grand-père gâteau…

— Nous suivons vos activités depuis longtemps, reprit Heintz, sans préciser si elle faisait référence à la période actuelle ou à celle précédant le retour de Vermeer à la légalité. Vous faites du bon boulot avec artistic-truth. Nous avons besoin de gens comme vous, prêts à donner des coups de pied dans la fourmilière.

— Je dois prendre ça pour un compliment ?

— Absolument. Croyez bien que nous ne ferons rien qui puisse vous gêner. Nous souhaitons même, dans la mesure du possible, collaborer avec vous, comme nous le faisons avec la Fondation Stern. Nous manquons de relais valables en Europe. Au fond, nous ne poursuivons pas des buts si différents. Quant aux posts que vous disséminez partout sur Internet pour dénigrer le Bureau, personne ne les lit, à part les quelques tarés asociaux avec lesquels vous correspondez. Vous pourrez continuer à vous défoulez si ça vous amuse.

Vermeer fut pris de court par sa proposition. Il y avait des choses qu'il valait mieux ne jamais avoir entendu, et celle-ci en était le parfait exemple.

Il changea de sujet pour masquer son trouble :

— Et la petite ? Que lui est-il arrivé ?

— Nora m'a juste dit que la mère de la gamine a disparu hier soir.

— Comment c'est arrivé ?

— Je n'en sais rien. J'ai préféré ne pas ennuyer Juliette avec ça. Vous la connaissez bien ?

Vermeer secoua la tête.

— Je l'ai vue deux ou trois fois à des dîners chez Valentine, quand elle était petite. Elle ne doit plus se souvenir de moi.

— Alors elle nous racontera tout quand Valentine sera revenue de Londres. Elle sera sans doute plus à l'aise face à un visage connu. On ne nous apprend pas à mener des interrogatoires infantiles au Bureau.

Vermeer faillit lui dire tout le mal qu'il pensait des pratiques scandaleuses – et hélas d'une affligeante banalité, d'après certaines de ses sources – des services

239

de renseignements américains, et pas seulement dans les geôles de Guantanamo.

Au lieu de cela, il déclara :

— Je ne pensais pas que Valentine rentrerait si tôt.

— Il y a eu des rebondissements à Londres.

Heintz ne laissa pas à Vermeer l'occasion de l'interroger.

— Son train arrive dans moins d'une heure. J'ai demandé à Jacques d'aller la chercher à la gare et de la ramener à la Fondation. Si vous allez vous doucher tout de suite, nous avons une petite chance de ne pas la faire trop attendre. La Maserati qui est stationnée dans le garage fonctionne ?

— Et comment ! Elle pète le feu.

— Bien. Je finis ma cigarette et je vais voir en bas si le coyote est toujours aussi crétin.

Vermeer ramassa ses vêtements sales et en fit un monticule sur le canapé. Il sortit du salon en se disant que les critères de recrutement du FBI avaient bien changé. Si tel était le cas, le Bureau deviendrait moins prévisible et, donc, infiniment plus dangereux.

Ou alors c'était lui, Vermeer, qui était devenu vieux jeu, et cette seconde possibilité était moins rassurante encore que la précédente.

30

Le commissaire Lopez referma derrière lui la porte où était apposée la plaque gravée au nom de Lucien Bodinger. Il tourna la clé dans la serrure pour s'assurer que personne ne viendrait le déranger et alla s'asseoir derrière la table encore encombrée des affaires du conservateur. Avant même que soit complètement soulevée la motrice qui retenait prisonnier le malheureux conservateur, Lopez avait ordonné que la porte de son bureau au musée d'Art moderne soit scellée. Ses hommes avaient passé et repassé la pièce au peigne fin pendant près de quarante-huit heures. Au bout du compte, ils n'avaient remarqué aucun élément susceptible de faire progresser l'enquête. Avant de faire ranger dans des cartons tous les livres et les papiers qui s'y trouvaient pour les dépouiller au calme dans les locaux de la Brigade criminelle, Lopez voulait néanmoins s'imprégner une dernière fois du lieu en l'état, tel que Bodinger l'avait laissé avant de le quitter pour la dernière fois.

Il contempla la table couverte de dossiers et de papiers annotés. Les étagères encombrées de monographies et de revues d'art. Les affiches de vieilles expositions roulées au-dessus d'une armoire métallique en provenance directe des années 1970.

Il y avait quelque chose à trouver dans ce foutoir.

Il y avait toujours quelque chose à découvrir. Pour cela, il fallait savoir se laisser guider par son instinct, ce dont les jeunes inspecteurs paraissaient incapables. D'accord, ils étaient incollables sur les nouvelles techniques d'investigation scientifiques. Ils pouvaient réciter le Code pénal à l'endroit, puis à l'envers dans trois langues différentes. Certains pouvaient même faire la différence à l'œil nu entre un poil pubien de vraie blonde et un fragment de cheveu de brune décolorée, comme les flics des séries télévisées.

Ces prouesses polluaient leur rapport au monde. Elles les empêchaient de voir l'essentiel. Ils se comportaient exactement comme ces footballeurs au physique monstrueux, à la technique exceptionnelle, mais privés du moindre sens du jeu. Lopez n'aurait échangé les Oranges mécaniques de 1974 contre aucune équipe nationale des vingt dernières années.

Dans les enquêtes criminelles, comme dans le football, la technique finissait par tuer l'instinct. La plupart du temps, on ne s'en apercevait pas. On avait un corps, un mobile évident – le sexe, l'argent ou la jalousie, le plus souvent un cocktail des trois assaisonné de bêtise et de suffisance – et un suspect convaincu d'avoir réussi le crime parfait, trop stupide pour ne pas prendre le premier vol à destination du Brésil. Il suffisait de se baisser pour ramasser les preuves nécessaires pour le faire condamner à la perpétuité assortie d'une peine de sûreté de vingt ans, histoire de le convaincre de se montrer plus soigneux la prochaine fois.

Sauf que, parfois, on se retrouvait face à un vrai merdier. Un type anodin déchiqueté par un train. Un assassin dont on ne savait même pas s'il existait et encore moins à quoi il ressemblait. Un mobile inconnu. Une agonie atroce sur une voie de RER, comme Lopez n'en aurait pas souhaité à son pire ennemi. Et, pour couronner le tout, cette lettre qu'il avait remise en personne à la veuve de Bodinger et dont il n'avait cessé de fixer le dos pendant qu'elle lisait en sanglotant les mots tracés d'une écriture tremblante par un homme parfaitement conscient de vivre

242

là ses dernières minutes. Aucune logique là-dedans. Rien à voir avec les schémas traditionnels.

Quelque chose avait échappé à ses hommes : Lopez aurait parié son enregistrement de la finale de la Coupe d'Europe 1971 là-dessus.

Sur son visage s'imprima une expression que ses subordonnés ne connaissaient que trop bien. C'était même la première chose qu'on apprenait aux jeunes recrues : quand le patron avait cette tête-là, mieux valait trouver immédiatement quelque chose à faire loin de lui, de préférence à l'extérieur du bâtiment et tout de suite.

Lopez revit le visage livide de Bodinger lorsque ce dernier, prisonnier de l'amas de métal qui lui broyait les cuisses, l'avait supplié de mettre fin à son supplice. Il s'imagina le même homme, assis à la place qu'il occupait, un quart d'heure à peine avant sa chute sous les roues du RER.

Il repensa aux derniers mots du conservateur. Juste avant d'expirer, le conservateur avait parlé de tableaux et de Delacroix. La première chose que Lopez avait vérifiée était si, à tout hasard, il n'avait pas organisé récemment une exposition consacrée à ce peintre. Ce n'était pas le cas. Tous les témoignages concordaient sur ce point : Bodinger ne s'était jamais intéressé à Delacroix. Il n'avait pas acquis d'œuvre de ce dernier pour le compte du musée ni n'en avait jamais expertisé aucune. Lopez avait alors fait passer au crible la bibliothèque du conservateur dans son bureau et celle de son domicile. Rien de concluant n'avait émergé de ces recherches. Bodinger avait bien publié, au début de sa carrière, quelques articles sur des artistes du XIXᵉ siècle et il possédait plusieurs ouvrages consacrés à cette période, mais son intérêt exclusif se portait sur l'entre-deux-guerres, dont il était l'un des spécialistes reconnus.

Il n'y avait pas davantage de relation connue entre la victime et la Fondation Stern, malgré la carte de visite que Lopez avait trouvée dans son portefeuille. La femme de Bodinger ne se souvenait pas que son mari lui en eût jamais parlé. Ses collègues avaient pour leur part unanimement rejeté la possibilité qu'il fût en contact avec la Fondation pour des raisons professionnelles, entre autres parce que Stern, pour d'obscures raisons politiques qui remontaient aux années 1960, avait toujours refusé de prêter des œuvres pour les expositions organisées par le musée. Bodinger s'en était indigné à plusieurs reprises lors des réunions du conseil d'administration de l'établissement. Il était inenvisageable qu'il eût soudain changé d'avis pour envisager de nouer une collaboration professionnelle avec le marchand.

Toutes ces questions, bien sûr, avaient un sens si Bodinger n'était pas tombé par accident sur la voie, mais s'il y avait effectivement été poussé par un tiers. Cette hypothèse, fondée sur les seuls propos de la victime, était la clé de voûte de l'enquête. Le travail des enquêteurs consistait donc à rechercher tous les éléments susceptibles de l'accréditer ou bien, ce qui arrangerait sans doute leurs affaires, de l'infirmer. Par prudence, Lopez partait toutefois d'un sage principe de précaution : jusqu'à preuve du contraire, Bodinger avait été assassiné.

Pour résoudre cette question cruciale, il avait chargé une équipe d'étudier les enregistrements des caméras de vidéosurveillance du quai. Le visionnage des bandes n'avait guère été concluant, car le positionnement des caméras – une à chaque extrémité du quai et deux au milieu, toutes accrochées au plafond – avait été conçu pour filmer le quai dans son intégralité. Aucune d'entre elles n'avait filmé la scène de face. Saccadées et en noir et blanc, les images montraient Bodinger perdre subitement l'équilibre et s'écrouler sur la voie quelques fractions de seconde avant l'arrivée du RER. Les plans étaient toutefois trop larges, la définition trop faible et la foule trop dense pour qu'on distingue quelqu'un en train de le pousser.

Les hommes de Lopez s'étaient arraché les yeux sur les images pendant deux jours. Ils avaient réussi à isoler toutes les personnes qui se trouvaient dans un rayon de deux mètres autour de Bodinger à l'instant de sa chute et, en jouant sur les angles de prises de vue des différentes caméras avant et après le drame, ils étaient parvenus à imprimer des portraits exploitables pour cinq d'entre elles. Pour trois autres voyageurs, le cliché était partiel ou flou. Un dernier individu apparaissait furtivement dans le dos de Bodinger juste avant sa chute, mais à aucun moment son visage ne se trouvait dans le champ des caméras. Tout ce qu'on voyait de lui était une casquette noire et le col relevé d'un manteau sombre.

Par chance, l'un des témoins les plus proches du drame avait pu être interrogé par les premiers policiers arrivés sur les lieux. Il s'agissait d'une mère de famille qui attendait le RER en compagnie de sa fille. Elles étaient installées aux premières loges lorsque Bodinger s'était fait écraser. La fillette avait été si traumatisée par ce qu'elle venait de voir qu'elle avait eu besoin de soins médico-psychologiques immédiats. Pendant que les médecins s'occupaient d'elle, sa mère avait raconté la scène aux enquêteurs. Elle n'avait rien remarqué de spécial, sauf que Bodinger paraissait très nerveux. Il les avait bousculées sans même s'excuser et, alors même que le train arrivait, il s'était retourné plusieurs fois vers l'extrémité du quai, du côté de l'entrée, comme s'il cherchait quelqu'un des yeux.

Ce témoignage avait incité les enquêteurs à visionner également les enregistrements des deux caméras extérieures. L'une d'elles filmait le parvis situé devant la station ainsi qu'une partie du carrefour qui lui faisait face. L'autre, fixée au sommet de l'escalier, ne perdait rien des entrées et sorties des voyageurs.

Bodinger apparaissait sur les deux bandes. Sur le plan large, on le voyait quitter le pont de l'Alma et traverser le parvis en alternant pas rapides et course. Parvenu devant l'entrée de la station, il s'était retourné vers le pont. Ce qu'il avait vu sur le trottoir derrière lui ne l'avait pas rassuré. La caméra avait saisi un masque hagard sur son visage ruisselant de pluie.

245

Au même instant, un homme provenant de l'autre côté du pont avait traversé le parvis. Il avait rejoint Bodinger devant la bouche d'entrée, était passé à côté de lui sans lui adresser un regard et s'était engouffré dans la station. Le conservateur, concentré sur le pont, ne lui avait accordé aucune attention, à la différence des enquêteurs, car l'individu en question portait un long manteau et une casquette, tous les deux noirs.

Ce n'était pas lui qui avait tant effrayé Bodinger. On le retrouvait pourtant à proximité immédiate du conservateur à deux reprises. La coïncidence était troublante, d'autant que l'homme avait pris soin de baisser la tête au moment où il avait traversé le champ de la seconde caméra. La seule image de face que possédaient de lui les enquêteurs était un cliché flou saisi alors qu'il s'apprêtait à traverser le carrefour pour rejoindre Bodinger. À part le fait qu'il était blanc, grand et solidement charpenté, l'image ne permettait de tirer aucune autre conclusion à son sujet.

Vingt-sept secondes exactement après son irruption, un second individu était apparu sur l'enregistrement de la caméra extérieure, en provenance du pont de l'Alma. On pouvait tout aussi bien attribuer son pas hâtif à la pluie battante qu'à son désir de rejoindre au plus vite Bodinger. Contrairement à l'homme à la casquette, il n'avait pas pris la peine de dissimuler ses traits. Il avait même fait une halte au sommet de l'escalier, juste dans le champ de la caméra, pour scruter le quai en contrebas. À ce moment, Bodinger se trouvait à cinquante mètres de là, perdu au milieu de la foule, et le train s'apprêtait à entrer en gare. Pour d'évidentes raisons chronologiques, cet homme ne pouvait pas avoir poussé le conservateur sous le RER.

À défaut d'avoir trouvé en lui l'assassin, Lopez disposait au moins d'un portrait convenable. Sur le cliché tiré de la bande de vidéosurveillance, l'homme paraissait avoir la trentaine bien sonnée. Il avait des linéaments fins, les cheveux courts et, à la différence de l'homme à la casquette, il montrait une certaine recherche vestimentaire, même si son costume gorgé d'eau ne ressemblait plus à rien.

La présence simultanée des deux hommes dans les environs immédiats de Bodinger quelques secondes avant l'accident intriguait Lopez. Il avait d'abord songé à la possibilité que deux tueurs aient suivi le conservateur, l'un servant à focaliser sur lui l'attention de la victime afin de laisser à l'autre le champ libre pour agir. Leurs attitudes radicalement opposées mettaient cependant à mal cette hypothèse. Si Lopez pouvait aisément voir un tueur professionnel en l'homme à la casquette, l'autre, en revanche, n'en avait pas l'allure, et encore moins les réflexes. Sans compter qu'envoyer une équipe complète pour assassiner un type aussi anodin, c'était comme écraser une mouche avec une pelleteuse au lieu d'utiliser ses mains : voyant, risqué et pas plus efficace. Le choix même des lieux laissait penser au commissaire que le meurtre n'avait pas été prémédité, du moins pas à cet endroit précis. L'assassin avait simplement saisi l'occasion qui s'était présentée à lui. Cela aussi tendait à accréditer la thèse d'un tueur solitaire. Mais alors, si le second individu ne fonctionnait pas en binôme avec l'homme à la casquette, pourquoi Bodinger semblait-il en avoir aussi peur ? Et, dans ce cas, pourquoi avait-il suivi le conservateur sur le pont de l'Alma ?

Un beau merdier, il n'y avait pas à dire.

La réponse à ces questions était quelque part autour de lui. Assis à la place de Bodinger, Lopez ôta les tiroirs du bureau et inspecta leur contenu avant de glisser la main dans l'espace vide à la recherche de cachettes secrètes ou d'objets dissimulés. Il n'en trouva pas. Il passa ensuite en revue les étagères de la bibliothèque. Il ôta les volumes un à un et les ouvrit, à la recherche d'indices oubliés par ses hommes, là encore sans succès. Il termina par l'armoire métallique. Celle-ci contenait le fatras de plusieurs décennies d'incurie, à commencer par des piles de dossiers administratifs et des sacs plastique remplis de vieilleries sans intérêt. Lopez consacra une heure entière à en examiner l'intégralité, lisant jusqu'au plus petit fragment de papier déchiré. À la fin, les mains noires de crasse, il finit par s'avouer vaincu.

Alors qu'il refermait l'armoire, son regard fut attiré par les affiches entassées au sommet de celle-ci. La curiosité l'emporta sur son découragement. Il rapprocha la chaise, grimpa dessus et transféra sur la table la trentaine de rouleaux. Il en choisit plusieurs au hasard et les déroula. Il s'agissait d'affiches imprimées à l'occasion d'expositions organisées par le musée d'Art moderne, mais aussi par le Louvre et le musée de l'Orangerie. Certaines dataient de près d'un demi-siècle. Les plus récentes remontaient à la fin des années 1980. Les mauvaises conditions de conservation avaient jauni le papier et altéré les couleurs. Lopez eut un pincement au cœur en reconnaissant les titres de certaines expositions qu'il avait vues étant jeune, quand il envisageait encore un avenir empli de beauté et non pas envahi par toutes les horreurs qu'il affrontait au quotidien.

L'une des expositions, pompeusement intitulée « Trésors cachés des grands maîtres », était illustrée par une *Crucifixion* peinte avec une audace visuelle et des tonalités étonnantes. La similitude avec le *Bœuf écorché* de Rembrandt était frappante : dessiné à grands traits et privé de visage, le Christ y apparaissait comme une carcasse sanglante, suspendu à sa croix comme un vulgaire quartier de viande. Lopez sursauta en reconnaissant le tableau. Non pas en raison de la puissance dramatique que dégageait cette *Crucifixion*, mais parce qu'il l'avait vue quelques années plus tôt dans une petite église d'Aix-en-Provence, à quelques pas du musée Granet. Il se souvenait parfaitement de l'émotion que lui avait alors procurée sa rencontre fortuite avec cette toile. Accrochée dans une absidiole sombre, celle-ci recevait un faisceau de lumière crue qui donnait à la matière un admirable relief.

Le nom du peintre lui revint aussitôt, sans hésitation ni doute possibles : il s'agissait d'Eugène Delacroix. Avec fébrilité, Lopez acheva de dérouler l'affiche. Face à lui apparut la preuve flagrante que Delacroix ne faisait pas partie des artistes préférés de Bodinger. D'après ce que Lopez comprenait du personnage, jamais en effet ce dernier n'aurait osé profaner l'œuvre d'un peintre qu'il appréciait en écrivant sur l'une de ses œuvres, même sur une reproduction.

Il déchiffra sans difficulté les mots tracés sur le torse du Christ. Un nom suivi d'une adresse. L'encre avait conservé tout son éclat, preuve que l'inscription était récente. Lopez compara l'écriture avec celle d'une annotation manuscrite portée en marge d'un document administratif que Bodinger avait abandonné en partant. Même sans talent particulier en matière de reconnaissance graphologique, il n'eut aucun mal à confirmer son hypothèse : l'écriture était bien celle du conservateur.

L'adresse indiquée se trouvait dans le septième arrondissement, pas très loin du musée. Lopez connaissait la rue, mais il n'avait pas souvenir qu'au numéro indiqué il y eût quoi que ce soit de notable. Pour être certain de ne pas se tromper d'immeuble, il arracha une feuille d'un bloc-notes qui traînait sur la table et recopia l'adresse et le nom, puis il quitta le bureau de Bodinger en laissant les rouleaux en vrac.

Tout en parcourant les couloirs du musée, il calcula le temps qu'il lui faudrait pour rejoindre l'adresse indiquée sur la *Crucifixion* de Delacroix. Dix minutes pour un anonyme à cette heure de la journée, avec la circulation. Cinq à tout casser avec son gyrophare.

Au moment où il s'engageait dans le hall d'entrée, son regard rencontra celui de la préposée à l'accueil. Celle-ci baissa aussitôt la tête, mais Lopez eut le temps de lire sur son visage qu'elle était partagée entre l'envie de lui parler et le désir de ne pas avoir d'ennuis. Il dévia de sa trajectoire. Arrivé devant elle, il posa les mains à plat sur le marbre du comptoir et la fixa.

Il ne se sentait pas d'humeur à entendre des banalités, et encore moins à en prononcer, aussi opta-t-il pour une entrée en matière directe :

249

— Vous avez vu quelque chose, n'est-ce pas ?

La femme fit mine de découvrir subitement sa présence. Elle releva la tête et lui adressa un sourire professionnel à peu près bien imité.

— Pardon ?

— Bodinger. C'est le moment de m'en parler.

La femme ouvrit la bouche, mais aucun son n'en sortit.

Lopez eut un mouvement de sourcils exaspéré, dernière étape chez lui avant l'explosion de colère.

— Vous avez vu quelque chose, oui ou non ? articula-t-il en insistant sur les derniers mots.

— Je... je crois, oui.

— Bien... Commençons par le début. Ça s'est passé quand ?

— Le jour de sa mort. Deux femmes sont venues le voir. Elles avaient rendez-vous.

— Elles se sont présentées ?

La femme fit « non » de la tête.

— Vous pouvez me les décrire ?

— L'une était blonde et tirée à quatre épingles. L'autre était une brune fagotée n'importe comment. Elle n'a pas ouvert la bouche.

— Elle vous a dit la raison de leur visite ?

— Non.

— À quelle heure sont-elles arrivées ?

— Vers 15 heures. Je les ai accompagnées jusqu'au bureau de M. Bodinger et je les ai vues revenir un quart d'heure après. Peut-être vingt minutes.

— Et Bodinger ? Qu'est-ce qu'il a fait quand elles sont parties ?

— Rien, justement. Il m'a demandé d'annuler tous ses rendez-vous et de dire qu'il était souffrant.

— Il n'est pas rentré chez lui tout de suite, pourtant...

— Il est parti du musée dans la soirée, un peu avant la fermeture. Il avait l'air pressé de s'en aller.

— Ces deux femmes... Elles ont cité le nom de la Fondation Stern, par hasard ?

— Je ne crois pas, non.

Lopez la remercia et sortit.

Deux femmes. Une blonde élégante et une brune discrète. L'assistante de Stern et sa restauratrice d'art. Voilà comment la carte de la Fondation s'était retrouvée dans le portefeuille de Bodinger. Après quarante-huit heures d'errance totale, Lopez tenait enfin un élément concret.

Tout en se dirigeant vers sa voiture, il établit son programme de combat. D'abord, il irait rendre une petite visite au type dont le nom était inscrit sur la *Crucifixion* de Delacroix. Ensuite, une fois rentré au bureau, il passerait un savon monumental aux incapables qui n'avaient pas été fichus de dérouler les affiches entassées au-dessus de l'armoire de Bodinger. Pour apprendre la vie, ces branleurs iraient ramasser les clodos crevés pendant quelques semaines. Ensuite, quand toutes ces formalités seraient réglées, il s'accrocherait aux mollets de Stern et ne le lâcherait pas avant d'avoir compris ce qui se tramait dans sa propriété de la rue des Saints-Pères.

Lopez avait un solde en suspens avec Stern, et il n'était pas du genre à oublier ce genre de choses. Quand, l'année précédente, on avait repêché dans la Seine le cadavre mutilé de Sorel et qu'une bombe avait détruit la limousine de la Fondation au pied de la tour Montparnasse, Lopez avait logiquement ouvert une enquête sur les activités de Stern. Ses velléités d'investigation avaient été aussitôt éteintes par sa hiérarchie. Au plus haut niveau, on ne voulait pas que Stern soit importuné, surtout pas par un fonctionnaire de police réputé teigneux et incontrôlable. On avait donc fait comprendre à Lopez que se montrer trop curieux lui procurerait beaucoup plus d'ennuis qu'un homme ne pouvait en supporter.

Le commissaire était têtu, mais pas stupide. Il avait donc courbé l'échine. Sa docilité avait été récompensée : on l'avait réintégré dans une fonction de commandement. Il n'avait toutefois jamais perdu de vue la Fondation.

La vie était bien faite : voilà qu'elle lui offrait l'occasion d'ouvrir à nouveau le dossier Stern.

À titre exceptionnel, Lopez se laissa aller à une ébauche de sourire. Parfois, le boulot de flic était presque aussi jouissif qu'un passement de jambes de Cruyff, suivi d'un tir lumineux dans la lucarne.

Presque, seulement.

31

Le portail de l'hôtel particulier était déjà ouvert lorsque la Maserati 3500 GT fit son apparition. Comme par magie, les lourdes portes de fer forgé se refermèrent sur elle aussitôt après son passage. Vermeer alla se garer au fond de la cour, le long de la Mercedes de la Fondation. Il sortit et aida Juliette à quitter l'étroite banquette arrière. Toujours assise à sa place, Heintz ne semblait pas pressée de quitter à son tour la voiture. Elle alluma une cigarette et entreprit de la fumer, le coude posé sur le rebord de la vitre.

Juliette fit quelques pas dans la cour. Impressionnée par le magnifique jardin et, surtout, par l'imposant bâtiment auquel il servait d'écrin arboré, elle se figea au pied de l'escalier monumental, les yeux écarquillés, ne sachant plus où donner de la tête jusqu'à ce que Valentine fasse son apparition sur le perron.

La jeune femme dévala les marches quatre à quatre et se précipita vers la fillette pour l'enlacer. Des larmes de soulagement coulèrent le long des joues de la petite. Très vite, elles se mêlèrent à celles de Valentine, incapable de retenir plus longtemps l'extrême tension accumulée pendant les deux derniers jours.

— Tu m'as manqué, ma belle... dit Valentine en caressant le front de Juliette, d'où partait une mèche de cheveux rebelle.

Celle-ci hoqueta et se serra plus fort encore contre sa poitrine.

— Tu étais où ? J'ai eu si peur !

Même s'ils n'en étaient pas un, ses mots résonnèrent comme un reproche dans le cœur de Valentine.

— J'étais loin de Paris, se justifia-t-elle. Je suis revenue dès que j'ai pu. Je suis désolée...

Malgré son impatience, elle ne questionna pas tout de suite la petite fille sur ce qui était arrivé à sa mère, préférant l'interroger au calme pour ne pas la troubler davantage.

— Tu dois être affamée... Quand j'ai su que tu venais, j'ai fait préparer des sandwichs.

— Au jambon ?

— Exactement comme tu les aimes : pain, beurre et jambon de Parme.

— Au fromage aussi ?

Valentine confirma d'un hochement de tête.

— Et du jus d'orange ?

— Absolument. Tout est prêt dans la bibliothèque.

La mine réjouie, Juliette se précipita vers le bâtiment.

— Dépêche-toi un peu ! hurla-t-elle à Valentine depuis les premières marches de l'escalier.

La restauratrice lui adressa un petit signe affectueux.

— J'arrive ! Attends-moi juste une seconde. Je dois d'abord dire un mot à Hugo. Entre et jette un œil aux photos accrochées dans le couloir.

Valentine couva Juliette du regard jusqu'à ce que celle-ci eût disparu à l'intérieur de la maison, puis elle se tourna vers Vermeer, lui aussi occupé à fumer une cigarette, les fesses appuyées contre le capot de la Maserati.

— Que s'est-il passé ?

Vermeer haussa les épaules.

— Aucune idée. Heintz a débarqué à l'aube avec la gamine.

— Pourquoi chez toi ?

— Tu étais leur premier choix. Par défaut, elles ont atterri dans mon salon. Un petit cadeau de Nora. Elle a dû croire qu'on était mariés, toi et moi. Chez toi, chez moi, c'est pareil, non ?

Il lui tendit sa cigarette.

Tout en aspirant la fumée, Valentine observa Heintz à travers le pare-brise. Celle-ci était plongée dans ses pensées, le regard perdu au-dessus du mur d'enceinte.

— Et elle ?

Vermeer ne baissa même pas la voix, apparemment peu soucieux que Heintz entende son commentaire :

— Ne m'en parle pas. Une vraie plaie, cette femme. J'aurais presque préféré me retrouver nez à nez avec Nora à mon réveil.

Il tendit la main vers Valentine pour récupérer sa cigarette.

— Heintz n'en sait pas plus que nous au sujet de Judith, précisa-t-il. Nora lui a fourgué la gamine sans explication. À ce propos, tu sais où elle est allée ?

— À Londres, chez son grand-père… synthétisa Valentine. Je te raconterai tout ça quand on aura cinq minutes.

Elle contourna la voiture par l'avant et alla se placer devant la portière, côté passager.

— Bonjour, fit-elle à Heintz en se penchant.

L'Américaine se reconnecta d'un coup avec la réalité. La cigarette aux lèvres, elle lui rendit son salut par un simple signe de tête.

— Si vous voulez des explications, je suis mal placée pour vous en donner.

— Je sais. Hugo me l'a dit.

— Alors quoi ?

— Je voulais juste vous remercier d'avoir pris soin de Juliette.

Heintz entrouvrit la portière, laissa tomber sur le sol son mégot et, sans se lever du siège, l'écrasa du bout de la chaussure.

— Vous me revaudrez ça un jour.

Elle ouvrit alors complètement la portière, s'extirpa du véhicule et s'étira.

— Jolies, ces vieilles voitures de sport, mais redoutables pour le dos. J'ai cru entendre parler d'une collation. Vous avez aussi prévu du café pour les adultes ?

— Il y a tout ce qu'il nous faut à l'intérieur. Venez.

En maîtresse de maison, Valentine précéda Heintz et Vermeer jusqu'à la porte d'entrée. Ils rejoignirent Juliette dans le vestibule de l'hôtel particulier. La fillette était concentrée sur une photographie ancienne représentant Gabriel Stern, assis en compagnie de Renoir et de Degas autour d'une bouteille de vin. Le grand-père d'Elias, âgé à l'époque de plus de soixante-dix ans, arborait un crâne largement dégarni et, à la différence de ses deux illustres invités, un visage glabre. Le cliché avait été pris dans la cave de la première boutique ouverte par Gabriel, rue Laffitte. Les trois hommes posaient devant un amoncellement de tableaux qui, au cours actuel, vaudraient plusieurs milliards d'euros et que Gabriel conservait à même le sol, simplement appuyés contre le mur maculé de taches de salpêtre.

Juliette désigna Gabriel du doigt.

— C'est lui, le vieux monsieur dont tu t'occupes ?

— Non, mais il lui ressemble beaucoup.

— Il est sur la photo ?

Valentine secoua la tête et lui montra une autre photographie accrochée un peu plus loin sur le mur. On y voyait un jeune Elias bras dessus bras dessous avec Pablo Picasso dans l'atelier de celui-ci. Maintenant que Valentine connaissait l'histoire de la traction au coffre rempli de toiles, elle pouvait dater le cliché de l'immédiat après-guerre, lorsque Elias venait tout juste de rentrer de Londres.

— Regarde, fit Valentine, c'est lui, là, à gauche. Il est beaucoup plus âgé maintenant.

Juliette jeta un coup d'œil distrait à l'homme que lui désignait Valentine. La raison de son désintérêt subit était facile à imaginer.

— Tu as faim ? lui demanda Valentine.

— Très !

— Allons-y vite, alors. Mon atelier se trouve là-haut. Nous y serons tranquilles.

Elle saisit la main de la fillette et l'entraîna vers le premier étage.

Une fois dans la bibliothèque, elle la fit asseoir devant sa table de travail, sur laquelle trônait un plateau d'argent recouvert de victuailles, et la servit.

Juliette mordit goulûment dans son sandwich jusqu'à l'élimination définitive de celui-ci. Elle compléta son casse-croûte par une tranche de cake au chocolat et par un grand verre de jus d'orange qu'elle but d'un trait.

— Délicieux, conclut-elle en s'essuyant la bouche du revers de la main.

— Tu as assez mangé pour l'instant ?

— Hum, hum...

Valentine éloigna le plateau. Elle s'agenouilla de sorte que son visage soit à la hauteur de celui de la fillette. Vermeer et Heintz comprirent la manœuvre. Ils s'éloignèrent discrètement de quelques pas. Le premier s'assit sur le fauteuil en cuir. L'Américaine resta debout, l'épaule appuyée contre une étagère de la bibliothèque.

Valentine s'adressa à la fillette d'une voix douce.

— Est-ce que tu peux nous dire ce qui s'est passé hier ? Où est ta maman ?

Malgré ses précautions, de nouvelles larmes envahirent les yeux de Juliette à l'évocation de sa mère.

— Il l'a emmenée...

— Qui ça ?

— Le monsieur des morts.

— Pardon ?

Valentine se tourna vers Heintz et Vermeer. Elle scruta leurs visages à la recherche d'une quelconque lueur de compréhension, mais la phrase prononcée par la fillette était un mystère pour eux aussi.

Juliette tira alors de la poche de son pantalon une feuille de papier pliée en quatre et la tendit à Valentine.

Il s'agissait d'un prospectus publicitaire sur lequel figurait la reproduction en gros plan d'un visage dépecé. Au-dessous était inscrit le slogan « Venez regarder la mort dans les yeux » et, plus bas encore, en caractères argentés, le titre *Ars mortis*.

— Qu'est-ce que vous fichiez là-bas ? demanda Valentine, stupéfaite.

— On est passés devant en faisant des courses. Maman m'a dit qu'elle voulait entrer, juste pour voir.

Valentine ne pouvait pas croire que Judith ait fait cela. Pas en compagnie de sa fille.

— Elle t'a emmenée à l'intérieur ?

Juliette la rassura aussitôt.

— Maman m'a fait asseoir à côté des caisses. Elle m'a laissé son sac et son téléphone pour que je puisse jouer avec.

— Et elle, elle est rentrée ?

— Oui. Elle m'a dit qu'elle n'en avait pas pour long-temps. Cinq minutes après, je l'ai vue repasser. Un monsieur la tenait par le bras. Maman criait très fort...

Bouleversée par cette réminiscence, elle se mit à sangloter. Valentine l'enlaça.

Juliette finit par se calmer, assez pour reprendre son récit :

— Il l'a traînée dehors. Je les ai suivis, mais le monsieur l'a poussée dans une voiture et il l'a emmenée.

— À quoi il ressemblait, ce monsieur ? Il était asiatique ?

Juliette secoua la tête.

— Il ressemblait à un mannequin qu'on voit dans les vitrines.

— Comment ça ?

— Il n'avait pas de cheveux, comme les mannequins.

Valentine n'insista pas.

— Je ne savais pas quoi faire, alors je t'ai appelée. Comme tu ne répondais pas, je suis rentrée à la maison.

— Toute seule ?

La fillette prit une mine offensée.

— J'ai presque dix ans ! proclama-t-elle comme si ces mots impliquaient une multitude de potentialités cachées. Je sais prendre le métro.

— Et une fois à la maison, qu'est-ce que tu as fait ?

— Je me suis cachée sous mon lit, j'ai attendu longtemps que tu me rappelles et j'ai fini par m'endormir. C'est Nora qui m'a réveillée. Elle a été très gentille avec moi. Elle m'a emmenée chez elle. Ce matin, on est passées prendre Colleen et on est allées chez ton gros ami qui dort tout le temps.

Comme si cette description n'était pas assez claire, elle tendit l'index vers Hugo Vermeer. Celui-ci détourna la tête et fit semblant de s'intéresser aux livres anciens alignés à côté de lui.

Valentine ne put s'empêcher d'imaginer leur rencontre du matin : une petite fille trop mûre pour son âge chez un grand enfant superstitieux et paranoïaque... La présence chez Vermeer d'un agent du FBI maquillé en Noire voluptueuse était la cerise sur le gâteau.

Elle ouvrit la sacoche qui contenait ses instruments, en sortit une trousse et un bloc de feuilles qu'elle posa devant Juliette.

— Tu veux faire un dessin ? Tu le donneras à ta maman quand elle reviendra.

— Je la reverrai bientôt ?

— Bien sûr.

— Tu crois ?

— Mieux que ça : j'en suis sûre.

La fillette se mordit la lèvre, mais réussit cette fois à contenir ses larmes. Elle hocha la tête, attrapa un crayon à papier et entreprit de dessiner une silhouette féminine.

Valentine fit signe à Vermeer et Heintz de quitter la pièce.

— Je dois parler à Hugo et à Colleen. Tu restes un peu là à dessiner ?

— Ne me laisse pas toute seule... la supplia Juliette.

— Je serai dans le couloir, juste devant. Si tu as le moindre problème, appelle-moi et je viendrai dans la seconde.

Elle se releva et alla rejoindre les autres hors de la bibliothèque, prenant soin de rester dans le champ de vision de Juliette.

Vermeer avait sa mine sombre des mauvais jours. Son réveil difficile n'en était pas la seule cause.

— Qu'est-ce que tu en penses, Hugo ? lui demanda Valentine.

— Rien de bon. Judith pourrait bien avoir raison au sujet de Thomas.

— Pas génial, tout ça, hein ?

— Tu es la reine de l'euphémisme aujourd'hui... Ça s'annonce très, très mal. Je ne vois pas comment on va récupérer Judith. On ignore où elle se trouve, notre seul témoin est une môme de dix ans et ton histoire d'ami évanoui dans la nature et réapparu en macchabée plastifié est tout bonnement délirante quand on y pense. Les flics vont nous rire au nez si on va les voir pour leur raconter ça.

Heintz se mêla à leur conversation :

— Attendez un peu... Je ne comprends pas un traître mot de tout ça. Qu'est-ce que c'est que cette exposition ? Et qui est ce Thomas ?

Vermeer grimaça.

— Valentine, avant que tu te lances dans un récit passionnant, mais interminable, dis-moi juste où est la cuisine. Je suis sous-alimenté et ma religion m'interdit les sandwichs.

— Au sous-sol. Jacques t'y conduira si tu ne la trouves pas.

— Ne t'inquiète pas, rétorqua Vermeer en s'éloignant. Il y a des choses pour lesquelles mon intuition ne me trompe jamais.

Valentine fit alors à Heintz un rapide résumé des faits. L'Américaine l'écouta jusqu'au bout, les traits tendus par une perplexité croissante.

Quand Valentine se tut, elle laissa passer quelques secondes, puis lui demanda :

— Vous y croyez vraiment à cette histoire de corps ?

— J'avais des doutes jusqu'à maintenant mais, si Judith a été enlevée par les gens de Plastic Inc. comme le dit Juliette, il doit bien y avoir une raison à ça.

— Enlevée en plein jour, devant sa fille et des dizaines de témoins ? C'est inimaginable ! On est en France, pas à Kaboul !

— En ce qui concerne Juliette, ils ne savaient sans doute pas qu'elle était là. Pour le reste, les autres visiteurs ont probablement cru que Judith était venue pour manifester contre l'exposition. Ça n'aurait rien eu d'étonnant : depuis le début, certaines associations essaient de faire interdire *Ars mortis* par la justice pour des questions d'éthique. Et puis n'oubliez pas une chose : dans ces cas-là, les gens n'interviennent jamais. Ils ont bien trop peur des emmerdements. On est en France, justement.

Ces explications ne suffirent pas à éliminer le scepticisme de l'Américaine. Elle hocha la tête, moins pour approuver les propos de Valentine que pour changer de sujet.

— Que comptez-vous faire de la petite ?

— Je vais l'installer chez moi en attendant.

Les deux femmes se turent. L'hypothèse implicite contenue dans la réponse de Valentine était celle d'une réapparition rapide de Judith. Aucune des deux femmes ne voulait envisager la possibilité qu'elle ne refasse pas surface. L'énoncer représentait déjà un pas que Valentine et Heintz ne pouvaient pas franchir pour l'instant. Rester dans le domaine du provisoire était en revanche plutôt rassurant pour le moment.

Heintz parut se souvenir brutalement d'une chose importante :

— Ah ! J'allais oublier...

Elle sortit de son sac à main une enveloppe et la tendit à Valentine.

— J'ai fait quelques recherches sur le numéro de compte que vous m'avez communiqué hier. Le compte a servi une seule fois, en 2004. Il a été crédité de douze mille livres sterling une semaine après son ouverture. Le jour même du versement, l'argent a été viré dans une banque suisse et le compte a été immédiatement clôturé. Nous sommes toutefois parvenus à en identifier le titulaire. Son nom est dans l'enveloppe, ainsi que son adresse actuelle. Vous verrez, c'est amusant...

— Pardon ?

Les mains dans les poches, Heintz s'était déjà éloignée en direction de l'escalier.

— Je vous laisse la surprise. Inutile de me raccompagner, je connais la sortie.

Elle disparut dans l'escalier.

Valentine décacheta l'enveloppe. À l'intérieur se trouvait un petit carton de bristol blanc. Une main féminine, à n'en pas douter celle de Heintz, avait inscrit dessus, d'une écriture élégante :

Alan ABOTT
182, boulevard de La Tour-Maubourg

Valentine comprit ce qui amusait tant l'agent du FBI : le faussaire que Stern avait poursuivi dans toute l'Europe se trouvait en fait à Paris.

Mieux que ça : il vivait à moins d'un kilomètre de la Fondation.

Lorsque Valentine pénétra à nouveau dans la bibliothèque, elle trouva Juliette endormie sur son dessin, épuisée par sa nuit troublée.

Valentine la prit délicatement dans ses bras et l'installa sur le fauteuil de Degas. Elle lui arrangea un couchage douillet avec le coussin et la couverture qu'elle gardait dans un coin de la pièce pour les fois où elle restait dormir après le travail. La fillette grogna, souleva une paupière, fit un sourire en la reconnaissant et se replongea aussitôt dans le sommeil.

Valentine passa le quart d'heure suivant à ranger la pièce. En rassemblant les restes du déjeuner de Juliette sur le plateau, elle posa les yeux sur le dessin inachevé. Celui-ci représentait une femme brune au corps maigre, main dans la main avec un homme dont le dos était orné de deux grandes ailes de papillon. Valentine se prit à espérer de tout son cœur que, contrairement à cette représentation, Judith et Thomas ne s'étaient pas encore retrouvés.

Vermeer refit alors son apparition sur le seuil de la pièce.

— Elle dort ?

Valentine appuya son index sur ses lèvres pour lui intimer de parler plus bas.

— Où est notre amie du FBI ? reprit Vermeer à mi-voix.

— Partie.

— Bon débarras.

— Elle travaille pour la Fondation, Hugo. Elle est là pour nous aider.

— Ces bâtards bossent pour eux-mêmes. Toujours.

Il appuya cette sentence définitive d'un hochement de tête.

Valentine récupéra sa veste posée par terre près du fauteuil.

— Tu nous quittes, toi aussi ?

— Il faut que j'aille vérifier quelque chose. Je peux te confier Juliette ? J'en aurai pour une heure tout au plus. Je ne pense pas qu'elle se réveillera d'ici à mon retour.

Vermeer contempla le petit corps recroquevillé sur le fauteuil.

— Si elle ne parle pas, n'exige pas que je joue avec elle et qu'elle ne me traite plus de « gros monsieur », je veux bien faire un effort.

— Autre chose...

Elle se mordit la lèvre inférieure.

Vermeer la connaissait assez pour lire la gêne sur son visage.

— Vas-y, envoie. Je suis prêt à tout entendre de ta bouche, tu le sais.

— Tu me prêtes la Maserati ? Je préfère que Jacques reste dans les parages. Elias m'a demandé de lui faire vérifier la sécurité de la propriété avec Éric. Ils ne seront pas trop de deux.

Vermeer lâcha un soupir las. Sa journée maudite n'était décidément pas près de se terminer. Il tira toutefois les clés de sa poche et les tendit à Valentine.

— Pas une rayure, hein ?

— Promis. Merci, Hugo.

— De rien. En échange, j'ai une requête à te faire, moi aussi.

— Je t'écoute.

— Tu as une connexion Internet dans les parages ?

Elle lui indiqua l'ordinateur portable posé dans un angle de la table de travail, à côté du lutrin vide.

— Les codes d'accès sont collés au-dessus du clavier.

— Merci. Au fait, tu es libre demain soir ?

— Je crois, oui.

— Alors réserve ta soirée. On sort ensemble.

— Tu trouves que c'est le moment de s'amuser ? Je n'ai pas vraiment la tête à ça.

— Fais-moi un peu confiance. Pour une fois dans ta vie.

— Et Juliette ?

— On lui trouvera une baby-sitter.

— Tu n'as pas l'intention de me dire où tu veux m'emmener, n'est-ce pas ?

— Bien sûr que non. Pour deux raisons : la première, c'est que je ne sais pas s'il reste de la place pour toi.

— Et la seconde ?

Vermeer lui lança son œillade préférée, un horripilant mélange de séduction complice et de provocation.

— Si je ne gardais pas ma part de mystère, prendrais-tu autant de plaisir à me fréquenter ?

Valentine leva les yeux au ciel. Elle préféra quitter la pièce avant de se mettre en colère.

Parmi les multiples talents de Hugo Vermeer, celui d'exaspérer ses semblables, et elle en particulier, était de loin le plus remarquable.

32

Réservée aux handicapés, la seule place libre près de l'immeuble du faussaire était assez large pour y installer un autobus touristique. Valentine s'y reprit néanmoins à trois fois avant de réussir son créneau. Avant de couper le moteur, elle lança une malédiction silencieuse pour que celui-ci rende l'âme au plus vite, si possible dans d'atroces douleurs, ou bien qu'on emprisonne à jamais la Maserati dans un box sombre de la fourrière. Elle était même prête à rentrer à pied à la Fondation si l'un ou l'autre se produisait en son absence.

Elle n'avait jamais compris l'amour de Vermeer pour cette voiture. En plus d'avoir une garde au toit insuffisante pour n'importe quel être dépassant le mètre cinquante, la Maserati était d'un confort douteux, faisait un boucan d'enfer et, surtout, était dépourvue de la direction assistée, un accessoire pourtant indispensable pour qui voulait survivre dans la jungle automobile urbaine. Vermeer s'en moquait : pour rentrer dans le garage de son pavillon, il n'avait qu'à aller tout droit et à appuyer sur la pédale de frein avant d'emboutir le mur. Et quand il sortait dans Paris, il se débrouillait toujours pour aller dans des endroits où il pouvait la confier à un voiturier. Valentine le soupçonna d'avoir accepté de lui prêter sa précieuse voiture pour le seul plaisir de voir si elle allait se montrer capable de la garer.

Elle répéta sa double malédiction en verrouillant la portière et remonta le boulevard sur une trentaine de mètres jusqu'à atteindre le numéro 182. Loin de la vulgarité exhibitionniste du seizième arrondissement et de l'atmosphère compassée de Neuilly, l'immeuble répondait à tous les critères de standing du quartier, réputé pour accueillir les habitants les plus raffinés de Paris : pierres de taille, belle façade bien exposée, balcons aux balustrades en fer forgé bien entretenues et, surtout, une vue imprenable sur l'église des Invalides, dont le dôme doré se dressait fièrement de l'autre côté de la rue.

Valentine eut un instant de désarroi devant la porte cochère. Les renseignements de Heintz avaient beau être précis, ils n'incluaient pas le code de la porte. Par acquit de conscience, elle pressa le bouton de déblocage automatique. Dans son quartier, tous les immeubles ou presque étaient ouverts durant la journée pour laisser entrer les livreurs. Le digicode n'entrait en activité que le soir, après 19 heures. Le reste du temps, le bouton de déblocage faisait l'affaire. Elle doutait qu'une telle permissivité fût du goût des habitants d'un quartier où il y avait plus à voler dans chaque appartement que dans tout son immeuble.

Un déclic lui apprit que la paranoïa sécuritaire n'avait pas encore gagné toutes les zones bourgeoises de la capitale. À l'intérieur du hall d'entrée, sur la porte vitrée de la loge, deux informations attirèrent son attention : la concierge ne reprenait son service qu'à 15 heures et Abott habitait au deuxième étage, côté cour. Il n'y avait aucun autre nom à côté du sien sur le tableau d'identification des résidants. Il vivait donc probablement seul.

Savoir que sa visite ne susciterait pas les soupçons d'une concierge trop curieuse incita Valentine à pousser plus loin sa visite. Elle traversa la cour intérieure de l'immeuble et pénétra dans le second bâtiment. La cage d'escalier était déserte. Il aurait été dommage de ne pas profiter de cet excellent enchaînement d'éléments favorables, aussi gravit-elle les marches jusqu'au palier du second étage. Le nom marqué sous la sonnette de la porte de gauche, la plus proche d'elle, n'était pas le bon. Elle progressa à pas de loup vers l'extrémité opposée du palier. Les mots « Alan Abott » étaient inscrits au crayon sur l'étiquette collée au chambranle.

Valentine pouvait repartir satisfaite. Il serait toujours temps de revenir tirer le faussaire par le fond de sa culotte quand Nora et Stern seraient rentrés. Aux dernières nouvelles, Finaly avait été opéré avec succès. Il aurait besoin d'une longue période de convalescence pour se remettre, lui avait dit Stern au téléphone juste avant l'arrivée de Juliette, mais ses jours n'étaient plus en danger. Le marchand envisageait un retour à Paris dès le lendemain. D'ici quarante-huit heures, Abott recevrait la visite des gros bras de la Fondation. Valentine avait amplement fait sa part du travail.

Elle regretta soudain sa témérité.

De l'autre côté de la porte, quelqu'un s'avançait vers elle d'un pas décidé.

Elle resta figée sur le palier, devant la porte. Elle n'eut pas la présence d'esprit de s'enfuir par là où elle était venue ni celle de se précipiter vers l'étage supérieur.

Les crissements des chaussures sur le parquet se rapprochèrent, de plus en plus clairs. Paralysée par la panique, Valentine cessa de respirer lorsque la porte s'ouvrit.

L'homme qui se tenait devant elle ne lui était pas inconnu. Son cerveau ne parvint pas à associer un nom à son souvenir visuel, mais une chose était certaine : ce type au costume froissé et à la coiffure de vieux crooner n'était pas Alan Abott.

— Ne faites pas cette mine de déterrée. Vous n'allez tout de même pas vous évanouir ?

Valentine secoua la tête.

— Alors entrez.

Elle s'exécuta.

— Je vous ai vue arriver par la fenêtre, expliqua l'homme. Je me doutais que nous avions tous les deux la même destination. Vous me remettez ? Commissaire Lopez. Nous nous sommes croisés l'année dernière.

— Au bar du Lutetia, compléta Valentine.

— Vous n'avez pas écouté mes conseils, mademoiselle Savi : si j'ai bonne mémoire, je vous avais dit de rester loin de Vermeer. Vous n'êtes pas passée loin de la morgue. Sorel a eu moins de chance. Il n'était pas beau à voir, je peux vous le garantir.

— Hugo n'est pour rien dans ce qui arrivé l'année dernière. D'ailleurs, de quoi vous plaignez-vous ? Il m'a dit que tout ça vous avait valu une promotion...

— J'ai brillamment ramassé la merde que Stern et vous aviez semée. On m'a demandé d'étouffer l'affaire. J'ai obéi comme un gentil garçon et j'ai été récompensé. À propos, comment se porte ce cher Vermeer ?

— Il va bien. Les médecins lui ont rafistolé le dos.

— Dommage. J'avais parié avec un collègue qu'il ne remarcherait plus. Rassurez-moi : il souffre encore, j'espère ?

L'animosité de Lopez à l'encontre du Néerlandais remontait à quelques années plus tôt. Le commissaire avait arrêté Vermeer alors que celui-ci préparait le vol d'un dessin de Léonard de Vinci. Dans son appartement, Lopez avait retrouvé les preuves suffisantes pour l'envoyer goûter aux geôles françaises pendant une ou deux décennies. Mais Lopez avait fait preuve de gourmandise : l'exécutant ne lui suffisait pas. Il voulait coincer le commanditaire du vol.

En échange du nom de l'intermédiaire qui l'avait contacté, il avait donc accordé à Vermeer l'abandon des charges qui pesaient sur lui et l'avait libéré.

Deux jours plus tard, l'intermédiaire était retrouvé assassiné, le commanditaire s'était évanoui dans le néant et Vermeer vagabondait dans la nature.

Ses supérieurs avaient attribué à Lopez l'entière responsabilité de ce fiasco. Le commissaire avait échappé de peu à la mise à pied, mais il avait été confiné dans un placard poussiéreux et fermé à double tour dont, en toute logique, il n'aurait jamais dû sortir, sinon à sa retraite, et d'où il avait eu largement le temps de ruminer sa haine contre Vermeer. Comble du cynisme, ce dernier jurait depuis s'être rangé des affaires.

Par un cocasse retournement de situation, c'était en partie grâce à ce même Vermeer que Lopez était sorti de son trou. Cela l'amusait, mais n'avait en rien atténué son ressentiment.

Valentine changea prudemment de sujet :

— Que faites-vous là, commissaire ?

— Mon boulot. Je cherche Abott. Vous le connaissez ?

— Non.

— Alors que faisiez-vous devant son appartement ?

Valentine détestait les manières brutales du policier. La seule et unique fois où ils s'étaient rencontrés, il lui avait déjà fait mauvaise impression. Il ne l'avait presque pas regardée et avait passé tout son temps à repêcher les morceaux de fruits perdus au fond de son cocktail.

En sortant du Lutetia, Vermeer lui avait parlé de Lopez. Un vrai sale con, mais aussi un sacré bon flic. Le genre de type qui renifle l'odeur de la merde à des kilomètres et qui ne lâche jamais rien. Il saurait tout de suite si Valentine essayait de l'envoyer sur une fausse piste.

Elle décida donc de lui dire la vérité, ou du moins de ne mentir que par omission.

— On m'a fourni son adresse ce matin. Je suis venue vérifier s'il habite bien ici.

Lopez réajusta ses lunettes à l'épaisse monture d'écaille.

— Je vois. Encore et toujours les petits secrets de la Fondation Stern...

— Comme vous le dites.

Lopez se rembrunit à l'évocation de la Fondation. Il ne tirerait jamais rien de Stern ni de son entourage proche. Cette fille pouvait bien être le point d'accès qui lui manquait. Il allait devoir jouer serré. Voir ce qu'elle avait dans le ventre sans la brusquer.

— C'est vous qui êtes allée rendre une petite visite à Bodinger il y a deux jours, n'est-ce pas ?

— Comment le savez-vous ?

— La femme de l'accueil. Elle se souvenait de vous et de l'assistante de Stern, la blonde. Comment s'appelle-t-elle, déjà ?

— Nora.

— La belle et dangereuse Nora, compléta Lopez, pensif. Des manières de princesse et un flingue à la ceinture... Et elle sait s'en servir, d'après ce qu'on m'a dit. Vous avez d'étonnantes fréquentations pour une restauratrice d'art.

— Je ne pense pas que mes fréquentations vous regardent, commissaire.

— C'est là que vous vous trompez. Une fille comme vous n'a rien à faire avec eux. Ces gens sont dangereux.

— Ce ne sont pas des criminels, si c'est ce qui vous préoccupe.

— Bien sûr que non. S'ils en étaient, ils seraient déjà en prison. C'est évident, non ? Regardez Vermeer...

Son sarcasme parut lui apporter plus d'amertume que d'amusement.

— Qu'est-il arrivé à Abott ? l'interrogea Valentine.

— Envolé. Quand je suis arrivé, la porte était entrouverte et il avait disparu. Il est parti plutôt précipitamment, si voulez mon avis.

Il s'écarta. Dans la pièce principale de l'appartement s'étalait un invraisemblable désordre. Des dizaines de livres d'art reposaient en vrac sur le sol. Les murs étaient recouverts de reproductions de tableaux et de pages arrachées dans des catalogues de musées. Placé perpendiculairement à la fenêtre, un chevalet supportait une toile inachevée. Le style de la composition, reconnaissable au premier regard, était celui de Francis Bacon. Au pied du chevalet traînaient tubes de peinture, flacons d'encre, boîtes de pigments, plumes et pinceaux mal nettoyés, ainsi qu'une palette couverte de couleurs encore fraîches. Écrasées sous une gangue colorée, les feuilles de journal censées protéger le parquet paraissaient comme incrustées dans le bois.

Dans un coin de la pièce, plusieurs toiles appuyées contre le mur finissaient de sécher. Il y en avait pour tous les goûts : une *Vierge à l'Enfant* de l'école siennoise auréolée d'or, une nature morte signée par Manet représentant un plat d'huîtres agrémenté d'une moitié de citron et même un extraordinaire Soulages au noir particulièrement intense.

Valentine repéra un grand carton à dessin abandonné près des tableaux. Elle sollicita Lopez du regard. Le policier lui indiqua d'un battement de paupières qu'il ne voyait aucun inconvénient à ce qu'elle assouvisse sa curiosité.

À l'intérieur du carton se trouvaient vingt ou vingt-cinq dessins, tous d'une exceptionnelle qualité. Parmi ceux-ci figuraient en particulier l'esquisse à l'encre d'une *Déploration* que Valentine aurait juré être de la main du Bronzino et un paysage au lavis dans le plus pur style hollandais du XVIIe siècle, digne d'un Hobbema ou d'un Van Ruisdael. Il y avait aussi une vingtaine de pochettes, classées par époque et par origine géographique, à l'intérieur desquelles Abott conservait d'anciennes feuilles vierges, des pages arrachées sur de vieux livres et des dessins anciens sans valeur dont il comptait probablement réutiliser le papier.

— Impressionnant, n'est-ce pas ? fit Lopez.

Il ne précisa pas s'il faisait allusion au désordre ou à la qualité des contrefaçons. Encadrées et accrochées aux cimaises d'un musée, ces œuvres auraient abusé sans difficulté la plupart des visiteurs et même beaucoup d'experts. Stern avait raison de craindre ce faussaire.

— Il y a des mois de travail ici, peut-être des années. Comment pouvez-vous savoir qu'il ne reviendra plus ?

— Ses vêtements étaient étalés en vrac sur le lit, dans la chambre. Il a pris ce qu'il pouvait emporter avec lui et il est parti à toute vitesse, sans même prendre la peine de refermer la porte à clé. Quant à la cause de sa précipitation, la voilà.

Il tendit à Valentine un exemplaire du journal *Le Monde*.

— C'est celui d'hier après-midi, précisa-t-il. La page centrale. Lisez la dernière brève en bas à droite.

Le passage en question disait :

> *Un tragique accident a eu lieu hier en début de soirée sur la ligne C du RER. Lucien Bodinger, conservateur au musée d'Art moderne de la ville de Paris, a chuté sur la voie à la station Pont de l'Alma. Il a été happé par le train à l'approche et a succombé à ses blessures dans la soirée. La police ignore encore la raison de sa chute.*

Un poids s'abattit d'un coup sur les épaules de Valentine.

— Mon Dieu... balbutia-t-elle, incrédule.

— Vous rendez visite à Bodinger et il meurt quelques heures plus tard. Dans son bureau, je trouve le nom et l'adresse d'Abott et vous débarquez chez lui juste après moi. Abott apprend la mort de Bodinger et il décampe illico en laissant derrière lui une fortune en faux tableaux. Ça nous fait une jolie série de coïncidences, vous ne trouvez pas ?

Face au silence de Valentine, il poursuivit :

— Vous savez ce que je crois ?

— Dites toujours.

— Je crois que Bodinger et Abott magouillaient ensemble. Abbott peignait ; Bodinger l'aidait à écouler ses contrefaçons. Ils ont arnaqué la mauvaise personne et Bodinger s'est fait buter. Abott a compris qu'il était le prochain sur la liste. Si vous et moi avons réussi à arriver jusqu'ici, d'autres y parviendront. Abott n'est pas stupide. Il a fichu le camp avant de se retrouver avec une balle dans la tête. La seule chose que je ne comprends pas, c'est ce que vous et la Fondation Stern venez faire dans cette histoire.

— Croyez-moi si vous le voulez, mais nous sommes du bon côté. Je ne peux pas vous en dire plus.

Lopez décida de passer à la vitesse supérieure. Cette fille était plus coriace qu'elle n'en donnait l'air. Il était temps de la brusquer un peu.

— Écoutez... Un type est mort écrasé sous un putain de train. Quand on a soulevé la motrice, il s'est vidé de son sang d'un seul coup. Mais avant ça, il a eu le temps d'écrire à sa femme combien il l'aimait, parce qu'il est tout le temps resté lucide. J'ai vu un tas de trucs dégueulasses dans ma vie, mais ce que ce mec a vécu est innommable. Alors, je vais vous dire : j'en ai par-dessus la tête des cachotteries de Stern. Je me moque que vous soyez les bons ou les pires des salopards. Partout où vous traînez, je ramasse des cadavres déchiquetés et, croyez-moi, j'ai passé l'âge pour ces conneries.

Valentine réussit à garder sa contenance. Le coup avait toutefois porté. Déstabilisée par la crudité des mots de Lopez, elle concéda :

— Que voulez-vous savoir ?

Lopez tira deux photographies de la poche intérieure de sa veste. Il lui mit sous le nez la première, prise par la caméra de surveillance externe de la station de RER.

Valentine blêmit en reconnaissant la silhouette de l'homme qui avait essayé de l'assassiner à Londres. Le cliché était mauvais et pris de trop loin pour qu'on puisse reconnaître ses traits. Elle n'avait pourtant aucun doute. Jamais elle n'oublierait ce manteau et cette casquette noirs.

— Je l'ai croisé hier, à Londres.

— Comment s'appelle-t-il ?

— Je n'en sais rien.

— Où est-il ?

— La dernière fois que je l'ai vu, il était allongé sur un brancard, dans un sac en plastique, avec un gros trou dans la poitrine.

Lopez accueillit l'information avec flegme.

— Vous tenez votre méchant, commissaire. Il a essayé de nous tuer, Elias et moi.

— Vous êtes vernis. Il n'a pas raté Bodinger.

Il remplaça la photographie du tueur par celle, beaucoup plus nette, de son second suspect. Valentine n'eut aucune difficulté à l'identifier, d'autant qu'elle l'avait croisé quelques jours plus tôt à Drouot, lorsqu'il avait tenté d'acquérir la gouache de Chagall.

— Paul De Peretti, fit-elle.

Lopez nota son nom au dos du cliché. Il lui fit signe de développer.

— C'est un courtier en art très connu. Je ne sais pas où il habite, mais vous n'aurez pas de mal à vous procurer son adresse. Qu'est-ce qu'il a à voir avec l'autre type ?

Lopez rangea les photographies. Il ôta ses lunettes et les glissa dans la pochette de sa veste.

— Vous avez vos petits secrets. Laissez-moi donc avoir les miens.

Il s'éloigna en direction de la porte, abandonnant Valentine au milieu des tableaux et des dessins contrefaits.

Avant de quitter l'appartement, il se retourna.

— Prenez garde à vous, mademoiselle Savi. Je n'aimerais pas reconnaître un jour votre joli minois en ouvrant un tiroir de la morgue.

33

Lopez avait peu de temps devant lui pour mettre la main sur Paul De Peretti, l'homme que fuyait Bodinger au moment de sa mort et que Valentine Savi avait reconnu sur le cliché tiré de la bande de vidéosurveillance. Bodinger était mort. Abott avait déguerpi. De Peretti emprunterait l'une ou l'autre de ces voies d'ici peu, si ce n'était pas déjà fait. Or, il était le dernier maillon de la chaîne que Lopez était parvenu à reconstituer. Il ne tenait rien d'autre pour l'instant. S'il laissait la piste se refroidir, il pouvait dire adieu à son enquête.

Une fois installé dans sa voiture, Lopez appela son bureau et donna trois minutes au malheureux qui décrocha le téléphone pour lui fournir l'adresse du courtier. C'étaient deux de plus que nécessaire pour un boulot aussi simple, mais Lopez avait besoin d'assembler tous les éléments nouveaux de la matinée et son cerveau tournait plus vite quand il était abreuvé de nicotine.

Deux minutes et cinquante-trois secondes plus tard, une adresse s'affichait sur l'écran de son téléphone portable. Lopez jeta son mégot sur le trottoir, alluma son gyrophare et démarra.

De Peretti habitait dans le huitième arrondissement, juste derrière les Champs-Élysées. Pendant qu'il zigzaguait entre les voitures sur le pont Alexandre III, toutes sirènes hurlantes, Lopez rappela l'inspecteur de service pour avoir quelques informations supplémentaires. Connaissant son supérieur, ce dernier n'avait pas chômé entre-temps. Il avait mis la main sur un dossier d'enquête des stups dans lequel apparaissait le nom de Paul De Peretti. Six mois plus tôt, le courtier avait été cité comme simple consommateur dans une affaire de stupéfiants. D'après le dossier, il avait de gros revenus, un train de vie pharaonique et des besoins en coke plus extravagants encore. Lopez connaissait l'histoire par cœur : à ce rythme, De Peretti passerait en moins d'un an de simple consommateur à dealer, rien que pour payer ses doses. Il finirait à la ramasse avant même de s'en apercevoir. Un jour, on retrouverait son cadavre avec une aiguille plantée dans le bras. La seule chose qui dérangeait le commissaire dans cette issue prévisible, c'était que les abrutis dans son genre étaient incapables de se faire le shoot de trop chez eux et aux heures ouvrées comme de bons citoyens : ils crevaient toujours en pleine nuit dans les toilettes d'une boîte branchée, avec tous les emmerdements que cela occasionnait.

Lopez se gara, rabattit le pare-soleil orné d'une plaque « POLICE CRIMINELLE », descendit de sa voiture et marcha jusqu'au numéro que lui avait indiqué l'inspecteur de service. Le nom de Paul De Peretti était bien marqué sur l'interphone. Son appartement était un cinquième étage. Lopez regarda sa montre. 14 h 15. L'heure où les junkies hors catégorie émergeaient tout juste. Il avait une chance sérieuse de trouver De Peretti chez lui.

Il sonna.

Il ne s'était pas trompé. Au bout d'une trentaine de secondes, une voix mal assurée s'échappa de l'interphone.

— Oui ?

— Commissaire Lopez, Brigade criminelle. Bouge-toi le cul. Tu as à peu près trente secondes pour balancer toute ta merde dans les chiottes.

À cent contre un, De Peretti avait les neurones trop ralentis pour comprendre qu'il n'était pas venu vérifier le contenu de sa boîte à pharmacie. Le stresser ainsi au saut du lit n'était pas très fair play, mais Lopez anticipait sur la nuit blanche que lui coûterait De Peretti quand il irait récupérer son cadavre.

Il y avait aussi une raison de psychologie élémentaire à sa mesquinerie : mettre un petit coup de pression sur un suspect avant de l'interroger permettait d'assouplir ses défenses à bon compte. De Peretti serait tellement soulagé de ne pas finir au trou pour le kilo de coke qu'il venait d'envoyer dans le tout-à-l'égout qu'il se laisserait aller dans les bras de Lopez comme un bébé en manque d'affection.

Déjà parti à la recherche de sa dope, De Peretti en oublia de déverrouiller la porte de l'immeuble. Lopez ne s'en formalisa pas. Comme tout bon livreur de mauvaises nouvelles, il avait toujours sur lui son passe, gracieusement fourni par un ami postier. Sans montrer la moindre hâte, il débloqua la porte et se dirigea tranquillement vers l'ascenseur. Pendant que De Peretti s'épuisait à courir partout, il n'avait pour sa part aucune raison de dilapider son énergie.

Arrivé au cinquième étage, il frappa à la porte. Une volée de coups bien sonores, le poing fermé, histoire d'en rajouter encore un peu dans le spectaculaire.

— Ouvre-moi, bordel ! Dépêche-toi, je n'ai pas que ça à foutre !

Il y eut une cavalcade suivie du bruit d'une chasse d'eau, puis le déclic du verrou. Un individu essoufflé apparut devant lui. Pas très grand, il semblait noyé dans son peignoir en soie sauvage, qui avait dû être à sa taille avant que la dope ne lui fasse oublier de se nourrir.

Les cheveux en bataille et le souffle court, De Peretti essaya de prendre l'air naturel. C'était peine perdue. Dilatées à l'extrême, ses pupilles peinaient à se faire une place entre ses paupières tombantes et les poches sombres et gonflées qui lui dévoraient le dessous des yeux.

Lopez établit un diagnostic rapide : un mélange ravageur d'ecstasy, de GHB et de coke, plus deux ou trois nuits blanches d'affilée. De Peretti roulait à un train d'enfer vers le cimetière des loosers cramés par les excès.

Le courtier tenta de prendre un air dégagé. Il commença par s'éclaircir la voix :

— Hum... Que puis-je pour vous, commissaire ? Excusez-moi, je n'ai pas retenu votre nom.

— Lopez. Commence donc par me faire entrer.

Sans l'attendre l'invitation de son hôte, il pénétra dans l'appartement. De Peretti eut le réflexe de se reculer d'un pas pour éviter le contact de son visage avec l'épaule de Lopez. Ce dernier se dirigea vers le salon et se jeta sur le canapé en cuir fauve qu'un mois de son salaire n'aurait pas suffi à payer. Il pointa du doigt le fauteuil installé en face de lui.

Docile, De Peretti s'y installa. Il se mit à pianoter nerveusement sur le cadran de sa montre, un volumineux cercle d'or blanc incrusté de diamants. Quand il serait arrivé au bout du bout, quand il n'aurait plus un euro sur son compte, son dealer la lui échangerait contre quelques doses et il accepterait, trop content de cette aubaine. Lopez garda pour lui cette prédiction.

Il se pencha en avant, appuya ses avant-bras sur ses cuisses et dit, sur le ton de la confidence :

— Écoute... Je me contrefous de ce que tu sniffes quand tu rentres chez toi le soir. Je ne suis pas venu pour ça.

Le visage du courtier s'illumina de soulagement. La danse agaçante de ses doigts sur la montre cessa.

— Bodinger, articula alors Lopez.

— Qui ça ?

— Ne me prends pas pour un con. La station de RER est truffée de caméra. On a ta gueule sous tous les angles. Tiens...

Il lui jeta sur les genoux le cliché tiré de l'enregistrement de vidéosurveillance.

De Peretti baissa la tête, accablé.

— On n'a pas tout l'après-midi, continua Lopez. Alors soit tu m'expliques pourquoi tu coursais Bodinger l'autre soir, soit je t'enfonce la tête dans la cuvette des chiottes jusqu'à ce que tu dégueules tes poumons. C'est clair ?

Il n'eut pas besoin d'insister pour rendre sa menace crédible. Fébrile, De Peretti fit une dernière tentative silencieuse pour résister à la pression de son visiteur, mais il finit par abdiquer.

— C'est vrai, admit-il. Je le suivais.

— Pourquoi ?

— À cause d'un tableau. Une gouache de Chagall que je devais acheter à Drouot pour un client. Il est apparu qu'elle était fausse. Bodinger était l'expert de la vente.

L'addition des drogues et du stress lui avait rendu toute sa loquacité. Jusque-là, son récit concordait avec ce que Lopez avait vu chez Abott.

— Ne perds pas le rythme, ordonna-t-il.

— Mon client m'a demandé de retrouver le faussaire. Bodinger était ma seule piste. Je voulais juste lui parler. Je vous le jure ! J'étais à l'autre bout du quai quand il est tombé. Je ne l'ai pas tué.

— Qui l'a fait, alors ?

— Un type en noir, avec une casquette. Il l'a poussé au moment où le train est arrivé. J'étais dans l'escalier quand c'est arrivé. Je l'ai bien vu.

Lopez sortit de sa veste le second cliché.

— Il ressemblait à ça ?

De Peretti hocha la tête, enterrant du même coup l'hypothèse de l'accident. Si la fille de la Fondation Stern avait dit vrai, cette piste-là s'était arrêtée à Londres dans un sac à viande.

Lopez ne savait pas s'il devait ou non s'en réjouir. Un bâtard de moins sur terre, c'était toujours bon à prendre dans l'absolu, mais sa mort réduisait singulièrement les perspectives de l'enquête.

— J'ai besoin de savoir un dernier truc : pour qui tu bosses ?

De Peretti secoua violemment la tête de droite à gauche.

— Je ne peux pas vous le dire. Il me défoncera la tête s'il apprend que je l'ai donné.

Lopez prit une mine lasse.

— Ma menace tient toujours pour les chiottes.

— Vous n'avez pas le droit de me torturer.

— Et tu vas te plaindre à qui ? Je n'ai jamais mis les pieds chez toi. En ce moment, je suis dans mon bureau en train de gratter de la paperasse et j'ai dix inspecteurs qui me regardent bosser. Ils ne diront pas autre chose au juge. Allez, sois un peu sérieux. Si j'ai envie de te frapper à coups de Bottin, personne ne viendra me dire quoi que ce soit.

— Si je vous dis qui est mon client, vous me mettrez sous protection ?

Lopez lui montra sa paume vide.

— Tu vois un mandat, là ? Officiellement, tu n'existes pas dans cette enquête. Je ne citerai pas ton nom.

— Il le découvrira.

— Ton problème le plus urgent, c'est moi. Sois coopératif et je ne te balancerai pas pour ça.

Un sachet transparent rempli de poudre blanche était mystérieusement apparu dans sa main.

— Quelle idée de planquer ta dope sous le coussin de ton canapé ! Il y en a bien pour quatre ou cinq grammes, là. Je suis sûr que, si je fouille un peu, je retrouverai d'autres trucs pas nets. Je me trompe ?

Le visage du courtier vira au vert-de-gris.

— OK, c'est bon... Laissez tomber votre numéro. Je n'apparaîtrai nulle part, vous me le garantissez ?

— Sur aucun rapport. Et je ne parlerai de toi à personne, même pas à mes collaborateurs. Je ne peux pas faire mieux.

— Mon client s'appelle Henri Lorenz.

— Lorenz... répéta Lopez, songeur. Ce fils de pute est dans tous les mauvais coups.

Depuis que ses gardes du corps avaient envoyé à l'hôpital les deux inspecteurs chargés de sa surveillance, Lorenz avait un fan-club particulièrement chaleureux dans tous les commissariats du pays. L'un des policiers était dans le coma. L'autre s'en était mieux tiré, mais il n'avait plus beaucoup d'os intacts et, d'après les médecins, il faudrait une demi-douzaine d'opérations pour reconstruire son visage. Quant à Lorenz, son avocat l'avait fait libérer après une nuit de garde à vue. Le temps que les renforts arrivent, tous les témoins de l'agression avaient disparu.

Depuis, on avait doublé l'équipe de surveillance. Deux voitures le suivaient en permanence, vingt-quatre heures sur vingt-quatre, dans l'attente d'un faux pas. Mais il ne fallait pas rêver. Ce type avait échappé pendant vingt ans à toutes les guerres de succession de la pègre et à des enquêtes en rafales sur ses activités délictueuses. Il était trop malin pour se faire prendre.

De Peretti le savait, lui aussi. Ses traits trahissaient désormais une profonde angoisse, bien supérieure à celle qu'avait provoquée l'irruption du commissaire quelques minutes plus tôt.

Il n'eut aucune réaction quand Lopez lança le sachet de cocaïne à ses pieds.

— Récupère ta merde. Et prends-toi quelques jours de vacances loin de Paris. Pars au soleil. Tu as mauvaise mine.

Il se leva et quitta l'appartement, laissant un De Peretti apathique sur son fauteuil. En sortant de l'immeuble, il rappela son bureau.

— Réunion générale dans une heure, ordonna-t-il à l'inspecteur de service. Rappelle les gars qui sont en vadrouille. Je veux voir tout le monde.

Il monta ensuite dans sa voiture et démarra en trombe sous le nez d'un autobus. Indifférent aux coups de klaxon furieux du chauffeur, il songea à l'irruption soudaine de Lorenz dans son enquête.

Il y avait des jours, comme ça, où la pêche se révélait miraculeuse. On partait pour attraper une petite daurade et on se retrouvait avec un thon de cent vingt kilos bien gras au bout de la ligne.

Toute la difficulté consistait à le ferrer correctement. Or Lopez n'avait encore aucune idée de la manière dont il allait s'y prendre.

34

Au lieu de quitter l'appartement d'Abott en même temps que Lopez, Valentine referma la porte après le passage du policier. La clé était sur la serrure. Elle donna deux tours de verrou.

Son audace la surprit. À ce rythme, elle allait bientôt se transformer malgré elle en héroïne de mauvais polar. Lopez avait eu raison de la mettre en garde : elle n'était pas faite pour cela. Même en imaginant que ce rôle l'émoustillerait – ce qui n'était en rien le cas –, ses aptitudes physiques et mentales ne lui permettaient pas de l'endosser. Elle se débrouillait très bien pour plonger tête baissée dans les ennuis, mais était nettement moins douée pour s'en extirper.

Lorsque Stern était entré dans son petit atelier, un an plus tôt, et qu'il avait posé devant elle le manuscrit perdu de Vasalis, elle avait cru pouvoir enfin tourner la page. Oublier son licenciement du Louvre, ses déboires sentimentaux à répétition, ses finances vacillantes et les heures perdues sur des tableaux dignes d'un autodafé. L'accumulation de désastres qui s'étaient abattus sur elle après son embauche l'avait cueillie à froid. Pendant ces semaines dramatiques, elle s'était laissé porter par les événements sans même tenter de les maîtriser ou d'en dévier le cours.

Elle avait survécu à tout cela non pas parce qu'elle l'avait voulu ou mérité, mais simplement par hasard. Elle était passée entre les balles et les voitures lancées à pleine vitesse comme d'autres s'évertuaient à éviter les gouttes de pluie : en sachant que l'on pouvait rester au sec durant un mètre ou deux, mais que cela ne durerait pas.

Quand le calme était revenu, elle avait organisé son existence autour d'une routine rassurante. Tous les matins, elle quittait son appartement, se rendait en bus à la Fondation et allait s'enfermer dans l'univers qu'elle avait créé autour d'elle et dont elle connaissait par cœur les règles de fonctionnement. Lorsque la porte sécurisée de la bibliothèque se refermait sur elle, plus rien ne pouvait l'atteindre.

Faire son métier de restauratrice et mener une existence tranquille… Elle ne demandait rien de plus. Au lieu de ça, elle se retrouvait à échapper à des assassins et à pénétrer chez les gens par effraction.

L'appartement était un trois pièces lumineux, mais vieillot. Outre le double séjour qui servait d'atelier à Abott, il y avait une chambre à peine moins encombrée, une salle de bains crasseuse et une minuscule cuisine donnant sur la cour intérieure de l'immeuble. Valentine mit un quart d'heure à mettre la main sur ce qu'elle espérait trouver. Le classeur était caché sous le lit, dans une boîte à chaussures. Lopez avait dû le trouver sans rien y voir d'autre qu'une succession de polaroïds aux couleurs approximatives. Pour Valentine, il s'agissait au contraire d'un trésor inestimable.

Elle commençait maintenant à mieux cerner la personnalité d'Alan Abott. Le choix des artistes qu'il imitait, la variété stylistique de ses pastiches, sa volonté de réaliser des œuvres d'une exceptionnelle qualité semblaient montrer qu'il n'était pas motivé par le seul appât du gain. Sans doute tirait-il une part importante de sa motivation de la jouissance qu'il éprouvait à berner experts, collectionneurs et institutions. Abott avait des comptes à régler avec le monde de l'art. Il voulait que son talent soit reconnu et, en même temps, se dissimulait derrière des noms célèbres.

Le classeur dissimulé dans la boîte à chaussures était le témoignage de cette schizophrénie. Abott y conservait le souvenir de chacune de ses réalisations. Tout était là, classé par ordre chronologique, de ses débuts, neuf ans plus tôt, au Soulages qui finissait de sécher.

Chaque page s'ouvrait par le titre de l'œuvre, la date de son achèvement, ses dimensions et le nom de son auteur déclaré. Venait ensuite une photographie, parfois agrémentée d'un bref commentaire technique.

En parcourant le classeur, on distinguait parfaitement le chemin emprunté par le faussaire au fil des ans. Pour se faire la main, il avait commencé par copier des œuvres existantes, comme la gouache de Chagall acquise par Stern à Drouot. Grisé par ses premiers succès, Abott avait cependant très vite délaissé la simple copie pour réaliser ses propres compositions. Cela ressemblait à une forme de défi personnel, car jamais il ne contrefaisait deux fois le même artiste. Dès qu'il était parvenu à maîtriser suffisamment la technique et les motifs d'un peintre, il passait à un autre, changeant avec une aisance stupéfiante de siècle ou de style.

L'Arche de Noé que Valentine avait ramenée de son séjour londonien était un cas à part. Comme le supposait Finaly, le tableau n'était pas de la main de Jacopo Bassani. Abott n'en était d'ailleurs pas non plus l'auteur, du moins pas le seul. D'après ses annotations et les clichés qu'il avait pris au fur et à mesure de l'avancée de son travail, il avait accolé à un tableau d'atelier des Bassani, réalisé par un élève au talent modeste, une toile vierge de même taille. Il avait ensuite prolongé la composition originelle en se laissant porter par son imagination. Malgré son talent, Abott n'était pas parvenu à éliminer le déséquilibre structurel induit par ce stratagème, mais il l'avait assez atténué en jouant sur la perspective et le décor pour qu'un œil, même aguerri, s'y laisse prendre. Il avait fallu toute l'expérience de Finaly pour déceler la supercherie.

Abott avait donc transformé un tableau anonyme de faible valeur en une toile signée par un maître illustre. La nouvelle *Arche de Noé* possédait en outre un format plus prisé des collectionneurs, souvent réticents à acquérir des tableaux de petite taille jugés peu décoratifs. Et si quelqu'un demandait une analyse des pigments pour vérifier l'authenticité de l'œuvre, il lui suffisait, avec l'aide de Bodinger, de faire réaliser le prélèvement de matière sur la partie ancienne du tableau pour aboutir à la conclusion que l'œuvre avait bien été peinte au XVIe siècle. La fraude était parfaite.

Valentine décida d'emporter le classeur. Grâce à lui, Stern pourrait convaincre les propriétaires des œuvres d'Abott de l'inauthenticité de leurs acquisitions. À condition, toutefois, de localiser les faux, ce qui s'annonçait d'ores et déjà comme une tâche titanesque. Des mois, peut-être même des années, seraient nécessaires à la Fondation pour retrouver tous les dessins et les tableaux répertoriés dans le classeur. Au moins étaient-ils désormais en mesure de les identifier s'ils refaisaient surface.

Impatiente d'annoncer à Stern la bonne nouvelle, Valentine ne s'attarda pas davantage dans l'appartement. Elle verrouilla la porte en sortant et glissa la clé dans sa poche pour le cas où Stern et Nora voudraient venir voir l'atelier d'Abott à leur retour de Londres.

En dépit de sa malédiction, la Maserati était toujours sur l'emplacement pour handicapés et le moteur démarra sans montrer le moindre signe de faiblesse. Valentine retrouva avec soulagement la cour de l'hôtel particulier, où se garer était un véritable plaisir, même avec une voiture de sport de 1961 à la maniabilité proche du zéro absolu.

Éric l'intercepta dans le vestibule :

— Je peux vous parler ?

— Ça peut attendre un peu ? J'ai laissé Juliette dans la bibliothèque. Je voudrais d'abord vérifier qu'elle va bien.

— Inutile de monter. Elle n'est plus là.

— Comment ça ? Où est-elle ?

— Votre ami l'a emmenée au jardin du Luxembourg. Ils sont partis il y a quarante minutes.

Sous le choc de cette information, Valentine fit signe à Éric de patienter et appela Vermeer sur son téléphone portable.

— Tu y prends goût ? lui demanda-t-elle quand il décrocha. Une promenade au parc avec Juliette... Incroyable !

— Elle était réveillée, maugréa Vermeer. J'ai pensé que ça lui changerait les idées.

— Tu as bien fait.

— Tu as trouvé des choses intéressantes de ton côté ?

— Mieux que ça. Je te raconterai tout à l'heure. J'ai deux ou trois choses à régler à la Fondation et je vous rejoins.

— Prends ton temps. Juliette est sur une balançoire. Je lui ai promis une glace après.

— Une vraie mère poule ! ironisa Valentine en raccrochant.

Elle se tourna vers Éric.

— Dites-moi tout.

Le concierge lui montra un boîtier en plastique noir de cinq centimètres de côté d'où dépassait une sorte de gros stylo.

— J'ai trouvé ça sur le mur d'enceinte en face du secrétariat.

— Qu'est-ce que c'est ?

— Un micro espion sans fil. On dirige le canon vers la cible qu'on veut écouter. Il capte les sons et le boîtier les transmet à un récepteur UHF positionné à distance.

La moitié des mots qu'il venait de prononcer étaient parfaitement inconnus à Valentine. Elle en comprit néanmoins assez pour s'étonner de la présence d'un tel engin aux abords de la Fondation.

— Je croyais que nous étions protégés contre les écoutes ?

— Nos lignes téléphoniques et notre connexion à Internet sont inviolables. Certaines pièces sensibles sont par ailleurs dotées d'une isolation phonique. C'est le cas de la bibliothèque et du bureau de M. Stern.

— Alors, avec ça, le tueur a pu entendre Nora commander les billets de train pour Londres par téléphone depuis le secrétariat ?

— Absolument. Ce n'est pas le modèle habituel qu'on trouve dans le commerce. Celui-ci est plus puissant. Je dirais qu'il a une portée de vingt à trente mètres en écoute et d'une centaine en transmission. C'est du matériel militaire, difficile à trouver.

— Merci, Éric. Vous le montrerez à Nora quand elle reviendra.

Elle lui tendit le classeur qu'elle avait trouvé chez Abott.

— Vous pouvez mettre ça en sûreté ?

Le gardien hocha la tête et se saisit du classeur.

Valentine se sentit gagnée par une profonde lassitude. La scène qu'elle venait de vivre lui sembla soudain parfaitement surréaliste. Un an plus tôt, jamais elle n'aurait imaginé qu'elle aurait un jour une discussion au sujet d'un micro espion avec un ancien agent secret reconverti en concierge bodybuildé. À l'époque, elle ne s'en portait pas plus mal.

En l'absence de Stern et Nora, elle n'avait rien de particulier à faire dans l'hôtel particulier. Elle signala à Éric qu'elle partait pour la soirée et se mit en route vers le jardin du Luxembourg.

Son portable vibra dans son sac alors qu'elle atteignait le carrefour de l'Odéon. « Matthias ?? » s'afficha sur l'écran.

Surprise par cet appel, Valentine hésita à répondre. Elle ne savait pas davantage quoi lui dire que deux jours plus tôt, et l'enlèvement de Judith, ajouté à sa nuit blanche londonienne, avait chassé Matthias de ses pensées.

Sans qu'elle l'eût voulu, son pouce décrocha de lui-même. Avait-elle fait une fausse manœuvre ou bien son inconscient avait-il décidé pour elle ? Valentine l'ignorait, ou plutôt elle préférait ne pas le savoir.

Elle rapprocha précipitamment l'appareil de son oreille.

— Allô ?

— Bonjour, vous avez essayé de me joindre ?

Valentine se souvint de son appel avorté, la veille de son départ pour Londres. Elle se sentit stupide. Stupide et ridicule.

— Euh... Je suis Valentine Savi. Nous nous sommes croisés à l'exposition anatomique. Vous m'avez laissé votre numéro.

Matthias ne montra aucun étonnement.

— Vous ne m'avez pas dit comment vous vous appeliez, l'autre jour. J'adore votre prénom.

— Merci.

— Désolé de ne pas vous avoir rappelée plus tôt, mais j'étais à l'étranger.

— Vous aussi ?

— Barcelone. Et vous ?

— Londres.

— Bon séjour ?

— Bref, heureusement. Et le vôtre ?

— J'y étais pour le travail. Vous savez comment c'est... On vous colle dans un avion en business class, vous avez à peine le temps de débarquer qu'on vous expédie dans un palace, où on vous gave de champagne et de plats exquis. Quand vous réussissez à trouver cinq minutes, vous faites ce que vous avez à faire et puis on vous réexpédie chez vous, crevé et dégoûté de la nourriture pour les trois semaines suivantes.

— L'enfer... commenta Valentine.

— Vous pouvez le dire. Et je repars demain matin.

— Où allez-vous, cette fois ?

— Monrovia. Moins drôle.

— Vous perdrez vos kilos catalans.

— Et question hôtel, adieu oreillers en plume et moquette soyeuse.

— Changez de métier.

— Impossible. Le mien me plaît.

— Que faites-vous ?

— Vous êtes bien curieuse, pour une inconnue. Je ne répondrai à cette question que devant un bon repas.

— Je croyais que vous n'aviez pas fini de digérer vos tapas.

— Je ferai un effort. Vous êtes libre ce soir ?

— Je suis bloquée chez moi, désolée.

— Aucun problème, j'apporte le dîner.

— Vous êtes toujours aussi audacieux, à ce que je vois.

— Ça vous dérange ?

— Pas vraiment. Vous faites ça avec un tel naturel.

— Je fais quoi ?

— Forcer les gens à vous trouver sympathique.

— Alors c'est d'accord pour ce soir ?

Valentine chercha un prétexte pour refuser. Elle en avait une bonne centaine à sa disposition. Par exemple : sa meilleure amie avait été enlevée. Elle devait gérer une fillette de dix ans traumatisée par la disparition de sa mère. Vingt heures plus tôt, un homme avait essayé de la tuer et avait reçu une décharge de fusil de chasse dans le dos. Elle avait passé le reste de la nuit à se faire cuisiner par une inspectrice anglaise opiniâtre. Elle n'était revenue à Paris que pour recevoir une leçon de morale de la part d'un flic tout droit sorti des années 1950. Elle avait pénétré dans l'atelier d'un faussaire en son absence et avait ajouté le vol à l'effraction. En l'espace de quarante-huit heures, ses barrières morales avaient implosé.

N'importe laquelle de ces excuses aurait justifié un refus.

Au lieu de cela, elle s'entendit déclarer :

— Je vous envoie mon adresse et le code par SMS.

— On dit vingt heures trente ?

— Vingt heures trente, confirma Valentine avant de rac-crocher. À tout à l'heure.

Un an plus tôt, elle n'aurait pas accepté un tel rendez-vous. Jamais d'ailleurs elle n'aurait rappelé un inconnu qui lui avait fait du gringue en lui citant un poème de Milton devant un cadavre transformé en sculpture de plastique.

Il fallait croire qu'elle avait évolué. Elle avait toujours vécu en refusant les risques, en jouant petit pour perdre le moins possible, et voilà que les événements l'obligeaient à miser gros. Les gains potentiels étaient élevés. Elle pouvait aussi subir des pertes dramatiques.

Judith. Juliette. Ses sentiments. Elle pouvait tout perdre, mais elle n'avait plus le choix. Tant qu'à se précipiter dans le vide, autant valait s'y jeter tête baissée.

35

Derrière la vitre de l'Eurostar, le paysage défilait à trois cents kilomètres à l'heure. Rien n'attirait l'œil dans cette alternance monotone de champs, de routes et de maisons en brique rouge. Pour réfléchir, c'était l'idéal.

Stern sursauta lorsque le steward s'adressa à lui pour lui proposer une boisson chaude. Il la refusa avec un sourire poli. Son regard se perdit à nouveau dans le paysage morose du Nord-Pas-de-Calais.

Deux heures plus tôt, il avait laissé Nora au chevet de son grand-père à l'hôpital. Finaly avait été opéré avec succès de sa blessure. Il se trouvait toujours en réanimation et y resterait quelques jours encore, mais les médecins s'étaient montrés raisonnablement optimistes sur son état. Sur le plan physiologique, il était désormais hors de danger. Restait à savoir comment un homme de son âge se remettrait d'une opération aussi lourde.

Stern n'avait eu aucune difficulté à décrypter le langage médical : Charles vivrait s'il le décidait. Toute la question était de savoir à quel point il en avait envie.

Sous sa façade pétulante, Charles n'était plus le même depuis la mort de Marta. Lorsque la grille du caveau familial s'était refermée sur celle qui avait partagé son existence durant un demi-siècle, quelque chose avait fini de se briser en lui. Ensemble, ils avaient tout vécu. De grands combats et de magnifiques bonheurs, mais aussi la perte de leur fils unique, décédé avec sa femme dix-neuf ans plus tôt dans un tragique accident de la route. Après ce drame, Charles et Marta avaient consacré toute leur énergie à Nora, qui avait été profondément atteinte par la mort de ses parents. Quand elle les avait quittés pour aller vivre à Paris, ils s'étaient repliés l'un sur l'autre. Même à la fin, lorsque la maladie avait transformé Finaly en étranger aux yeux de son épouse, il n'avait jamais cessé de l'aimer de toute son âme. Il l'avait veillée tendrement jusqu'à la fin.

Marta était morte. Nora vivait loin. Même s'il comprenait parfaitement ce qui retenait sa petite-fille aux côtés de Stern, Finaly avait souvent répété à son ami combien ces changements brutaux lui pesaient. Quand Stern lui avait demandé de l'aider à démasquer le faussaire, il avait retrouvé, quelques semaines durant, un regain de vitalité, mais ni l'un ni l'autre n'étaient dupes : ce feu se consumerait à peine moins vite qu'il s'était embrasé.

Telle était la raison pour laquelle Stern avait demandé à Nora de venir sur-le-champ au chevet de son grand-père : il voulait qu'à son réveil Charles ait sous les yeux l'unique raison susceptible de le convaincre de s'accrocher à la vie.

Le paysage défilait trop vite derrière la vitre. Épuisé, Stern se frotta les yeux. Ses longs doigts maigres, aux jointures gonflées par l'arthrite, le faisaient souffrir, comme toujours lorsqu'il passait sous la Manche. L'humidité, sans doute.

La vieillesse, à coup sûr.

Lui non plus n'était pas certain d'avoir beaucoup de raisons de continuer à se battre. Parfois, il se sentait près d'abdiquer. Il ne croyait pas à toutes ces fariboles sur la transcendance. Si cela avait été le cas, il aurait abandonné le combat bien plus tôt, peut-être même dès son retour de Londres, au lendemain de la guerre, quand il avait retrouvé l'hôtel particulier désert. Un mince filet d'espoir, dissimulé dans de profondes ramifications de son cerveau, l'avait aidé à se relever. Il n'avait compris que beaucoup plus tard ce dont il s'agissait. Très exactement le jour où il avait eu l'idée de la Fondation.

Il se reprit. Il ne pouvait pas se laisser aller. Il n'en avait pas le droit. Trop de choses dépendaient de lui. Nora et Valentine n'étaient pas prêtes à reprendre le flambeau de son combat. Pas encore. Dans quelques mois, une année tout au plus, elles le seraient.

Chaque jour le rapprochait de ce moment. C'était cette idée qui le faisait tenir quand son corps lui rappelait combien les rouages de la mécanique humaine étaient délicats et, malheureusement, périssables.

36

Lorsque la sonnette retentit, Juliette se précipita vers l'entrée de l'appartement en hurlant un « Hugo ! » enjoué. Elle devança Valentine et ouvrit grand la porte, le visage éclairé par une expression réjouie.

Son sourire s'évapora quand elle vit que l'homme qui se tenait devant elle n'était pas Vermeer.

La surprise était réciproque.

— Salut, poupée... lui lança Matthias, déconcerté.

Juliette lui répondit par un vague hochement de tête et s'enfuit de l'autre côté de l'appartement.

— Bonjour, fit Valentine. Entrez.

— Vous ne m'aviez pas dit que vous aviez une fille. J'aurais apporté de la nourriture pour trois si j'avais su.

Valentine rougit.

— Ce n'est pas ma fille. Et puis elle a déjà dîné.

Matthias eut la délicatesse de ne poser aucune question. Il tendit à Valentine un cabas rempli à ras bord de victuailles.

— J'ai préféré ne pas vous infliger ma cuisine dès le premier rendez-vous. Japonais, vous aimez ?

— J'adore.

Il ôta son sac à dos et en sortit un CD.

— J'ai aussi amené la bande-son de notre soirée. Des trucs romantiques : quelques vieux slows, la bande originale de *Top Gun*...

— Merci, mais...

— Je plaisante. J'aime bien que mon tee-shirt soit assorti à la musique que j'écoute, alors j'apporte mes disques quand je sors, surtout quand je ne sais pas où je mets les pieds.

Son tee-shirt représentait un GI dont le casque portait l'inscription « Meat is murder ».

— Si vous êtes allergique à Morrissey, j'en ai prévu un autre de rechange.

— Vous êtes vraiment comme ça ou vous faites votre numéro juste pour me draguer ?

— Un peu des deux, mais vous saurez dans quelles proportions quand nous aurons couché ensemble, pas avant.

— Pour ça, il vous faudra davantage qu'une grosse dose de culot, vous savez.

Matthias tira une bouteille de vin de son sac.

— Essayons l'alcool, alors. Vous me trouverez un charme fou après trois ou quatre verres.

Valentine s'abstint de lui dire qu'elle lui trouvait déjà un charme fou. Elle lui montra le coin salon, qui occupait les deux tiers de la pièce principale de son appartement.

— Allez vous asseoir sur le canapé et faites connaissance avec Juliette. Je vais chercher des verres et un tire-bouchon à la cuisine.

Lorsqu'elle revint, Juliette avait elle aussi succombé au pouvoir de séduction de son invité. Elle était assise à côté de lui sur le canapé et lui montrait, l'air concentré, comment changer les vêtements de sa poupée Barbie.

En fin d'après-midi, à son retour du jardin du Luxembourg, Juliette avait eu une grosse crise de larmes. Sa mère lui manquait et, malgré le bon moment passé en compagnie de Vermeer, elle avait atteint son point de rupture. Valentine avait mis près d'une heure à la consoler. La fillette avait besoin d'attention, et la présence d'un inconnu dans l'appartement pour la soirée n'était sans doute pas le meilleur remède à ses angoisses. Valentine avait failli décommander le dîner. En définitive, elle était ravie de ne pas l'avoir fait. Juliette ne demandait rien de mieux que de se changer les idées.

Elle éclata de rire quand Matthias lui montra le résultat de ses efforts.

— Tu es trop nul en Barbie !

— Le Père Noël a toujours refusé de m'en amener une. Ce n'est pas faute d'en avoir réclamé !

— Le Père Noël n'existe pas, déclara Juliette sur un ton docte. Et puis, maintenant, tu peux t'en acheter tant que tu veux !

— Tu as raison. Écoute, voilà ce qu'on va faire : dès demain, je vais aller m'acheter une Barbie. Je vais m'entraîner à lui mettre ses habits et, la prochaine fois qu'on se verra, je te montrerai le résultat. Ça roule ma poule ?

— Ça roule ma poule, répéta Juliette.

Elle lança aussitôt un regard en coin à Valentine pour être tout à fait certaine qu'elle avait le droit de prononcer cette expression. Ses traits se détendirent quand elle vit que celle-ci ne la reprenait pas.

— Et si tu allais te coucher, Juliette ? lui proposa Valentine. Allez, fais un bisou à Matthias et va au lit. Je viendrai te faire un câlin dans dix minutes.

Juliette s'exécuta. En s'éloignant, elle lança un « Ça roule ma poule » tonitruant, suivi d'un éclat de rire tout aussi sonore.

Valentine se saisit de la poupée Barbie relookée par Matthias et la contempla.

— On dirait du John Galliano dans un très mauvais jour.

— Rassurez-vous, je suis nettement meilleur en déshabillage.

Valentine fit mine de s'offusquer.

— Prétentieux !

— Vu que nous en sommes à ce genre de propos, on peut peut-être passer au tutoiement, non ?

— Comme tu veux.

Matthias servit le vin et lui tendit un verre.

— Le temps des questions existentielles est arrivé : que fais-tu dans la vie ?

— Je restaure des tableaux. Et toi ?

— J'ai dit : devant un bon repas.

— Je vais éteindre la lumière de Juliette et je reviens préparer la table. D'accord ?

— Ça roule ma poule.

Valentine se leva et alla dans sa chambre, la seconde et dernière pièce de l'appartement. Malgré le généreux salaire que lui versait la Fondation, elle n'avait pas jugé bon de déménager et vivait toujours au-dessus de son ancien atelier. À chaque début de mois, elle se promettait de chercher un logement qui ressemble moins à un taudis d'étudiante fauchée et finissait toujours par repousser cette résolution au mois suivant.

Un livre à la main, Juliette dormait déjà. Valentine le posa par terre, remit les draps en place sur le petit corps et éteignit la lumière en sortant.

Quand elle revint dans le salon, la table était dressée. Un amoncellement de sushis et de makis recouvrait tout l'espace disponible.

— Je n'ai pas pensé aux chandelles, soupira Matthias. Je pensais que tu en avais.

— Les dîners romantiques ne sont pas vraiment ma spécialité.

— Tant pis, alors. Nous nous admirerons à la lumière des ampoules à incandescence. Je ne pourrai pas te cacher mes vieilles traces d'acné.

— Et moi mes ridules au coin des yeux. Match nul.

Matthias lui fit signe de s'asseoir. Ils commencèrent à manger.

— Succulent... déclara Valentine.

— Bien.

— Et alors ?

— Alors quoi ?

— Ton boulot.

Matthias enfourna dans sa bouche un californian maki qu'il avala sans presque le mâcher.

— Je suis photographe.

— Dans quel domaine ?

— La mode pour m'offrir ces merveilleux tee-shirts et ces repas de rêve. Les reportages sérieux quand j'en viens à me dégoûter moi-même à force de perdre mon temps en futilités. Mais ne crois pas que je sois un affreux idéaliste. J'adore être payé des fortunes pour shooter des pétasses anorexiques.

— Monrovia, hein ?

Matthias hocha la tête, l'air songeur

— Et qu'est-ce que tu... commença Valentine.

Elle ne put finir sa question.

Matthias se redressa à moitié sur sa chaise, avança son buste vers elle par-dessus la table et l'embrassa.

Valentine se laissa faire, et le vin n'y était pour rien.

37

Paul De Peretti avala cul sec la vodka que lui tendit le barman. Indifférent à la saveur âcre de l'alcool dans sa gorge, il reposa le verre vide à côté des précédents. Il les compta. Si ses yeux ne le trompaient pas, il y en avait huit.

Huit vodkas et il commençait à peine à se sentir bien.

À cause de cet enfoiré de flic, il avait balancé pour plusieurs milliers d'euros de coke dans les chiottes de son appartement, sans parler des comprimés d'ecstasy qui avaient fini dans l'évier, tout comme le contenu de la boîte à bijoux chinoise dans laquelle il rangeait ses pilules orphelines au retour de ses virées nocturnes. Quand il se sentait d'humeur aventureuse, il plongeait la main dans la boîte, attrapait une pilule au hasard et l'avalait sans regarder. Effet de surprise garanti.

Tout ça avait fini dans les égouts. C'était à en pleurer.

Par chance, il était parvenu à retrouver deux ou trois petites choses dans des cachettes improbables et son fournisseur avait eu la bonne idée de ne pas éteindre son téléphone. Ils s'étaient fixé rendez-vous le soir même. Son dealer avait insisté pour qu'ils se retrouvent dans son lieu de travail habituel, une discothèque branchée proche des Grands Boulevards. Un réservoir à pétasses en leggings trop serrés et débardeurs criards. Quant aux mecs mignons, il fallait croire qu'ils s'étaient tous donné rendez-vous ailleurs.

Seul le barman ressemblait à peu près à quelque chose. Un faux air de Christian Bale avec vingt kilos de muscles en plus et autant de charme en moins. C'était mieux que rien. Après avoir reconstitué ses réserves de coke, De Peretti avait donc pris possession d'un tabouret et des vingt centimètres de comptoir attenants. Depuis une heure, il s'employait à attirer l'attention du barman et à se détruire le foie à coups de shots de vodka, dos à la piste de danse.

Cela ne suffirait pas. Il s'en doutait. Le huitième verre le lui confirma.

Si l'alcool pouvait l'aider à oublier la visite du policier, il faudrait quelque chose de bien plus puissant pour faire disparaître de son esprit le visage, gras et transpirant le sadisme par tous ses pores, de Lorenz.

Ce dont il avait besoin se trouvait dans la poche intérieure de sa veste, dans une feuille de papier repliée avec un art consommé de l'emballage hermétique.

Le cerveau assailli par les infrabasses, il se laissa glisser du tabouret et longea la piste de danse bondée. Il croisa une grosse fille à l'air hagard qui, le crâne envahi par un épais brouillard chimique, recherchait l'âme sœur devant les toilettes tout en ânonnant des propos incompréhensibles. Elle s'accrocha à son bras et essaya de frotter son visage ruisselant de sueur contre sa chemise. Il la repoussa violemment sur la piste, où elle s'étala de tout son long. Une masse compacte de corps en transe se referma aussitôt sur elle.

De Peretti parvint enfin à sa destination. Il s'enferma dans la dernière cabine libre, urina, puis se lava les mains et essuya le rebord du lavabo avec du papier toilette. Il sortit de sa poche une enveloppe de colombienne garantie extra-pure par son dealer – pas de la merde pour bobos à quarante euros le gramme. Il en répandit tout le contenu sur le lavabo et consacra la minute suivante à transformer ce petit tas en une ligne approximative à l'aide de sa Visa Infinite. Même en se concentrant, il ne réussit pas à atténuer les tremblements de sa main.

Il sniffa la coke avec une frénésie qui tendait à devenir la règle ces derniers temps. Quand la colombienne eut disparu dans ses narines, il s'humecta l'index, s'en servit pour récupérer les dernières poussières restées sur la faïence et se frotta la gencive avec le bout du doigt. Les mains appuyées contre le lavabo, il pencha la tête en arrière, ferma les yeux et essaya de se détendre.

Il y avait longtemps que les effets de la drogue n'étaient plus aussi explosifs qu'au premier jour. Cette fois, pourtant, c'était comme s'il avait respiré de la farine. L'addiction n'expliquait pas tout.

Il ouvrit les yeux et se contempla dans le miroir. Il était seul dans la cabine, mais ce salopard de Lorenz était toujours là, dans sa tête. Il pouvait bien picoler et sniffer toute la nuit, la terreur que lui inspirait le malfrat ne disparaîtrait pas.

Il décida de rentrer. Il lui restait assez de cocaïne dans sa poche pour assommer un buffle. Chez lui l'attendaient une solide réserve d'alcools forts et les deux dernières saisons de la série *Lost* en DVD. De quoi tenir au moins trois jours sans sortir.

Son programme était simple : s'enfermer dans son appartement, débrancher le téléphone, se shooter à mort et prier pour que Lorenz l'oublie.

Prier, surtout.

En repassant devant le bar, il lança un geste amical au clone stéroïdé de Christian Bale auquel, à tout hasard, il avait laissé un billet de vingt euros replié autour de sa carte de visite.

Le barman ne répondit pas à son salut. Un autre soir, De Peretti en aurait pris ombrage. À cet instant, il songeait seulement à s'enfuir de cet endroit lugubre.

L'air frais du monde extérieur le saisit dès qu'il passa la porte. Il chercha des yeux un taxi, mais les abords de la discothèque étaient déserts. Rien non plus dans les rues environnantes. Il était bon pour une demi-heure de marche à pied. Il soupira, rassembla le peu de courage que la poudre et la vodka lui avaient laissé, glissa les mains dans ses poches et se mit en route. Un peu d'exercice lui remettrait les idées en place.

Il ne croisa personne pendant la plus grande partie du trajet. C'était la mauvaise heure : trop tard pour les travailleurs, trop tôt pour les clubbers. Cette solitude ne le dérangea pas. Le contact humain n'était pas ce qu'il désirait le plus ce soir-là. S'il avait même pu vider Paris de ses habitants, il l'aurait fait.

Il s'engagea dans une ruelle étroite éclairée par un réverbère à chaque bout. Encore quelques centaines de mètres et il serait enfin chez lui. Il était temps. Il commençait à avoir sérieusement mal aux pieds. Pressé de retrouver son lit il hâta le pas.

Un talon claqua sur le trottoir derrière lui. Surpris, il se retourna. Un homme venait de passer l'angle de la ruelle. Il se figea, bras croisés, dans une posture dépourvue d'ambiguïté quant à sa détermination de ne laisser passer personne, ni dans un sens ni dans l'autre.

Un pressentiment sinistre gagna De Peretti. Il ne fut pas surpris outre mesure lorsque la silhouette massive de Lorenz émergea des ténèbres devant lui.

— La soirée a été bonne, on dirait. C'est comme ça que tu traques mon faussaire ?

De Peretti tenta de faire bonne figure.

— Je déprime un peu ces derniers temps. Une petite sortie n'a jamais tué personne.

Lorenz parut se détendre d'un coup. Il attrapa l'épaule du courtier et la serra dans un geste amical.

— T'as raison. Il faut profiter de la vie. Moi aussi, j'aime bien sortir, mais j'ai en permanence deux bagnoles de flics à mes basques. Ça rend tout de suite les choses moins marrantes. Imagine un peu : tu t'éclates comme une bête sur la piste de danse, tu branches une petite minette, histoire de t'éclater un peu sans que bobonne le sache, et ces connards te suivent jusque dans les chiottes. Dur de tirer sa crampe dans ces conditions !

Il ponctua sa conclusion d'un ricanement gras.

De Peretti n'avait pas la moindre idée d'où le truand voulait en venir. Mal à l'aise, il esquissa un sourire crispé et laissa à Lorenz l'initiative de la conversation.

— Ces bâtards me pourrissent la vie, poursuivit ce dernier. Tu n'imagines pas les manœuvres que j'ai dû faire pour réussir à me débarrasser de mes anges gardiens et à venir te voir ! Un vrai bordel !

— Pourquoi vous êtes-vous dérangé ? Vous auriez pu me téléphoner.

— J'avais envie de discuter. En tête à tête, c'est toujours mieux. Et, pour tout te dire, ma femme me gonfle. Je me barre de chez moi dès que je peux. Tiens, regarde, il y a un banc là-bas. On y sera mieux pour parler.

Il alla s'asseoir. De Peretti s'installa à côté de lui.

— J'aime la nuit, poursuivit Lorenz. On a envie de se lâcher, de faire des confidences. Tiens, je vais t'avouer quelque chose : il n'y a pas que les commissionnaires de Drouot que j'arrose. Il m'arrive de verser quelques pots-de-vin à des flics. Je leur paie leurs vacances en Creuse et, en échange, ils me tuyautent un peu. Du classique, quoi.

— Je ne suis pas certain que tout ça me regarde.

— Si, si, tu vas voir... Un des flics que j'arrose bosse à la Crim. Je lui ai demandé de se rencarder sur l'expert de Drouot, celui qui est passé sous le train. Voir où en est l'enquête, si le nom du faussaire apparaît quelque part... Tu vois le truc. Bref... Il y avait une réunion cet après-midi. Donc mon pote y va, tranquille, et, là, il entend mon nom, alors il tend l'oreille et il m'appelle pendant la pause café. Devine pourquoi ils ont parlé de moi...

De Peretti sentit son dos s'humidifier malgré le froid.

— Aucune idée, mentit-il.

Lorenz parut ne pas percevoir sa gêne.

— Les flics pensent que j'ai quelque chose à voir avec sa mort. Tu imagines ça ? Je ne savais même pas que ce mec existait avant que tu m'en parles ! C'est dingue, non ?

Son rire sonore déchira la quiétude de la ruelle.

Mis en confiance par son attitude, De Peretti se laissa lui aussi aller à ironiser :

— Le monde est injuste.

— Attends un peu, il y a encore mieux... Tu sais qui m'a balancé ?

De Peretti dut poser ses mains à plat sur ses cuisses pour les empêcher de danser la gigue.

— Non, lâcha-t-il d'une voix atone. Je ne sais pas.

Lorenz laissa planer un instant de silence.

— En fait, moi non plus. Le patron de la Crim n'a pas dit d'où il tenait ses informations. Le truc intéressant, c'est qu'il savait des choses assez intimes sur moi.

— Quel genre de choses ?

Redevenu soudain sérieux, Lorenz se tourna vers De Peretti et le fixa.

— Le genre qu'il n'a pu apprendre que de ta bouche de crétin congénital.

De Peretti n'eut pas le courage de soutenir son regard. Ses pupilles s'immobilisèrent sur l'immeuble en face d'eux.

— Je n'ai rien dit à personne, essaya-t-il de se justifier. Jamais je ne ferais une chose pareille. Faites-moi confiance.

La balle l'atteignit à la tempe gauche.

Il s'effondra sans un bruit sur le sol, au pied du banc.

Lorenz se leva et contempla le cadavre recroquevillé par terre.

— Maintenant, tu as toute ma confiance, connard.

Il réajusta les pans de son manteau et tendit le pistolet, dont le canon se terminait par un silencieux, à son garde du corps. Celui-ci fit disparaître l'arme dans un repli de son costume.

— C'est dangereux de rester là, patron.

— On dégage.

Ils commencèrent à marcher vers la voiture garée au bout de la ruelle, dans laquelle se trouvaient les deux autres hommes de main.

Lorenz se ravisa soudain.

— Attends-moi une seconde, dit-il en faisant demi-tour.

Il se pencha sur le cadavre, défit le bouton de sa chemise, retroussa sa manche et détacha le bracelet de sa montre. Il l'enfila à son propre poignet et contempla le scintillement des diamants à la lueur du réverbère. Un rictus gourmand se dessina sur ses lèvres charnues.

— Allons retrouver mes anges gardiens, dit-il en rejoignant son garde du corps. Je suis sûr que je leur manque déjà.

38

Matthias regarda sa montre et s'assit sur le rebord du canapé.

— Et merde... Trois heures moins dix...

— Qu'y a-t-il ? lui demanda Valentine dans un bâillement.

— Mon avion décolle à sept heures dix.

— Et ?

— Et je n'ai pas préparé mes bagages, comme tout trentenaire attardé qui se respecte. Je dois partir.

— Sûr ?

— Désolé.

Il se leva et commença à se rhabiller.

— Tu reviens quand ?

— Dans une petite semaine. Tu seras toujours là ?

— J'espère.

— Célibataire ?

— J'ai l'air de l'être encore ? fit Valentine en caressant le bas de son dos.

— Pas vraiment.

Matthias entreprit de lacer ses Converse.

Valentine s'assit à côté de lui. Elle enfila le tee-shirt des Smiths qu'il portait en arrivant.

— Tu me le prêtes ?

— Garde-le. J'en ai apporté un autre.

Il ouvrit la fermeture Éclair de son sac à dos et en tira un tee-shirt à l'effigie de Nirvana, période *Nevermind*.

— Ton horloge biologique est restée bloquée en 1991 ? l'interrogea Valentine.

— C'était le bon temps : pas de problème de couche d'ozone, on pouvait cloper partout, les filles étaient cool…

— Tu veux dire qu'elles couchaient dès le premier soir ? C'est vrai, les choses ont bien changé, alors.

— Il faut vraiment que je me sauve.

Il posa un rapide baiser sur ses lèvres, enfila son pull et traversa l'appartement. Valentine le rattrapa sur le seuil. Elle l'enlaça longuement.

Quand ils se détachèrent enfin l'un de l'autre, Matthias déclara :

— Je voulais te demander un truc.

— Oui ?

— Juliette n'est pas ta fille, c'est sûr ?

Valentine le repoussa doucement de l'autre côté de la porte.

— Idiot.

— C'était juste pour vérifier.

Il l'embrassa à nouveau.

— Je te rappelle dès mon retour. Et ne lave pas mon tee-shirt à plus de trente degrés. C'est mon préféré.

— Dehors, goujat.

Valentine referma la porte. Malgré l'heure tardive, elle entreprit de ranger le salon. Elle n'avait pas envie que Juliette voie certaines choses en se levant.

Elle s'aperçut que Matthias avait oublié son sac à dos. Elle faillit lui courir après. À 3 heures du matin et vêtue en tout et pour tout d'un vieux tee-shirt des Smiths qui lui tombait juste sous les fesses, ce n'était pas l'idée du siècle. Matthias survivrait bien une semaine sans.

Au même instant, on frappa à la porte.

Le sac à la main, Valentine traversa le salon.

— Je te manque déjà ? minauda-t-elle en ouvrant la porte.

Son sourire s'éteignit instantanément.

Ce n'était pas Matthias.

— Je m'appelle Alan Abott, fit l'homme juste avant de s'écrouler sur le plancher. J'ai besoin de votre aide.

39

Si l'on exceptait le trou sombre sur sa tempe, Paul De Peretti avait presque meilleure mine mort que vivant. Le commissaire Lopez se fit cette étrange réflexion en refermant la glissière du sac en plastique noir qui refermait le cadavre du courtier. Il fit signe aux employés de l'Institut médico-légal d'emporter le brancard. Au bout de la ruelle, le gyrophare de l'ambulance ajoutait son halo intermittent aux premières lueurs de l'aube.

Lopez ne s'était pas trompé de beaucoup dans ses prédictions. De Peretti avait fini dans le caniveau au milieu de la nuit, les narines et les poches remplies de cocaïne. Avec quelques semaines d'avance sur ses prévisions et une balle dans la tempe, certes, mais cela ne changeait pas fondamentalement les choses. Lopez avait même tendance à croire qu'on lui avait fait une fleur en écourtant sa descente aux enfers.

Même s'il se gardait de montrer son émotion sur les lieux d'un crime, Lopez éprouvait toujours de l'empathie pour les victimes. Face au corps sans vie de Paul De Peretti, pourtant, il ne ressentait rien, sans doute parce que le gâchis était ancien. Le courtier était mort depuis longtemps. Il l'ignorait, voilà tout. Comme dans ce film stupide avec Bruce Willis où les morts déambulaient parmi les vivants sans s'apercevoir qu'ils n'appartenaient plus au même monde qu'eux. Ce qui ne fonctionnait pas au cinéma se réalisait parfois dans la vraie vie.

De Peretti était une coquille vide bien avant cette nuit. Personne ne le regretterait, sinon son dealer et son décorateur d'appartement.

Cela dit, plusieurs choses ennuyaient profondément Lopez dans ce décès. Se peler à 5 heures du matin dans une ruelle puant la pisse, d'abord. Ensuite, De Peretti était un témoin clé. Sans lui, Lopez voyait s'envoler sa chance la plus sérieuse de résoudre l'assassinat de Bodinger. Son troisième souci était aussi le plus inquiétant : à aucun moment il n'avait cité le nom du courtier, ni dans le dossier ni au cours de la réunion de la veille avec ses hommes. Or, il ne parvenait pas à s'ôter de l'esprit que De Peretti avait été tué parce qu'ils s'étaient parlé.

Ce qui le ramenait à un autre nom, qu'il avait bien prononcé, celui-là.

Le premier réflexe de Lopez en reconnaissant De Peretti avait été d'appeler l'équipe chargée de surveiller Lorenz pour savoir où le truand avait passé la nuit. Il avait obtenu une réponse gênée. Une voiture aux vitres teintées était sortie du garage de Lorenz vers minuit et demi. L'une des équipes de surveillance l'avait filée. Dans le doute, l'autre était restée en planque devant la maison. Après une visite touristique de l'ouest de la capitale, la voiture s'était volatilisée du côté de l'Étoile. Elle était réapparue à 3 h 10 et s'était aussitôt enfoncée dans le garage.

Conclusion : Lorenz était peut-être parti en vadrouille. Ou alors peut-être avait-il tranquillement passé la nuit bien au chaud dans son lit. Toutes les possibilités restaient ouvertes, y compris celle qu'il ait assassiné De Peretti.

Au fond de lui, Lopez savait ce qu'il en était. Lorenz jouait avec ses nerfs. Cet enfoiré se foutait de sa gueule. Il ne s'en cachait même pas. C'était surtout cela qui mettait le commissaire en rogne.

Il regarda ses collègues de la police scientifique finir de remballer leurs affaires et s'éloigner. Quand il se retrouva seul dans le périmètre de sécurité, il s'assit sur le banc au pied duquel on avait retrouvé le cadavre et fouilla dans ses poches à la recherche de son paquet de cigarettes. Il s'aperçut qu'il l'avait oublié chez lui. Il pesta à mi-voix et rajouta une ligne au compte de Lorenz.

D'après les premières constatations du légiste, De Peretti se trouvait à cet endroit précis au moment de sa mort. Le tireur se tenait à ses côtés, sans doute lui aussi en position assise. Comme le corps ne portait aucune ecchymose et qu'il n'y avait pas non plus trace de lutte sur le sol, l'hypothèse du légiste était la suivante : De Peretti bavardait gentiment avec son assassin quand celui-ci avait sorti son flingue et l'avait cueilli par surprise, à bout portant. Une véritable exécution. Froide, sournoise et efficace.

Lorenz.

D'autres éléments réfutaient l'hypothèse d'une mauvaise rencontre nocturne. On avait retrouvé dans les poches du courtier près de mille euros en espèces et l'équivalent en coke. Pas de vol, donc.

Cette conclusion déclencha une réaction en chaîne dans l'esprit du commissaire. Il se releva d'un bond et se mit à courir vers l'extrémité de la ruelle.

Il atteignit l'ambulance au moment où les brancardiers s'apprêtaient à refermer la porte arrière.

— Attendez ! leur cria-t-il de loin.

Ils s'interrompirent.

— Je veux vérifier un truc, leur expliqua Lopez entre deux halètements.

Il reprit son souffle avant de grimper dans l'ambulance. Une fois à l'intérieur, il tira sur la fermeture Éclair du sac plastique, découvrant le cadavre jusqu'à la ceinture.

Il eut la confirmation immédiate de ce que sa mémoire avait enregistré quand il avait vu pour la première fois le corps allongé par terre. Il n'y avait alors pas prêté attention. Maintenant, cela lui sautait aux yeux.

La manche gauche de la victime était relevée jusqu'au poignet. Sa montre avait disparu.

L'indifférence de Lopez à l'égard du mort fut submergée par une soudaine montée de colère. Lorenz avait les moyens de se payer tous les colifichets qu'il désirait. Il avait détroussé le cadavre pour le simple plaisir de lui infliger une dernière humiliation.

L'addition commençait à être salée. Lopez se promit de la lui faire payer rubis sur l'ongle.

Rubis sur l'ongle, plus les intérêts.

40

Elias Stern secoua violemment la tête.

— Non, je regrette. C'est impossible.

Abott lui lança un regard suppliant.

— Nous ne pouvons rien faire pour vous, lâcha Stern. Vous êtes allé trop loin.

— Je vous en supplie... Ils vont me tuer !

Les sons s'étranglèrent dans sa gorge.

Sur le plan physique, il allait mieux que lorsqu'il avait fait irruption chez Valentine au petit matin. Une fois remis de sa défaillance, il lui avait tout expliqué : convaincu d'être la prochaine victime sur la liste, il s'était enfui de chez lui dès qu'il avait appris la mort de Bodinger. Il avait marché longtemps, essayant de mettre le plus d'espace possible entre son appartement et lui.

Quelques heures plus tard, il avait pris conscience qu'il ne savait pas où aller. Dans sa précipitation, il avait laissé chez lui sa réserve d'argent liquide et n'avait pris que quelques affaires au hasard dans son placard. N'ayant pas de quoi aller à l'hôtel, il avait passé la nuit dans la rue, blotti derrière une benne.

Le lendemain matin, regrettant sa fuite irréfléchie, il était retourné dans son quartier. Par prudence, il s'était posté dans le jardin des Invalides pour surveiller les parages avant de monter chez lui. Il avait ainsi vu Lopez et Valentine pénétrer successivement dans son immeuble.

Aucun des deux n'avait pourtant l'air d'un tueur. Perplexe, il avait suivi la jeune femme. Depuis l'escalier, il avait entendu Lopez l'inviter à entrer. Il avait alors rejoint à son tour le deuxième étage. Par la porte entrouverte, il avait pu écouter la conversation de ses deux visiteurs. Il n'avait guère eu de difficulté à comprendre qui ils étaient et quelles étaient les raisons de leur présence. Lorsque Lopez avait quitté les lieux, il avait juste eu le temps de monter jusqu'au palier supérieur.

Une demi-heure s'était écoulée avant le départ de Valentine. Abott avait cru qu'il pourrait enfin récupérer ses affaires, mais elle avait refermé à clé derrière elle en partant.

Il était piégé hors de chez lui, sans argent ni vêtements propres. Ne sachant que faire, il avait marché jusqu'à la Fondation Stern. Il avait lu un article sur le marchand plusieurs années plus tôt et se souvenait qu'il vivait rue des Saints-Pères. Il n'en savait pas plus.

La chance lui avait alors enfin souri. Au moment où il s'engageait dans la rue des Saints-Pères, Abott avait vu au loin Valentine franchir à pied un portail. Il s'était précipité derrière elle. Au Luxembourg, elle avait rejoint un homme et une fillette. L'homme était reparti seul vers la Seine. Valentine et la fillette avaient pris le métro à Saint-Michel. Un couple divorcé, avait songé Abott. Sans trop savoir pourquoi, il les avait filées jusque chez elles.

Il s'était installé sur le trottoir opposé, dans un renfoncement entre deux bâtiments. Personne n'avait fait attention à lui. Il y avait tant de SDF dans le quartier que les riverains les considéraient depuis longtemps comme des éléments du paysage urbain.

Depuis son poste d'observation, il voyait parfaitement la façade de l'immeuble. À force de voir entrer des habitants, il avait fini par mémoriser le code d'entrée. Il avait repéré l'appartement de Valentine quand celle-ci était apparue à sa fenêtre pour fumer une cigarette. Premier étage, côté façade, juste au-dessus d'un atelier désaffecté.

Peu après 20 h 30, un jeune gars était entré, portant un énorme sac de nourriture. Abott avait senti son estomac se déchirer. Il n'avait rien avalé depuis le déjeuner de la veille. Il aurait tout donné pour un café bien chaud et un sandwich.

Il avait attendu encore un peu, puis était tombé dans une sorte d'état végétatif. Le claquement de la porte d'entrée de l'immeuble l'avait tiré de sa somnolence au milieu de la nuit. Une silhouette sombre s'était éloignée d'un pas rapide.

Tremblant de froid dans les pauvres vêtements qu'il avait emporté en s'enfuyant de chez lui, Abott avait alors réalisé qu'il mourrait probablement d'inanition et d'épuisement s'il passait le reste de la nuit dehors.

Il n'avait pas le courage d'errer dans Paris à la recherche d'un endroit chauffé. Un sentiment de résignation désespérée l'avait alors poussé chez Valentine. Il préférait passer le reste de sa vie en prison plutôt que de mourir ainsi, comme un chien, en pleine rue.

Maintenant qu'il s'était restauré, lavé et reposé un peu, il n'avait plus envie de mourir du tout.

— Pourquoi voudrait-on vous tuer ?

Abott releva la tête et fixa le marchand.

— Réfléchissez une seconde. Si vous aviez investi une fortune pour acheter un lot de tableaux et que vous vous aperceviez qu'ils sont faux, qu'est-ce que vous préféreriez : voir votre investissement réduit à néant ou bien éliminer toutes les preuves de votre erreur ? Bodinger et moi étions les seuls à être au courant. Il est mort. Faites le compte.

— Savez-vous où sont passées vos œuvres ?

— Je n'en sais rien. Je peignais, Bodinger s'occupait de la vente et nous partagions les bénéfices. Il avait monté un baratin bien rodé : il prétendait qu'un de ses amis avait hérité d'un lot d'œuvres d'art et qu'il avait besoin de liquidités pour régler la succession. Il préférait perdre de l'argent sur la vente plutôt que d'en reverser la moitié au fisc et d'avoir à subir tout un tas de questions. Bodinger prétendait n'avoir aucun doute sur l'authenticité des œuvres et proposait même à ses clients de leur fournir un certificat.

— C'était osé de sa part, intervint Valentine.

— En fait, la corrigea Abott, il ne prenait pas beaucoup de risques : quand on acquiert des œuvres dans ces conditions, on a tendance à ne pas vouloir les faire réapparaître tout de suite, surtout quand le paiement s'est fait en cash ou grâce à un virement depuis un compte numéroté en Suisse. Au pire, l'arnaque aurait été découverte dans dix ou quinze ans. Bodinger aurait pris sa retraite loin d'ici et j'aurais disparu de la circulation.

En retrait face à la baie vitrée, Heintz paraissait plongée dans la contemplation du jardin, comme si la conversation ne la concernait pas.

— Et les gens gobaient ça ? demanda Valentine.

Abott acquiesça.

— Ils étaient convaincus de réaliser l'affaire du siècle. Payer au tiers de sa valeur un tableau de maître authentifié par un conservateur reconnu les excitait comme des fous. Ils tombaient tous dans le panneau. Nous vendions quatre ou cinq tableaux et une dizaine de dessins par an. Ça me suffisait pour vivre et Bodinger se payait ses extras avec.

Son regard bascula de Valentine à Stern, puis erra dans la pièce. Il sursauta en apercevant son reflet dans l'immense miroir Louis XIV accroché en face de lui. Il mit plusieurs secondes à reconnaître cet individu aux joues mangées par la barbe et au crâne dégarni. Ses pupilles glissèrent ensuite jusqu'au Van Gogh et s'y fixèrent longuement.

Il revint soudain à la réalité :

— Tout a bien marché jusqu'à l'année dernière...

— Que s'est-il passé ?

— Bodinger a rencontré un acheteur important. Il lui a vendu coup sur coup six ou sept œuvres en quelques mois. Je lui ai dit d'arrêter. Ça devenait risqué. Le type allait finir par se douter de quelque chose, et puis mes réserves n'étaient pas inépuisables. Bodinger ne m'a pas écouté. Il est devenu gourmand. Il me disait que c'était notre plus gros coup. Qu'après quelques mois nous pourrions prendre notre retraite.

— Vous savez de qui il s'agit ?

— Bodinger n'a jamais voulu me le dire. J'aurais dû être plus ferme. Mais il me demandait toujours plus d'œuvres pour son acheteur. Je travaillais quinze heures par jour. J'étais épuisé.

Il haussa les épaules.

— Voilà… Vous savez tout.

— Livrez-vous à la police, lui conseilla Stern. C'est le mieux que vous ayez à faire.

Le faussaire eut un mouvement d'énervement.

— Mais vous ne comprenez donc pas ?

— Que devrais-je comprendre ?

— Ils *sont* la police.

— Que voulez-vous dire ?

— Vous avez vu à quelle vitesse ils ont réagi ? Ils ont des connexions à un très haut niveau.

Sa réponse plongea Stern dans un silence songeur. Son regard croisa celui de Valentine. Il comprit qu'elle pensait, comme lui, à la photographie de la femme du Premier ministre posant devant le Chagall. L'hypothèse d'Abott n'était peut-être pas aussi farfelue qu'elle le semblait de prime abord.

Heintz se détacha de la contemplation du jardin et se retourna vers eux.

— Il existe une autre solution, dit-elle.

L'azur des yeux du marchand prit aussitôt une teinte plus sombre, signe chez lui de mécontentement.

— Je peux vous parler une seconde ? demanda-t-il à l'agent du FBI.

Heintz hocha la tête. Elle avait prévu une telle réaction. Elle le suivit docilement hors de la pièce, laissant Abott et Valentine seuls dans son bureau.

317

— Vous mesurez bien les conséquences de vos propos ? murmura Stern lorsqu'ils se retrouvèrent dans le couloir.

— Bien sûr. J'en ai parlé ce matin à mes supérieurs. Ils sont d'accord.

— Cet homme est un criminel.

— Je le sais.

— Notre rôle est de l'empêcher de nuire. La Fondation a été conçue pour lutter contre de telles fraudes.

Heintz répliqua d'un ton sec :

— Vous n'êtes pas le seul décideur en la matière, monsieur Stern. Les dix millions de dollars que nous versons chaque année à la Fondation nous autorisent à prendre unilatéralement quelques décisions. Avouez que nous n'avons pas été jusqu'ici très regardants quant à l'utilisation de nos fonds.

Elle s'apaisa aussitôt :

— Ce que j'essaie de vous dire, c'est qu'Abott nous sera bien plus utile en liberté qu'en prison.

— Quel marché comptez-vous lui proposer ?

— À part vous, personne ne connaissait son existence jusqu'à aujourd'hui. Le monde peut très bien continuer de l'ignorer. Nous allons l'exfiltrer discrètement en attendant que les choses se tassent ici. Il aura une nouvelle identité, une nouvelle vie loin de Paris. En échange, nous lui demanderons de coopérer avec nous. Si cet homme sait fabriquer des faux aussi parfaits, il doit aussi être capable de reconnaître ceux des autres. Jamais nous ne remettrons la main sur un tel spécialiste. Ses compétences nous seront précieuses.

— Et pour ses contrefaçons ? Vous allez faire comme si elles n'existaient pas, elles non plus ?

— Nous utiliserons le classeur qu'a rapporté Valentine pour mettre leurs photographies en ligne sur le site de l'Art Crime Team. Nous signalerons leur existence aux musées et aux maisons de vente aux enchères et leur demanderons d'être vigilantes. Le plus urgent est d'empêcher leur circulation. Au fur et à mesure qu'ils réapparaîtront, nous les éliminerons du circuit. Cela prendra un peu de temps, mais nous y arriverons.

Stern ne semblait toujours pas convaincu.

— Qui vous dit qu'Abott acceptera ?

— Il n'a pas vraiment le choix. Combien de temps croyez-vous qu'il survivra, au-dehors ? Il n'est pas idiot. Il saisira sa chance.

— Cet homme nous manipule pour éviter la prison. On ne peut pas se fier à lui.

— Nous devons courir le risque.

Stern fit une ultime tentative pour la convaincre de renoncer à son projet.

— On oublie le meurtre de Bodinger, alors ?

— Ce n'est pas de notre compétence. La Brigade criminelle fait ça très bien. Nous voulons Abott. Le reste ne nous concerne pas.

— Vous jouez avec le feu. Prenez garde à ne pas vous faire carboniser comme votre prédécesseur. Sorel aussi se trouvait très malin.

L'Américaine accueillit son avertissement avec un détachement glacé.

— Il faut parfois aller à l'encontre de ses principes pour les voir triompher à la fin de la partie. Mais je ne vous apprends rien, n'est-ce pas, monsieur Stern ?

41

Les yeux de Vermeer se posèrent sur l'horloge Girard-Perregaux en argent insérée à la place de l'allume-cigare de la Maserati. Il soupira et posa la paume de sa main sur l'avertisseur. Un gémissement déchirant s'éleva alors, brisant la quiétude du début de soirée.

Il maintint la touche enfoncée pendant près d'une minute, jusqu'à ce que Valentine franchisse enfin la porte de son immeuble. Elle traversa la rue en courant, ouvrit la portière et s'installa à côté de lui.

— J'ai failli attendre.

— Désolée. Des trucs de fille… Comme tu ne m'as pas dit où nous allions, j'ai essayé d'être présentable.

Elle portait une veste cintrée sur une robe noire qui lui arrivait à mi-cuisse et avait rassemblé ses cheveux en un chignon un peu flou.

— Rouge à lèvres, mascara, fond de teint… remarqua Vermeer. Si nous n'étions pas amis…

Valentine rougit.

— Si nous n'étions pas amis, je giflerais un homme capable de reluquer mes jambes avec aussi peu de vergogne.

— Justement, nous sommes amis. Tu ne risques rien. Laisse-moi me rincer l'œil.

En guise de réponse, Valentine ôta sa veste et la disposa sur ses cuisses.

Vermeer soupira.

— Tu n'es vraiment pas partageuse.

— Vraiment pas, non.

Vermeer démarra sur les chapeaux de roues et fila en direction du périphérique.

— Où m'emmènes-tu ?

— Surprise.

— Hugo… gémit Valentine. Pas de ça, s'il te plaît.

— Bon, d'accord. Je t'emmène voir un spectacle. Du moins, j'espère que c'en est un.

— Ne me dis pas que tu as pris les billets sans te renseigner avant !

— Je suis un aventurier.

— Et tu as dépensé beaucoup ?

Vermeer repensa aux vingt mille euros que lui coûtait la soirée, sans compter l'éventuel restaurant dans lequel ils échoueraient pour se remonter le moral si le show de Takeshi Ono se révélait décevant.

— Une broutille, répondit-il.

Il bifurqua et prit la bretelle d'entrée du périphérique extérieur en direction du nord de Paris.

— Juliette ? demanda-t-il tout en se glissant dans le trafic avec une impétuosité proche de la volonté suicidaire.

— J'ai retrouvé le numéro de ses grands-parents, les parents de Thomas. Je leur ai expliqué la situation. Ils vont la garder quelques jours chez eux.

Elle se tut et fixa la route devant elle.

— Je connais cette expression, fit Vermeer. Lâche le morceau.

— J'ai promis à Juliette que sa mère serait là à son retour.

— Et tu as peur de la décevoir.

— Cette enfant n'a pas connu son père. Sa mère a été enlevée sous ses yeux. Je ne veux même pas imaginer sa réaction si nous ne retrouvons pas Judith.

Une Porsche Cayman bleu nuit les doubla à toute allure. Vermeer poussa un juron étouffé. Il déboîta, rattrapa la Porsche et se colla à son pare-chocs en klaxonnant comme un dératé jusqu'à ce qu'elle se rabatte.

Satisfait, il ralentit, mais resta sur la voie de gauche.

— Tu as des problèmes de virilité en ce moment, Hugo ?

— Les Maserati sont comme des pur-sang : pour garder la forme, elles ont besoin de se défouler de temps en temps. Parle-moi d'Abott.

— Il a accepté la proposition de Heintz. Il va collaborer avec le FBI. Encore un mariage heureux en perspective.

— Je parierais plutôt sur un divorce. Le jour où ils relâcheront leur attention, Abott filera à l'autre bout du monde. Ces mecs-là ne changent jamais.

— Que t'est-il arrivé ? Tu ne crois plus à la rédemption ?

— Ce n'est pas pareil. C'était un jeu pour moi. Un jour, j'en ai eu marre de jouer, c'est tout.

— Tu regrettes ?

Vermeer tourna la tête vers elle. Un large sourire entailla son visage d'une joue à l'autre.

— À chaque seconde de chaque jour. Quand je repense à toute cette adrénaline, ça me bouffe les tripes. Mais regretter est un luxe que je suis heureux de pouvoir me permettre. Je n'en aurais pas eu la possibilité sous un mètre de terre. Crois-moi, c'est mieux comme ça.

Il oublia de parler du Nembutal et des autres produits qui lui permettaient d'ensevelir les regrets trop violents sous une camisole chimique.

Ses yeux revinrent sur la route, juste à temps pour éviter d'enfoncer l'arrière d'une camionnette qui avait le tort inexcusable de rouler pile à la vitesse maximale autorisée. Vermeer freina à mort avant de se dégager la route à grands coups d'appels de phares.

— Je ne voulais pas te donner de faux espoirs, reprit-il. C'est pour ça que je ne t'ai rien dit.

— De quoi parles-tu, Hugo ?

— Le spectacle de ce soir... C'est Takeshi Ono, le patron de Plastic Inc., qui l'organise.

Aucun des deux noms ne provoqua de réaction chez Valentine.

Vermeer lui rafraîchit les idées :

— Plastic Inc. est la société qui plastifie les cadavres. C'était écrit sur le catalogue de l'exposition.

Il lâcha le volant, sortit son portefeuille de sa poche de pantalon et en tira une feuille de papier pliée en quatre. Il la déplia avant de la tendre à Valentine. Alors seulement ses mains se posèrent à nouveau sur l'élégant volant à trois branches orné en son centre d'un trident.

— Qu'est-ce que c'est ?

— J'avais demandé à un informateur de se renseigner sur les liens entre Plastic Inc. et Takeshi Ono. J'ai reçu cet e-mail ce matin. Lis, tu comprendras.

L'en-tête de l'e-mail portait l'inscription « Mitsui Bank of Investment ». Le texte du message, rédigé en anglais, indiquait que le capital de la société Plastic Inc. était détenu par une société-écran, elle aussi domiciliée à Taiwan, dont l'actionnaire unique était Takeshi Ono. Suivaient en pièces jointes les documents le prouvant.

Valentine n'essaya même pas de savoir pourquoi le responsable d'une banque japonaise envoyait à Vermeer des informations confidentielles sur l'un de ses concitoyens. Il y avait des choses à propos de son ami qu'elle préférait ne pas connaître. Pour la tranquillité de leur relation et de ses nuits, rien ne valait l'ignorance.

— Qui est ce type ? demanda-t-elle.

— Ono a breveté le procédé de conservation des corps. Il a monté sa société au milieu des années 1990. Grâce au succès d'*Ars mortis*, il est devenu richissime. C'est un bon business. Il a envie que ça dure.

Il quitta le périphérique et entra dans Paris par la porte de la Chapelle.

— Jusqu'à présent, poursuivit-il, tout s'est bien passé. *Ars mortis* a attiré des foules immenses partout où elle a été présentée. À Paris, cependant, il y a eu des protestations et un juge a été saisi du dossier. Il a demandé aux organisateurs de lui fournir les preuves que les cadavres proviennent bien de dons volontaires. On n'est pas très loin de l'interdiction. Plastic Inc. a déjà subi des procès et s'en est toujours sorti, mais si l'exposition vient à être interdite en France par la justice, ça pourrait donner des idées aux autres pays.

— Ono ne peut pas se permettre le moindre scandale en ce moment.

— C'est ça. Or, comment appelles-tu la possibilité qu'un des corps n'ait pas été gentiment offert par la famille du défunt comme il le prétend, mais qu'il ait été acheté quelque part de manière illégale ? En Tchétchénie, par exemple.

— Un scandale.

— Une bombe atomique, plutôt. Si ce cadavre est bien celui de Thomas, on se posera des questions sur l'origine de tous les autres.

— Et *Ars mortis* sera interdite partout.

— D'où la nécessité d'empêcher Judith de tout faire péter.

— Ça voudrait dire que...

— Qu'il s'agit bien de Thomas, oui, compléta Vermeer. Sinon pourquoi avoir embarqué Judith ?

Valentine comprit soudain la raison de sa présence dans la voiture.

— Tu penses qu'Ono sera là ce soir, c'est ça ?

— J'espère, sinon la soirée risque d'être longue.

Il passa les minutes suivantes à lui parler de la vidéo qu'il avait visionnée dans son bunker, omettant pudiquement certains détails, comme le cri déchirant du mutant lorsque Ono avait imprimé la salamandre au fer rouge sur son aine.

Un frisson parcourut néanmoins les bras de Valentine.

— C'est affreux !

— Pas pour tout le monde. Les spectateurs ne donnaient pas l'impression d'être gênés. Quant au principal intéressé, je peux te garantir que ce taré prenait un pied d'enfer à se faire torturer.

— Même si Ono est présent ce soir, comment allons-nous faire pour retrouver Judith ?

— C'est tout le problème.

— Ne me dis pas que tu n'y as pas réfléchi.

— J'y ai réfléchi. Je n'ai pas trouvé de solution, c'est tout.

— On ne peut pas débarquer là-bas, sauter sur Ono, lui mettre un couteau sur la gorge et exiger qu'il nous dise où est Judith.

— J'avais bien pensé à un truc dans le genre...

Valentine résista à la colère qu'elle sentait monter en elle.

— Hugo... On doit trouver quelque chose.

Vermeer se gara sur un arrêt d'autobus à deux cents mètres de la boutique du mutant.

— C'est trop tard, déclara-t-il en coupant le contact. On est arrivés.

— Tu peux toujours courir pour me faire bouger d'ici dans ces conditions.

— Ne fais pas ta mauvaise tête. On improvisera.

— Ce n'est pas un de tes jeux stupides. Si on se plante, on ne reverra pas Judith.

— Si on ne fait rien, on ne la reverra pas davantage. Allez, descends. On ne va quand même pas arriver en retard à la représentation !

Valentine s'exécuta sans entrain.

— Tu sais ce que tu fais, Hugo ?

— Tu parles à un homme qui a survécu à un pistolet braqué sur sa tempe. Et ce n'était pas un gamin qui le tenait, je peux te l'assurer.

L'assurance de Vermeer reflétait mal les doutes qui assaillaient son esprit de toutes parts. Une décennie plus tôt, il aurait exulté à la perspective de cette plongée dans l'inconnu. La montée d'adrénaline aurait fait exploser ses synapses de plaisir. Il aurait senti ce flux de pure énergie envahir chaque fibre de son corps.

Tout en marchant, il se concentra sur les informations que lui transmettaient ses sens. Rien ne se produisit. Pas de montée d'adrénaline. Pas de plaisir. Pas d'énergie. Rien de rien.

Au moment où il s'engagea sous le porche, une boule se forma au fond de sa gorge. Elle descendit lentement et atteignit son estomac au moment précis où il appuya sur la sonnette.

C'était donc ça, la véritable peur.

Et dire qu'il avait autrefois risqué cent fois sa vie pour ressentir le dixième de cette émotion. Malgré son malaise, Vermeer apprécia le paradoxe.

Pour un peu, il en aurait souri.

42

La femme était énorme.

Pas seulement grosse ou obèse. Énorme.

Engoncés malgré eux dans un bustier en lamé argent, ses seins suivaient un mouvement pendulaire au rythme de sa démarche chaloupée. Un garde du corps la précédait, écartant du bras quiconque se trouvait sur son chemin. Un autre venait en arrière-garde. Le troisième était resté au volant du Hummer noir garé devant le restaurant.

Face à cette apparition, tous les clients s'étaient arrêtés de manger.

Le commissaire Lopez la regarda passer, lui aussi fasciné par la capacité de résistance du tissu, qui parvenait, contre toutes les lois de la nature, à contenir l'expansion de cet amas de chair. Sa première pensée alla vers l'orthopédiste qui aurait la lourde charge de reconstruire ses chevilles quand les talons démesurés de ses escarpins auraient explosé sous la pression.

Avec l'assurance d'une pin-up, la femme traversa l'allée centrale en direction du salon privé qu'on lui avait réservé au fond de la salle. Un éclat lumineux sur sa robe, au niveau de la hanche, attira l'œil de Lopez lorsqu'elle passa devant lui. Diamants sur lamé argent : la sobriété incarnée. Quant au bon goût, il n'en était même pas question.

Sous les diamants, il y avait une montre, et sous la montre, un bras perdu entre deux replis de gras. Au bout du bras, masqué par l'opulente silhouette de sa femme, Lorenz.

Le truand pénétra le premier dans le salon. Avant de s'asseoir, il surveilla la procédure d'atterrissage de son épouse. Soutenue par l'un des gardes du corps, elle posa précautionneusement son imposant postérieur sur l'assise, avant d'appuyer son dos contre le dossier. La chaise tangua un peu, craqua beaucoup, mais tint bon. Soulagé, Lorenz adressa à sa femme un sourire empli de sentiments bon marché.

Il fit signe aux deux gardes du corps de se poster devant l'entrée du salon et se plongea dans la carte, pendant que sa femme entamait un long monologue. De temps à autre, elle s'interrompait pour guetter un signe d'intérêt de sa part. Son mari baissait alors la carte, hochait la tête et jetait un « Oui, oui » distrait qui suffisait à la relancer.

Lopez laissa le maître d'hôtel prendre la commande du couple, puis il approcha de sa bouche le micro-transmetteur relié à son oreillette et dit :

— Ils sont installés. C'est parti.

Il se leva et s'avança dans l'allée centrale d'un pas tranquille, imité à l'autre bout de la salle par un couple. Lorsqu'il parvint devant le salon privé, l'un des gardes du corps lui barra le passage.

— On ne passe pas.

— Mais je dois aller aux toilettes... gémit Lopez.

Le molosse posa une main large et velue sur son épaule.

— Va jouer ailleurs, papy.

Lopez soupira.

— Puisque vous le prenez comme ça...

Il claqua des doigts. Les hommes de main se retrouvèrent aussitôt avec deux pistolets appuyés contre leurs poitrines.

— Il faut toujours que vous fassiez des simagrées...

Lopez écarta le bras du molosse et pénétra dans le salon privé.

Lorenz voulut se relever. D'un geste, le commissaire le fit rasseoir.

— Pas de conneries. Le restaurant est bondé. On ne va pas rejouer *Reservoir Dogs* ici.

Puis, au couple de policiers :

— Menottez ces abrutis et faites-les sortir par-derrière. Avec discrétion. Ce n'est pas la peine d'affoler les clients et le personnel.

— Compris.

Quand il se retrouva seul avec Lorenz et sa femme dans le petit salon, Lopez sortit sa carte professionnelle et la laissa tomber sur l'assiette vide du truand.

— Commissaire Lopez, Brigade criminelle.

— Pas flatteuse, la photo. Vous êtes vraiment obligé de vous coiffer comme ça ?

Lopez récupéra sa carte. Il ôta son oreillette et la laissa pendre contre le col de sa chemise.

Lorenz le regarda faire sans montrer la moindre appréhension.

— Qu'est-ce qui vous amène, commissaire ? L'envie d'une bonne assiette de fruits de mer ? Je vous conseille le homard grillé, dans ce cas.

Sa femme ouvrit la bouche pour intervenir.

— Te mêle pas de ça, lui ordonna Lorenz.

Elle n'insista pas.

Lorenz poursuivit :

— On ne peut même plus dîner tranquille en famille... C'est dingue, ça ! Mais dans quel pays on vit, bordel !

Un autre policier, le jeune inspecteur qui avait prévenu Lopez lorsque Bodinger avait été poussé sous le RER, pénétra à son tour dans le salon.

— On a le chauffeur, glissa-t-il à l'oreille de son supérieur.

— Pas de problème ?

— Nickel. Les clients n'ont rien remarqué.

— Parfait.

L'inspecteur lui remit la clé de contact du Hummer.

— Merci. Vous voulez bien faire sortir Madame et la mettre dans un taxi ?

La femme de Lorenz consulta du regard son mari. Celui-ci lui confirma d'un hochement de tête qu'elle pouvait partir.

Elle se leva et disparut dans un froissement argenté.

Lopez prit sa place. Il resta silencieux, les yeux rivés sur la clé, avec laquelle il se mit à tapoter sur la table en rythme.

— Qu'est-ce que vous me voulez ? finit par l'interroger Lorenz.

— L'autre jour, quand vous avez agressé mes hommes...

— Comment pouvez-vous parler ainsi ? s'étonna Lorenz en surjouant l'indignation. Moi ? J'aurais fait mal à des policiers ? Si ça avait été le cas, on ne m'aurait pas laissé repartir après ma garde à vue.

— L'un des gars que vous avez amochés ne pourra pas articuler votre nom avant deux bons mois, mais il lui reste quelques métatarses intacts. Sa déposition est sur le bureau du juge. Quand il sortira du coma, son collègue nous confirmera que vous les avez attaqués sans raison.

— Arrêtez votre cinéma, commissaire. Mon avocat leur fera bouffer leurs dépositions en cinq minutes et vous le savez. Vous n'avez pas assez de preuves pour m'arrêter. Si ça avait été le cas, vous auriez défoncé ma porte à six heures du matin et vous auriez pris votre pied à tout péter. Je connais vos méthodes. Je regarde le journal télévisé, moi aussi.

— Vous avez parfaitement raison, concéda Lopez. Je ne suis pas venu vous arrêter et, si j'avais pu, je me serais fait un plaisir de tout démolir dans votre maison. Vous compris.

Il posa un PDA sur la table devant Lorenz et l'alluma.

— Le cadrage est médiocre et l'image manque parfois de netteté, mais on reconnaît bien les acteurs.

Une vidéo se mit à défiler sur le minuscule écran. Lorenz reconnut sans peine ses gardes du corps. Deux d'entre eux étaient occupés à immobiliser l'un des policiers, pendant que le troisième, celui qui avait posé sa main sur l'épaule de Lopez quelques minutes plus tôt, lui assenait une rafale de coups dans l'estomac.

Lopez éteignit le Palm Pilot après une vingtaine de secondes.

— Cette vidéo circulait sur Internet. On a mis quelques jours à retrouver son auteur. Le téléphone portable avec lequel il a filmé la scène a rejoint le carton des pièces à conviction.

Le visionnage de la vidéo ne troubla en rien l'air détaché de Lorenz.

— Je ne voudrais pas paraître narcissique, mais je ne me suis pas vu dans votre film.

— Vous n'y êtes pas, confirma Lopez. Le témoin a commencé à enregistrer après que vous avez passé le relais à vos hommes.

— Vous voulez dire que vous ne pouvez pas vous en servir pour m'emmerder ?

— Effectivement. En revanche, je peux l'utiliser pour faire passer à vos hommes les cinq prochaines années en prison. Je ne crois pas qu'ils apprécieront de tomber pour vous. L'un d'eux finira bien par cracher le morceau.

Lorenz posa les coudes de chaque côté de son assiette, croisa les doigts et appuya son menton dessus.

— Vous avez lu trop de contes de fées, commissaire... Aucun d'eux ne vous dira rien.

— On verra... Je peux moi aussi me montrer convaincant.

Sa réponse amusa le truand.

— Vous devriez retourner courir derrière les braqueurs de supérettes, commissaire. Je pèse trop lourd pour vous.

— Nous vivons tous d'espoir. Le mien est de vous voir croupir jusqu'à la fin de vos jours dans une prison.

Lorenz tourna son poignet de quelques degrés et regarda l'heure sans soulever le menton de ses mains jointes.

Son air narquois se teinta de sévérité :

— Je suis affamé. Si vous ne voulez pas partager mon dîner, barrez-vous.

Lopez récupéra son Palm Pilot et se leva.

— Jolie montre... fit-il en désignant le bijou que Lorenz avait volé à De Peretti après l'avoir assassiné.

— Le modèle pour fonctionnaires est fabriqué par Swatch. Économisez un peu et vous pourrez peut-être vous l'offrir un de ces jours. Vous n'oubliez rien, commissaire ?

— Pardon ?

— Ma clé.

Lopez fit disparaître la clé de contact du Hummer dans sa poche.

— Quelle clé ?

Malgré le dégoût qu'il ressentait en présence du truand, il parvint à contenir son envie de vomir jusqu'à la porte du restaurant.

Le plus difficile à supporter, c'était cette terrible sensation d'impuissance qui lui brûlait la gorge.

43

Vermeer passa le porche et relut le SMS de confirmation qu'il avait mémorisé sur son téléphone.

Dimanche. 22 heures. Même adresse, porte verte.

Il y avait deux portes au fond de la cour. L'une menait à la boutique où il avait acheté le DVD de la séance de torture. L'autre, située dans l'angle opposé, portait des restes de peinture verte écaillée.

Suivi par Valentine, Vermeer s'en approcha. Il lança un petit signe amical à la caméra fixée sur le mur, au-dessus de la porte. Celle-ci s'ouvrit et un homme en costume fit son apparition.

— Bonsoir, fit-il d'une voix avenante, je suis ravi de vous revoir.

Vermeer le dévisagea.

— On se connaît ?

L'homme acquiesça.

— Vous m'avez acheté un film l'autre jour. Il vous a plu, j'espère.

Vermeer réalisa qu'il s'agissait du mutant.

Même alors, il eut du mal à reconnaître en cet individu élégant, vêtu d'un costume bien coupé, d'une chemise cintrée et d'une cravate au nœud impeccable, l'étrange créature qui l'avait accueilli trois jours plus tôt. Le pantalon ultramoulant en cuir et la tunique en résille avaient disparu, tout comme ses impressionnantes bottes gothiques, qui avaient cédé la place à de fines chaussures de ville, le ramenant à une taille normale. Il avait en outre ôté tous ses piercings. En y regardant de près, Vermeer constata qu'une épaisse pellicule de fond de teint, presque invisible dans la pénombre, masquait les innombrables trous sur son menton et sur son nez. Quant à ses impressionnants tatouages, ils étaient intégralement cachés par ses vêtements.

Le changement le plus spectaculaire concernait toutefois son crâne. Des cheveux bruns mi-longs masquaient en effet les implants fixés sur son front et descendaient le long de ses tempes, recouvrant le sommet de ses oreilles, dont les lobes ne portaient plus des cercles de jade, mais de discrètes prothèses de couleur chair.

— L'escalier au fond du couloir, je vous prie, reprit-il en s'effaçant. Les hôtesses vous indiqueront vos places.

Encore troublé par cette transformation, Vermeer suivit machinalement ses indications.

En bas des marches les attendaient deux femmes vêtues de tailleurs blancs d'un parfait classicisme. Toutes les deux arboraient la même coiffure, un strict carré plongeant qui leur arrivait à la base du cou. Seule différait la couleur de leurs cheveux : noirs pour l'une, roux pour l'autre.

Comme pour le mutant, Vermeer mit plusieurs secondes à reconnaître en elles les assistantes de Takeshi Ono dont il avait eu un aperçu de la dextérité sur la vidéo. Leur métamorphose n'était pas moins spectaculaire que celle de leur victime. Elles avaient perdu leurs combinaisons de latex, mais avaient, elles aussi, gagné des perruques en échange. À présent qu'il les voyait de près, Vermeer s'aperçut de leur extrême jeunesse. Sans les dragons tatoués sur leur crâne, elles avaient l'air de sortir tout droit d'un pensionnat suisse pour jeunes filles en fleurs.

Vermeer ne put cependant s'empêcher de frémir en les revoyant enfoncer les crochets sous les muscles pectoraux du mutant. Elles ne devaient pas venir d'un établissement rempli d'héritières de bonne famille, mais plutôt d'une académie pour dominatrices en herbe.

Sans prononcer le moindre mot, les deux jeunes femmes les conduisirent jusqu'à une grande pièce presque entièrement plongée dans une pénombre difficile à percer. Le maigre espace éclairé était occupé par une estrade à deux niveaux. Une dizaine de spectateurs y avaient déjà pris place, parmi lesquels Valentine vit au moins deux autres femmes. Tous évitèrent de croiser le regard des nouveaux arrivants.

Les hôtesses firent asseoir Vermeer et Valentine aux deux dernières places libres, au bout de l'estrade, puis elles se retirèrent. En contrebas, à un mètre devant le premier rang, se trouvait un fauteuil isolé. Il s'agissait d'un siège en aluminium poli de forme ovoïde dont le dossier et les accoudoirs remontaient bien au-dessus de l'assise, formant une sorte de cocon ouvert seulement sur l'avant.

— Ron Arad, glissa Vermeer à l'oreille de sa voisine. C'est un prototype. Je ne partirai pas sans.

Valentine n'osa pas répondre, de peur de briser le silence de cathédrale qui régnait dans la pièce. Ils patientèrent ainsi pendant trois ou quatre minutes, jusqu'à la réapparition des hôtesses.

Ces dernières entrèrent par une porte située à l'opposé de celle qu'avaient empruntée les spectateurs. Elles marchaient côte à côte, la tête haute et le pas synchrone, comme si elles participaient à un défilé militaire. Lorsqu'elles parvinrent devant le fauteuil, elles s'effacèrent habilement pour permettre à l'homme qui se trouvait derrière elle de s'installer sans être vu par le public. De sa place, Valentine n'aperçut qu'une ombre fugitive, aussitôt masquée par les hauts rebords de l'œuf métallique. Elle n'avait rien vu de ses traits et aurait même été bien en peine d'estimer simplement son âge.

À peine le mystérieux visiteur fut-il installé que l'unique ampoule s'éteignit, plongeant la pièce dans une obscurité totale.

Après de longues secondes durant lesquelles les spectateurs retinrent leur souffle, un faisceau lumineux tomba du plafond. Enveloppé dans ce halo éblouissant, le mutant émergea soudain des ténèbres, suscitant quelques exclamations de surprise dans le public.

— Mesdames et messieurs, commença-t-il sur un ton solennel, je vous souhaite à tous la bienvenue. Nous sommes heureux de vous accueillir ce soir. Sachez que vous êtes des privilégiés : ce que vous vous apprêtez à vivre est exceptionnel.

Il tapa trois fois dans ses mains, faisant naître autant de rais de lumière verticaux. Les deux premiers illuminèrent des cuves transparentes d'environ trois mètres de long situées de part et d'autre de lui. L'un des bassins contenait un liquide vermillon, l'autre une matière visqueuse incolore. Le troisième faisceau frappa l'imposant cube de Plexiglas qui occupait tout le fond de la pièce. À l'intérieur étaient posées huit boîtes réparties contre les parois à intervalles réguliers. De chacune d'elles dépassait un câble relié à une grosse prise électrique fixée sur le sol au centre du cube.

— Ce que vous allez vivre ce soir, répéta le mutant, est l'aboutissement d'un rêve. Du rêve fondateur de l'humanité. Lequel d'entre nous, en effet, n'a pas un jour souhaité, dans ses plus folles pensées, recevoir le don suprême de l'immortalité ? Malheureusement, nous savons tous que ce rêve est illusoire. Que l'éternité est un leurre inaccessible.

Il fit une pause.

— Si vous pensiez cela avant de pénétrer ici, sachez que vous vous trompiez. Mesdames et messieurs, votre hôte de ce soir vous propose de réaliser ce rêve. L'éternité, rien de moins. Voilà ce qu'il vous offre.

Une salve d'applaudissements accueillit sa révélation.

La pièce tout entière s'éclaira alors, à l'exception de la partie réservée aux spectateurs. Un individu de type asiatique entra par la porte latérale. Derrière lui, les deux hôtesses faisaient rouler un chariot d'hôpital recouvert d'un drap sous lequel on distinguait une forme humaine.

Vêtu d'une blouse de médecin et de lunettes de protection qui lui mangeaient la moitié du visage, l'Asiatique alla se placer au centre de la pièce, face au public. Les hôtesses placèrent le brancard devant lui, parallèlement à l'estrade.

— C'est lui... chuchota Vermeer. C'est Takeshi Ono !

— Tu es sûr ?

— Certain.

Le mutant fit un pas en direction du nouvel arrivant.

— Maître Ono ne parle pas français, poursuivit-il. C'est pourquoi je traduirai ce qu'il dira.

D'une voix monocorde, Takeshi Ono s'exprima en japonais pendant près d'une minute, puis le mutant lui succéda :

— L'âme et le corps sont intimement liés. Pour préserver l'un, il faut sauvegarder l'autre. Lorsqu'un individu meurt, son âme quitte son enveloppe charnelle, libérant le processus de destruction cellulaire et ouvrant la voie à la putréfaction des chairs. Tous les êtres ne sont cependant pas sujets à cette dégénérescence. La salamandre possède ainsi le pouvoir de se régénérer d'elle-même. Pour de nombreuses civilisations, elle incarne la vie éternelle. Pour d'autres, comme l'Égypte ancienne, elle représente au contraire la froideur de la mort. C'est pourquoi elle est le parfait symbole de notre démarche.

Il se tut et consulta Ono du regard. Celui-ci désigna le corps inerte sous le drap et reprit brièvement la parole.

— Cette dépouille, traduisit le mutant, va retrouver l'aspect qui était le sien avant son décès. Je vais lui restituer son âme afin qu'elle reprenne vie aux yeux de ses proches.

Ono le remercia d'un hochement de tête. Il adressa un signe autoritaire aux hôtesses. Celles-ci retirèrent le drap, le replièrent et le posèrent sur le sol au pied du chariot. Le corps d'une femme nue apparut. D'une effrayante maigreur, elle avait le visage recouvert d'un masque blanc en plastique duquel s'échappaient de longues mèches de cheveux sombres.

Valentine sentit sa gorge se contracter. Elle attrapa la main de Vermeer et la serra dans la sienne.

— Judith... murmura-t-elle d'une voix brisée par l'émotion. Ils ont tué Judith.

— Ne dis pas n'importe quoi... essaya de la rassurer Vermeer.

— La taille... La silhouette... Mais regarde, enfin !

Vermeer voulut répliquer, mais le mutant reprit la parole :

— Cette dépouille va subir un processus chimique complexe, expliqua-t-il en montrant tour à tour les deux cuves. Maître Ono va d'abord rendre ses tissus imputrescibles grâce à une technique qu'il a inventée et qu'il est le seul à maîtriser. Une fois cette première étape réalisée, le corps aura retrouvé toute sa souplesse et ses qualités mécaniques. Maître Ono rendra alors à cette femme son aspect originel. Il la modèlera, sculptera son corps et son visage jusqu'à ce que la mort reflue et qu'elle redevienne elle-même. La dernière étape consistera à fixer les tissus dans cette enceinte hermétique pour les solidifier.

Il désigna le cube transparent.

— C'est la première fois que maître Ono accepte de procéder à cette opération devant des spectateurs, d'où le secret que nous avons dû entretenir et le niveau élevé de votre participation financière. Sachez par ailleurs que la société Plastic Inc., qui détient les droits d'utilisation de cette technique, va lancer dans les prochains mois une offre de conservation des dépouilles destinée aux particuliers. En raison de la lourdeur du processus, cette possibilité sera réservée à quelques dizaines de privilégiés chaque année. Votre présence ici ce soir vous donne droit à une inscription automatique sur nos fichiers. À votre décès, vous jouirez ainsi d'un accès prioritaire aux services de notre société. Nous souhaitons bien entendu vous revoir le plus tard possible.

Des applaudissements nourris saluèrent son annonce.

— Je vais maintenant laisser maître Ono procéder. Je vous demande, s'il vous plaît, le plus grand silence. Il s'agit d'une opération délicate qui requiert une précision et une concentration optimales.

Il recula jusqu'à la cage de verre et s'immobilisa, les bras croisés.

Takeshi Ono s'approcha de la cuve remplie du liquide coloré. Après que ses deux assistantes eurent fait rouler jusqu'à lui le brancard, il appuya sur une touche du clavier fixé au rebord de la cuve. Une barquette plane percée d'une multitude de trous remonta jusqu'à la surface du liquide.

Les mains sur les épaules et les mollets du cadavre, les deux assistantes se préparèrent à soulever le corps pour le déposer sur la barquette.

— Non !

Venu du public, le cri d'indignation avait fait voler en éclats l'atmosphère recueillie de la pièce.

Valentine sauta de son strapontin, descendit de l'estrade et se précipita vers Ono. Un bruit de pas derrière elle l'informa que Vermeer, d'abord pris de court par la violence de sa réaction, accourait lui aussi.

Takeshi Ono la laissa s'approcher sans réagir. Derrière les verres translucides de ses lunettes, aucune émotion n'éclairait ses pupilles.

— Assassin ! hurla Valentine en pointant son index vers la poitrine du Japonais. Ça ne vous suffit pas de l'avoir assassinée !

Elle se tourna vers la morte et arracha d'un coup sec le masque qui dissimulait son visage, retirant du même coup les cheveux synthétiques collés au plastique.

Valentine comprit alors l'étendue de son erreur.

La femme allongée sur le brancard n'était pas Judith.

Deux piqûres simultanées au bras, suivies d'une douleur atroce, lui firent lâcher le masque. Ses muscles se tétanisèrent et elle retomba sur le sol, incapable de bouger et même de prononcer le moindre son.

Son regard croisa celui de Vermeer, allongé près d'elle et plongé dans le même état d'impuissance. Il tentait péniblement de reprendre ses esprits, le corps replié en chien de fusil.

Sans bouger la tête, Valentine réussit à lever les yeux. Debout au-dessus d'elle, l'hôtesse rousse tenait un gros pistolet en plastique jaune et noir d'où partaient deux filins transparents.

Valentine crut discerner un sourire de jouissance sur les lèvres de la fille. À la seconde décharge, son corps se souleva du sol. Elle retomba lourdement, le souffle coupé. Elle préféra s'évanouir avant que l'assistante de Takeshi Ono presse une troisième fois la détente de son Taser.

44

Une obscurité sépulcrale enveloppait Valentine quand elle se réveilla. Le corps encore meurtri par les décharges électriques, elle resta un long moment immobile, allongée sur le sol. Lorsqu'elle essaya enfin de se mouvoir, elle s'aperçut que ses poignets étaient entravés par des menottes dans son dos. Elle fut obligée de se contorsionner pour réussir à s'asseoir. Son bras droit, celui que les dards du Taser avaient atteint, était tout ankylosé. Lorsqu'elle posa la main sur le sol, un élancement douloureux irradia jusqu'à son épaule, lui arrachant un gémissement.

— Belle intervention, fit la voix de Vermeer tout près d'elle. Efficace et spectaculaire. Tu me feras penser à t'oublier à la maison la prochaine fois.

— Désolée, Hugo. Je ne me sens pas très fière de moi.

— Bah... Au moins, maintenant, tu sais que tu n'es pas faite pour les actes héroïques.

Une pointe d'amertume perçait sous le sarcasme.

— Putain... reprit-il. Je ne pensais pas que ça faisait aussi mal. Si on survit, je militerai pour l'interdiction de cette saloperie.

— Tu sais où on est ?

— Aucune idée. Sans doute quelque part dans l'immeuble. Je n'ai pas l'impression d'être resté inconscient longtemps.

Valentine frissonna.

— Tu as froid ? lui demanda Vermeer.

Elle secoua la tête, sans songer que son ami ne pouvait pas la voir.

— Je repense au cadavre.

— Ce n'était pas Judith, n'est-ce pas ?

— Non.

— C'était qui, alors ?

— C'était une femme admirable...

La voix masculine qui avait répondu à sa question provenait de quelque part derrière eux.

— Elle était forte et courageuse, poursuivit l'inconnu. Si vous l'aviez connue, vous auriez vous aussi compris combien sa mort était injuste. Je devais tout tenter pour l'empêcher de disparaître. Il le fallait.

— Qui êtes-vous ?

— Laisse-moi deviner, fit Vermeer : ne serait-ce pas notre invité de dernière minute ?

L'homme resta silencieux.

— Libérez-nous, exigea Valentine. Vous n'avez pas le droit de nous séquestrer comme ça.

À sa grande surprise, l'inconnu abonda dans son sens :

— Vous avez raison. Ce ne sont pas des manières.

Il appuya sur l'interrupteur.

Éblouie par le soudain afflux de lumière, Valentine sentit l'homme s'agenouiller derrière elle et débloquer ses menottes. Il recommença la même manœuvre avec Vermeer avant de retourner à sa place.

Lorsque sa perception visuelle redevint normale, Valentine chercha son ami des yeux. Celui-ci s'était déjà remis sur ses pieds. Il parcourut en claudiquant les quelques mètres qui les séparaient et l'aida à se relever à son tour.

— Ça va ? lui demanda Valentine.

Vermeer grimaça, les mains posées sur ses reins.

— L'électricité n'est pas le meilleur traitement pour mes lombaires, mais je m'en remettrai. Et toi ?

Valentine hocha la tête pour lui signifier qu'elle se sentait bien. Tout en se frottant le bras pour faciliter l'afflux sanguin, elle jeta un rapide regard autour d'elle. La pièce dans laquelle on les avait enfermés était un salon de réception meublé dans un style Empire tape-à-l'œil. La seule exception à cette uniformité concernait les tableaux suspendus aux cimaises. Il y en avait pour tous les goûts, comme si le propriétaire des lieux s'était fixé pour défi d'accrocher à ses murs un patchwork embrassant en trente toiles toute l'histoire de l'art, des primitifs à l'art abstrait. Valentine reconnut en particulier une grande marine de Nicolas de Staël dont la photographie se trouvait dans le classeur qu'elle avait retrouvé chez Abott. Cette découverte fut immédiatement remplacée dans son esprit par la multitude de questions que soulevait la présence dans la pièce de l'inconnu.

Perdu dans ses pensées, celui-ci leur tournait le dos. Il se tenait immobile, les mains appuyées sur le dossier d'une chauffeuse.

Vermeer s'adressa à lui d'une voix chargée de reproches :

— Vous nous devez quelques explications.

L'homme se retourna.

Le Néerlandais eut un mouvement instinctif de recul en le reconnaissant. Il ne put retenir une exclamation de surprise.

— Bordel !

Le Premier ministre eut un geste d'apaisement.

— Je suis sincèrement désolé pour tout cela. Je ne le voulais pas. J'ai perdu le contrôle des événements.

Ses traits tirés étaient empreints d'une profonde tristesse. Loin des flashs et des caméras, il ressemblait à une caricature fantomatique et grisâtre du chef de gouvernement dynamique qu'il incarnait aux yeux de l'opinion.

— Mais alors, le corps...

Vermeer trouva confirmation de son hypothèse dans les pupilles de Valentine.

— Pourquoi ?

Le Premier ministre contourna la chauffeuse et se laissa tomber dessus.

— Par amour, c'est aussi simple que cela. Pendant des mois, je l'ai regardée mourir sans rien pouvoir faire. Vous ne savez pas ce que c'est que de voir celle qu'on aime se transformer peu à peu en ombre. Elle était si belle. Je ne voulais pas la perdre, vous comprenez ?

Évacuer ainsi son trop-plein de souffrance, même face à des inconnus, sembla le soulager. Son visage se détendit, tandis qu'il poursuivait ses explications :

— J'ai rencontré Ono il y a huit ou neuf mois, lors d'une réception chez moi. Ma femme se sentait encore plutôt bien à l'époque, mais il était clair qu'elle était condamnée. Elle-même le savait. Les médecins le lui avaient dit. Quelqu'un m'avait parlé de la technique d'Ono. Je l'ai fait venir et nous en avons discuté ce soir-là. Je lui ai demandé de traiter le corps de ma femme quand...

Il hésita.

— Quand le moment serait venu. Ono a accepté de m'aider, mais il m'a demandé une somme faramineuse en échange. J'étais prêt à tout, bien sûr, mais je n'avais pas de quoi le payer. J'avais acheté une œuvre d'art juste avant que ma femme tombe malade. Un Chagall. Une petite gouache. Rien d'important, mais j'avais investi toutes nos économies dedans. Je l'ai proposée à Ono comme paiement.

Une connexion s'établit aussitôt dans le cerveau de Valentine.

— La gouache... Vous l'avez achetée à Bodinger, n'est-ce pas ?

Le Premier ministre tiqua en l'entendant prononcer le nom du conservateur, mais il n'interrogea pas Valentine sur l'origine de ses informations. Il haussa les épaules.

— Je pensais faire une excellente affaire.

— Et vous avez alors présenté Bodinger à Ono.

— Il voulait investir dans l'art. Quand il a su que je connaissais quelqu'un qui pouvait lui vendre des toiles de maîtres dans des conditions aussi avantageuses, il a sauté sur l'occasion. Il a été pris d'une frénésie d'achats. J'aurais dû comprendre à ce moment-là qu'il ne tournait pas rond...

— Et quand il a voulu vendre le Chagall, compléta Valentine, il a découvert que vous vous étiez fait avoir, et lui aussi par la même occasion.

— La gouache ne lui plaisait pas. Elle n'était pas assez clinquante à son goût.

Pour appuyer ses propos, il désigna d'un geste large les tableaux accrochés aux murs.

— Il a voulu s'en débarrasser. Quand il a appris que la gouache était fausse, la semaine dernière, il m'a téléphoné pour m'informer qu'elle ne valait rien. Il était furieux. À ce moment-là, ma femme était à l'agonie. J'étais perdu. Je ne savais vraiment plus quoi faire. Ono m'a alors proposé d'organiser ce spectacle pour payer les frais de traitement du corps. Je n'avais pas le choix. J'ai dû accepter cette abomination.

Sa bouche se tordit de dégoût, autant pour lui-même que pour ce qui était en train de se passer à quelques mètres de là, dans la pièce où Takeshi Ono et ses assistantes œuvraient sur le cadavre de son épouse.

— Même si Bodinger vous avait arnaqué, lui fit remarquer Vermeer, ce n'était quand même pas une raison pour le faire assassiner.

Le visage du politicien se pétrifia.

— Je n'étais au courant de rien avant d'arriver ici. Ni pour Bodinger, ni pour le tueur qu'Ono a envoyé à Londres. Il vient de tout me raconter. Croyez bien que son récit m'a horrifié. Jamais je n'aurais pu imaginer qu'il irait aussi loin.

— Pourquoi a-t-il essayé de nous tuer à Londres ? l'interrogea Valentine. Stern et moi n'étions pour rien dans tout cela.

— Il en voulait à Stern d'avoir dévoilé que la gouache était fausse. Comprenez-le bien : cet homme est fou. Il dirige une sorte de secte, avec des adeptes qu'il oblige à se mutiler. Il délire sur le renouveau de l'espèce humaine. Il a perdu la raison. Il ne mesure plus la portée de ses actes.

— Et vous n'avez rien fait pour l'arrêter ?

Le Premier ministre baissa la tête.

— Entre la maladie de ma femme et mes fonctions, je n'ai pas sorti la tête de l'eau ces six derniers mois. Je n'ai pas réalisé à quel point Ono était dangereux. Il est trop tard maintenant.

Valentine eut un geste d'irritation.

— Vous vous trompez. Il est encore temps d'intervenir. Ono a enlevé l'une de nos amies. Nous devons le convaincre de la libérer. Vous pouvez nous aider.

— Quand il en aura fini avec ma femme, je lui parlerai. Je ne peux pas faire davantage. Je suis trop impliqué. Je ne...

Il s'interrompit brutalement à l'ouverture de la porte.

Le mutant fit son apparition, toujours sanglé dans son impeccable costume. Il parut surpris de voir Valentine et Vermeer libres de leurs mouvements, mais ne fit aucune remarque à ce sujet.

— La préparation de votre épouse est terminée, dit-il au Premier ministre. Maître Ono vous attend.

Le politicien retrouva aussitôt une contenance de façade. Il se leva et réajusta son nœud de cravate.

— Bien.

— Il souhaite également votre présence, déclara le mutant à l'intention de Valentine. Veuillez me suivre, s'il vous plaît.

Il les conduisit jusqu'à la salle où ils avaient été accueillis à leur arrivée. Ono les y attendait, assis en tailleur dans un angle de la pièce, les yeux fermés.

Le Premier ministre fit un pas dans sa direction. Le mutant l'arrêta.

— Le Maître médite. On ne peut pas le déranger pour le moment.

— Mais je dois absolument lui parler !

— Vous lui parlerez tout à l'heure, déclara le mutant, quand il aura terminé. Ce ne sera pas long.

Le politicien comprit qu'il ne gagnerait rien à insister.

— Ma femme ? Où est ma femme ?

Le mutant se retourna vers l'estrade. Toujours plongés dans la pénombre, les gradins s'étaient vidés. Seule une spectatrice était restée à sa place.

Le Premier ministre se dirigea vers elle à grandes enjambées.

— Vous savez où est ma femme ?

Comme elle ne répondait pas, il lui toucha l'épaule. Elle n'eut pas davantage de réaction.

Il finit par comprendre.

— Mon Dieu ! murmura-t-il.

Son épouse le fixait, plus belle encore que dans ses souvenirs. Une expression paisible avait pris possession de ses traits, bien loin du masque grimaçant qui s'était imprimé sur son visage lors de son agonie. Dans ses yeux palpitait une étincelle vitale, à peine tempérée par la fixité de ses pupilles.

Le monde s'effaça tout autour du Premier ministre. Il se laissa tomber à genoux devant sa femme. Le miracle qu'il avait tant espéré s'était réalisé : même le temps, désormais, n'aurait plus prise sur leur amour.

45

Takeshi Ono ouvrit enfin les yeux et se releva. Ses deux assistantes se précipitèrent vers lui. L'une retira sa blouse, que l'autre remplaça aussitôt par une veste sombre, puis elles se placèrent de chaque côté du Japonais, un pas derrière lui.

Le mutant fit signe à Valentine qu'elle pouvait s'avancer. Il bloqua Vermeer du bras.

— Pas vous. Les hôtesses vont vous raccompagner à l'extérieur.

Vermeer essaya de protester, mais Valentine le rassura :

— Ne t'inquiète pas. Attends-moi dehors.

Les assistantes d'Ono encadrèrent Vermeer. La rousse tenait à la main son Taser, pointé vers le sol.

— C'est bon... fit Vermeer. Je viens avec vous, puisque l'invitation est si gentiment lancée.

Juste avant de sortir, il se retourna vers les gradins et jeta un ultime regard vers le Premier ministre qui sanglotait, la tête appuyée sur les genoux de sa femme, indifférent à tout ce qui se passait autour de lui. Il n'y avait plus rien à attendre de son côté.

Valentine rejoignit Ono.

— Où est Judith ! l'interpella-t-elle en arrivant à sa hauteur. Qu'est-ce que vous avez fait d'elle ?

348

Son hôte la toisa longuement. Sa réponse fut brève. Une phrase sèche, distillée d'une voix froide, mais dépourvue d'animosité.

— Votre amie a commis un sacrilège, fit le mutant lorsqu'il eut fini.

— Judith n'a rien fait de mal.

Le mutant ne traduisit pas sa réponse à Ono.

— Elle a essayé d'attenter à l'une des sculptures du Maître, poursuivit-il de sa propre initiative. Nous ne pouvons l'accepter.

— Elle voulait juste vérifier s'il s'agissait du corps de son mari. Relâchez-la et elle ne vous causera plus de soucis. Je m'en porte garante. Nous signerons tous les papiers que vous voudrez.

— C'est trop tard. Maître Ono a d'importants projets pour elle.

— Comment ça ?

— Il a choisi votre amie pour incarner la prochaine étape de son grand œuvre. C'est un grand honneur pour elle.

— Je ne comprends pas...

— Maître Ono souhaite maintenant passer à une nouvelle phase de son processus de régénération. Il désire tester sa technique sur un être vivant, pour voir comment vont réagir les cellules.

Valentine mit quelques instants à prendre la mesure de cette abomination.

— Non.... gronda-t-elle. Vous ne pouvez pas faire ça.

Elle fit un nouveau pas en direction d'Ono.

Le mutant voulut s'interposer, mais Takeshi Ono lui lança un ordre, suivi d'une brève explication en japonais.

Troublé, le mutant hésita à retranscrire ses paroles. D'un signe de tête, Ono balaya ses réserves.

— Le Maître apprécie votre attitude, fit le mutant à contrecœur. Il est prêt à vous rendre votre amie.

— Merci. Dites à M. Ono que je lui suis très reconnaissante.

— Il y a toutefois une contrepartie.

— Laquelle ?

Le mutant consulta Ono du regard. Celui-ci aboya en retour quelques onomatopées rauques.

— Un corps contre un corps... traduisit le mutant. Il vous rendra votre amie si vous lui fournissez un corps en échange.

— Où voulez-vous que je trouve un cadavre ?

Le mutant secoua la tête.

— Vous n'avez pas compris. Des cadavres, Maître Ono en a tant qu'il le souhaite. Si vous voulez revoir votre amie, vous devez lui offrir quelqu'un de vivant.

46

Stern contempla la photographie que Colleen Heintz venait de lui apporter. C'était la même image qu'elle lui avait montrée quelques jours plus tôt, mais agrandie cette fois sur les bords. On y voyait la femme du Premier ministre en robe de soirée, une coupe de champagne à la main, posant devant la gouache de Chagall. Sur ce cliché, elle n'était plus seule, mais entourée de son mari et de Takeshi Ono.

— Mes collègues m'ont faxé ça hier soir, commenta l'agent du FBI. C'est le cliché original.

— Au moins, le Premier ministre ne pourra pas dire qu'il ne connaissait pas Ono.

— Vous allez l'utiliser contre lui au cas où il arriverait quelque chose à l'amie de Valentine ?

En guise de réponse, Stern alluma l'immense écran de télévision fixé au mur. De vieilles images du Premier ministre se mirent à défiler. On le voyait successivement serrer la main d'Angela Merkel lors d'une réunion du G20, discuter avec le Président sur le perron du palais de l'Élysée après un conseil des ministres et sortir de l'hôpital où son épouse venait de décéder quelques jours plus tôt. Dans la bouche de la présentatrice du journal télévisé, le mot « démission » revenait en boucle.

— Il a démissionné à la première heure ce matin, commenta Stern, juste avant l'appel de Valentine. D'après le communiqué de presse, il était trop affecté par la mort de sa femme pour continuer à assurer ses fonctions.

— Cette photographie ne nous est donc plus d'aucune utilité.

— Effectivement. Il va falloir faire autre chose pour aider Valentine à libérer son amie. Vous pouvez intervenir ?

L'Américaine secoua la tête.

— Mes supérieurs ont été échaudés par ce qui est arrivé à Sorel. Ils ne me laisseront pas monter une opération de sauvetage.

— Je m'en doutais.

— Je suis désolée. Il va falloir agir autrement.

Stern éteignit le téléviseur.

— Quand comptez-vous transférer Abott ?

— En fin de semaine. Je l'accompagnerai moi-même à Washington.

— Vous êtes certaine de vouloir faire cela ? Cet homme mérite d'aller en prison.

Heintz coupa aussitôt court à la discussion :

— Nous en avons déjà discuté. Notre décision est prise. Nous ne reviendrons pas dessus.

Stern posa la télécommande de la télévision sur son bureau et réaligna avec soin les deux stylos Montblanc posés devant lui.

— Veuillez m'excuser, dit-il finalement, mais j'ai besoin de passer un coup de fil.

Heintz hocha la tête. Elle traversa la pièce et alla rejoindre Abott, qui attendait près de la baie vitrée.

Stern décrocha son téléphone. Il pressa la touche qui le mettait en liaison avec le secrétariat de la Fondation.

— Auriez-vous l'amabilité de me mettre en relation avec le commissaire Lopez, à la Brigade criminelle, s'il vous plaît ?

Il raccrocha. Moins d'une minute plus tard, un signal l'avertit que la communication était établie. Il reprit le combiné.

— Commissaire ? Elias Stern à l'appareil.

— Que me vaut cet honneur, monsieur Stern ?

— J'ai besoin de votre aide.

— Je vous écoute, déclara Lopez après un long moment de silence.

— C'est un peu délicat.

— Allez-y.

— Il me faut un corps et je ne sais pas où me le procurer.

— Vous voulez dire un cadavre ?

— Je parle d'un individu encore vivant. Vous avez ça en stock ?

— Je suis flic, pas souteneur.

— Je suis sérieux, commissaire. Il me faut un corps. Quelqu'un qui puisse disparaître et ne jamais refaire surface.

— Je me suis toujours demandé ce que vous fichiez avec votre Fondation. Je ne suis plus très sûr d'avoir envie de le savoir.

— C'est important. La vie d'une femme en dépend.

— En gros, vous voulez l'échanger contre quelqu'un ?

— Vous avez saisi le concept général.

Lopez réfléchit un instant.

— J'ai bien une idée, mais vous devrez vous occuper de tout vous-même Je ne peux pas m'impliquer.

— C'est envisageable.

— Et, bien sûr, cette conversation n'a jamais eu lieu.

— Cette ligne est sécurisée. Personne ne saura que nous nous sommes parlé.

— Bien.

— Je vous écoute, commissaire.

Lopez prononça alors un nom.

Stern pesa un long moment les conséquences de sa décision future. Ses yeux se fixèrent sur Abott, qui était en grande conversation avec Heintz à l'autre bout de la pièce. Une expression ambiguë se grava sur le visage du vieillard.

— Ce choix me ravit, dit-il. Merci beaucoup.

47

Pour Henri Lorenz, la journée commença de manière idyllique. D'abord, il ne remarqua aucune voiture de flics garée devant chez lui en ouvrant ses volets. Ne pas voir de gueules enfarinées derrière un pare-brise crasseux à l'heure du petit déjeuner le mit d'excellente humeur.

La seconde bonne nouvelle lui parvint au moment où il sortait de la douche. Son contact à la Crim l'appela pour lui donner des informations qui le concernaient à double titre. Lopez avait en effet réuni ses hommes pour leur annoncer qu'il avait décidé d'abandonner la surveillance de Lorenz. L'enquête n'avait rien donné jusqu'ici, leur avait-il dit en substance, et il était inutile de perdre davantage de temps. À défaut de pouvoir prouver qu'il avait commandité le tabassage de leurs deux collègues, les flics avaient mis la main sur les auteurs des faits et détenaient des preuves suffisantes pour les faire lourdement condamner. Lopez avait décidé de s'en contenter, d'autant que ses effectifs n'étaient pas extensibles et qu'il avait trouvé une autre source d'excitation.

On l'avait en effet informé de la présence d'un faussaire dans l'enceinte de la Fondation Stern. D'après ses sources, l'homme s'appelait Alan Abott. Il était doué et très actif. Il avait disséminé ses tableaux dans de nombreuses collections. Une vraie calamité. On ne pouvait pas le laisser continuer impunément. Et puis c'était l'occasion d'aller vérifier ce que tramait Stern dans son hôtel particulier de la rue des Saints-Pères.

Tout le monde à la brigade connaissait l'obsession du patron pour le vieux marchand. Qu'il reverse les effectifs chargés de surveiller Lorenz sur la Fondation Stern n'avait donc surpris personne. Ce qui avait étonné tout le monde, c'était la générosité inhabituelle du commissaire, qui leur avait concédé une journée de repos pour souffler avant leur nouvelle mission. Plutôt que de se réjouir de cette largesse, ses hommes avaient saisi le message : Lopez allait leur en faire baver jour et nuit, sept jours sur sept, jusqu'à ce qu'ils trouvent quelque chose contre Stern.

Fort de ces bonnes nouvelles, Lorenz sortit de chez lui en sifflotant gaiement. Même la perspective de conduire en personne le Hummer n'assombrit pas son humeur. De toute manière, il comptait embaucher de nouveaux gardes du corps à la place des trois crétins précédents. Les brutes décervelées, ce n'était pas ce qui manquait. Il se donnait deux jours pour retrouver du petit personnel compétent.

Puisque Lopez lui offrait gracieusement une ouverture, il décida de profiter de l'occasion. Il traversa donc Paris et se rendit droit vers le septième arrondissement. La chance continua de lui sourire, puisqu'une place se libéra juste en face de l'hôtel particulier au moment précis où il arriva. Il se gara donc à l'emplacement laissé vacant par la petite Peugeot conduite par une Noire. Un peu trop bronzée au goût de Lorenz, certes, mais le sourire qu'elle lui lança en démarrant compensa amplement ce défaut originel.

Il y a des jours, comme ça, où la vie ressemble à un rêve.

Lorenz passa les deux heures suivantes à écouter le commentaire d'un match de football à la radio. Personne n'entra ni ne sortit de la Fondation. Cette attente pénible glissa pourtant sur lui sans l'atteindre. Le match était plaisant, le soleil rayonnant et il avait pensé à prendre quelques confiseries à déguster avant de partir de chez lui. Tout allait bien.

Vers midi et demi, le portail s'ouvrit enfin. Deux personnes sortirent. Un homme et une femme. Elle : la petite trentaine, cheveux châtains, mignonne. Un cul d'enfer, surtout. Lorenz faillit en oublier l'homme qui l'accompagnait. Barbu. Mal coiffé. Un carton à dessins sous le bras. Une caricature d'artiste. Abott, à tous les coups.

La satisfaction de Lorenz grimpa d'un cran supplémentaire. Ce faussaire était une machine à cash en puissance. Il lui rapporterait des millions d'euros. Tout ce qu'il avait à faire, c'était de le convaincre de travailler pour lui. Lorenz n'était pas inquiet à ce sujet : un coup de chalumeau bien placé venait à bout des entêtements les plus solidement ancrés.

Le couple se sépara sur le trottoir, juste devant l'hôtel particulier. La femme partit seule vers la Seine, tandis que l'homme traversa la rue et la remonta en direction du Quartier latin.

Lorenz sut qu'il devait saisir sa chance tout de suite. Il n'hésita pas. Il mit le contact, quitta sa place de stationnement et se mit à rouler au pas le long du trottoir. Quand il arriva à la hauteur de sa proie, il baissa sa vitre et interpella le faussaire :

— Abott ! Nom d'un chien, c'est toi ?

Le faussaire le regarda d'un air intrigué.

— Tu ne me remets pas ?

Abott ne semblait pas avoir la moindre idée de qui il était. Normal, ils ne s'étaient jamais rencontrés.

— Putain, c'est dingue ! poursuivit Lorenz sur un ton enthousiaste. Y a de ces coïncidences ! Je ne traîne jamais par ici et, la seule fois où je viens dans l'année, je te croise ! Allez, on va prendre un verre pour fêter ça.

Il s'arrêta, serra le frein à main et descendit du Hummer tout en laissant le moteur tourner.

Abott n'avait pas bougé. À voir sa tête ahurie, il était en train de cogiter à toute allure pour savoir où ils avaient bien pu se croiser.

Il pouvait toujours se creuser la cervelle, ce con.

Le plan de Lorenz était simple : sous la menace de son arme, il obligerait Abott à monter dans le Hummer. À tout hasard, il avait emporté quelques instruments de travail. Pas grand-chose, à vrai dire, juste de quoi surmonter les imprévus : une paire de menottes, un couteau de chasse, un rouleau de scotch épais, une longue chaîne, une hache. Et son chalumeau, bien entendu.

Quand Abott serait attaché et bâillonné dans le coffre, il l'amènerait dans sa cache secrète, un pavillon perdu dans la campagne à quarante kilomètres de Paris, et il lui aménagerait un atelier confortable. Abott pourrait travailler en toute quiétude. Les flics ignoraient l'existence de ce refuge. Le faussaire n'aurait même pas besoin de s'occuper de l'intendance : Lorenz passerait tous les quinze jours lui apporter de la nourriture. En échange, il repartirait avec un ou deux tableaux à vendre. Si Abott ne voulait pas se plier à ses règles, il crèverait de faim au bout de sa chaîne. Travailler pour bouffer. Personne n'y coupait.

Le truand entreprit de contourner sa voiture par l'avant. Son heureuse journée tournait à l'apothéose. Stern et Lopez lui offraient le faussaire sur un plateau d'argent. L'idée que tout était trop facile lui traversa l'esprit.

Il n'eut pas le temps de s'appesantir dessus. Un crissement de pneus déchira l'air de l'autre côté du Hummer, aussitôt suivi d'un choc sourd.

— Bordel ! s'écria Lorenz en se précipitant à l'arrière du 4 × 4 pour constater les dégâts.

Le chauffeur du taxi qui venait de l'emboutir descendit lui aussi de son véhicule.

— Je suis désolé... dit-il en s'approchant.

— Abruti ! Mais t'es vraiment trop con ! Tu ne peux pas regarder devant toi ?

— Je vous signale que vous étiez arrêté en double file, sans vos feux de détresse.

Lorenz le fusilla du regard. Le pauvre type avait vraiment la gueule de l'emploi. Une moustache taillée au millimètre, comme on n'en faisait plus depuis au moins un siècle. Une chemise fermée jusqu'au dernier bouton sous un immonde blazer à rayures vertes et jaunes. Mais il y avait encore pire : il portait un béret. Il n'y avait plus que les chauffeurs de taxi et les scénaristes de Hollywood pour croire qu'on portait encore des bérets en France.

— Calmez-vous ! fit le taxi. Je suis en tort, de toute manière. Nous allons faire un constat et votre assurance vous remboursera les dégâts.

Il agita la feuille bleu et jaune qu'il tenait à la main, puis il la posa sur le capot de son véhicule et tendit un stylo à Lorenz.

— Vous voulez bien remplir votre partie ? Je vais chercher mon appareil photo.

Il précisa :

— L'assurance... Vous savez ce que c'est... Plus votre dossier est complet et plus vite ils le traitent.

Lorenz s'exécuta à contrecœur. Pendant qu'il complétait le formulaire, il leva un instant les yeux vers le trottoir. Abott s'était éclipsé, bien entendu.

La porte du taxi claqua. Du coin de l'œil, Lorenz vit que le chauffeur tenait quelque chose à la main. Il s'étonna de la taille de l'objet. En matière de miniaturisation, on faisait bien mieux depuis longtemps.

Quand il comprit pourquoi l'appareil photo avait cette forme étrange, il était trop tard. La seringue du pistolet hypodermique s'était déjà enfoncée dans son cou.

Lorenz sentit soudain ses muscles échapper à son contrôle. Comme si elles étaient faites de plastique souple, ses jambes se tordirent sous son poids. Sa tête bascula sur le côté, aussitôt suivie du reste de son corps. Le bras du chauffeur de taxi le retint à la taille, l'empêchant de s'effondrer sur le bitume.

Juste avant que l'anesthésique ait raison de sa conscience, une silhouette familière traversa fugitivement son champ de vision. Dans un dernier effort, Lorenz concentra sur elle le peu d'attention qui lui restait.

Depuis le renfoncement d'un porche, à une cinquantaine de mètres de là, le commissaire Lopez observait la scène d'un œil distrait en fumant une cigarette.

Puis ce furent les ténèbres.

48

Le chauffeur du taxi repoussa le crâne de Lorenz avant de refermer le coffre de sa voiture sur le corps inerte. Puis il alla s'asseoir au volant, ôta son béret, défit le bouton supérieur de sa chemise et remplaça son blazer par une veste d'excellente coupe qui l'attendait sur le siège passager.

Hugo Vermeer vint se poster devant la portière ouverte. Il jeta négligemment son carton à dessins à l'arrière du véhicule.

— Félicitations, Georges. Une prestation impeccable, comme toujours.

— Merci, monsieur Vermeer. Vous étiez également parfait. Je suis ravi que le Club Dumas ait pu vous satisfaire. Vous savez que nous sommes à votre entière disposition.

— Je peux compter sur votre discrétion, n'est-ce pas ?

S'il n'avait pas été éduqué dans la meilleure tradition, Georges l'aurait vertement tancé pour avoir osé poser une telle question. Au lieu de cela, il haussa le sourcil gauche pour souligner l'ampleur de son indignation.

— Je ne voulais pas vous vexer, s'excusa aussitôt Vermeer. Vous savez où livrer le colis ?

— Vous m'avez donné l'adresse.

— N'oubliez pas : en échange, on doit vous remettre une jeune femme. Si ce n'est pas le cas, débarrassez-vous de ce salopard.

— Ce sera fait.

Vermeer se pencha à l'intérieur de l'habitacle.

— Allez, Georges, reconnaissez-le : j'ai battu tous les records en matière d'étrangeté, non ?

Le maître d'hôtel abandonna son air pincé. Un mince sourire souleva sa moustache de quelques millimètres.

— Pour tout vous dire, je n'en attendais pas moins de votre part. Votre potentiel était jusqu'à présent honteusement sous-exploité. J'espère que vous aurez d'autres idées aussi réjouissantes à l'avenir.

Sa réponse fit naître un grognement enthousiaste chez Vermeer. Une flamme d'excitation fit étinceler ses pupilles.

Un monde nouveau venait de s'ouvrir devant lui, et il comptait bien ne pas le laisser inexploré très longtemps.

49

Balayée par un vent impitoyable, une pluie fine tombait sur le cimetière du Montparnasse, s'infiltrant malgré les parapluies dans les moindres interstices des vêtements. La cérémonie fut simple et rapide. À part Valentine, Vermeer et Stern, peu d'amis avaient accompagné Thomas dans sa dernière demeure. Même Judith paraissait pressée d'en finir, elle qui venait de passer une décennie à poursuivre le fantôme de son mari. Après dix années de souffrances, elle semblait décidée à tourner enfin la page et à se réapproprier un peu de sa propre existence. Elle ne s'était pas attardée après la mise en terre du cercueil. Sur son visage tiré, Valentine avait lu de la tristesse, mais surtout un profond soulagement.

Elle avait pour sa part beaucoup de mal à admettre que tout était fini. Deux mois s'étaient écoulés depuis la libération de Judith. Contre toute attente, Takeshi Ono s'était montré correct. Il avait pris Lorenz, dont plus personne n'avait eu de nouvelles, et avait rendu Judith en échange. Le corps de Thomas était parvenu à la Fondation le soir même, empaqueté dans une caisse.

Les retrouvailles entre Juliette et sa mère avaient été joyeuses. Depuis qu'on avait expliqué à la fillette que son père était bel et bien mort, qu'on avait retrouvé son corps et qu'on allait l'enterrer, elle semblait apaisée. La métamorphose était même spectaculaire, tant Juliette montrait une joie de vivre qu'on ne lui connaissait pas jusqu'alors. Judith, en revanche, peinait à s'extraire de sa souffrance. Comme refermée sur elle-même, elle avait refusé de parler de sa captivité à Valentine. Il lui faudrait sans doute beaucoup plus de temps qu'à sa fille pour remonter la pente.

Pendant des semaines, Valentine avait guetté des signes dans la presse, mais aucun journaliste n'avait fait le lien entre les événements qui s'étaient enchaînés après la libération de Judith. La démission du Premier ministre, d'abord, avait été accueillie avec stupeur, mais tout le monde avait compris que son drame personnel l'empêchait de penser aux affaires de l'État. Il était allé pleurer sa femme quelque part en province et n'avait, depuis, fait aucune apparition publique.

Un mois et demi plus tôt, la justice avait prononcé l'interdiction d'*Ars mortis*. Plastic Inc. ne pouvait plus exploiter l'exposition sur le territoire français, sous peine d'une astreinte journalière astronomique. La découverte du cadavre de Thomas n'était cependant pour rien dans cette décision. Lancée bien avant que Judith reconnaisse le corps de son mari, la procédure judiciaire menée contre Plastic Inc. était simplement arrivée à son terme. Les organisateurs de l'exposition n'avaient pu justifier l'origine des cadavres présentés au public. Par curiosité, Vermeer était repassé la semaine précédente devant l'immeuble qui accueillait les locaux parisiens de la société, là où Takeshi Ono s'adonnait à ses étranges cérémonies. Un immense panneau « À vendre » ornait la façade du bâtiment.

Fin de l'histoire.

Les croque-morts finirent de recouvrir la tombe de terre. Valentine s'aperçut qu'elle était restée seule. Judith et Juliette marchaient au loin en direction de la sortie, main dans la main. Vermeer fumait une cigarette, debout près du portail.

La pluie cessa d'un coup. Un mince rayon de soleil vint frapper la stèle qui attendait d'être posée. La date du décès gravée dans le marbre formait un étrange contraste avec la fraîcheur de la terre.

Thomas Sauvage
1973 – 2000

Valentine lut une dernière fois l'inscription, puis elle referma son parapluie et se dirigea elle aussi vers la sortie.

Elias Stern l'attendait à deux rangées de là, sur un banc qui avait été protégé de la pluie par les frondaisons d'un arbre. Lorsqu'elle s'assit près de lui, le vieillard pressa sa main dans la sienne, comme il avait l'habitude de le faire, mais avec une délicatesse plus grande encore qu'à l'accoutumée.

— Tout va bien, Valentine ?

— C'est étrange... Judith a attendu dix ans ce moment. Je pensais qu'elle y accorderait plus d'importance. Elle s'est presque enfuie.

— Elle avait seulement besoin d'une preuve de la mort de son mari pour pouvoir faire son deuil. Par bonheur, tout cela est enfin terminé. À ce propos, vous ne m'avez pas dit comment Ono avait mis la main sur le corps.

— Les Russes... Ils ont ramassé tous les cadavres qu'ils ont trouvés après leur offensive sur Grozny. L'état-major ne voulait pas que les médias occidentaux filment le carnage. Un officier supérieur a vendu les corps les moins amochés à Plastic Inc. pour quelques dizaines de dollars par tête.

— C'est terrible... Cette pauvre femme a retourné la terre entière parce qu'un pauvre type a voulu gagner cinquante dollars facilement. Quel gâchis !

Il tira un magazine de la poche de son imperméable et le tendit à Valentine.

— Tenez. Un peu de lecture pour votre soirée.

Il se releva avec peine en s'appuyant sur le pommeau de sa canne. Jacques, le chauffeur de la Fondation, accourut pour l'aider à marcher. Au rythme lent du vieillard, ils se dirigèrent vers la sortie du cimetière.

Valentine s'attarda encore un peu sur le banc. Au moment de se lever, elle s'aperçut que Stern avait marqué la double page centrale du magazine à l'aide d'un signet. Elle ne put résister à la curiosité.

Sous le titre « Le sculpteur d'âmes », on y voyait Takeshi Ono photographié parmi ses œuvres. Le commentaire du cliché disait :

> *Grâce à sa technique révolutionnaire de conservation des tissus humains, Takeshi Ono a fait de l'anatomie humaine un art. Jusqu'ici très discret, il a décidé d'inaugurer en personne l'étape berlinoise de son exposition* Ars mortis, *récemment interdite en France par la justice. Nous le voyons ici devant sa dernière « sculpture vivante », une impressionnante représentation symbolique de l'avidité. Cette œuvre marque, selon Ono, une étape décisive dans sa démarche visionnaire.*

Takeshi Ono fixait l'objectif avec le regard dépourvu d'émotion que Valentine lui connaissait. Derrière lui, en arrière-plan, on distinguait un corps dépecé. Il s'agissait d'un homme massif, à la limite de l'obésité, mis en scène en train de compter un énorme tas de billets posé sur une table.

L'attention de Valentine fut attirée par un détail étrange : une grosse montre était fixée au poignet du cadavre, par-dessus les muscles mis à nu. Sous la lumière éclatante des projecteurs, les diamants incrustés tout autour du cadran scintillaient de mille feux.

Remerciements

L'auteur tient à témoigner sa reconnaissance à tous ceux qui l'ont aidé dans ses recherches et dans la rédaction de ce livre. Ce sont Céline Thoulouze, ma très précieuse éditrice, Valérie Raimbault, René Stella, Alain Jessua, Agathe Colombier-Hochberg, Samir Bouadi, Sophie Thomas, Jérôme Peugnez, Jean-Luc Bizien, Nathalie Bériou, Valéry Danty, Caroline Savi, Thierry Guedj, Olfa Jouini, Martine Mairal, Michela Slataper, Houssain Elguertit, Yannick Gouchan et Sophie Nezri-Dufour.

Un grand merci également à Rowan Cope, mon éditrice chez Little Brown UK, ainsi qu'aux membres de l'atelier de restauration des Archives nationales.

Merci enfin à Agathe, ma première et impitoyable lectrice qui a, comme toujours, joué son rôle à merveille.

Composé par Nord Compo
à Villeneuve-d'Ascq (Nord)

Imprimé en France par

C P I
Bussière

à Saint-Amand-Montrond (Cher)
en janvier 2010

FLEUVE NOIR - 12, avenue d'Italie - 75627 Paris Cedex 13

N° d'impression : 100225/1
Dépôt légal : février 2010
R 08725/01